魅丽文化 花火工作室

Time and you are beautiful

叶非夜
著

时光和你都很美 2

江苏凤凰文艺出版社
JIANGSU PHOENIX LITERATURE AND ART PUBLISHING, LTD

图书在版编目（CIP）数据

时光和你都很美 2 / 叶非夜著. -- 南京：江苏凤凰文艺出版社，2019.6
ISBN 978-7-5594-3769-3

Ⅰ. ①时… Ⅱ. ①叶… Ⅲ. ①长篇小说 - 中国 - 当代
Ⅳ. ① I247.5

中国版本图书馆 CIP 数据核字 (2019) 第 102242 号

时光和你都很美 2

叶非夜 著

责任编辑 张 倩 王 青
特约编辑 朵 爷 肖云梦
装帧设计 殷舍 InChia
出版发行 江苏凤凰文艺出版社
南京市中央路 165 号，邮编：210009
网 址 http://www.jswenyi.com
印 刷 湖南新华精品印务有限公司
开 本 710mm × 1000mm 1/16
印 张 20
字 数 389 千字
版 次 2019 年 6 月第 1 版，2019 年 6 月第 1 次印刷
书 号 ISBN 978-7-5594-3769-3
定 价 39.80 元

目录

目录

第一章
谁骗你谁是麻辣鸡块

今晚的晚餐是三百六十七块钱……这么算下来，她这个代驾司机好像有点贵啊！

时瑶觉得受之有愧，想了想，开口说："代驾费就算啦，要不这样吧，为了表示歉意和感谢，我给你当司机，然后我欠你的那顿饭，该还的还是要还的……"

说到这里，时瑶觉得自己这个想法真的不要太好，便转头看向了林嘉歌："你觉得这样好不好？"

反正最终目的就是为了让你去参加聚会，既然实现了，过程什么的不重要……想着，林嘉歌回："你开心就好。"

……

林嘉歌和时瑶到学校附近的KTV时，陆本来和夏商周已经开好了房间，等在里面了。

推开门，林嘉歌前一秒踏进去，后一秒被林嘉歌抓住把柄的陆本来热情地开口了："老大！"

夏商周开口的声音比陆本来更热情："老大。"

林嘉歌没理会两个人，直接让开了门口，让时瑶进来。

见到陆本来和夏商周，时瑶立刻礼貌地开口打招呼："两位学长，你们好。"

陆本来见主角登场，毫不犹豫地立刻堆满笑，异常亲切地开口说："小学妹好！"

夏商周说话的语气比陆本来更亲切更热情，甚至还站起身，又是指着沙发，又是指着桌子上果汁："小学妹好，小学妹请坐，小学妹请喝果汁……"

时瑶被两个人过分热情的举动吓得反而往后退了半步："那个，不好意思打扰了你们，我，我其实就是来当司机的……"

陆本来夏商周同时愣住："司机？"

"嗯。"时瑶眉眼弯弯地笑了笑，然后转头望了一眼身边站着的林嘉歌："就是等会儿，他喝了酒，给他当司机啦。"

所以，奴役他们来哄小学妹，结果他倒好，奴役小学妹当司机？

陆本来和夏商周齐刷刷地看向了林嘉歌。

林嘉歌神情淡定没有半点波澜，只是微微举了举手里的手机。

陆本来和夏商周秒懂他的意思——他这是在警示他们，让他们别忘了微信里林嘉歌发给他们的那些话。

陆本来秒懂，下一刻就望向了时瑶："小学妹真厉害啊，这么年轻就会开车了！"

夏商周紧接着也领会了林嘉歌的意思，拿起桌子上的果汁，一边开始拧瓶盖，一边开始睁着眼说瞎话："小学妹，你知不知道，我生平最佩服的就是会开车的女……"

只是夏商周的话还没说完，他就感觉到林嘉歌递来的冷飕飕的眼神，他顿时吓得结巴了起来："……女，女……"

他结巴了好一会儿，似乎意识到什么一样，急忙将递到时瑶面前已经开了瓶盖的果汁收了回来，然后送到嘴边，咕咚咕咚地喝了个一干二净。

等他将瓶子拿下来后，他才发现，林嘉歌的神情好转了起来。

夏商周这才暗松了一口气，弯身又拿了一瓶果汁，嘴里说着"小学妹喝果汁"，手上却将果汁递到了林嘉歌的面前。

时瑶的视线，随着夏商周的举动，一路落到了林嘉歌漂亮的十指上。

不是说小学妹喝果汁吗？为什么给了林嘉歌？

在时瑶一脸不解，正准备转头问夏商周，林嘉歌优雅地拧开瓶盖，递到了她的面前。

呃……夏商周拿的果汁的确是给她喝，之所以递给林嘉歌是让他帮忙拧开瓶盖？

只是夏商周不会拧瓶盖吗？就算是他不会，她也会啊，而且她特别会拧瓶盖，他为什么要这么大费周章呢？

林嘉歌的这个舍友，该不是傻吧？

时瑶一面在心底嘀咕着，一面从林嘉歌手中接了果汁，道了声："谢谢。"

陆本来："小学妹，你要唱歌吗？"

夏商周："唱什么歌，我给你点……"

时瑶抱着果汁，喝了一口，然后冲两个人摇了摇头。

陆本来和夏商周没强求时瑶，也没敢强求时瑶。

"那等会儿想唱了，告诉我哈，我给你点……"夏商周说完，就跑到了点歌台前，和陆本来争前恐后地点起了歌。

时瑶吞下嘴里的果汁，出于礼貌，刚想回夏商周一句"好的"，结果话都没说出来，门就被推开了。

穿了一件孔雀蓝颜色连衣裙的林嘉仪，踩着同色系的高跟鞋，拿着同色系的爱马仕包走了进来。

她最先看到了时瑶，高冷精致的眉眼，瞬间堆满了温软的笑："瑶瑶。"

看到林嘉仪的时瑶，眼睛蓦地一亮："嘉仪姐。"

林嘉仪冲时瑶抛了个媚眼，然后将视线落在了坐在时瑶身边的林嘉歌身上。

她原本带笑的面孔，瞬间清冷了下来，只是轻"嗯"了一声，算是打过招呼，然后就看向了一旁点歌的陆本来和夏商周。

林嘉仪这次连话都不说了，只是冲陆本来微颔了颔首代替了打招呼，然后在视线落到夏商周脸上的时候，她的眉心蓦地蹙了起来，下一秒就带着十足的杀气，来了句："偷窥狂！"

偷，偷，偷窥狂？不是导航仪吗？怎么变成了偷窥狂？

夏商周险些跪倒在地上。

有同样疑惑的时瑶，拉了拉林嘉仪："嘉仪姐，偷窥狂是什么意思？"

林嘉仪听见时瑶的声音，立刻抛弃了夏商周，坐在时瑶的身边，语气温和："上次在我家，他躲在我洗手间，我洗澡进去的时候，被他看到了……"

"不……"夏商周本能地想为自己辩解，结果他只说了一个字，林嘉仪仿佛藏了刀子似的眼神，就冲他蹭蹭噌地射了过来，吓得他立刻噤声，不说话了。

没察觉到这一幕的时瑶，眉心拧了起来。

原来林嘉歌的这个舍友不但傻，还是个大色狼……

想着，时瑶很是愤愤地来了句："这个人真过分！"

林嘉仪："对，超级过分！"

陆本来："就是，太过分了！"

林嘉歌："嗯。"

夏商周满腹委屈无处可诉："……"

事情的真相不是这样的啊，不是他要有意偷窥她的，是她把他反锁在她卧室的洗手间，然后忘记了他的存在，自己脱光衣服走进来的……

不过没在“偷窥狂”事件中挣扎太久，陆本来就站出来救场了，因为他点的“凉凉”想起了背景音乐。

“入夜渐微凉，繁花落地成霜……”

陆本来是个大男生，时瑶本以为开口会是男生的声音，然而出她意料的却是女声。

时瑶震惊地抬起头，看向了唱歌的陆本来：“你在远方眺望，耗尽所有暮光，不思量自难相忘……”

明确看到是陆本来在张口唱后，时瑶才确定，这真的是陆本来发出的女声。

“夭夭桃花凉，前世你怎舍下……”陆本来继续唱，和对唱里一样，此时的他已经切换成了男声：“这一海心茫茫，还故作不痛不痒不牵强，都是假象……”

林嘉歌这个舍友未免太厉害了吧？居然能在男女声中完美互换！

时瑶的注意力顿时全都放在了陆本来的身上。

“凉凉夜色为你思念成河，化作春泥呵护着我……”

“浅浅岁月拂满爱人袖，片片芳菲入水流……”

在陆本来一句男声一句女声中，《凉凉》这首歌唱到了一半。

只是在唱下半首歌时，陆本来开口依旧是女声，曲调和原音乐一模一样，然而歌词不太对劲：“都说我太胖，满身都是脂肪……”

时瑶正低头喝果汁，听到这里蓦地顿住。她愣了大概三秒钟，然后缓缓地抬起头，将视线又投放在了陆本来的身上。

陆本来的嘴，还在张张合合，“……背影像一堵墙，穿啥也都够呛，小姑娘难找对象……”

时瑶又眨了眨眼睛，然后意识到，陆本来这是把歌词给改了。

紧接着，陆本来再发出的声音已是男声，歌词和大屏幕上显示的歌词依旧不一样：“他们没有撒谎，最怕你在身边，虽然你美的出框，可是也求你体谅让一让，挡我阳光……”

听到这里的时瑶，再也没忍住，嘴里发出“噗嗤”的一声，险些把饮料喷了出来，还好她反应快，及时抬起手捂住了嘴。

要不要这么逗啊，居然这样唱歌，而且还把歌词改得这么贱……

见到时瑶笑，陆本来嘴里歌声未停，但视线却悄悄地望向了林嘉歌。

坐在时瑶身边的男生，在她笑的那一刻，转头望向了她。

男生的容颜，是一如既往的清冷和淡漠，只是他的眉眼，在触碰到女孩上扬的嘴角时，变得有些温软。

陆本来知道，自己终于安全了，他唱的更卖力了。

陆本来（女声）：“其实我也只吃五谷杂粮，喝口凉水都是营养……”

时瑶听到这句歌词，再次笑了起来。

陆本来（男声）：“别人一天只要吃三回，偏偏你却要翻倍……”

时瑶笑得露出了牙齿，转头凑到林嘉仪的耳边说起了话。

望着时瑶这一系列反应的林嘉歌，不知道是被女孩的笑感染的，还是被陆本来的歌词逗的，嘴角也微微上扬了起来。

被林嘉歌同样下了任务的夏商周，坐在一旁，一直都在悄无声息的观察着时瑶和林嘉歌的神情。

他见陆本来居然用改歌词的方法逗笑了时瑶，于是在陆本来的歌快结束时，立刻将自己点的一首歌插队到了最前面，等陆本来一唱完就接过了他的话筒。

夏商周点的那首歌，时瑶也听过。从前在林嘉歌家，她和韩景打电话时，林嘉歌无意间哼过这首歌，叫《纸短情长》。

“我陪你步入蝉夏，越过城市喧嚣，歌声还在游走，你榴花般的双眸，不见你的温柔……”

比起陆本来，夏商周的唱功更好一些，情感带入的也更具有渲染性，尤其是在唱到高潮的时候，时瑶在心底都忍不住跟着哼起了歌词。

“……我真的好想你，在每一个雨季，你选择遗忘的，是我最不舍的，纸短情长啊，道不尽太多涟漪，我的故事都是关于你呀……”

只是，在接下来的高潮部分，时瑶心底接的歌词，和夏商周的对不上了。

“怎么会爱上了他，还不是因为眼瞎……”

时瑶顿住。

“……放弃了一片森林被一根破草绊倒了……”

听到这里的时瑶嘴角又扬了起来，原来这个大色狼也改编了歌词啊……

“……纸短情长啊，写不完你的鬼话，一包 A4 诉不完你有多渣……”在唱完最后一句的时候，夏商周还挤出一个委屈巴巴的神情，逗得时瑶没忍住，再次笑得露出了牙齿。

陆本来见夏商周唱完了，立刻拿起话筒：“你个无耻之徒，居然盗我创意！”

夏商周毫不客气地回击：“你才是无耻之徒，我明明盗的是网友的创意，你是网友吗？”

陆本来咬牙切齿：“你知不知道，你就是一口井！”

夏商周没明白："啥？"

陆本来："横竖都是二！"

夏商周："你才二，你全家都二……"

"……"

被两个人你一言我一语的拌嘴逗笑的时瑶抿着唇笑了一会儿，然后像想起来什么一样，不由自主转头望向了夏商周和陆本来。

是她的错觉吗？她怎么觉得这两个人拌嘴的场景，有点像高手和果汁？

夏商周："今儿我不跟你吵了，我们凭实力 PK，串烧歌词，敢不敢？！"

陆本来："来就来，谁怕谁！"

说着，陆本来就按了点歌台，随便找了个背景音乐，举着话筒，开口唱："你的泪光，柔弱中带伤，我离开你太久了，母亲……"

夏商周面对陆本来的串烧毫不发虚："我们都有一个家，名字叫中国，兄弟姐妹都很多，景色也不错，老人不图儿女为家做多大贡献啊，一辈子总操心就图个团团圆圆……"

陆本来："采蘑菇的小姑娘，背着书包上学堂。"

夏商周见陆本来唱儿歌，学着童音也来了句串烧："轻轻地放在小朋友的后面，大家不要告诉他，不开不开我不开，妈妈没回来，谁来也不开……"

"……"

坐在沙发上的时瑶，听着两个人你一句我一句的串烧，完全呆了。

歌……居然，居然还可以这么唱？

陆本来："我是一只小小小小鸟，我要飞得更高！飞得更高！"

夏商周："夜上海，夜上海，嘿呦嘿呦拔萝卜……"

"噗——"听到这里，时瑶又没忍住，笑了出来。

就连坐在旁边的林嘉仪，看似高贵冷艳地睨着活蹦乱跳唱歌的两个人，可嘴角却克制不住地往上扬。

陆本来没再往下接，而是喊了服务员，又送来了几个话筒，放到桌子上，招呼林嘉仪、时瑶和林嘉歌一起来玩歌曲串烧。

许是真的被两个人带动了气氛，林嘉仪倒是没拒绝，拿了话筒，沉思了几秒，开口："我愿意为你，我愿意为你，把一个人的温暖转移到另一个的胸膛。"

陆本来喊了一串"666"，就继续唱："陪你去看流星雨，落在这地球上，看那铁路修到我家乡。"

夏商周："男人哭吧哭吧哭吧不是罪，飞越这红尘永相随。"

“……”

在三个人的串烧中，时瑶笑得合不拢嘴，到了最后，她自己也没忍住，握着话筒，也加入了他们。

时瑶：“给我一杯忘情水，柴米油盐半辈子。”

陆本来：“谁在用琵琶弹奏一曲东风破，让世界知道我们都是中国人。”

林嘉仪：“千年之后的你会在哪里，擦干泪，不要问，至少我们还有梦。”

夏商周：“点亮我生命的火，火火火火霍霍霍霍，霍家拳的套路招式灵活。”

“……”

时间一点一滴地流逝，几个人越玩越嗨。

整个包厢里，充斥着歌声和笑声。

在快到十二点时，KTV 大屏幕上闪出一行红字，提醒他们的包房时间即将结束。

轮到陆本来唱歌了，可他没唱，举着话筒说了句：“在今晚结束前，我们用一句话说出自己的愿望吧！我先来，好不好？”

说着，陆本来喊了句：“让我们红尘做伴，活得潇潇洒洒！”

夏商周紧接着也举着话筒，喊了句：“让我们红尘做伴，一起寿比南山！”

林嘉仪沉默了两秒，也跟着开口喊出了自己心底的话：“让我们红尘做伴，勇敢爱勇敢恨！”

时瑶见三个人看向了自己，歪着头想了想，然后将话筒递到嘴边：“让我们红尘做伴，吃得白白胖胖！”

“好！”在陆本来、夏商周和林嘉仪的起哄声中，夏商周看向了林嘉歌：“老大，你要不要也来一句愿望？”

陆本来：“就是就是，老大来一句吧！”

林嘉仪：“快点快点，说出你的愿望！”

时瑶猛点头，看着林嘉歌一脸赞同：“嗯嗯嗯！”

林嘉歌见时瑶都提要求了，没拒绝，起身，走到桌前，拿了话筒，沉默了两秒，然后望着时瑶语气清淡地开口说：“让我们红尘做伴，每天都吃包子！”

林嘉仪不屑一顾：“嘁，我最不喜欢吃包子了！”

呵，你喜欢不喜欢关我什么事？我喜欢吃就好了……林嘉歌没理会林嘉仪，放下话筒，率先冲包厢外走去。

在林嘉歌经过陆本来身前时，陆本来稍稍不满地来了句：“老大这愿望太敷衍了！”

敷衍？比起你那个活得潇潇洒洒的缥缈愿望，他这个才是最实际的！

林嘉歌看都没看陆本来一眼，径自往前走。

在他快到夏商周身前时，夏商周接着陆本来的话，往下吐槽："有钱人连愿望都是这么任性吗？"

任性？如果每天都吃包子是任性，那他还真愿意任性到底！

林嘉歌置若罔闻地往前走，一直走到时瑶跟前，他的视线落在了她的脸上。

时瑶见其他三个人都发表了意见，也跟着出声："我喜欢吃蟹黄包！"

面对前三个人，自始至终都没做出任何反应的林嘉歌，声调清雅地接了句："嗯，我知道了。"

呃……她这话，又不是对他一个人说的，他为什么要回她一句，他知道了？

时瑶满有些奇怪地望了一眼林嘉歌。林嘉歌没再说话，直接拉开了包厢的门，往前台走去。

付完款，夏商周和陆本来已经识趣地结伴离开了。林嘉仪和时瑶结伴去了洗手间，还没出来。

林嘉歌站在KTV门口，吹着微凉的夜风，将刚刚他说完那句愿望后四个人不同的反应在脑海里过了一遍，然后排除时瑶，心想：其他三个人懂什么，他们的包子是烂大街的包子，他的包子可是这个世界上独一无二、仅此一个、举世无双的软包子！

他所谓的每天都吃包子，是每天都吃软包子……

想到这里的林嘉歌，在心底又一次鄙视了一下除时瑶以外的那三个人。

只是，鄙视情绪维持了没三秒钟，他的神思就又飘远了。

吃软包子……他到底要怎么吃软包子？而且，到底要怎样每天吃软包子？

这想法在他脑海里，环绕了整整三分钟，然后他才后知后觉地意识到自己到底在胡思乱想些什么，紧接着他整个人就仿佛被点了穴道般，蓦地定住了。

他这是疯了吗？竟然会说个这样的愿望，说就说了，他就当作是吃包子呗，为什么偏偏是吃软包子……还是每天吃软包子……

一股发烫的烧，瞬间爬满了林嘉歌的整个耳根处，连带着他的面颊，都有些发热。

疯了，疯了，他是真的疯了！

……

"林嘉歌？"

和时瑶一起从KTV出来的林嘉仪，见到门口站着的林嘉歌，开口喊了一声他的名字。

林嘉歌回头，只是看了一眼身后的两个女孩，就红着脸快速地收回了视线，然后故作镇定地"嗯"了一声，问林嘉仪："你开车来的？"

"我从饭局上过来的，车子留给妈妈了。"林嘉仪回答。

“正好，你开爷爷的车回家吧。”说着，林嘉歌将车钥匙丢给了林嘉仪。

林嘉仪接住钥匙，晃了晃，刚想问“要不要把你们送回学校”，随后又想到这里离G大很近，便将话吞回腹中：“那我就先走了，你们慢点。”

林嘉歌点了点头，没说话。

时瑶冲林嘉仪挥了挥手：“嘉仪姐，再见。”

“再见，瑶瑶小宝贝！”林嘉仪冲时瑶明艳地一笑，然后就将手递到了唇边，“么……”

看到她这样的举动，知道她又要给时瑶送飞吻说“么么哒”，林嘉歌没等她把话说完，直接伸出手按住时瑶的脑袋，将她的脸扭到自己这边，说了句“走了”，就将手滑到时瑶的脖子处，轻轻地握住，带着她往学校方向走去。

走出一段距离后，林嘉歌回头望了一眼，见林嘉仪驾驶着车子已不见了踪影，这才将手从时瑶脖子上拿开。

两个人没怎么交谈，沿着街道，走过一盏路灯又一盏路灯。

在十字路口拐弯处，林嘉歌扭头看了一眼时瑶。

大概是在KTV里玩得很尽兴、很开心，她此时的眼里还是亮亮的，带着亢奋，完全没了吃完晚饭、在车中看见两个路人女孩亲亲密密时的那种失落和沉闷。

他之前的揪心，也因为她情绪的转好一扫而空。

到底还是有些不放心，在经过一家二十四小时营业的超市时，林嘉歌忽然停了脚步。

“怎么了？”时瑶见他不走了，也跟着停了下来。

林嘉歌没说话，望着超市看了一会儿，然后丢了句“你稍等我会儿”，就迈步走进了超市。

很快，他从超市里走了出来，手里多了一个塑料袋。

夜已深，即便周围有路灯，时瑶还是看不清塑料袋里装了些什么。她没问，看他从超市出来后继续往学校走，她便跟着走。

快到女生宿舍楼前时，林嘉歌又一次站在一盏路灯下，停了下来。

时瑶纳闷儿地望了一眼林嘉歌，以为他就打算送她到这里，刚准备开口说再见，结果看到他从塑料袋里摸出了一个玻璃瓶装的水，冲地上摔去。

他的动作太突兀，吓得时瑶往后退了两步，然后望着碎裂的玻璃瓶和洒了一地的水，有点不解地看向了林嘉歌。

林嘉歌依旧没开口说话，而是将身上披着的一件薄外套脱了下来，又从塑料袋里翻出一个薄薄的刀片，冲衣服的腋窝处狠狠地划去，只是一眨眼的工夫，那件昂贵的外套，就破了一个小洞。

他……这是怎么了？为什么做了这么多莫名其妙的事情？

时瑶蹙了蹙眉，望着林嘉歌刚想开口，结果他却比她先出声了：“时瑶，有些事，就像地上的这瓶玻璃瓶装的矿泉水，一旦摔碎了，水洒了，就再也不可能回到原来的样子了；有些事，就像我手中这件外套，虽然划破了，但地方却不起眼，缝缝补补依旧还能穿。”

说完，林嘉歌冲女生宿舍楼微抬了抬下巴道：“走吧。”

时瑶没说话，整个心思都沉浸在林嘉歌刚刚的举动和话语中。

直到她回到宿舍，洗完澡，躺在床上，她才隐约地像懂了什么。原本闭上眼准备入睡的她，摸出手机，点开短信，找到林嘉歌的名字……

时瑶望着手机屏幕看了一会儿，越来越觉得自己的直觉是准的，然后就抬着指尖，在屏幕上敲打了起来：“嘉仪姐，是不是把我和……”

由于多年的习惯，时瑶本能地想打“暮暮”两个字，但等她按了“MU”这两个字母后，才反应过来，她已不是“暮暮”，而是“梁暮暮”。

“……梁暮暮的事情，告诉你了？”

目送时瑶进了女生宿舍楼后，林嘉歌折回了他和她刚刚站立的那盏路灯下，将地上碎裂的玻璃瓶用纸巾一块一块地捡起来，丢进垃圾桶里，然后站直了身子。

夜已深，整个学校安静得一塌糊涂，周围一眼望去空无一人。

林嘉歌却没着急回宿舍，而是掏出手机，搜了“梁久思”的电话拨了出去。

电话响了好多声，终于有人接听。

梁久思应该是从睡梦中被他吵醒的，开口说话，埋怨中带着浓浓的睡意：“大哥，你知不知道，深更半夜扰人清梦，是很不道德的事情。”

除开梁久思说话的声音，还可以听见他下床倒水的动静。

他付出行动的过程中，嘴巴也没停过：“而且你知不知道，我刚刚做的可不是什么清梦，而是美梦！我梦见了我的妙雪小妹妹穿了一身特别可爱粉嫩卡哇伊的衣服！”

“哦，对了，你可能不知道我的妙雪小妹妹是谁，那是我最新买的一本漫画里的女主角，那本漫画很好看，你要不要看？别人我肯定是舍不得的，但是如果是你的话，我愿意和你分享我的妙雪小妹妹……”

“梁久思。”

早就习惯梁久思一接电话，就拼命给自己推荐各种漫画看的林嘉歌，在他说得正兴奋时，开口喊了他的名字。

林嘉歌的语气，很认真，和平时跟梁久思在一起那种漫不经心的模样，截然不同。

梁久思喋喋不休的话语，蓦地顿住。

林嘉歌这才继续开口说：“我给你打电话来，是为了告诉你，有时间管管那个住在你家的小表妹！”

梁久思在电话那端静了两秒，才疑惑出声：“小表妹？暮暮？她怎么了？”

没等林嘉歌开口说话，梁久思又出声了：“是出什么事了吗？”

“可是，暮暮那个人，最多有点大小姐脾气，没什么坏心眼，她可能就是喜欢你，从小就喜欢你，要是哪里惹你烦了，我给你道个歉，你别介意啊……”

梁久思的“啊”字音都还没完全发完，林嘉歌就冷冷淡淡地出声了：“我介意，而且是很介意，特别介意。”

梁久思：“不是吧？没这么严重吧？她到底干了什么啊？”

“她干了什么，你可以直接去问她，反正，话我是给你放在这里了，这次她做的事，我希望是第一次，也是最后一次！”随着话音从林嘉歌唇边落下，他的语气越来越凉，连带着脸上的神情都变得有些冰人，“如果还有下一次，我敢很肯定地保证，绝对不会像现在这样，给你打个电话这么简单。”

“这丫头真的做了很过分的事？”梁久思的语气里，藏了一丝不可思议，“平时我觉得她就是任性了点啊，还真是有点出乎意料，不过话说回来，我是什么人，你了解的，你都这么说了，我肯定会管她的。要不，你看这样，回头找个时间，我带她请你吃饭，跟你赔罪？”

林嘉歌想都没想，就口吻很坚决地回绝了：“不用了。”

“啊？这么绝？连我的面子都不给？”梁久思更意外了，“那个，她到底是怎么惹了你啊……”

“她招惹的人不是我……”顿了顿，林嘉歌继续说，“她招惹的人，是瑶瑶。”

“啊？瑶瑶？哪个瑶瑶？我怎么不知道你认识的人里有个叫瑶瑶的？”他自言自语了好一会儿，才迟钝地反应过来：“哦哦哦，我知道了，你说的瑶瑶，该不会是你爷爷给你安排的那个娃娃亲未婚妻吧？”

“不是吧？你因为一个你不想娶的人，居然驳了我的面子？怎么说，暮暮也是跟在我们两个身后长大的，不至于吧？”

你不想娶的人……

随着这六个字，钻入林嘉歌的耳中，他的眉心蓦地蹙了起来，就连开口的话语，都变得凌厉了许多：“梁久思，我警告你，以后你提她的时候，说话最好给我客气点！”

电话那端安静下来。

过了许久，才传来梁久思的声音：“你是认真的？”

“是的，我是认真的。”林嘉歌几乎没犹豫，就回了梁久思的话，“我之所以给你打电话，就是因为我给你几分面子，让你去管你的小表妹，如果我管，肯定不会是现在这种情况。今天我就明着给你说了，她是我的底线，而你的小表妹碰了我的底线，底线你懂不懂？”

说完，林嘉歌片刻迟疑都没有，直接将手机从耳边拿下来，按了挂断。

许是被梁久思说的话气到了，林嘉歌吐了好几口气，还觉得心情有些烦躁。

你不想娶的人……梁久思懂什么，凭什么上来就说这几个字？

这不是明摆着黑他吗？

下次再见梁久思，看他不一把火，把他那个什么妙雪小姐姐给烧了！

想着，林嘉歌就带着几分愤恨地一边往宿舍楼的方向走，一边低头看了一眼手机屏幕上的时间。

结果，时间没看清，却看到了时瑶发来的短信。

“嘉仪姐，是不是把我和梁暮暮的事告诉你了？”

所以，她是看懂了他送她回宿舍楼之前，在那盏路灯下做的那些事的暗示？

林嘉歌没像从前那样找借口做掩饰，而是大方地回了一个“嗯”字。

发完短信后，时瑶等了好一会儿都没等到林嘉歌的回复，然后她才后知后觉地想起，他的手机在吃晚饭的时候就已经没电了，怕是现在还没开机，说不定他回宿舍充上电，都不等手机开机就睡了。于是她便将手机放下，闭上眼睛准备睡觉。

在快睡着的时候，时瑶感到耳边的手机震动了一下，屏幕亮起了光。

是林嘉歌回了她短信。

内容很有他的风格，简单到不能再简单的一个“嗯”。

但就是这样简单的回复，让时瑶瞬间没了困意。

原来，她没猜错……他做的那些事，说的那些话，真的是在暗示梁暮暮……

在时瑶还没从这条短信里回过神来时，林嘉歌又发了新的消息过来：“心情好点了吗？”

时瑶没想太多，抬起指尖点屏幕，只是消息还没打出来，屏幕上再次进来了林嘉歌的短信：“是不是没有那么糟糕了？”

时瑶瞬间愣住了。

他问她心情好点了吗？她是可以理解的，毕竟不管换作谁，自己曾真心当作朋友的人背弃了自己，都会难过。

只是，“是不是没有那么糟糕了”这句话让她有点意外。

她现在心情的确好转了很多，只是他怎么知道的？难不成，难不成……又一个猜测浮现在时瑶的心头。

她觉得自己这个猜测，实在是太大胆了，换作从前，她一定会毫不犹豫地否定掉，可是这次……她却有点莫名其妙的自信，尽管她也不知道这个自信是从哪里来的。

时瑶沉思了良久，还是选择了将自己的猜测大大方方地问了出来，毕竟憋在心底也不会知道真相。

想着，时瑶就飞快地按着手机屏幕，给林嘉歌回了消息："你下午给我打那么多电话，是因为你知道了这件事？"

时瑶迷之自信归迷之自信，但她心底还是有点没谱，等这条短信发出去后，她才迟缓地忐忑不安起来。

若是林嘉歌回她不是，那她要怎样缓解尴尬？

就在时瑶绞尽脑汁地想借口时，手机屏幕亮了。

林嘉歌："嗯。"

嗯……居然还是嗯……这是说，她的迷之自信是对的？

果然，女人的第六感出奇的准，这句话不是骗人的。

所以……时瑶想着，继续指尖快速地打字："那晚上 KTV，是不是临时安排的？"

这次林嘉歌秒回了短信："嗯。"

真的是临时安排的……连续两次都迷之自信正确，时瑶更迷之自信了："那……KTV 是不是因为我？"

随着这句话发送成功，时瑶屏住了呼吸。

从那一刻起，她觉得时间过得很缓慢很缓慢。

就在她觉得自己整个人快要窒息而亡时，手机屏幕上进了林嘉歌的消息，依旧是一个字，但不是"嗯"了，却是一个"是。"

竟然，真的是这样……

她猜对了，都猜对了。

林嘉歌从林嘉仪那里知道她和梁暮暮的事情后，第一时间就给她打了电话。

他看得出来她心情不好，就特意安排了 KTV，喊了自己的舍友和嘉仪姐来凑热闹，为的就是让她开心起来。事实上，从 KTV 狂欢出来后，她真的很开心，一天低落的心情一扫而光……

一种说不出来的情绪，瞬间席卷了时瑶的心窝。

是感动吗？是感动吧。在你难过的时候，有个人想办法哄你开心，肯定会很感动啊。

时瑶不知道自己究竟是怎么了，心跳的节拍有点快，有点乱。

她想给林嘉歌道声谢谢，可她的指尖颤抖得厉害，她深呼吸再深呼吸，费了很大的力气，才勉强稳住了心神，哆嗦着指尖，敲了句："谢谢你，林嘉歌。"

林嘉歌这次回的短信，字数终于多了起来："应该的。"

应该的？

她不开心，他哄她，怎么就是应该的？

时瑶微蹙了蹙眉，正准备问林嘉歌，屏幕上就又进了一条消息："我们是朋友嘛。"

这是说……林嘉歌把她当成了朋友？

以前对他印象不是那么好，总觉得他高高在上，看不起她，现在因为交集多了点，发现他人还是蛮不错的。比如他请她吃过饭，再比如女生给他告白送的好吃的他也都当垃圾处理给了她……

所以，他和她即便将来，解除婚约，当不了一家人，当朋友好像也不是不可以啊。

再说，交一个新朋友，本身也是一件值得开心的事。

想到这里，时瑶弯了弯眉眼，开始回短信："本来失去一个朋友，挺难过的，结果现在得到了一个新朋友，好像还蛮不错。"

没等林嘉歌回复，时瑶紧接着又打字吐槽了起来："不过，话说回来，你哄人的方法真的有点闷骚啊，尤其是摔碎了玻璃瓶后说的那些话，什么一旦摔碎了，水洒了，就再也不可能回到原来的样子了。我跟你讲啊，还好我聪明，要是换成一般人，根本就不知道你在做什么。"

收到时瑶很长的两条短信，林嘉歌一字一句认真地看完后，腹诽起来。

哪有人自己夸自己聪明的，虽然软包子的确挺聪明的，看懂了他的暗示，也猜出了他的良苦用心。

不过……她为什么只提了有关摔碎玻璃瓶的暗示，没提划破外套那件事？

难道她没读懂，划破外套那件事也是一个暗示吗？

暗示的是他当年年少，因为爷爷强行塞给他一个未婚妻，他恼恨之下牵迁怒了她，对她说了很多伤人的话……

他那句话的整体意思是，梁暮暮不可被原谅，而他和梁暮暮不一样，缝缝补补，还是可以原谅的。

林嘉歌想了想，婉转地问："除了这些，你还有什么别的要说的吗？"

时瑶回复得很快："很高兴可以和你做朋友。"

谁要听这句话啊……再说，他又没想过真的要和她做朋友，他刚刚就是不小心说了句"应该的"，不好意思临时找个借口救场而已……

林嘉歌耐着性子，继续问：“除了这句呢？”

时瑶：“你那两个室友好好玩，唱歌也都好好听。”

林嘉歌从床上抬起头，看了看早已睡熟的夏商周和陆本来，忽然有种拿被子闷死那两个人的冲动。

他深吸了一口气，不死心地接着问：“还有吗？”

时瑶：“其实也没了……”

她是真的没读懂他后半句暗示啊……这想法刚闪过林嘉歌的脑海，时瑶又发来了一条消息：“不过……”

林嘉歌心生希冀，满怀期待。

约莫十秒后，时瑶：“那瓶摔碎的矿泉水，真的好可惜啊！”

“……”

这天，真的聊不下去了……

林嘉歌捂了捂有点内伤的胸口，回了句：“时间不早了，睡觉吧。”

放下手机，林嘉歌心想，他最近都不要再和软包子聊天了！

下一秒，手机屏幕亮起，林嘉歌飞速地拿起手机，在看到时瑶发的“好的，晚安”那一刻，他的指尖已经敲了一句“晚安”，点了发送。

时瑶没再回消息，林嘉歌放下手机之前，看了一眼时间，已经将近凌晨两点。

他盖上被子，准备入眠，可他刚闭上眼睛，脑海里就想到了他那没被她解读出来的后半句话的暗示。

她怎么就懂了有关梁暮暮的那部分内容，没懂有关他的那部分呢？

想着，林嘉歌翻了个身。

她还好意思说，自己聪明，哪里聪明了？明明笨得要死！

继续想着，林嘉歌又翻了个身。

还有他，脑子也有病，竟然还跟着她夸她聪明！

林嘉歌不知道自己这样翻来覆去了多久，总而言之，直到睡着前，他的心情都很浮躁，好几次想要拿起手机，给时瑶拨个电话过去骂她蠢！

……

不知是过了困点，还是跟林嘉歌聊天聊的，时瑶放下手机后，闭着眼睛迟迟没能入睡。

因为她的脑子很乱，频繁地浮现出，她和林嘉歌刚刚的聊天内容。

她想着想着，心跳速度，就和收到林嘉歌短信时一样，开始加快。

宿舍里的人都睡了，很安静，静到后来，时瑶都听见了自己怦怦怦的心跳声。

她伸出手摸了摸胸口，然后又一次将林嘉歌和自己的短信内容在脑海里过了一遍，整个人就忍不住埋进被褥里，偷偷地扬起唇笑了起来。

时瑶不知道自己到底回想了多少遍她和林嘉歌今晚的短信内容，甚至直到入睡前，她脑海里晃动的还是他回她的消息，她的心跳依旧很快，嘴角也不经意地上扬着。

五月中旬一过，天迅速地热了起来。

大中午，明晃晃的阳光往校园里一照，一眼望去，整个学校都是空荡荡的，几乎没什么人走动。

又做完一个新项目的林嘉歌关掉电脑，随手拿了一瓶脉动，拧开瓶盖喝了两口后，就拿起了手机。

回了几条未读消息后，林嘉歌见朋友圈那里有红点提醒，就顺手点了进去。

等待刷新后，他最先看到的是一条三分钟前更新的朋友圈内容……

【猴子派来的高手】：“我想带你去浪漫的沙漠地图，然后一起追空投和跑圈，其实我特别喜欢摩托车和有 8 倍镜的 M 城。”

这句话的下面，配了一张图，是《绝地求生》游戏中的图，一个男人骑着摩托车载着一个女人，在沙漠中驰骋。

男人的头顶是 1 号标志，女人的头顶是 2 号标志。

左上角，1 号是【猴子派来的高手】，2 号是【瑶兮爱吃冰激凌】。

配图的下面还有一行小字——“提到了：瑶兮爱吃冰激凌”。

林嘉歌不经常玩朋友圈，但知道朋友圈的这个功能，说明夏商周特意 @（通知）了大白圆，提醒她看他的朋友圈。

就在林嘉歌看完这个消息的过程中，夏商周的朋友圈下多了一个点赞，是【瑶兮爱吃冰激凌】，紧接着多了一条回复，依旧是【瑶兮爱吃冰激凌】：“歌词不错，是你原创的吗？”

夏商周脸皮真厚，为了讨点赞和回复，居然特意 @ 大白圆……

林嘉歌想着，就往下滑动屏幕。

约莫十六个小时前，夏商周还发了一个朋友圈：“好想吃鸭血粉丝汤……”

下面有两排赞，还有十多条回复。

其中，【瑶兮爱吃冰激凌】既赞了也回复了：“我也想吃。”

夏商周回复了她的回复，两个人就因为“鸭血粉丝汤”聊了七八句，占了夏商周朋友圈回复数量的三分之二。

而夏商周发的这个朋友圈，并没有 @ 大白圆……所以，即使他不 @ 大白圆，大白圆也会给他的朋友圈点赞和回复。

想着，林嘉歌就点了夏商周的名字，进入了他的朋友圈。

夏商周虽不是天天发朋友圈，但算是男生中发朋友圈比较频繁的那种，林嘉歌将他所有的朋友圈消息一一看了一遍，发现自从他加了大白圆为微信好友后，他发的朋友圈绝大多数都有被大白圆点赞过，其中点赞的朋友圈里，至少一半以上得到过大白圆的回复……

林嘉歌蹙了蹙眉，然后就点进去了自己的朋友圈。

他只发了一条内容："333333……"

有七十八个人点赞，四十五个回复。

从不关注这些的林嘉歌，先将回复看了一遍，见没有【瑶兮爱吃冰激凌】，就去看了点赞的头像，找了一圈没找到大白圆的头像，就又找了一圈，依旧没有，继续找……如此反复了好几次，林嘉歌终于死心，面对【瑶兮爱吃冰激凌】没给自己朋友圈点过赞的事实。

他这条朋友圈消息，好早之前就发了，那个时候，他和大白圆还不是好友，所以，他拿这个朋友圈和夏商周作比较，根本就没什么可比性……

想到这里，林嘉歌就点了朋友圈右上角的相机，长按了一会儿，随便发了一条文字内容出去："444444"。

朋友圈发送成功后，林嘉歌秒接收到了一个赞，是隔壁宿舍的林一木。

林嘉歌没走心，放下手机就去了洗手间，出来后，再次进入朋友圈，他已经有二十多条互动提醒了。

绝大多数赞，都是一些有过项目合作的人。

大概是他的内容太枯燥，回复只有三条。

第一条是他不知道何时加上的一个学姐发的："林学弟，午安"，后面还跟了一个小红心。之所以知道是学姐，是因为他给的备注就是学姐，具体是谁他也不清楚。

午安就午安，这小红心是什么鬼？

林嘉歌无视，看向了第二条回复，是林嘉仪："444444 人民币？"

第三条还是林嘉仪："不理我？难不成是 444444 美元？"

随便看个数字，都能联想成钱，神经病哦。

林嘉歌见没有【瑶兮爱吃冰激凌】的互动，同样无视了林嘉仪，退出了微信。

他看了一会儿书，约莫过了半个小时后，林嘉歌又一次进入了朋友圈。

【瑶兮爱吃冰激凌】发朋友圈了："女孩就应该对自己好一点，一天三餐简直就是虐待自己，四餐是正常对待自己，五餐是勉强满足自己，六餐以上才是真正地爱自己！”

配图是满当当的一桌子小龙虾。

不过引起林嘉歌注意的，却是小龙虾盘子上的名字“家味”。

这家店，他去过，软包子生日那天，她带他去的……没想到大白圆和软包子的口味一样啊，都喜欢吃他们家的小龙虾……

观察完【瑶兮爱吃冰激凌】新发的朋友圈，林嘉歌点开了自己的朋友圈。

又多了好多个赞，依旧没有大白圆。

回复也多了几条，除林嘉仪自言自语地在“444444”后面加欧元，港币刷屏之外，还多了夏商周的回复：“老大，难得看你发一次朋友圈啊。”

林嘉歌谁的回复都没理会，返回朋友圈主页，往下刷了两下，看到夏商周发的那条朋友圈下，多了几条回复。

【猴子派来的高手】：“是啊，我自己改的。”

【瑶兮爱吃冰激凌】：“厉害厉害，佩服佩服！”

【猴子派来的高手】：“客气客气，多谢夸赞。”

所以，大白圆跟夏商周互动了，却没给他的朋友圈点赞和回复？

林嘉歌垂了垂眼皮，回到朋友圈最顶端，看到【瑶兮爱吃冰激凌】下多了一条回复，是【猴子派来的高手】：“瑶妹，你这文案，我给你 88 分，剩下的 12 分，以 666 的形式送给你。”

然后林嘉歌目睹【瑶兮爱吃冰激凌】回复了夏商周：“对方毫不客气地接受了你的夸赞，并回给你一个微笑……”

会不会是他刚刚发的朋友圈，她没注意到，而她和夏商周一直都在互动，所以她才回复了夏商周？

林嘉歌越想越觉得自己这个猜测是正确的，于是便给【瑶兮爱吃冰激凌】发的朋友圈下点了个赞。

作为礼尚往来，她应该也会给他朋友圈回个赞吧？

然而，林嘉歌等了十多分钟都没等来【瑶兮爱吃冰激凌】的赞，不死心也不甘心的他干脆在【瑶兮爱吃冰激凌】的朋友圈下又来了一个回复：“胖到 250 斤！”

这次林嘉歌没再退出微信去做别的事情，而是选择了全程守在微信朋友圈里。

他刷新了一次又一次朋友圈，别说【瑶兮爱吃冰激凌】给他回赞和回复了，就连他给她的朋友圈回复，她都没理。

甚至，他在不知道自己第多少次刷新朋友圈时，又看见了她和夏商周的对话。

【猴子派来的高手】：“蒜香小龙虾，蛋黄小龙虾，十三香小龙虾，麻辣小龙虾……

那个喊不出来的是什么小龙虾？”

【瑶兮爱吃冰激凌】：“秘制小龙虾。”

【瑶兮爱吃冰激凌】“他们家的招牌，很好吃的，尤其是里面的年糕，超级超级好吃，就是有点辣！”

她不回复他的回复就算了，她居然还连续回了夏商周两条内容？

林嘉歌忽然觉得很闹心，他几乎想都没多想，就又一次回复了【瑶兮爱吃冰激凌】：“吃辣容易爆痘……”

回复成功后，林嘉歌终于收到了回应，他急急忙忙地点开去看，结果却是夏商周回了他的话：“瑶妹是不可能爆痘的，瑶妹天生丽质，闭月羞花，沉鱼落雁，绝代佳人。”

林嘉歌等了一会儿，见大白圆还是没回复自己的意思，于是就又回：“我说的是事实，还有更可怕的事实，要听吗？”

林嘉歌没等任何人回应自己，就继续打字，回复：“胖就算了，再满脸痘……”

他都在她朋友圈下连续回了四条消息了，即便她朋友圈信息再多，她这次总能看到他了吧？

林嘉歌特意等了一会儿，才去刷新朋友圈，然后他在自己的朋友圈里找了个遍，都没找到【瑶兮爱吃冰激凌】发的那条朋友圈内容。

咦？怎么会刷不到大白圆的朋友圈了？难不成她把刚刚发的那条朋友圈给删除了？

林嘉歌想着，就去点了【瑶兮爱吃冰激凌】的头像，进入了她的朋友圈主页。

原本他一进来，就可以看遍她所有朋友圈的内容，可这次，他进来，看到的却是空荡荡的页面。

奇怪了，该不会是他的微信出现故障了吧？

纳闷儿之际，林嘉歌点开了林嘉仪的朋友圈。

没问题啊，姐姐的朋友圈可以看啊……

林嘉歌怕是一场意外，连续点了好几个人的朋友圈，见都可以照常看，这才皱起眉，十分不解地思考了起来。

他想了许久，也没想明白，索性就找了陆本来的微信。

“A 本来可以看到 B 的朋友圈，但是 A 回复了几条朋友圈消息后，就无法看到 B 的朋友圈了。”

将情况一五一十地阐述给了陆本来后，林嘉歌补了句：“这到底是怎么回事？”

大概三分钟后，他收到了陆本来的回复：“这还用问吗？肯定是 A 被 B 屏蔽了。”

林嘉歌：“屏蔽？”

陆本来："对啊，老大你不要告诉我，微信朋友圈屏蔽功能你不知道？"

他从不玩朋友圈，朋友圈又没有特意打电话告诉他，他怎么会知道？

林嘉歌在心底吐槽了一会儿，不愿意相信这是事实，又问了句："确定是屏蔽？不是微信出现了故障？"

陆本来："老大，我拿我的节操发誓，确定肯定以及笃定是屏蔽。"

你有节操吗？你就随随便便拿你的节操发誓……还是不愿意相信这是事实的林嘉歌在心底默默吐槽。

微信另一侧的陆本来，像知道林嘉歌心底想什么一样，又发来了一条消息："再加上我的贞操！"

"还有我即将到来的爱情。"

林嘉歌懒得回复陆本来，直接点了陆本来的名字，勾选了屏蔽对方看朋友圈这个选项。

然后，他给陆本来发了个消息："你点开我的朋友圈，截屏给我看。"

很快，陆本来的截图发了过来。

和他刚刚点开大白圆的朋友圈时的状态一模一样，除背景图，头像，以及个性签名外，其他的什么都看不到。

所以，还真是陆本来说的那样……他被大白圆屏蔽了朋友圈……她和夏商周在朋友圈里回复来回复去，互动得那么热火，到了他这里……就成了屏蔽？

林嘉歌越想，心态越失衡，最后他索性去了APP软件商城，找了微信软件，给了一个一星差评，附赠的意见内容是："体验感极差，要不是最低是一星，真想给个零星。"

点评完微信这个软件后，林嘉歌依旧觉得郁闷，他再次点开微信，找了陆本来："带你去喝下午茶，去不去？"

陆本来秒回："去！"

后面还附带了一个卖萌的表情。

林嘉歌："十分钟后，学校大门口见。"

陆本来："好的，老大。"

过了一会儿，陆本来："老大，要喊上老夏吗？"

夏商周？

林嘉歌几乎想都没想，就回了句："不，抛弃他！"

陆本来："好的好的，反正我和老夏也不熟悉，他叫什么？身高多少？体重多少？年龄多少？我一无所知啊……"

……

林嘉歌走到学校大门口的时候，陆本来已经等候在那里了。

等林嘉歌一走近，陆本来就收起正玩着的手机，问了句："老大，我们去哪里喝下午茶？"

林嘉歌漫不经心地回了句"到了你就知道了"，然后伸出手，在学校门口拦了一辆出租车，示意陆本来上车。

下午三点，还没到晚班高峰期，路况还算不错，约莫二十分钟后，车子抵达了林嘉歌报的街名。

付完款，下车，林嘉歌带着陆本来沿着道路往里走了约莫两百米，停在了一家店铺门前。

陆本来知道这条街，北京有名的消夜一条街，他抬起头看了看面前店铺的名字"家味"，然后盯着旁边图上那只张牙舞爪的小龙虾，忍不住开口问："老大？你确定我们下午茶吃小龙虾吗？"

林嘉歌面色淡定地"嗯"了一声，然后率先迈着步子，进了家味。

陆本来悄悄地摸了摸还没消化完午餐的肚子，硬着头皮跟上。

即使是下午，店里依旧坐了不少桌人。

找了个比较靠里面的位置，落座后，林嘉歌将菜单推给陆本来，示意他点菜，然后就左顾右盼地朝着周围吃小龙虾的人看了起来。

他和大白圆唯一的交集，仅限于《绝地求生》这款游戏。

他就算是把这里的人挨个儿仔仔细细看个遍，也猜不出来哪个是大白圆。

他其实就是随便看看，只是他不过随便看了几眼，就被右手边靠窗的那一桌吸引了。

因为……那一桌有软包子……

可能是同学聚会，软包子那一桌，有八九个人。

除软包子外，其中三个，林嘉歌是有点印象的，之前体育课，她们跟时瑶一起上过厕所。

坐在时瑶右手边，那个脸圆圆的女孩，林嘉歌叫不出来名字，但是时瑶左手边的那个女孩，拜陆本来所赐，林嘉歌闭着眼睛都能知道她叫冷暖。

至于坐在冷暖旁边的那个长得有点像男孩子的女孩，林嘉歌虽不知道她叫什么，但对她的印象还是有点深的，因为当初运动会，他跑三千米的时候，是她陪着时瑶来给他送水的……

想着，林嘉歌就不动声色地往下移了移视线，在看到她胸前一马平川的画面时，他的脑海里忽然闪过林嘉仪前段时间给他发的那条信息："然后瑶瑶说不要，我拦住了妈妈，但是梁暮暮没人拦，再然后床单被梁暮暮扯走了，然后我们就看到了一个长相像男生的女生……”

所以……“绿”他的那个人，就是她？就是她和软包子一起睡的？

林嘉歌的视线，在那个女生的身上，上上下下左左右右打量了许久。

眼睛不够大，鼻子不够挺，牙齿有点歪，脸部线条轮廓不够流畅，发型不好看，目测身高也不行，一个女生皮肤好像还比不上他这个男生……综上所述，这个女生威胁力为零……

“老大，你看我点这些，够不够？”已经下完单的陆本来，没忘记征求一下买单大佬的意见。

林嘉歌闻声，收回落向时瑶那桌的视线，看都没看一眼陆本来点的菜，只是轻轻点了点头，准了。

下完单，等服务员离开后，陆本来一边给自己和林嘉歌倒冰镇的酸梅汤，一边问：“老大，你怎么突然跑来吃小龙虾了？”

“你不是最不能吃辣的吗？”

“而且这家店，也不起眼，你是怎么找到的？”

陆本来问了好几句，见林嘉歌始终没接自己的话，忍不住抬起头，冲他看去。

结果他留意到，林嘉歌时不时地往窗边的方向看。

“老大，你一直往那边看什么看？难不成有美女？”

纯粹是因为好奇，陆本来一边嘀咕，一边喝着酸梅汤，也扭头冲林嘉歌看的方向看去。

然后，陆本来就被酸梅汤呛到了，他咳嗽了好几声，才抬起手，指着窗边的那一桌咋咋呼呼出声：“还真有美女，我媳妇儿，我媳妇儿，我媳妇儿啊……”

陆木来太激动，惹得旁边两桌冲他和林嘉歌看来。

林嘉歌微蹙了蹙眉，递给陆本来一道示警的眼神，陆本来连忙收敛了一下情绪，将脑袋凑到林嘉歌面前，小声地说：“老大，真的是我媳妇儿！”

见过厚颜无耻的，没见过这么厚颜无耻的，人家怕是连你名字都不知道……

林嘉歌斜了一眼陆本来，懒得开口打击他。

陆本来毫不在意林嘉歌投来的嫌弃眼神，手托着下巴，望着冷暖欣赏了一会儿，忍不住赞叹了句：“我媳妇儿真好看，简直让这家餐厅蓬荜生辉啊！”

林嘉歌望着一直往嘴里塞虾的时瑶，眉心又皱了起来。

什么叫你媳妇儿让这家餐厅蓬荜生辉啊，明明是软包子！

不过，林嘉歌倒是没跟陆本来计较，而是不动声色地看了看时瑶对面坐的那几个人。

有三个女生，两个男生，其中有一男一女应该是情侣，男生时不时喂女生吃个虾，女生时不时给男生擦个嘴，两个人很是甜蜜。

至于另外三个，女生倒是没什么问题，那个男生……林嘉歌注意了他一会儿，暂且还没发现什么问题。

陆本来点的小龙虾很快就送了上来。

陆本来先递给林嘉歌一副手套，然后自己才拿了手套，戴上后开吃。

在陆本来面前的盘子堆满了小龙虾壳的时候，他才后知后觉地发现，林嘉歌面前的盘子还是干干净净的。

他纳闷儿地抬起头，问了句："老大，你怎么不吃啊？"

随着他话音的落下，他的视线跟着林嘉歌一起望向窗户那边。

然后，陆本来看到坐在时瑶对面的那个男生，将剥好的一盘虾仁，送到了时瑶的面前。

也不知道那个男生说了点什么，时瑶仰起头，冲男生灿烂地一笑，然后就接过虾仁吃了起来。

陆本来没多想，下一刻就对着林嘉歌开口了："老大，那个男生居然给小学妹剥虾壳……"

伴随着他的话，从嘴边一字一字地飘落，他明显感觉到周身的空气变得有些稀薄。

陆本来连忙止了声音，飞速地将后面的话改了词："……不过，那个男生一看，就不可能是女生会喜欢的菜，估计也就是同学之间帮帮忙……"

说着，陆本来悄悄地抬起眼皮，打量了一下面前的男生。

脸色并没有好转太多，但也不至于那么骇人。

他转了转眼珠，立刻拿起虾，飞速地剥壳，然后将肉放到了林嘉歌的盘子里，开始转移话题："老大，吃虾吃虾……"

话语间，陆本来又剥了几个虾肉放在了林嘉歌的盘子里，他见林嘉歌眉眼间流淌的气息，依旧有些凉，于是又开口："……老大，我相信，小学妹要的是那些虾，绝对不是剥虾的人……"

"小学妹长得如此好看，眼光肯定高，不，是极其的高，我觉得啊，小学妹除了老大您，别人肯定……"

后面"看不上"这三个字还没说出口，无意之间往窗前看了一眼的陆本来就没了声音。

那个刚刚给时瑶剥虾的男生，又剥了一大盘虾仁，不过这次，他递给的不是时瑶，而是冷暖……

陆本来瞪大了眼睛，约莫三秒后，他转头冲林嘉歌就愤怒地开口了：“过分，简直太过分了！”

“这男生有毛病啊，给小学妹剥完虾，又给我媳妇儿剥虾！”

“谁稀罕他剥虾啊！”

在陆本来愤愤不平的吐槽声中，那个男生面前的盘子里，又多了好几颗剥好的虾仁。

“不是吧？他还在剥？他这次剥的是要给小学妹，还是要给我媳妇儿？”

“拜托拜托是给小学妹，给小学妹……”

第三遍“给小学妹”还没念出来，陆本来就感觉到一股寒意迎面扑来，他打了个哆嗦，抬头看到林嘉歌投来的冷飕飕的目光，立刻脸上堆满了笑：“……给小学妹个屁！小学妹才不稀罕他剥的虾！”

求生欲爆表的陆本来，强势地扭转完自己说的话，下一秒就开始画重点：“老大，这样下去不是一回事，得想个办法阻拦他！”

“你要知道，近水楼台先得月，他虽然看起来歪瓜裂枣的，但是，他剥虾的行为很体贴，我听说，女生很容易被男生这样的小细节打动……”

林嘉歌一脸不可置信地望着陆本来，觉得他是胡诌：“你确定，女生会被这种小细节打动？”

“我确定！”陆本来挺了挺胸口，一副把握十足的样子，“就凭我最近熬夜看了五本霸道总裁的言情小说，就不可能错！”

林嘉歌望向陆本来的眼神，除了不相信，还多了一分看白痴的神情。

陆本来继续为自己辩解：“老大，你有没有听过一句话，知己知彼方能百战百胜？我之所以去看霸道总裁，是为了了解女生的心理，学习她们迷恋的东西，这样我才能更好地追冷暖……”

“……我跟你说，这里的学问可多了，有的女主因为‘大姨妈’肚子疼男主帮她暖肚子她就心动了，还有的女主因为鞋跟断了男主背她回家她就心动了……”

“……再说，老大，你怎么敢确定女生不会被剥虾这样的行为打动？”

林嘉歌虽不是那么相信，但却被陆本来的最后一句话说动了。

宁可错杀，不能放过！

想着，他就左右看了两眼，然后找了旁边一个长得很胖吃得满脸都是油的中年大叔，凑到了他的跟前，低声说了两句话。

随后那大叔回了一个 OK 的手势，将手里的虾塞进嘴里，一边嚼着，一边冲时瑶那桌走去。

很快，那个大叔就走到了给时瑶和冷暖剥虾的男生面前，一脸谄笑地冲那个男生喊了句“亲爱的”，然后就一把搂住那个男生，冲他的脸上亲去，一边亲，还一边说：“好巧哦，竟然会在这里遇见你。你知不知道，那一晚你离开我后，我每天都在想你……”

那个大叔几乎没给那个男生说话的机会，中途还紧紧地拥住了那个男生。

陆本来目睹那一桌人望向那个男生的目光，充满了惊悚、错愕……

直到那个大叔和那个男生分开，大叔离开的时候，还不小心撞翻了那个男生剥好的一盘虾。

将这一幕尽收眼底的陆本来，睁大眼睛，震撼了良久，才转头，冲林嘉歌竖起了大拇指：“论掐桃花，我谁都不服，就服你！老大，你简直就是掐桃花一绝！”

“不过，老大，话说回来，你也真够狠的！”

“找个男人过去，直接斩断了女生的念想，毕竟如果找个女人过去，还能分手……”

“老大，你这不是掐桃花啊，你这是直接将桃树连根拔起啊！”

“服！大写的服！大写加粗的服！”

陆本来自言自语地夸赞了林嘉歌好一会儿，然后才重新戴起手套，开始吃虾。

吃虾还没堵住他的嘴：“可算是虚惊一场，死里逃生，我媳妇儿算是保住了，没被那些妖艳贱货勾引走……”

林嘉歌自始至终都盯着时瑶那一桌。

看那桌的场景，大叔走后，那个男生红着脸不断地说着话，应该是在解释。

其他的人都在笑，看模样，应该是嘴里说着相信，但心眼里还是怀疑的。

见自己计谋达成，林嘉歌不紧不慢地收回了视线，他端起桌子上的酸梅汁，刚准备喝，就听见了陆本来说的最后一句话。

他掀起眼皮，看了一眼面前的陆本来，想了想，还是开口了：“你想太多了……”

嘴里塞了虾的陆本来，话语有点含糊：“什么？”

林嘉歌慢悠悠地喝了两口酸梅汁，才继续出声：“你喜欢的女孩，一直都很安全。”

陆本来更蒙了。

林嘉歌慢条斯理地放下酸梅汁，口吻清淡地接着说：“因为瑶瑶在她身边。”

言下之意，有软包子在，男生怎么可能会看上你看中的那个女生？

陆本来不服：“你怎么就知道，那个男生没看上我媳妇儿？你不要忘记了，那个男生也给我媳妇儿剥虾了！”

“哦，那又怎样？”林嘉歌依旧是那种不冷不淡的声调，“那个男生最先剥出来的虾，给的是瑶瑶，又不是你喜欢的那个女生。”

“这……”只说了一个字，陆本来就不知道该怎么继续往下说了。

林嘉歌却没罢休的意思：“说不定，那个男生就是为了讨好瑶瑶，顺便给你喜欢的那个女生一点虾吃。”

陆本来：“……”

林嘉歌：“还有，让这家餐厅蓬荜生辉的是软包子……”

陆本来：“……”

过了足足十秒钟，陆本来终于憋出了一句话：“老大，你可以侮辱我，但是不可以侮辱我媳妇儿！”

林嘉歌一脸奇怪地扫了一眼陆本来：“我侮辱她了吗？我说的是事实。”

你喜欢的女生，本来就没有软包子好看。

陆本来：“……”

又过了十秒钟，陆本来一脸严肃地开口：“老大，你这样，会失去我的！”

林嘉歌很是淡定地点了点头：“好啊，等会儿买单的时候，AA 制。”

陆本来：“……”

十秒后，陆本来气焰蔫了下来：“好吧，老大，就这一次，就这一次我承认是小学妹让这家餐厅蓬荜生辉的！”

“反正不管你怎样说，在我心底，我媳妇儿是最美的！这叫情人眼里出西施。”

林嘉歌动了动嘴角，没再说话。

没多久，他看软包子那一桌已经买单了，便也招呼服务员买单。

临走之前，林嘉歌没忘记给刚刚帮忙的大叔那一桌也买了单，还顺便将陆本来点的那些没动过的虾一并送给了大叔那一桌。

早在三天前，时瑶宿舍四个人就已经和班里平时几个还不错的同学约好了周末下午去家味吃小龙虾。

换作平常去吃饭，下好单，饭菜一上来，时瑶立刻就会动筷子。

可是今天，有人拦住了时瑶，非要拍张照片，发朋友圈。

在那个人的带动下，所有人都跟着拍照片，发朋友圈。

时瑶盯着虾垂涎了一会儿，因为不能吃，只好被迫拍照片发朋友圈转移思绪。

朋友圈发送成功后，她看到自己给【猴子派来的高手】回复的信息得到了回应，便随便回了猴子一句，然后就开吃。

她的手机放在桌上，页面就是朋友圈，在她吃小龙虾的过程中，她发的朋友圈下一直有人回复。

出于好奇，时瑶每隔一会儿，会去看一眼朋友圈的回复。

她加的好友不多，所以回复内容也不多，大多数内容不是说她放毒，就是说好想吃，唯独有一条回复，格格不入。

那就是【111111】：“胖到250。”

他才胖到二百五，他全家都胖到二百五！

忙于吃的时瑶，懒得和数字先生计较，在心底默默地吐槽了他两句，回了猴子的回复，然后继续去吃。

时瑶本以为，她无视数字先生，依照数字先生那样高冷的性格，肯定不会再理她了。

可是她千想万想，没想到数字先生居然又在她的朋友圈下出没了。

【111111】：“吃辣容易爆痘……”

她就是那种人见人羡慕的牛奶肌好吗？天生肤质细腻白皙。

时瑶继续选择无视。

【111111】：“我说的是事实，还有更可怕的事实，要听吗？”

不要听……这三个字刚掠过时瑶的心头，手机屏幕上就又多了【111111】的一条回复：“胖就算了，再满脸痘……”

正好咬着吸管喝椰汁的时瑶，被这八个字呛到了。

原本她就是因为辣才去喝的椰汁，这一呛，辣味进了鼻子，刺激的感觉，令时瑶难受得有点喘不过气来。

忍无可忍的她，想都没想，就屏蔽了【111111】看自己的朋友圈。

其实时瑶想着，吃完小龙虾后，她就把【111111】解除屏蔽。

结果吃完小龙虾后，何田田提出要去逛街顺便吃哈根达斯，她就把这事彻底给忘记了。

等时瑶一伙人，回到学校，已是晚上七点钟。

因为天气较热，出了很多汗，时瑶先去洗了个澡，换了睡衣后，才拿起手机，在【浪啊浪】群里开始招呼大家玩游戏。

【猴子派来的高手】最先冒泡：“瑶妹，晚会儿我才能玩，我现在还在吃饭，没回去呢。”

【是果汁啊】：“我在看小说，马上看完大结局了，等我看完我们再玩。”

发完这条消息后，【是果汁啊】@【111111】：“老大，你不是正在玩游戏吗？带上瑶妹啊……”

果汁这一叫数字先生，时瑶猛地想起自己屏蔽了数字先生的朋友圈，到现在还没解除，她本能地想要找个借口先躲一躲，结果屏幕上就进了一句话……

【111111】：“带上她，我怕挤不进服务器。”

！！！

这是暗讽她胖到可以撑爆服务器的意思吗？

怎么会有人嘴贱到这种地步？

而且她都给他说过，她不胖不胖了，他怎么还是觉得她很胖？

下午她忙着吃小龙虾，没工夫搭理他，现在……

时瑶想着，就满怀愤恨地在屏幕上按起了字：“对方送你一个白眼，并表示她的腿说不定比你的胳膊还细。”

【111111】：“你是把手指头当成了腿吧？”

！！！

谁家的手指头粗到跟腿比的地步？

时瑶更愤怒了，她低头，看了看自己纤细白皙的手指，又看了看自己那双白白细细的大长腿，心底浮现出一股恨不得立刻钻过手机，出现在数字先生面前，亮瞎他一双狗眼的冲动。

时瑶还没说话，【111111】就又发来了消息：“别的女生是纤纤玉手，而你是……”

他故意发到一半，停了下来，过了两秒，屏幕上出现了新的消息。

【111111】：“……五指山。”

【猴子派来的高手】：“老大，你过分了啊！”

【是果汁啊】：“就是，老大，你怎么可以这么说瑶妹？”

【潮汐】：“难怪你们迟迟没有女朋友，不像我现在抱着我女朋友，吹着空调，吃着西瓜，看韩剧，美滋滋。”

【猴子派来的高手】：“滚，秀恩爱狗！”

【是果汁啊】：“有女朋友了不起啊，有女朋友很值得炫耀啊，有女朋友能上天啊！”

面对其他三个的冒泡，时瑶始终没接话，她盯着【111111】发来的“五指山”看了一会儿，然后就忍无可忍地拿着手机，拍了一张手的照片，发到了微信群里。

在照片发送的过程中，时瑶开始打字：“无P图，苹果手机后置摄像头拍的。”

说完，时瑶还在后面附带了三个很具有嘲讽意义的微笑表情，发了出去。

事实胜于雄辩……数字先生再嘴贱，也抵不过照片为实吧！

【猴子派来的高手】：“哇，这是典型的美女手啊！”

【是果汁啊】发了一串双眼冒红心嘴角流口水的表情。

【潮汐】：“好看好看好看！”

【111111】：“网上盗来的图吧？”

什么叫盗来的？她天生丽质，需要盗图吗？

时瑶咬牙切齿地打了六个感叹号，发了出去：“！！！！！！”

【111111】：“不过，你还挺聪明的，盗图的时候，还知道把别人发图的水印标记给去掉！”

哪来的水印标记！明明就是她原创！

时瑶懒得打字了，在自己存的表情包里，找了一张图，发了出去，图上的配字是：“你算哪块小饼干啊，我不要跟你讲话了！”

然后，时瑶的手机就进了来电。

是妈妈打来的。

时瑶接听，聊了几句后，看到微信来了很多条未读消息。

因为【浪啊浪】的群，刚好进了新消息，在最上方，所以时瑶纯粹是因为顺手，点了进去。

她发完那个表情，接电话去后，【是果汁啊】紧接着就冒泡了：“完了，瑶妹生气了！”

【猴子派来的高手】：“我也生气了，哄不好的那种。”

【是果汁啊】：“说得好像谁稀罕哄你一样。”

【猴子派来的高手】：“说的好像我稀罕你哄我一样！”

……

时瑶大致地扫了一眼高手和果汁的对话，忍不住无奈地摇了摇头。

不是在说她生气吗？怎么就变成了因为稀罕不稀罕你哄我吵了起来？

他们两个人……一直都没这么抓不到重点的吗？

时瑶往下翻了很长的一段聊天记录，终于看到果汁和高手回到主题了。

【猴子派来的高手】@【瑶兮爱吃冰激凌】：“瑶妹，你不会真的生气了吧？老大就是这样的人，他没别的意思，我替他给你道歉。”

【是果汁啊】：“瑶妹，我把我现在最宝贝的东西分享给你吧。”

后面附带了一张照片，是一本纸质书，书名叫《亿万星辰不及你》。

【是果汁啊】：“可好看了，瑶妹，我保证你看了这本小说，就不会不开心了，因为会虐得你想哭……”

大概是因为她太长时间没冒泡，大家真的以为她生气了，最后果汁和高手开始指责起了数字先生。

令人意外的是，数字先生居然自始至终都没开口还嘴。

时瑶没在【浪啊浪】群里冒泡，看完群消息后，退到主页，看到【111111】给自己发的私聊消息。

她点了进去。

【111111】：“？”

【111111】：“？？”

【111111】：“？？？”

【111111】：“真的生气了？”

时瑶发到群里的那张表情，是密密麻麻的一堆小饼干，在数字先生给她连续发了好多条消息都没得到她的回应后，他将她发的那张表情发给了她，只是“你算哪块小饼干”的表情图上，多了一个红色的圆圈，而圆圈里，是那一堆饼干中最大的一块：“我是这块小饼干。”

其实时瑶并没有真的生气，只是凑巧，妈妈忽然打了电话。

她看到数字先生这条回复，一时没忍住，扑哧笑了一声，然后就回了数字先生一句：“那张照片真的是我的手。”

【111111】：“好好好，你说是就是。”

什么叫她说是就是？是明明就是！

时瑶刚准备再次强调一遍，屏幕上又多了一条消息。

【111111】：“手是蛮漂亮的。”

数字先生也不是嘴贱到无可救药的地步啊……还是会说人话的嘛！

这个想法刚闪过时瑶的大脑，屏幕再次进了一条消息。

【111111】：“就是中看不中用，是个手残，打游戏菜得不行！”

脸好疼……时瑶摸了摸脸，在屏幕上打了一句话：“我现在有点同情你了。”

【111111】：“？”

【瑶兮爱吃冰激凌】：“别人是注孤生，而你是凭实力单身，凭实力单身也就算了，还是那种往单身的道路上，跟脱缰的野马一样，狂奔而去，越奔越远，拉不回来的那种！”

【111111】：“……”

时瑶没去揣摩数字先生这个省略号是什么意思，继续打字。

【瑶兮爱吃冰激凌】：“不说还好，这么一说，我有点同情你父母啊，他们肯定很担心你打光棍。”

发出这条消息后，时瑶还不忘记找了个叹气的表情，发给数字先生，用来表达自己此时此刻的情绪。

【111111】："要听实话吗？"

【瑶兮爱吃冰激凌】："难不成你很喜欢说假话？"

【111111】："……"

【111111】："实话就是，不劳你操心，因为我还没出生，就名草有主了。"

呃……这是什么意思？什么叫还没出生就名草有主了？

时瑶沉思了片刻，回："难不成你在娘胎的时候，隔着肚皮，就给自己找好了女朋友？"

【111111】："差不多吧……"

呵！

正喝椰汁的时瑶，看到这句话，险些没把自己呛死。

她随口胡诌的啊！隔着肚皮怎么找女朋友？更何况，一开始在肚子里，胎儿就是一颗小黄豆……

想着，时瑶开始回微信："对方送你一个干笑，并表示这个笑话真的很冷。"

【111111】："我的意思是，在娘胎的时候，我就有了女朋友，只不过不是我找的，是家里人给我安排的。"

【111111】："简单来说，就是我有未婚妻。"

【111111】："所以，我会不会打光棍，真的不劳你操心，因为我生来就有未婚妻了。"

【111111】："而且，我未婚妻身材超好，长得超美！"

这好像还是第一次见数字先生打这么多字……

不过，他最后两句话，是她的错觉吗？她怎么从字里行间都能感受到浓浓的优越感呢？

有这么值得骄傲和炫耀吗？好像说得谁出生之前，没有另一半一样……

随后，时瑶也开始打字："好巧，我也是，没出生之前就有未婚夫了。"

着实见不得数字先生那么嘚瑟，时瑶顿了顿，又补了句："而且我未婚夫相貌超帅，家境超好！"

【111111】："没想到你醒着都能说梦话。"

谁在说梦话？她说的明明是事实！她本来就有未婚夫好不好！

时瑶耸了耸鼻子："谁骗你谁是麻辣鸡块。"

说完，时瑶给数字先生发了一张一大盘"麻辣鸡块"的图。

【111111】："好吧，既然你都这样说了，那我就勉强相信你吧。"

【111111】："不过，你未婚夫居然能接受你，我还是挺佩服他的！"

嘁，不要以为她不知道，他这是讽刺她配不上她那个地下未婚夫——林嘉歌！

好吧，他说的的确是事实，林嘉歌的确看不太上她，她也好像配不上他……但是……不代表，她不能嘲讽回去！

时瑶噘了噘嘴，指尖飞快地按键："彼此彼此，我也挺佩服你未婚妻的，她的容忍力世界一流，口味还真是有够特殊的！"

【111111】："一样一样，你未婚夫的接受力全球顶配，口味同样也是有够奇特的！"

【111111】："这么说起来，我还真是有点可怜你未婚夫啊！"

【瑶兮爱吃冰激凌】："+1，我也很同情你的未婚妻！"

【111111】："算了，不跟你聊这些了，要不要来打游戏？"

随着这句话出现在时瑶手机屏幕上，下一秒数字先生将游戏房间分享了过来。

本来就想打游戏的时瑶，也懒得跟数字先生再计较下去，她直接点了他分享过来的房间，进入了游戏。

在匹配游戏的过程中，时瑶心底还忍不住围绕着刚刚和数字先生聊的那些内容转。

她一直觉得自己一出生就有娃娃亲，是很奇幻的一件事了，没想到游戏里居然也能碰到拥有娃娃亲的人？

什么时候，娃娃亲居然这么流行了？

不过，话又说回来，数字先生有未婚妻，却至今都没有经验……呃，该不会数字先生那方面有什么问题吧？

她在胡思乱想什么呢？

时瑶意识到自己思想污了，连忙晃了晃脑袋，没几秒钟，思绪又飘远了。

数字先生嘴巴这么毒，他的未婚妻居然还能受得了，该不会他的未婚妻傻吧？

……

林嘉歌慵懒地靠在椅背上，指尖不断地滑动着被游戏页面充满的屏幕，操控着游戏里的人物，在出生岛上蹦来蹦去。

他看似很正常，可脑海里想的却是刚刚和【瑶兮爱吃冰激凌】聊的那些话题。

大白圆居然说她有未婚夫？是看他有未婚妻，故意编造出来的吧！毕竟在这个世界上，不是随随便便一个人，都能做到还没出生就拥有了另一半！

再说，真要是有了未婚夫，玩游戏不和自己未婚夫一起玩？真当他是好骗的！

还说什么，谁骗你谁是麻辣鸡块，真不知道骗了他的大白圆，到底是她发来那张麻辣鸡块图里的哪块麻辣鸡块！

再说……大白圆真要是有未婚夫，她都胖出了天际，她的未婚夫居然不让她减肥？

还真别说，她所说的要是真的……那她的未婚夫还真是有病啊！

……

游戏很快匹配成功，时瑶收起脑海里的胡思乱想，开始专注地打游戏。

数字先生依旧带着她哪里没人往哪里跳，当然，他也依旧是所向披靡的存在，带着她各种躺赢，然后把把以数字先生战绩十，她战绩零结束。

不过，也不是次次落地碰不到人，好让时瑶有游戏体验。

在玩到第五把的时候，时瑶跟随【111111】跳伞落地后，就遇到了一个队。

然后，时瑶双脚前一秒沾地，后一秒就被那一队的两个人围着用拳头活生生地打倒了。

好虐啊……游戏里“落地成盒”就算了，居然还被两个人拳打脚踢轮殴！

时瑶心塞了一秒钟，就切换到了【111111】的视角。

她本以为，对方两个人，他只有一个人，他会躲开那两个人，先去附近的房子里捡装备，猥琐发育。

谁料到，数字先生竟然随便在路边的一个厕所里，捡了一把小手枪，就冲刚刚拳打脚踢她的那两个人追去。

那两个人和数字先生隔了一段距离，就近有车，数字先生还没追上，那两个人就上车走了。

时瑶再次以为，数字先生会就此放弃，去不远处的房区，捡取装备，发家致富。

然而，接下来，她目睹的画面，再次让她打脸了。

数字先生的确去了房区，但是他直奔而去的不是房子，而是房区的停车场，在里面找了一辆摩托车，冲那两个人开车驶去的方向加速追去。

摩托车的速度，是所有车辆里最快的。

尽管那两个人比数字先生早上车一会儿，但没多久，数字先生的视野里，就再次出现了那两个人车辆的踪影。

双方你追我赶了好一阵儿，在经过两间房子时，那两个人跳车进了房子。

时瑶知道，这两个人肯定是因为落地没捡装备，现在想进房子捡装备好还击【111111】。

然而，那两个人前一秒进入房子，后一秒数字先生就停了摩托车，翻窗进入房间，拿着小手枪，冲俩人开了枪。

那两个人四处躲散，三个人绕着房子，兜了好一会儿圈子，然后那两个人重新回到车上，再次开车离开。

时瑶心想，那两个人走了，房子里的装备都没被人捡过，而第一次的毒区已经开始刷新了，数字先生肯定要开始捡装备了。

哪知道，数字先生见那两个人跳窗走，也跟着往窗边跑去，路过一个三级头，他看都没看一眼，就踹碎玻璃，伴着哗啦一声响，落地找到自己的摩托车，冲那两个人离去的方向追去。

那两个人驾驶的是一辆越野车，大概是被数字先生追得烦，企图开车撞数字先生。

然而每次，在时瑶以为数字先生要被撞死的那一刻，他总是可以控制着摩托车，轻而易举地躲开。

眼见毒区渐渐地刷来，那两个人尝试了十多次都没撞死【111111】后，索性放弃了，冲安全区跑去。

数字先生不依不饶地继续追。

和之前一样，两个人每次想要进入房区捡装备，就会被数字先生拿着小手枪追杀。

三个人，就像玩捉迷藏一样，来来回回东躲西藏了好多次，谁也没打死谁，谁也没捡到装备。

在三个人跑第三次刷新的毒区时，那两个人再也忍不住了，落了车窗，对着和他们车辆并排行驶的【111111】开口说话了。

“兄弟，求你别追了，好不好？游戏都开始了十分钟了，我们两边什么装备都没有，你这样搞得大家两败俱伤，等会儿谁都没法打决赛区，不就是落地打倒了你一个队友吗？至于这样吗？”

“就是啊，兄弟，你知道不知道，你已经追着我们两个人跑了大半个地图了，我们讲和行不行？”

“对对对，兄弟，你要是因为损失了一个队友，不甘心，要不我们三个结盟？”

“我们不打你，你也别打我们，我们一起捡装备打人发育，等最后进了决赛区，剩下我们三个人后，我们就打药，拼运气，行不行？”

“兄弟，你就答应我们两个吧？要不然这么下去，我们谁都进不了决赛圈！”

“……”

两个人苦口婆心地劝说了好一会儿，数字先生终于有了反应：“好。”

“那兄弟，你要不要上我们的车？”

随着游戏里，传出那两个人中某一个的声音，【111111】正飞驰着的摩托车开始减速。

虽然数字先生没说话，但那两个人知道，他这样的举动是答应了他们的提议，也急忙跟着开始减速。

两方车子停稳，数字先生从摩托车上跳了下来，冲越野车跑去。

两方车子，离得很近，数字先生那一个跳跃，稳稳地落在了副驾驶座车窗旁。

“兄弟，你快点，毒马上要刷过来……”因为数字先生没立刻上车，那两个人中的一个开始催促。

然而，他的话还没说完，数字先生的手一抬，稳稳地打中了副驾驶座的人，然后副驾驶座的人跌落出车，趴在了数字先生的脚下。

随后，时瑶就看到屏幕上出现了一句：【111111】用R1895击倒了【物理作业给我滚】。

在所有人都没搞明白究竟发生了些什么的时候，数字先生的手又一抬，随着一道枪声响起，【111111】的周围多了两个盒子。

然后，时瑶的手机屏幕上再次跳出了两句话：

【111111】用R1895淘汰了【充话费送男友】。

【111111】用R1895淘汰了【物理作业给我滚】。

被【111111】打死的那两个人，终于回过神来："有没有搞错？兄弟，你不是答应了我们结盟吗？"

"就是啊，你这人怎么这样？出尔反尔，说话不算话啊？"

面对那两个人的指责，数字先生极其淡定地开口了："我那一秒答应了你们，我又没说下一秒继续答应你们……"

"没见过这么厚颜无耻的人！"

"简直太不要脸了！"

在两个盒子愤怒的骂声中，数字先生跳上他们刚刚开的越野车猛踩油门离开。

现在那两个人被他杀死了，这下他总要进入安全区，开始捡装备，备战决赛圈了吧？

时瑶一边想，一边拿起薯片塞进嘴里。

她还没来得及嚼，就看到数字先生居然将车子冲毒区开去。

时瑶下意识地开口，提醒【111111】："你跑错方向了……"

没人理她。

数字先生操控的车子，还在飞速地沿着毒区，往前飞驰。

眼看着数字先生的血条，越来越少，时瑶再次动了唇。

只是这次，她的话还没说出口，她就在屏幕上，看见了数字先生距离自己死的地方，越来越近……

时瑶愣了愣，然后就看到数字先生开的车子停了下来。

紧接着，数字先生跳车，往前走了两步，找到了她的盒子，然后围绕着她的盒子跳来跳去。

呃？

数字先生怕不是脑子抽了吧？跑到毒区，围绕着她的盒子蹦来蹦去做什么？

在时瑶纳闷之际，屏幕上出现了一句话：您的队友【111111】被安全区淘汰。

紧接着，时瑶的耳机里，就传来了【111111】的声音："没捡装备，进了决赛区也没法打。"

随着一起玩游戏的时间越久，她听到数字先生说话的次数越多，但是好像每次他开口说话，她还是忍不住被他好听的声线惊叹到……

想着，时瑶的耳朵里再次钻进了【111111】悦耳动听的声音："想到你新坟孤寂，觉得你挺可怜的，我就勉为其难过来陪陪你。"

你挺可怜的……勉为其难……

随着这几个字钻入时瑶的耳中，她瞬间觉得数字先生的声音，一点也不悦耳动听了。

……

游戏另一端，林嘉歌将自己刚刚飞速截下来的图，保存在相册里。

此时已经差不多晚上11点钟了，再返回游戏，林嘉歌就听见【瑶兮爱吃冰激凌】说要去睡觉了。

林嘉歌没再开口说话，直接打了个"8"发了出去。

等【瑶兮爱吃冰激凌】退出房间后，林嘉歌也退出了游戏。

他放下手机，揉了揉因为长久低头玩游戏，有些泛酸的脖颈儿，然后伸了个懒腰，拿了浴巾和睡衣，进了洗手间。

等他洗完澡，从洗手间出来，夏商周已经回来了。

夏商周正在看手机，听见洗手间的门响声，抬头喊了一声："老大。"

林嘉歌擦着湿漉漉的头发，"嗯"了一声，走到自己的桌前，拿了吹风机。

他吹头发的时候，隐隐地听见夏商周在唱歌。

但因为吹风机的噪声太大，吵得他并没听清楚歌词。

直到他将头发吹干，关掉吹风机，对着镜子整理头发时，他才听清夏商周到底唱了些什么。

"我想带你去浪漫的沙漠地图，然后一起追空投和跑毒，其实我特别喜欢摩托车和有8倍镜的M城……"

这……不是他下午发在朋友圈里的话吗？

而且这句话的配图，是他骑摩托车载着瑶妹的画面……

想到这里，林嘉歌就想到自己被【瑶兮爱吃冰激凌】屏蔽了朋友圈的事。

他微蹙了蹙眉心，然后就听见旁边的夏商周又哼出的歌词："今天妆令人特别着迷，Oh我说瑶妹，游戏前换上新的心情，Oh我的瑶妹……"

我的瑶妹？

林嘉歌扭头看了一眼夏商周，见他戴着耳机，对着电脑上的歌词，唱得正入迷。

林嘉歌盯着夏商周看了两秒，然后就收回了视线。

他仿佛心不在焉，对着镜子整理了一会儿头发，然后就坐回到椅子上，拿起了手机。

他点开相册，盯着自己刚刚截的图看了一会儿，就发给了夏商周。

随着夏商周手机“叮咚”一声响，林嘉歌就开始在屏幕的键盘上按了起来。

“看到没有，要生一起生，要死一起死。”

“还有，有些事，我忘记告诉你了。”

“【瑶兮爱吃冰激凌】是G大的。”

“大一英语系。”

“十九岁，身高165。”

“这些信息，你是不是都不知道？”

一口气发了好些条消息的林嘉歌，顿时觉得气顺畅了许多。

骑摩托车载过瑶兮爱吃冰激凌又怎样？朋友圈经常和瑶兮爱吃冰激凌互动又怎样？他不还是没他知道有关瑶兮爱吃冰激凌的事情多吗？

旁边正声情并茂唱歌的夏商周，嘴边已经没了声音。

林嘉歌等所有消息都发送成功后，往旁边坐着的夏商周身上瞄了一眼，见他望着手机屏幕，微蹙着眉心，一副苦大仇深的模样，他这才心底平衡了起来。

夏商周迟迟都没回林嘉歌消息。

林嘉歌也不在意，关了电脑，找了一本书，准备上床入睡。

结果他拿着书和手机，整个人刚站起身，盯着手机看了半天的夏商周，忽然摘掉耳机，转头看向了林嘉歌：“老大。”

林嘉歌没太走心，看都没看一眼夏商周，只是“嗯？”了一声，就冲床边走去。

他走了没两步，夏商周又开口了，比起刚刚，这次夏商周的语气严肃了许多：“老大，我要跟你谈谈！”

林嘉歌听出夏商周的语气有些不对劲，他停了爬床的动作，转头望向了夏商周。夏商周一向爱笑的脸上，此时没了半点笑意，脸上的神情透着少有的认真。

林嘉歌微蹙了蹙眉心，没像刚刚那样漫不经心，而是面色平静望着夏商周“嗯”了一声，示意他有话就说。

夏商周直视林嘉歌的目光，吞咽了一口唾沫，才开口说：“老大，我觉得你做得不对。”

什么做得不对？

林嘉歌不解地蹙了蹙眉心，没出声，耐着性子等着夏商周后续的话。

夏商周：“老大，你都有了小学妹，为什么还要霸占瑶妹？”

他什么时候有了软包子，还霸占大白圆了？

莫名其妙！

林嘉歌的眉心蹙得更厉害了。

“老大，小学妹被秦笑话欺负，你第一时间上论坛维护小学妹，当时的你很愤怒，你是不太平易近人，但是你的脾气并没有那么可怕！那是我第一次见你因为一个女生那么生气！”

“还有，那次你看到韩景对小学妹告白，你很不开心，还报警以扰民的借口让人带走韩景，甚至泼了一盆水下去！”

“反正有好多事情，一时半会儿我也想不全，别的不说，就拿前几天的事来说，小学妹心情不好，你给我和小来来发消息，让我们去 KTV 哄小学妹开心，我从没见过你对一个女生这么上心。”

“总而言之，你既然都这样对小学妹了，你为什么还要撩瑶妹？”

林嘉歌没再沉默：“我什么时候撩瑶兮了？”

夏商周怕不是被他那些话刺激得脑子坏掉了吧？净说些乱七八糟的话！

“你怎么没撩瑶妹？你敢说你跟瑶妹在游戏里死到一起，不叫撩瑶妹？还有，我跟瑶妹骑摩托车怎么了？你为什么非要跟我比？”夏商周越说，话语越犀利，“老大，你都有喜欢的小学妹了，还这样跟瑶妹暧昧不清，你不觉得这样很过分吗？”

喜欢的小学妹？

喜欢的软包子？

他喜欢软包子？

随着这三个疑问闪过林嘉歌的大脑，他的眼前出现了一排问号：“？？？”

过了好一阵儿，林嘉歌才反应过来，夏商周到底说了些什么。

夏商周怕不是有病吧？居然说他喜欢时瑶？

林嘉歌想都没想，就回了夏商周一句：“你在胡说……”

话只说了一半，林嘉歌就停了下来，他也不知道自己究竟是怎么了，莫名有些心虚，以至于他后来再说出的话，语气少了很多底气：“……八道些什么？”

“我才没有胡说八道，我都是有事实依据的！”夏商周说着，就指向了正躺在床上看书的陆本来，“老大，你要是不信，可以问小来来，看他是不是也赞同我刚刚的说法？！”

莫名其妙被殃及的“池鱼”陆本来，吓得手一抖，险些将书摔落到地上。

……你要和老大谈就谈，干吗要扯上我？

陆本来选择专注看书，什么都没听到。

“小来来？陆本来？”然而，夏商周并没有就此放过陆本来，口中喊他名字的声音，一次比一次响亮，甚至见陆本来迟迟不理自己后，还伸出手扯往陆本来的裤脚，险些将陆本来的睡裤给扒了下来。

陆本来连忙拽住裤子，一脸茫然地坐起来：“怎么了？”

夏商周：“小来来，你说，我刚刚说得对不对？”

“啊？”陆本来眨了眨眼睛，一副完全不懂的样子，“你刚刚说什么了？我在看小说，什么也没听到啊……”

“你撒谎！你不要以为我刚刚没看到你偷偷地瞄我和老大！”夏商周毫不犹豫地拆穿了陆本来。

陆本来还想继续打马虎眼，结果他连话都没来得及说出口，林嘉歌就面色平静地望着他出声了：“你说。”

陆本来暗暗地咬着牙齿，一边将到嘴边的话吞回腹中，一边在心底将夏商周里里外外问候了十八遍。

好事从不想着他，坏事从不放过他……

陆本来飞速地转了好一会儿大脑，才笑着开口了，为了避免引火上身，他特意将话说得很婉转：“人和人是不一样的，你就看我吧，有了我媳妇儿后，我从不和别的女生私聊，当然这个别的女生也包含了瑶妹。但是在游戏里，我还是会很照顾瑶妹啦，毕竟我们四个人，就她一个妹子，那个照顾下也是应该的，纯粹是出于友情，没别的意思，我相信我媳妇儿是可以理解的……”

前一秒陆本来话刚说完，后一秒夏商周就开口了：“所以，老大，你有了小学妹，就应该跟小来来一样，不能再对我的瑶妹有非分之想！”

“反正，一句话，老大，你抢走了我的女神，就不能再抢走我的瑶妹！”

我的女神？

林嘉歌的眉心蹙起。

察觉到危险的夏商周，秒反应过来：“不对，我口误了，是这样的，老大，你抢走了我妈，就不能再抢走我的瑶妹！”

换作从前，不管是陆本来还是夏商周，只要秒改口，林嘉歌的神情总能快速舒展开。

可是这一次，夏商周秒改口后，林嘉歌的眉心依旧紧蹙得厉害。

感受到异常不对劲的陆本来，拿起书，一边翻页，一边重新躺回床上：“那个，没我什么事的话，我就继续去看我的书了……”

夏商周没像陆本来那样，机灵地躲开，而是站在原地，目不转睛地盯着林嘉歌的神情仔仔细细地打量了一会儿，然后就带着几分防备又开口了：“老大，你该不会还是要跟我抢我的瑶妹吧？”

也不知道林嘉歌究竟是怎么了，在夏商周这句话结束后，他忽地抬起脚，大步流星地迈着步子走到门前，伸出手用力地关了宿舍的灯，口吻格外差劲地丢了句“睡觉”，然后就爬上床，扯了被子，蒙在脑袋上，动也不动了。

宿舍顿时陷入了一团漆黑的静谧之中。

没有得到答案的夏商周，不死心，还想去找林嘉歌继续谈，结果他只开口说了一个“老”字，就被陆本来揪住了。

夏商周下意识地想要问陆本来干什么。

陆本来像知道夏商周的想法一样，将他扯到自己的床上，狠狠地捂住了他的嘴巴。

无视夏商周的挣扎，陆本来摸出手机，在记事本上打了一行字，递到了夏商周的眼前：“你是不是蠢啊，你没看到老大特别不对劲吗？”

等夏商周看完后，陆本来继续打字：“你还没看出来啊，老大压根就没意识到自己喜欢上小学妹了？你要信我，你现在就别去招惹老大……”

夏商周睁大了眼睛，本能地想开口说话，结果再次被陆本来捂紧了嘴巴。

夏商周这才反应过来，然后指了指陆本来的手机，示意陆本来将手机借给他用一用。

陆本来懂了他的意思，将手机递给了夏商周。

夏商周学着陆本来的样子，在记事本上打字：“怎么可能？老大又不是傻子，喜欢不喜欢，他怎么可能不知道？”

陆本来看完这句话，抢过手机：“当局者迷旁观者清，你懂不懂？！”

“再说，老大又不是那种拈花惹草的人，他这样做肯定有他的原因，你给他点时间啊，逼得太急了，影响兄弟感情了……”

“所以，孙子，现在滚去睡觉好……”

陆本来的话还没打完，夏商周就将手机抢走了：“你才是我孙子！给爷爷我说话客气点！”

手机转眼到了陆本来的手里：“早知道你这么大逆不道，刚刚我就不该拦着你，静静地看着你死！”

“……”

两个人拿着一部手机，你争我抢得互呛了好一会儿，才各回各床。

没了陆本来手机屏幕散发出的那抹光，宿舍里的光线更黑了，也显得更加安静了。

这样的气氛，很容易让人入眠。

没多久，陆本来和夏商周就双双睡去。

而躺在床上半天动也没动一下的林嘉歌，却将被子从脑袋上扯下去，睁开了眼睛。

他定定地望着天花板，看了良久，脑海里才慢慢地有了思绪。

他不是特别记得，他第一次见软包子的场景了，只记得他很讨厌这个突如其来闯入他生活里的女孩。

其实，那个时候，她的模样，他也记不太清了，唯独留下的印象，就是很瘦很干瘪，头发黄黄的，看起来跟营养不良的土包子一样。

他警告她不要妄图进入他的世界后，记忆里，好像除被迫背负一个有未婚妻的名号外，她就真的没有再打扰过他的生活。

直到，很后来的一天，在 SKP 商场的电梯里，他和她碰了个正着。

那天的他，压根儿没认出她是谁，甚至在梁暮暮说她是时瑶后，他整个人还有点质疑。

好像那个时候，也没有多走心，就是觉得她还蛮漂亮的。

若不是爷爷忽然病倒了，他和她怕是也不会有过多的交集。

大概也是那个时候，【瑶兮爱吃冰激凌】进入了他的生活。

说来真的挺凑巧，他纯粹是无意之间，看了【瑶兮爱吃冰激凌】的朋友圈，知道她是一个吃货，然后因为爷爷，他带着软包子去参加梁久思的聚会，那一晚听到软包子连唱了三首有关吃的歌，然后知道了软包子也是个吃货。

同样是那一晚，软包子被人嘲讽，她很委屈，他莫名其妙地心底不舒服，为了不让软包子难堪，他亲吻了她。然后过了没两天，玩游戏的时候，【瑶兮爱吃冰激凌】被两个路人调戏了，就和在金碧辉煌软包子被人看笑话时一样，他鬼使神差地又帮了瑶兮。

有些事情，大概就是从那个时候，拉开了序幕。

明明瑶兮是瑶兮，时瑶是时瑶，可是两个人总是能带给他相同的感觉……那种感觉相同到，就仿佛是一个人给的。

然后，致使他，总是不受控制地去做一些，就连自己都无法理解的事情。

若不是夏商周今晚忽然提及，其实他也不会察觉到有什么不妥。

夏商周说，他喜欢软包子……他承认，软包子对他来说，是一个很特殊的存在，特殊到这么多年来就这么一个她让他有这种特殊的感觉。

这种特殊的感觉，是夏商周口里说的喜欢吗？

林嘉歌睁着眼睛，极其认真地思考了良久，也没思考出一个结果，他索性拿起了手机。

他找了林嘉仪的微信，刚想打字，就想到林嘉仪曾喜欢过的那个人，指尖就顿了下来。

这话题对于姐姐来说，太敏感，敏感到去问她，就等同于在揭开她的伤疤……

那除了姐姐，还能问谁？

林嘉歌看了一眼旁边两只昏昏沉睡的单身狗，选择放弃，去找宿舍里唯一有女朋友的宋潮汐了："喜欢一个人是什么感觉？"

宋潮汐秒回："想睡她。"

想睡她？

林嘉歌的面色变得有些僵硬。

宋潮汐又回："睡是动词。"

动词？

咳……林嘉歌没回宋潮汐的消息，直接红着脸，放下了手机。

比网友不靠谱的人是姐姐，比姐姐更不靠谱的人，估计就是宋潮汐了吧……

这想法刚在林嘉歌的脑海里落下，他就想到，之前有那么一晚上，他做了一个梦，梦里的他和软包子……做了一些不可描述的事情……

想着，林嘉歌的脸更红了，耳根都有些发烫。

他那个梦……算不算是宋潮汐说的……想睡她？

好吧，就算宋潮汐说的成立，夏商周说的也成立，就当他是喜欢软包子的……那【瑶兮爱吃冰激凌】要怎么讲？

他没想过要睡【瑶兮爱吃冰激凌】，就说明他不喜欢【瑶兮爱吃冰激凌】？

可是他既然不喜欢【瑶兮想吃冰激凌】，为什么她游戏里被人欺负，他会帮忙？为什么她不开心，他让她上游戏，然后教她杀人？为什么夏商周有和她骑摩托车的截图，他也要有和她死在一起的截图？

就像陆本来刚刚说的，他在游戏里也会很照顾瑶兮，但是纯粹出于友情，那他这个呢？也是友情？但是他从小到大，活了这么多年，就没和女生做过朋友，为什么偏偏到了瑶兮这里，就出现了意外？

还有，夏商周说他在游戏里撩瑶兮？他那些行为叫撩吗？可是，这个世界上那么多女生，他玩游戏的时候，也不是没匹配过女生，他怎么就对瑶兮这样了？

这简直比做一道烦琐的高数题难多了！

怎么就让他碰上这种事了？简直有毒哦！

林嘉歌越想，越理不出头绪，他忍不住烦躁地翻了个身。

难不成是因为，瑶兮带给他的感觉太像软包子了？可是，为什么瑶兮给他的感觉会那么像软包子？

这就像一个误解的绕口令一般，让林嘉歌越想，越混乱，想到最后，他忍不住用力地甩了甩脑袋，将脑海里混乱的思绪全都抛了出去。

然而，林嘉歌整个人安静了没两秒钟，又在床上翻来覆去起来。

甚至到了最后，他脑海里忍不住浮现了一丝期待：要是软包子和大白圆是一个人，那就好了……

第二章

软包子就是大白圆

这周的周末，G 大所有大一学生集体考试，科目是马克思主义基本原理概论。

这考试，是学校组织的，整个大一学生打乱了顺序，随机分配考场。

其实这样的考试，主要是让大家有更高的思想认知。

虽然监考老师是 G 大的班主任，但因为考试并不是那么重要，所以很多时候，班主任会直接派自己班里的学生代为监考。

时瑶的考场在四楼，冷暖她们在一楼。

四个人在一楼分开后，时瑶在上楼的过程中，就收到了何田田在微信群里的吐槽："瑶瑶，刚刚吃饭的时候，我还在哀怨你和我们不在一个考场，现在我反而庆幸你和我们不在一个考场了！"

时瑶一边往楼上爬，一边拿着手机问："怎么了？"

江月："我们的代监是秦笑话和韩景！"

紧跟着江月的回答，何田田拍了一张照片发了过来。

照片里倒是没韩景，只有秦依然一个人，她看起来瘦了不少，尽管化了妆，但黑眼圈还是很明显……

时瑶略微扫了一眼照片，就看向了冷暖刚发来的消息："瑶瑶，你的代监考老师是谁？”

正好走到考场门口的时瑶，回了句“我看看”，然后就抬头冲教室里望去。

一个身材高挑的男生，穿着简单的白T恤衫，站在讲台前，正在整理试卷。

尽管他微低着头，她看不清他的面孔，但时瑶还是一眼就认出了他是谁。

不是吧？居然这么巧？竟然是林嘉歌代监？

时瑶往教室里走的步伐，本能地一顿。

直到有考生过来，提醒她挡住了路，时瑶才回神，一边连忙道歉，一边往旁边退了半步。

然后等到被她挡住路的考生进了考场后，她才迟钝地反应过来，这也是她的考场，她让路只需要进去就好了，不需要退到旁边……

时瑶暗暗地骂了句自己蠢，然后才又重新挪回到了考场门口，往教室里走去。

整理好试卷的林嘉歌，可能是察觉到门口有人过来，漫不经心地侧头，冲时瑶望来。

感受到林嘉歌的目光，时瑶的脚步下意识地停了下来。

前几天，他和她发短信时，他说她和他是朋友，那是不是代表，以前他说的那些让她不要和他有交集的话都已经作废了，所以作为朋友，她现在是不是应该和他打声招呼？

就在寻思之际，旁边窜过来一个人：“小学妹，好巧！”

时瑶本能地转头望去，是陆本来，和第一次上体育课见面时一样，今天的他居然穿了一件少男粉的短袖。

呃……这短袖好看是好看，只是……要不要这么时尚啊？

时瑶暗暗地嘀咕了两句，冲陆本来眉眼弯弯地笑了笑，喊了声：“陆学长好。”

随着时瑶话音的落下，陆本来明显地感觉到站在自己身边的林嘉歌，周身散发出来的气息，变得有些不对劲。

他……刚刚是不是嘴太贱了？不应该抢先跟小学妹打招呼，害得小学妹先跟他问好？

陆本来转了转眼珠子，下一秒就捂住了肚子：“那个，我有点肚子疼，去趟厕所，你们聊，你们聊……”

说着，陆本来就溜出了教室。

完全没察觉到有半点不对劲的时瑶，单纯地想着反正都跟陆学长打招呼了，肯定也要跟林嘉歌打招呼了，于是便转头，冲林嘉歌也眉眼弯弯地笑了笑：“林学长早上好。”

林学长早上好……陆学长好……他比陆本来多了两个字……

林嘉歌的心情瞬间愉悦，以至于连续开口说了两句话：“早。”

"你考生号是多少？"

时瑶掏出考生证看了一眼："26。"

林嘉歌随便指了一下右手的桌子："第四排是你的位置。"

她还想着要看看考生号是怎么排的，没想到林嘉歌居然告诉她了……

时瑶立刻笑眯眯地回了句"谢谢林学长"，然后又开口说："那我先去座位上了。"

林嘉歌面色淡定地点了点头，轻轻"嗯"了一声。

时瑶没再说话，摆了摆手，刚想转身离开，结果她还没来得及抬脚，林嘉歌语气清淡地又开口了："好好考试，不许作弊。"

听到这八个字的时瑶，腿一抖，险些没摔倒在地上。

作弊？谁要作弊了？

她马克思主义背得可溜了，根本不需要作弊！

想着，时瑶就抬头，气鼓鼓地瞪向了林嘉歌。

她鼓着腮，把小脸鼓得圆圆的，摆出一副可爱的表情看他做什么？在卖萌吗？

林嘉歌忍不住多看了两眼，然后才依依不舍地垂下头，一边分试卷，一边说："卖萌也不准许你作弊！"

时瑶瞪大了眼睛。

卖萌？他哪只眼睛看到她在卖萌了？

算了，看在他今天是代监的分上，她不跟他计较了……

时瑶噘了噘嘴，这次不但没说话，连手都不摆了，直接到自己的位置上坐下。

时瑶她们本身就是掐着点进的考场，坐下后，没几分钟，考试铃就响了。

陆本来和林嘉歌一人拿了一半卷子，本来陆本来是站在靠窗的这边，但是在发卷子之前，他见林嘉歌望着自己迟迟不动，原本想要发卷子的动作一顿，过了两秒，才反应过来，靠窗这边的位置有小学妹，然后立刻识趣地跑到靠门的那边，开始发卷子。

卷子发完后，整个教室陷入了一团安静中，所有的考生都趴在桌子上，拿着笔对着卷子比比画画。

林嘉歌站在窗前第一排，从考试一开始，就全程盯着时瑶看。

软包子拿到卷子，就开始奋笔疾书……她那样子，是真会做，还是乱写一通？

不过她考试的样子，还蛮认真蛮可爱的……小嘴不断地无声嘟囔着，是在读题吗？

嗯……人家说，笨的人才要无声地读出来，像他这样的人，一眼扫过去，就知道答案是什么了……

没多大一会儿，林嘉歌就注意到时瑶将卷子翻了页。

这是第一页蒙完了，要蒙第二页了？

唉，要不是监考，不能玩手机，他还真想把这一幕给拍下来保存起来。

考试时间进行到四十分钟的时候，时瑶停下了笔。

呃……两个小时的考试时间，她四十分钟就结束了？果然乱蒙一通比认真答题来得快……

林嘉歌想着，就换了一个站姿，继续望着时瑶看。

答题的时候还好，时瑶的注意力都在题上，没留意周围的情况，如今答完了，慢吞吞地检查错别字的她，发现林嘉歌的目光一直都粘在自己的身上。

他是什么意思？怕她作弊吗？

时瑶改了两个错别字后，确定试卷没什么问题了，见林嘉歌还在看自己，索性就放下卷子，撑着下巴学着林嘉歌的样子，盯着他看了起来。

软包子一直看他做什么？看就看了，还时不时地眨巴一下眼睛……是在对他放电吗？

难不成软包子打了小抄，一直被他这么盯着，没办法作弊，所以才用这样的行为暗示他？

她以为她对他眨几下眼睛，他就允许她作弊了吗？他是那么没节操的人吗！

伴着这些想法划过林嘉歌的心头，他看见时瑶又眨了一下眼睛。

好吧，看在她是软包子的分上，他就勉为其难通融一次吧……

林嘉歌又多看了时瑶一会儿，才意犹未尽地将视线挪开，落到了别的地方。

这下，软包子肯定高兴坏了……终于可以肆无忌惮地打小抄了……

不过到底心底还是有些好奇，林嘉歌时不时地会不留痕迹地偷瞄一眼时瑶。

咦？软包子胆子那么小？他都这么久不看她了，她居然还不敢作弊？

林嘉歌微蹙着眉，寻思了一会儿，最后将视线落在了坐在讲台桌前，撑着下巴，都快睡着的陆本来身上。

该不会是这货影响了软包子打小抄吧？

林嘉歌微垂了垂眼眸。

既然都决定勉为其难地帮软包子通融一次了，那肯定是要通融到底的……

想着，林嘉歌迈步走到了陆本来身旁，小声地和陆本来尬聊了起来。

在尬聊的过程中，林嘉歌没忘记偶尔去偷看时瑶一眼。

女孩终于不再盯着他看了，她拿着笔，对着桌子上不知道在勾勾画画些什么，神情看起来心不在焉。

她是在用这样走神的模样，来掩饰自己偷看小抄吗？

没想到软包子除吃货属性外，还有一个戏精属性……不过，戏精包，好像还挺好听的……

想到这里，林嘉歌的嘴角，勾起了一丝他自己都没察觉到的笑意。

正跟着林嘉歌的话题，一脸严肃地讨论数学题的陆本来，纳闷儿出声："老大，你在笑什么？"

他笑了吗？

林嘉歌微抬起手，遮掩了一下嘴角，然后清了清嗓音，脸上的神情恢复了一贯的高冷和孤傲："没什么，你继续说……"

在陆本来接着刚刚的话题聊时，林嘉歌第 N 次偷偷看向了时瑶。

从她的模样上来看，她不再像刚刚那样胡乱地勾画，应该是很认真地在写什么……这是终于开始抄小抄了？

林嘉歌特意不去看时瑶，继续逮着陆本来聊枯燥的数学题。

直到时瑶放下了笔，他才停了和陆本来的交谈，重新慢悠悠地回到窗台前，懒洋洋地靠在窗户上，望向了时瑶。

女孩竟然也在看他……而且，更重要的是，看就看了，她放在桌子上的手，居然冲他轻轻地招了招……

她这是让他过去？

林嘉歌站在原地没动，依旧目不转睛地粘在时瑶脸上，直到时瑶又对他招了招手，他才装作实属无奈的样子，站直了身子，仿佛巡视般，绕着教室走了一圈，然后停在了时瑶的身前。

时瑶将一个叠得很小的纸条，推到了他面前。

软包子这是……小抄没找到答案，开始找他作弊了？

作为监考老师，他要是从了她，就是助纣为虐啊！

时瑶见林嘉歌迟迟不拿小纸条，以为他没看到，便将小纸条往林嘉歌的面前又推了推，顺便还冲他眨了眨眼睛，示意他赶紧拿。

又用放电来诱惑他……

林嘉歌挣扎了一秒钟，然后左右看了一圈，确定所有同学的注意力都在卷子上后，这才仿佛做贼一般，悄悄地伸出手，将小纸条钩走，藏进掌心里，然后摆出一副什么事都没发生过的样子，离开了时瑶的桌前。

林嘉歌继续绕着考场走了一圈，然后停在了讲台前，抽走了被陆本来压在胳膊下已经发皱的考卷。

他居然没抵住诱惑，真的助纣为虐了……其实也没这么严重吧？最多算是潜规则？

林嘉歌一心三用地边看考卷，边在心底默记答案，还边走着神。

别人潜规则是交易，而他却是眨眼睛？这代价说出去也显得他太没有抵抗力了吧？

再说，软包子需要潜规则吗？这充其量是……妇唱夫随……

直到林嘉歌将选择题和填空题的答案看得差不多，然后大概估算了一下分数，确定时瑶能考到八十分后，就拿了桌子上的一支铅笔，对陆本来丢了句“我去趟洗手间”，然后走出了考场。

林嘉歌快步地进了洗手间，反锁了隔间的门，才从兜里将时瑶给的小纸条摸了出来。

从小到大，活了这么多年，这还是他第一次帮人作弊……

想想还挺刺激的……

边想着，林嘉歌便摊开了纸条，拿着笔，正准备将所有自己刚刚记下来的答案一股脑地写上去，结果就看到了一句：“我还欠你一顿饭。”

？

这和他预想的剧情，不一样啊……不是作弊吗？怎么是吃饭啊……

林嘉歌愣了愣，才继续往下看。

“……正好考完试，下午没课，你要是没事的话，我今天请你吃饭吧。”

“如果你要是答应的话，那就从下面的选项里，勾选你想吃的东西。”

“A（麻辣香锅），B（小龙虾），C（烤串），D（火锅），E（北京菜），F（湘菜），G（粤菜）。”

考场上传小纸条，不就是作弊吗？居然是……菜品选择题？

所以，刚刚他和陆本来尬聊的时候，她提起笔认真地写字，根本不是在打小抄，而是在写这些？

被现实狠狠地甩了一个耳光的林嘉歌，不知该悲，还是该喜，他在洗手间站了好一会儿，然后心想：肯定不是他有问题，是软包子和正常人不一样……

林嘉歌略带几分无奈地叹了口气，然后拿起笔，在纸上写了句：“我选H（随便）。”

叠起纸条的时候，林嘉歌犹豫了一会儿，将自己刚刚写的那句话，单独撕了下来，把时瑶写的那些字叠好重新放回口袋里。

这好像软包子第一次给他传纸条……还是留个纪念吧……

林嘉歌返回考场，时瑶又回到了刚刚他和陆本来尬聊时，她心不在焉地提着笔对着纸写写画画的样子。

既然她不是打小抄，那她此时的心不在焉就是真的心不在焉咯……那她在纸上到底勾勾画画什么？

林嘉歌思绪转动之际，就已经走到了时瑶的桌前。

察觉到他到来的时瑶，抬起头看向了他。

林嘉歌看似不经意地将纸条丢回桌子上，然后在离开时，往时瑶笔下看了一眼。

只是一眼，他险些没用自己的口水把自己给呛死……

软包子不是写写，而是在画画……而且画了满草稿纸的吃的……草莓，苹果，橘子，冰激凌，糖果……

软包子这是沉迷于吃货的世界无法自拔啊！

等林嘉歌走开后，时瑶才小心翼翼地打开了他放在她桌子上的小纸条：H(随便)……

她明明写的是ABCDEFG，根本没有H这个选项！林嘉歌这是答非所问，毫无重点。

如果林嘉歌要是用这样的态度去考试，肯定考鸭蛋。

如果要是世界上有个连锁餐厅叫随便，肯定火到爆。

如果……

在时瑶天马行空的胡思乱想中，考试终于结束了。

和发卷子时一样，陆本来收靠门那一半考生的卷子，林嘉歌收时瑶这一边的。

比起陆本来面带笑容看起来很亲切的模样，林嘉歌脸上的表情淡漠得不像话，那姿态不像收试卷，更像在讨债……

时瑶右手边那一排的倒数第三个位置，坐的是一个女生，长得很漂亮，穿着打扮高档又时尚，尤其是她的头发染了今年最流行的蜂蜜茶色，很引人瞩目。

蜂蜜茶色考试的整个过程中，总共举过三次手，每次举手，她目光看的都是林嘉歌，但来到她跟前解决问题的却是陆本来。

陆本来最先收的就是蜂蜜茶色这一排的试卷，很多学生在卷子被收走后，就离开了考场，唯独她还坐在桌前，拿着化妆镜，又是补口红又是整理化妆包，迟迟没离开。

林嘉歌是从靠窗那边开始收试卷的，时瑶坐在中间的位置，算下来，她应该是林嘉歌手里倒数第四个被收试卷的人。

没一会儿，考场里的人就走得差不多了，那个蜂蜜茶色女孩，依旧没离开。

在林嘉歌收到时瑶那一排倒数第三个位置，也就是那个蜂蜜茶色女孩左手边的位置时，蜂蜜茶色女孩转头，冲林嘉歌盈盈一笑，当着教室里剩下的一些同学的面，大大方方地开口了："林学长，请问等下你有时间吗？"

不知道是林嘉歌没听到，还是听到了装作没听到，他很快就收走了蜂蜜茶色女孩左手边那个考生的试卷，去收下一位同学的试卷了。

蜂蜜茶色女孩并没有气馁："林学长，如果你现在忙的话，那我等你收完试卷……"

蜂蜜茶色女孩的话还没说完，已经到了时瑶身边的林嘉歌，就开口了：“你等我会儿，大概十分钟的样子……”

时瑶知道，林嘉歌暗指她请他吃饭一事，只是那个蜂蜜茶色在跟他讲话啊……时瑶下意识地扭头，往蜂蜜茶色那边看了一眼。

他跟她讲话，她往哪里看？

林嘉歌微微蹙了蹙眉心，用手中的卷子，轻轻地拍了拍时瑶的脸，顺便遮住了她望向蜂蜜茶色女孩的视线：“听见我说的话了没？”

被卷子轻轻刮到脸的时瑶，气鼓鼓地瞪向了林嘉歌：“听见啦！”

又卖萌……

林嘉歌按捺不住地用试卷又拍了一下时瑶的脑袋，才将剩下的三张考卷收走，然后站在讲台前，将试卷与陆本来收的试卷合并在一起，密封进档案袋。

林嘉歌说是十分钟，其实五分钟不到，就将试卷送到教师办公室，折回了时瑶在的考场。

偌大的教室里只剩了时瑶和蜂蜜茶色女孩两个人，略显得有些冷清。

蜂蜜茶色女孩，还在摆弄她那些品牌化妆品，尽管她的举动看起来很淑女，可她时不时抬头往门外看的动作，泄露了她的不耐烦。

对比起来，时瑶就显得淡定多了，和考试时一样，她拿着笔在纸上勾勾画画打发时间。

林嘉歌没进考场，直接停在了门口。

此时的阳光，透过窗户，有一小部分打在了时瑶的身上，衬得她肤质更细腻了。

林嘉歌原本想要喊时瑶的话，停滞在了嘴边，他盯着她忍不住凝视了起来。

只可惜，没多大一会儿，就有人打破了这份美好：“林学长……”

随着蜂蜜茶色女孩开口，时瑶扭头冲门口望去。

碰触到她的视线，林嘉歌直接无视了蜂蜜茶色女孩，对时瑶开口说：“走了。”

时瑶“哦”了一声，开始收拾东西。

在这个缝隙，蜂蜜茶色女孩已经拎着她的粉色香奈儿小包包，亭亭玉立在林嘉歌的面前：“林学长，我叫罗莞，是大一中文系的，不知道你有没有时间，我可不可以请你吃顿饭？”

在蜂蜜茶女孩话语间，时瑶已经拿着东西，走了过来。

林嘉歌本想继续无视这个不断搭讪的女孩，然而，在他看到冲自己走来的时瑶时，他沉思了两秒，然后就开口了：“不好意思，这个问题，你得问她。”

蜂蜜茶色女孩愣了两秒，转头看向了时瑶。

时瑶一样，也被林嘉歌这句话搞得有些发怔。

别的女生约他吃饭，他干吗……要扯到她身上？

蜂蜜茶色女孩望着时瑶的眼神，充满了打量，尤其是在看到时瑶身上叫不出牌子的衣服和手中拎着的款式有些过时的包，眼底浮现出了一抹不屑。

时瑶不傻，当然看得出对方眼底的挑衅，她没当一回事，直接看向了林嘉歌。

她想问林嘉歌“干吗要问她”，结果她刚动了动唇，林嘉歌就又开口了，他的语气依旧很冷淡，但比起刚刚对那个女孩说话的口吻，此时对时瑶讲的话藏了一抹不易察觉的宠溺：“你放心，我是不会背着你随便和其他女孩去吃饭的。”

他要不要和其他女孩去吃饭，关她什么事？

时瑶瞪大了眼睛。

林嘉歌几乎没给时瑶开口的机会，就又出声了，这次他的话，却是对着蜂蜜茶色女孩说的：“对不起，你的提议，我没办法接受，你看我的瑶瑶已经有点不高兴了……”

不，不高兴了？

他哪只眼睛看到她不高兴了？

还有，我的瑶瑶……她，她什么时候是他的瑶瑶了？

时瑶张了张口，刚想讲话，林嘉歌就已经走到她身边，从她指尖抽走了她的包，然后搂了她的腰，往门口走去。

时瑶的身体本能地一僵，下意识地想要挣脱。

林嘉歌任由着她往外逃了一半，然后才用了力气，将她再次拉回怀中，佯装她真的生气连抱都不让他抱的样子，低声细语地出声哄起了时瑶：“好了，别生气了，你看，我这不是当着你的面拒绝了她吗？”

边说，林嘉歌边悄悄地往后看了一眼。

蜂蜜茶色女孩的脸色变得有些尴尬和难看。

林嘉歌这才放心地收回了视线，嘴里哄着时瑶的话没停，因为走开了一段距离，他还特意提高了声调：“而且，她那会儿跟我说了好几句话，我不都没理她吗？”

“我也不想和她说话啊，可是不行啊，我得拒绝她啊，万一我不拒绝她，她以为我的无视是默认，那不更麻烦吗？”

“……”

林嘉歌一句话接一句话地说，完全没给时瑶开口的机会。

直到走出教学楼，完全走出了那个蜂蜜茶色女孩的视野，时瑶嘴里“等等等”个不停后，林嘉歌这才停下了嘴里不断说着的话。

因为一路上，都被林嘉歌搂在怀里，又逢夏季，衣衫单薄，时瑶清晰地感觉到他胸膛的热度和结实。

再加上他身上的清香，不断地往她鼻子里钻。

惹得时瑶心跳加速，以至于林嘉歌停了嘴边的话后，她红着脸“你你你你”了好一会儿，才迟钝地反应过来自己究竟要说些什么：“你……在做什么呀？”

“哦……”相对于时瑶的局促，林嘉歌显得从容淡定多了，“……我请你帮忙啊……”

请她帮忙？

时瑶眨了眨眼睛，一脸不解地望向了林嘉歌。

然后她才后知后觉地发现，自己竟然还在林嘉歌的怀中。

她的脸又是一热，本能地低下头，急急忙忙地从林嘉歌的怀里挣脱了出去。

她原本想要问他那句“请你帮忙”是什么意思，也说不出口了。

两人安静了一小会儿，林嘉歌才出声说：“当时的情况，我没办法提前跟你打好招呼，所以就擅自行动了……请你帮忙的意思，就是拿你当挡箭牌，拒绝那个女孩……”

顿了顿，林嘉歌又问：“你……不介意吧？”

介意倒是不会介意，只是他搂着她走了好远的距离啊……

脸依旧红扑扑的时瑶，有点不知道该怎么回答林嘉歌，索性就沉默着。

林嘉歌盯着她泛红的脖颈儿看了一会儿，又出声了，语气带着浓浓的歉意：“我就觉得，我们是朋友啊，所以以为你不会介意，你要是介意，以后我不会随便拉你帮……”

时瑶以为林嘉歌这是误会自己生气了，急忙摇头，打断了他的话：“不，不是啦……我没有介意啦……”

她就是有点不好意思……只是，这种话，让她怎么好意思说出口啊！

时瑶想了一会儿，索性转移了话题：“那个……不是要去吃饭吗？我们……吃麻辣香锅，怎么样？”

林嘉歌点了点头，一副什么都可以吃的样子：“好啊。”

顿了顿，林嘉歌又说：“你带路。”

时瑶“嗯嗯”了两声，抬脚往学校门口走去。

林嘉歌跟上。

路上两个人没说话，但林嘉歌却时不时地去看一眼时瑶。

看着看着，他就想到自己刚刚搂过的她的腰。

虽然隔了衣衫，但他还是能感觉到她身体的柔软……

她的腰很细，真的是那种……盈盈一握的感觉。

她身上的气息很好闻，就和她的人一样，奶奶的，甜甜的……

想着想着，林嘉歌就忍不住将视线就落在了时瑶的腰上。因为走路，时瑶的腰不断地摆动着。林嘉歌的视线，随着她的腰肢摆动，望着望着，耳根就开始发烫了……

是不是就是宋潮汐告诉他的那个现象？

……

时瑶带林嘉歌来的麻辣香锅，是学校附近商场的一家连锁店。

正值中午饭点，人有点多，两个人排了一会儿队，才等到了位置。

菜是时瑶点的，在服务员问口味时，时瑶问了林嘉歌一句："超麻超辣的可以吗？"

微麻微辣的都不可以，何况超麻超辣的……

林嘉歌心底这般想，可面上淡定得仿佛完全没问题一样，点了点头，很是风轻云淡地回："好啊。"

顿了顿，林嘉歌对着服务员又补了句："再来一碗白米饭。"

服务员下单离开后，过了不到二十分钟，饭菜就送上来了。

林嘉歌看着满盆令人触目惊心的红辣椒，在时瑶热情的招呼下，胆战心惊地夹了一小块五花肉，放在了自己要的米饭里，他将肉埋进米饭里，来来回回滚了好几次，将上面的辣椒去了大半后，才放进嘴里。

只是嚼了一口，林嘉歌就辣得停了下来。

他不愿让时瑶看出自己的异样，勉强地稳着脸上的神情，煎熬难忍了良久，才终于将一小块肉吞进了腹中。

他抬头望了一眼面前的时瑶，女孩正吃得不亦乐乎，仿佛和他吃的不是同一道菜。

她好像很能吃辣啊……

看来为了将来生活的和谐，他也得学着吃辣……嗯……那下周 501 宿舍的菜谱，就是：剁椒鱼头、麻辣豆腐、水煮牛肉、毛血旺、辣子鸡……

不过，林嘉歌没在饭菜上纠结过多的时间，因为他想到了更重要的一件事——软包子和大白圆。

昨晚，他翻来覆去了一整夜，都没怎么睡着，直到天亮，他都没找到一个出口。

就像陆本来说的那样，在游戏里，他还是会照顾瑶兮的，毕竟就瑶兮一个妹子，他相信他喜欢的女孩是可以理解的……

那他是不是可以问一问软包子，看看她是怎么想的？

林嘉歌微垂着眼皮，沉思了一阵儿，然后抬头，喊了一声："时瑶。"

正和麻辣香锅奋战得不亦乐乎的时瑶，仰起头，"嗯"了一声。

林嘉歌："是这样的，有件事，我想听听你的意见，可以吗？"

时瑶猛点头："可以啊。"

林嘉歌稍稍组织了一下语言，才开口说："我……"

只说了一个字，他就停了下来。

直接说他，会不会不太好？

迟疑了两秒，林嘉歌接着出声："……有个朋友，最近认识了两个女孩。"

"他跟这两个女孩，走得都蛮近的，A女孩和他生活里的交集比较多，两个人一起经历过很多事情，怎么说……就是比朋友的关系亲密一些，但还没到恋人……"

一直没开口的时瑶，听到这里出声了："就是说，你朋友和A女孩关系很暧昧，对不对？"

A女孩就是时瑶啊……她说他们的关系很暧昧？

林嘉歌莫名觉得"暧昧"这两个字很受用，连带着嘴角都忍不住微微扬了扬："嗯，是挺暧昧的……"

"我朋友知道A女孩不开心，他会想办法去哄A女孩；知道A女孩生日，也会想着给她过生日；看到A女孩被人欺负，也会站出来护着A女孩；A女孩喜欢的东西，我朋友也都会记在心底……总而言之，就是我朋友对A女孩……"

林嘉歌说到这里，忽然不知道该怎样往下说了。

倒是时瑶，接了话："那你这个朋友，应该是挺喜欢A女孩的呀。"

林嘉歌的指尖微微颤了颤："你也觉得是喜欢呀？"

什么叫她也觉得是喜欢呀？这本来就是喜欢呀！

时瑶眨了眨眼睛："难道不是喜欢吗？你朋友有多爱A女孩，从你说的这些事情上，体现不出来，但是喜欢和心动是肯定的……"

就连软包子都这么说了，那他对她……是真的喜欢了？

原来，喜欢一个人，是这样的感觉啊……

林嘉歌沉浸在自己的思绪里，迟迟没出声。

时瑶等了一会儿，忍不住催："怎么不继续往下说了呀？"

林嘉歌"哦"了一声，回神："我朋友不是认识了两个女孩吗？B女孩是一次偶然的机会，在网上认识的，现实中没见过面，彼此对彼此现实中的情况都是一无所知的。"

"毕竟和B女孩在现实中不认识，所以我朋友和B女孩肯定没有跟A女孩那样走得近，但是他们在网上关系也挺好的，B女孩不开心，他也会哄B女孩；B女孩要玩游戏他也会陪着；别人打了B女孩，他也会想办法帮B女孩报仇……"

咦……这个有点像她和数字先生啊……

时瑶心底想着，但没说话打断林嘉歌的话。

林嘉歌："怎么跟你说呢？反正我朋友和B女孩的关系，也不是那么简单，然后我另一个舍友就说他，脚踏两只船，有了A女孩，还撩B女孩……"

时瑶眨了眨眼睛，抓到了自己感兴趣的点：“你说的这个朋友是你的舍友呀？”

晕……居然一时没注意，露馅了……

林嘉歌面色不改地点了点头。

时瑶：“那是哪个舍友呀？是那个亮黄色的草莓哥？还是深蓝色的凤梨哥？”

亮黄色的草莓哥？深蓝色的凤梨哥？

这是什么跟什么？

林嘉歌不解。

时瑶看到林嘉歌的神情，这才意识到自己起的绰号，他不知情，连忙解释：“哦，就是我们第一次上体育课的那天，他们一个穿着亮黄色的运动服，一个穿着深蓝色的运动服，然后那天晚上，我被秦依然那几个小混混朋友拦住的时候，他们不是过来了吗？一个手里拿着凤梨奶昔，一个手里拿着草莓奶昔，所以……”

说到这里，时瑶也意识到自己暗地里给别人起绰号不是特别好，就娇憨地笑了笑，直接说了重点：“那个，之前跟冷暖要电话号码的那个男生是亮黄色的草莓哥，另外一个就是深蓝色的凤梨哥啦……”

说完重点，时瑶就迫不及待地问：“到底是哪个舍友，脚踏两只船的？”

连她也觉得是脚踏两只船？

林嘉歌被刺激得心情低沉有点说不出来话。

时瑶又追问：“是那个跟冷暖要电话号码的男生吗？”

林嘉歌摇了摇头。

时瑶“哦”了一声，随后就下了结论：“原来是那个深蓝色的凤梨哥啊，看他样子憨憨的，像个好人，没想到居然这么花心啊！”

花……花心？

再次被扎心的林嘉歌，心情彻底沉到了谷底。

原来软包子也觉得他是三心二意的人啊……

时瑶隐约地察觉到林嘉歌有点不对劲，望着他忽闪了两下睫毛：“你怎么了？”

林嘉歌收起深思，摇了摇头，语气很淡定地回：“没什么。”

顿了顿，林嘉歌想到时瑶给夏商周和陆本来都起了绰号，唯独自己没有，于是又问：“老实说，你有没有给我也取了什么绰号？”

时瑶飞速地晃着脑袋：“没有，绝对没有！”

真想要个绰号的林嘉歌，继续引诱：“有也没关系。”

时瑶将脑袋摇得跟拨浪鼓一样：“我发誓，肯定没有，如果有，我就是小蛋卷！”

“好吧……”见没希望了，林嘉歌只好放弃。

过了一会儿，林嘉歌终究还是有点不甘心，又问："你真觉得我那个朋友是脚踏两只船，花心？"

时瑶歪了歪头，认真地回答："有点吧……真要说脚踏两只船，也不是那么准确，毕竟他和谁都没在一起，但是他这样的行为，的确不怎么好，跟两个女生暧昧啊，你设想下，如果你喜欢的女孩，跟你和另外一个男生暧昧……"

只假设了一秒钟，林嘉歌就开口了，语气颇为严肃："我是不会给另外一个男生机会的。"

只是做一个假设，林嘉歌居然……居然这么较真？

时瑶囧了，才接着刚刚的话，继续往下说："而且如果两个女生都对你的朋友有点好感，她们要是知道还有别的女孩存在，肯定很伤心啦。"

"那你呢？"林嘉歌问。

"啊？"时瑶有点没反应过来。

林嘉歌继续问："如果你是其中的一个女孩，你会伤心吗？"

关键是她不是啊……不过只是一个假设题，做一做也没关系啦……

时瑶想着，就代入了一下刚刚林嘉歌说的那些情况，过了一小会儿，才说："会有那么一点点伤心啦，毕竟谁都希望自己喜欢的人，全身心都属于自己。"

"哦……"林嘉歌应了一声，就沉默了下来，过了一会儿，他又出声，声音有些小，像自言自语，"我知道该怎么做了。"

时瑶没听见他说了些什么，纳闷儿地问："什么？"

林嘉歌在走神，没注意到时瑶的话，可他的嘴里，还在很小声地念着："我不会让你伤心的……"

餐厅里很吵，时瑶用了很大的力气，也只是勉勉强强听到了两个字，还不怎么准确："点心？什么点心？"

许是因为时瑶的声调提高了一些，惊醒了林嘉歌。

他望了时瑶一眼，愣了两秒，才意识到自己刚刚走神了，这才立刻收起思绪，语气淡淡地回："没，我是说，我下午有点事，如果你吃完了，那我们就走吧。"

……

最终买单的，还是林嘉歌。

以时瑶帮他拒绝了蜂蜜茶色女孩和刚刚又帮他解答了他朋友的疑难问题为由买的单。

两人在学校门口分开了。

林嘉歌等时瑶走远后，一个人立在校门口的一棵梧桐树下，像陷入了某种纠结中一般，站了良久，然后去了校门口对面的一家超市，再出来，他的手中多了一个袋子。

回到宿舍，夏商周和陆本来都在。

一个喝着脉动看小说，一个喝着脉动看电影。

听见闷响声，陆本来和夏商周条件反射般地往门口看了一眼，然后两个人一人喊了一句“老大”，就看小说的继续去看小说，看电影的接着去看电影了。

林嘉歌倒是没像从前那样，径自走到自己的位置前坐下，而是在陆本来和夏商周之间停了下来：“我有点事要跟你们说。”

陆本来的视线没从书上挪开丝毫：“洗耳恭听。”

夏商周目不转睛地望着电脑屏幕：“愿闻其详。”

早已习惯了两个人没事犯皮的林嘉歌，面色未改地直奔主题：“从今天开始，501宿舍的菜谱换了……”

陆本来唰地一下放下手中的小说，望向了林嘉歌：“老大，是不是说明，我们以后再吃饭，不需要小米粥配脉动，包子配脉动了？”

夏商周飞速地按了电影暂停键：“老大，您这话的意思，是不是我的消夜，再也不用泡面配脉动了？”

面对两个人激动而又充满期待的眼神，林嘉歌的语气依旧不紧不慢，从容淡定：“星期一剁椒鱼头，星期二麻辣豆腐，星期三水煮牛肉，星期四毛血旺，星期五辣子鸡，星期六香锅虾，星期日酸辣粉……”

刚开始，陆本来双眼冒光，异常兴奋，只是在听到后来的时候，他的脸色变得有些凝滞：“老大，全都是辣的吗？会长痘的啊！”

夏商周同样是一脸苦恼：“还会上火，流鼻血，满嘴水泡，指不定还会得痔疮……”

面对哀怨的两个人，林嘉歌面色不改地又补了句：“哦，刚刚忘记了，所有菜名后面都掉了三个字……”

以为有了新期待，夏商周和陆本来秒精神过来。

林嘉歌慢条斯理地说：“……配脉动。”

“啊啊啊，宝宝不要，宝宝拒绝！”

“宝宝不要，宝宝拒绝加一！”

在两个人的号叫声中，林嘉歌走到了夏商周面前，将从超市里买的东西丢到了他的桌上。

夏商周愣了愣，一脸不可置信地指着自己问：“给我的？”

陆本来满脸羡慕嫉妒恨地开口了：“老大，你为什么给老夏买东西不给我买？”

林嘉歌懒得理陆本来，只冲夏商周轻轻点了点头。

“这说明老大心里有我……”夏商周边嘚瑟，边打开了林嘉歌丢在桌子上的袋子，然后望着里面的洗发水、毛巾、袜子、洗手液蒙了好一会儿，才缓缓地望向了林嘉歌，“……老大，为什么是日用品？”

“之前你买给我的，现在还给你……”林嘉歌沉默了一会儿，垂下眼皮，遮掩住眼中的情绪，继续声线平缓地说：“……除501宿舍的菜谱要更改外，还有一件事，那就是以后我不会再跟着你们和瑶兮爱吃冰激凌打游戏了。”

将想说的都说完的林嘉歌，转身回到自己的位置上，坐下。

夏商周和陆本来同时怔住了。

过了好一会儿，两个人对望了一眼，然后才同时看向了靠在椅背上，盯着没开机的漆黑电脑屏幕不知想什么的林嘉歌，开口了。

陆本来：“老大，游戏还是可以打的吧？”

夏商周：“对啊，只是单纯地打打游戏，没什么关系吧？”

陆本来：“再说，我们四个人组队正好啊，少一个人就不齐整了……”

面对两个人的你一言我一语，林嘉歌自始至终动都没动弹一下，直到最后，也不知道是他心情不好，还是被两个人说得有些烦，他忽然转头，语气极其不耐烦地开口了：“我说不玩就是不玩了，我说到做到，如果我再跟瑶兮爱吃冰激凌玩游戏，我就不是人！”

夏商周和陆本来看得出，林嘉歌这是认真的，谁都没敢再说话。

宿舍里瞬间陷入了安静之中。

林嘉歌看都没看那两个人，只是在位置上又坐了一会儿，然后拿起手机，点开微信，找了【瑶兮爱吃冰激凌】，直接点了加入黑名单选项。

他盯着弹出的页面看了一会儿，点了确认，然后将手机丢在桌子上，起身去了阳台。

是不舍吗？

有点……可是，再不舍，也要舍得……因为软包子说了，她会伤心的……而他不会让她伤心的……永远都不会……

晚饭，是501宿舍三个人一起吃的，和林嘉歌说的一样，因为是周末，所以点的外卖是酸辣粉。

三个人辣得死去活来，酸辣粉勉强吃了五分之一，然后全都进入了垃圾桶。

吃完饭，【瑶兮爱吃冰激凌】就在【浪啊浪】群里喊一起打游戏。

开始之前，陆本来还是问了林嘉歌一句：“老大，你来不来？”

他见林嘉歌没理他的意思，然后才点了开始，和夏商周、【瑶兮爱吃冰激凌】一起去打游戏了。

在开始游戏之前，夏商周说了句：“老大今晚有事，不能玩了。”

坐在椅子上的林嘉歌，听到这句话，指尖微微颤了颤。

他知道，应该是瑶兮问他了……

林嘉歌开了电脑，本想做项目的，但耳边一直都是夏商周和陆本来的声音。

“瑶妹，这里有三级头……”

“瑶妹，你躲起来……”

“瑶妹……”

林嘉歌很想屏蔽那两个货的声音，但他尝试了很多次，都没做到，索性就戴了耳机，也去玩游戏了。

他玩的也是四人模式，不过是一打四。

玩了三把，把把落地成盒。

第四把……林嘉歌特意选了一个没人的地方，落地后，他也不知道自己到底在想什么，总而言之等他回神后，第一个毒圈已经刷来了。

装备是没法捡了，他得先跑毒，他站在原地，左右看了看，正准备去找车子，结果有枪声传来，然后他倒地变成了盒子，屏幕上出现了一行红字：【瑶兮爱吃冰激凌】用 M416 淘汰了【111111】。

【瑶兮爱吃冰激凌】用 M416 淘汰了【111111】。

林嘉歌：“……”

陆本来：“？？？”

夏商周：“！！”

501 宿舍的三个人，睁大眼睛、神情一致地望着手机屏幕，看了好一会儿，每个人都还是呆若木鸡的模样。

宿舍里因为没人说话，很静。

无比的安静。

以至于离林嘉歌最近的陆本来耳机里传来的【瑶兮爱吃冰激凌】讲话声，林嘉歌都能听见。

“我打人了，我打人了！”

即使只是隐隐地听见，但林嘉歌还是清楚地感觉到了【瑶兮爱吃冰激凌】的激动。

“你们看到了没有？我打人了！”

“果汁？高手？你们看到手机屏幕上的字了没，【瑶兮爱吃冰激凌】用 M416 击杀了【11111】……”

在【瑶兮爱吃冰激凌】读到五个 1 的时候，终于没了声音。

……

1，2，3，4，5，6……

时瑶盯着手机屏幕上的【111111】，很认真地数了一遍，这才确定自己真的没有数错。

六个1……不就是数字先生吗？

所以，刚刚她看到的那个站在草丛中，跟个傻子一样，动也不动的人，不是人机，是数字先生？

可是，高手不是说，数字先生今晚有事吗？

时瑶愣了好久，才喃喃开口："我，没有看错吧？刚刚被击倒的人，真的是【111111】？"

……

没了陆本来耳机里传出的【瑶兮爱吃冰激凌】的讲话声后，501宿舍更静了。

静得空调里吹出的细微声音都显得格外清晰。

这样的静，不知道维持了多久，又有很轻微的声音传进了林嘉歌的耳中。许是因为不确定，她的语气里充满了迟疑："【111111】是你们老大？他，他不是说，他，他没时间玩游戏吗？怎么，怎么会被我……"

后面的话，【瑶兮爱吃冰激凌】磕磕绊绊了好一阵儿，也没说出口。

但听见她声音的人都知道，她要说的是"被我击倒了……"

夏商周被刚刚那一幕震得还是有点收不回神，导致说话的声音飘忽不定："可能，老大忽然想玩了？"

陆本来也跟着开口，不过比起夏商周，他机灵多了："也有可能老大现在在车上，只是随便玩玩？"

【瑶兮爱吃冰激凌】："这样啊，那难怪会被我一下击倒了……"

透过陆本来的耳机，林嘉歌能感受到【瑶兮爱吃冰激凌】的声音已经从刚刚的震惊重回兴奋。

"……不过，不管怎么样，我也是击倒过王者的青铜……"

"……而且这个王者是全服榜单第二名，够我吹嘘一辈子了……"

"……还好，我刚刚因为击倒了人，很激动，第一时间截图保留了，你们等我会儿，我拿截图去找你们老大炫耀……"

……

跟高手和果汁说完话的时瑶，退出游戏，直接进了微信，将自己的截图发给了【111111】。

图片发送失败，旁边还有一个红色的感叹号，下面是一行灰色的字体：消息已发出，但被对方拒收了。

?

时瑶以为自己看错了，抬起手揉了揉眼睛，发现那行灰色的小字还在。

这代表着，她被数字先生拉黑了？

她也没得罪他啊，他怎么把她拉黑了？是因为……她屏蔽了他的朋友圈？

可是她已经把他从小黑屋里放出来了啊……而且屏蔽的那天，他都没有拉黑她，该不会是秋后算账？或者，是因为她刚刚一枪爆头了他？

呃，这也不能怪她啊，是他自己跟个人机一样，站在那里一动也不动……

数字先生不但毒舌，睚眦必报，自负自大，居然……还很小心眼？

时瑶悄悄地在心底“哼”了一声，拉黑就拉黑！

好像说得谁不会拉黑一样！

想到这儿，时瑶毫不犹豫地点了【111111】的头像，将他也拉进了自己微信的黑名单。

在听完【瑶兮爱吃冰激凌】的话后，陆本来摘下耳机，扭头对林嘉歌开口道：“老大，瑶妹去找你炫耀了。”

听到陆本来的话，林嘉歌微微动了动望了手机屏幕半天都没眨动过的眼睛。

他没说话，但心底却很明白，【瑶兮爱吃冰激凌】是不可能炫耀到他这里的，因为他已把她拉入黑名单。那一拉，不只是微信，连带着她在他的生命里一并都入了黑名单。

夏商周关心的是瑶妹找林嘉歌说了点什么：“老大，瑶妹跟你发了什么消息？”

林嘉歌还是没说话。

陆本来见林嘉歌手机屏幕的页面依旧是游戏，以为他还要玩游戏，于是便说：“老大，反正你自己玩游戏也是玩，还不如跟我们一起玩？”

夏商周：“是的，是的，老大，只要你不跟我的瑶妹说话，就没关系！”

瑶妹承认她是你的了吗？

林嘉歌垂了垂眼睑，一副坚决的模样：“我是人，还是一个有骨气的人！”

夏商周：“老大，就算是你食言了，你不是人了，你可以是神！”

陆本来：“对，老大，你还可以是爸爸！”

林嘉歌懒得跟两个人继续皮下去，丢了句“我去跑步了”，然后就拿着手机起身冲宿舍门口走去。

他换运动鞋时，陆本来和夏商周已经从刚刚的话题跳跃到了下一个话题。

夏商周：“老大说他不跟瑶妹打游戏这件事，你觉得可靠度高还是低？”

陆本来："我觉得挺低的。"

夏商周："我觉得挺高的。"

陆本来："赌？"

夏商周："赌就赌！"

陆本来："老大要跟瑶妹继续打游戏，你就，小猪佩奇身上文，掌声送给社会人！"

夏商周："老大要跟瑶妹再也不打游戏了，你就，要文就文喜羊羊，青青草原我最强。"

陆本来："成交！"

夏商周："OK！"

将两个人对话尽收耳中的林嘉歌，微扯了扯嘴角，心想真是两个神经病哦！然后就推开门，走出了宿舍。

平时林嘉歌也会夜跑，但是跑个一千五百米，他就会停了。

可今天，许是心情有点糟糕的缘故，他绕着操场跑了一圈又一圈。

起先他还记得自己到底跑了多少圈，到了后来，他脑海里数的数变得有些混乱，再到后来，他只记得自己的双腿很沉很重，抬不起来，可他还是拼命地抬，仿佛是在自虐，又仿佛是想要用这样的方式让自己忘记些什么……

林嘉歌一直跑到最后实在跑不动，整个人瘫坐在地上，才罢休。

他喉咙里很干，也有点缺氧，他呼哧呼哧了良久，还是有些透不过来气。

夜已经很深了，操场上几乎没什么人了，他着实累，索性就躺在了地上。

他不喜欢这样出汗后浑身黏黏的感觉，他很想第一时间回宿舍洗澡。

可他想到，宿舍那两个货可能现在在和瑶兮打游戏，他就打消了这个念头……

北京的夜空，很少可以看到星星。

林嘉歌枕着胳膊，望着黑漆漆的天空，找了许久，都没找到一抹星光。

他干脆收回了视线，闭上眼睛，听着不远处时不时传来夜风吹过树叶的沙沙声，一个人这样静静地打发时间。

不知道过了多久，等他拿起手机时，看到已经晚上十一点钟了。他想，按照往常的套路，此时的他们应该已经结束游戏了，这才从地上爬起来，拖着耗尽体力的身子，往宿舍楼走去。

因为是夏季，跑步的时候，他出了很多汗，此时的他有些缺水，在经过超市时，他拐进去买了一瓶矿泉水。

走出超市，拧开瓶盖，林嘉歌昂起头正准备喝水时，兜里的手机叮咚响了一声。

林嘉歌掏出手机，看了一眼是微信提醒，然后就一边点开微信，一边喝水。

是林嘉仪发来的消息，一条语音，他点开，姐姐张扬又好听的声音，透过夜空传进了他的耳中：“林嘉歌，你知道我刚刚得到了什么吗？”

换作平时，他心情好了，或许会回她一句，包还是首饰？黄金还是钻石？

今天的他，着实没什么心情……

林嘉歌直接无视了林嘉仪的微信。

喝了大半瓶水的他，拧好瓶盖，准备抬起脚往宿舍走，结果兜里的手机又响了一声。

他边走边看，依旧是林嘉仪发来的微信。

林嘉仪：“我告诉你，你肯定会感兴趣的哦。”

林嘉仪：“和瑶瑶有关哦！”

林嘉仪：“你确定你不想知道吗？”

林嘉仪：“好吧，你既然不想知道，那就当我没问过……”

和软包子有关……

林嘉歌蠢蠢欲动了一会儿，还是没忍住，打了个“？”发给了林嘉仪。

林嘉仪：“怎么？现在想知道了？可惜我不想说了。”

林嘉歌：“……”

林嘉仪：“……是什么意思？无语的意思吗？你对我无语吗？呵呵……”

林嘉仪：“算了，我不跟你计较了，你求我，求我我就告诉你，我得到了瑶瑶什么东西……”

无聊，他是这么没骨气的人吗？

林嘉歌收起手机。

过了两秒，他掏出手机：“求你。”

林嘉仪仿佛提前编写好了消息一般，林嘉歌这条消息前一刻过去，后一刻她的消息就过来了：“我得到瑶瑶的微信啦！”

微信？

他还以为是什么了不起的东西……嘁……

林嘉歌不屑地挑了挑眉，准备退出微信，结果他刚退到一半，就顿住了。

呃……他好像没有加软包子的微信……一直以来，他和她都是短信联系……

林嘉仪似乎知道了他此时此刻想些什么一样，又发来了新的消息：“我知道你没有瑶瑶微信，因为我跟瑶瑶要微信的时候，问她了。”

林嘉仪：“我跟你说，我是在国外，不怎么用微信，还是春节的时候，闲来无聊，下了一个，如果早用了，我早就加了瑶瑶了。不过这些都不是重点，重点是我有瑶瑶的微信，而你没有。”

一个微信，也值得她这么嘚瑟和炫耀？

林嘉歌呵了一声，忽然有了一种把林嘉仪也一并拉黑的冲动。

浑然不知林嘉歌在想什么的林嘉仪，又发来了新的消息："你想不想要瑶瑶的微信？"

林嘉仪："如果想，你懂的。"

林嘉仪："￥￥￥￥￥￥￥。"

这么多天没怎么理过他的她，之所以今天会理他，是拿着软包子的微信来抢钱了？

她未免太天真了吧！他要软包子的微信，需要她？

林嘉歌想着，就去找了时瑶的电话号码复制了下来，然后粘贴到微信查找好友处，点了搜索。

呃……居然查无此人……她没有绑定手机号？还是……用手机号搜索不到？

在林嘉歌沉思之际，林嘉仪又给他发了消息："你是不是拿着瑶瑶的手机号，去搜索好友了？我告诉你，搜索不到的，因为我试过了。老实告诉你吧，你姐我可是比你多吃了三年的大米，从不打没把握的仗。我既然来找你，我就知道，钱肯定能拿到，拿不到我才不会浪费时间呢，你以为我傻啊！"

"……"

从没有见一个人，可以把抢钱和坑钱这个行为，做得如此理直气壮？！

林嘉歌："我严重怀疑，当初在医院，老爸老妈抱错了你。"

林嘉仪："呵，别逗了，抱错你，都不可能抱错我。"

林嘉歌："是吗？当初是谁说，亲眼看着我从老妈肚子里出来的。"

林嘉仪："有吗？我怎么不记得了？是谁？"

林嘉仪："你少转移话题，你到底要不要瑶瑶的微信，不要我就去睡觉了，我可是一个精致的猪猪女孩，从不熬夜的！"

林嘉仪："我跟你说，你知道我熬夜一次，要用多少东西补回来吗？那都是钱，你现在越磨叽，代表着你付出的代价越大……"

他们家的人，都是高冷属性，唯独林嘉仪，怕是一个不折不扣的话痨……

林嘉歌懒得跟林嘉仪继续争辩，直接转账"888"元。

林嘉仪："瑶瑶的微信就值这么点钱吗？"

林嘉仪："我算了算，我晚睡一分钟，至少要 1000 块钱才能补回来……"

她叫什么林嘉仪，怎么不叫钱钱钱？

林嘉歌想着，就又转了一笔"1888"元，然后补了句："OK？"

林嘉仪回了个 OK 的表情，然后就给林嘉歌的微信分享了一张名片。

林嘉歌几乎没迟疑，就点了名片准备去添加好友。

甚至在行动的过程中，他都还想着添加好友的时候，他应该说“猜猜我是谁”，还是“我是林嘉歌”……

然而在他点开名片的那一刹那，他发现头像有点眼熟，名字有点眼熟，就连账号都有点眼熟……哦，不是眼熟，是十分熟悉。

这张冰激凌图片，不是大白圆的头像吗？

【瑶兮爱吃冰激凌】这不是大白圆的微信名吗？

还有这个账号……

而且，点开名片后，根本没有“添加好友”的选项，有的是“发消息”……

这说明，姐姐分享给他的软包子的微信，已是他的好友……而这个好友就是……【瑶兮爱吃冰激凌】……

林嘉歌仿佛被人当头砸了一棒槌似的，大脑有些发蒙。

他闭上眼睛，让自己冷静了两秒钟，然后才继续转动大脑。

已知：

时瑶的微信 = 瑶兮爱吃冰激凌。

瑶兮爱吃冰激凌的微信 = 瑶兮爱吃冰激凌。

得：

时瑶的微信 = 瑶兮爱吃冰激凌的微信。

去掉相同的文字，得：

时瑶 = 瑶兮爱吃冰激凌。

已知：

时瑶 = 软包子；瑶兮爱吃冰激凌 = 大白圆。

得：

软包子 = 大白圆。

随着这个结论在林嘉歌脑海里形成，他的眼前，有一个包子变成了很大只的白白圆圆的不明生物，然后那个很大只的不明白白圆圆的生物又慢慢地变成了一个包子……

然后，林嘉歌清晰地感觉到自己握着手机的指尖在颤抖，心跳速度正在加快。

一种无法言语的情绪，传遍了他五脏六腑，传遍了他全身的每一个细胞。

大白圆是软包子，软包子就是大白圆啊……

所以，【瑶兮爱吃冰激凌】跟他说的那些话都是真的？她真的身高 165cm，体重 40kg，身轻如燕？她真的和他一样定了娃娃亲？

所以，一直以来，在游戏里被他带着飞的女孩，是他的未婚妻？

忽然激动得有点想哭，又有点想笑……这种感觉真是奇妙又奇特！

难怪，大白圆那么能吃，软包子也那么能吃！

难怪，大白圆是G大大一英语系的，软包子也是G大大一英语系的！

难怪，大白圆总是能带给他，软包子带给他的感觉！

废话，这是同一个人，带给他的感觉能不一样吗？

搞了半天，什么脚踏两只船，什么花心大萝卜，都是扯淡！全都是扯淡！

大白圆是他的，软包子也是他的，统统都是他的！

他凭什么不能脚踏两只船，他凭什么不能花心大萝卜？！

不过话又说回来，他怎么就没想到她们是一个人……

到底是他智商低了，还是这个世界太玄幻了？

一定是这个世界太玄幻了！

前不久心情低落的林嘉歌，此时亢奋得一步三个台阶地往宿舍走。

一路上，他的嘴角克制不住地往上扬。

在快到五层楼时，他想到自己将大白圆拉黑了，急忙又掏出手机，把她从黑名单里解放了出来……

走到宿舍门口，因为太过激动，林嘉歌推门的力道很大。

他以为陆本来和夏商周已经结束了游戏，没想到他们还在玩游戏。

大概是被他大力的开门声吵到了，陆本来和夏商周都看向了门口，而夏商周的口中，还在说着话："瑶妹，还来吗？好的，好的，没问题，下一把我一定要带你吃鸡！"

他们竟然还要玩？

林嘉歌内心波涛汹涌，但面上极其风平浪静地迎着夏商周和陆本来投来的视线问："还在玩？"

陆本来："是。"

林嘉歌掏出手机，一边登录游戏，一边语气平缓地说："那正好，拉我一起。"

"老大，你不是说你要是再……"夏商周说到一半，他意识到游戏语音开着，瑶妹可以听见，便省略了后续的话，直接说了重点，"……你不是人吗？"

登录游戏的林嘉歌见没人拉自己，主动点了申请加入队伍，然后轻飘飘地瞄了一眼夏商周，不紧不慢地说："哦，我不是人。"

端起水杯，正喝水的陆本来，险些没将口中的水喷了出来。

他同意了林嘉歌的申请后，揉了揉因为忍着笑，憋得有点疼的肚子，冲夏商周开口："别忘了，小猪佩奇身上文，掌声送给社会人。"

夏商周"嘁"了一声，没理陆本来，继续盯着林嘉歌，不死心地开口："可是，老大，你不是说你是一个有骨气的人吗？”

进入游戏大厅后，林嘉歌开始翻找耳机，他听见夏商周的话，没着急理他，直到找到耳机后，整理耳机线的时候，才冲夏商周懒洋洋地开口：“我人都不是了，还谈什么骨气？”

做有骨气的人有什么意思？

他要做大丈夫，能屈能伸的大丈夫！

立 flag 的时候，他是能伸；此时此刻，他是能屈！

再说，骨气能当饭吃吗？他不要骨气，他要软包子，他要大白圆……

想着，林嘉歌就塞上耳机，盯着游戏大厅里时瑶的游戏角色，开口了，比起刚刚跟夏商周说话时语气的散漫，此时的他多了丝丝柔情：“瑶妹，我带你吃鸡。”

第三章
喜欢，认真的喜欢

瑶妹？

这好像数字先生第一次喊她瑶妹……而且他今天的声音听起来格外温柔好听……比从前好听的声音还要好听……尤其是在他的话语说完的时候，尾音轻颤，带得她的心都跟着轻轻抖了抖。

时瑶愣了好一会儿，然后想起数字先生都将她拉黑了，原本到嘴边想要跟数字先生说的那句“好的”，瞬间被她吞回了腹中。

她是吃货，可她也是一个有脾气的吃货好吗？

……

游戏开始了，四个人结伴落地。

和往常一样，夏商周见到什么好装备都会来一句：“瑶妹，快来拿……”

嘁，真是无聊，以为这样就可以赢得瑶妹的喜欢？

林嘉歌毫不苟同地想着，然后就一个房间又一个房间地疯狂捡装备，最后在接近神装时，他看了一眼小地图，就连蹦带跳地跑到了【瑶兮爱吃冰激凌】的面前。

“瑶妹，我这里有三级头……”

“瑶妹，我这里有三级甲……”

“瑶妹，我这里还有98K，还有8倍镜，还有配件，是满配的98K哦……”

林嘉歌边说，边将装备一件接着一件丢在了【瑶兮爱吃冰激凌】的脚下。

“这些地上的，全都是给你的……”

“还有药包、止疼片、饮料，这些也都给你……”

“哦，还有医疗箱，统统都给你，不要钱的哦……”

将自己浑身上下扒得一穷二白的林嘉歌，没在【瑶兮爱吃冰激凌】身边过多停留，就跳出窗户，继续找房间去给自己捡装备了。

……

不要钱又怎样？他以为不要钱，她就会要了吗？

时瑶心里这样想着，却低头望向了脚边一堆一堆的子弹和药。

都是很好的装备啊……完全可以打决赛圈了，就这么件地捡丢在这里，是不是太可惜了？

时瑶动了动脚步，纠结了一小会儿，最后还是弯身将那些装备一件一件地捡进了自己的背包里。

她不是要他的装备，而是为了避免有人凑巧进这个房间，然后直接神装，加大他们的游戏难度……

有了数字先生给的那些装备，时瑶根本不需要其他的东西了，所以全程就是跟着【111111】他们跑毒或者卡在毒边抱着8倍镜东张西望地找人。

不过让时瑶感到诡异的是，以前数字先生不管是带她一个人玩，还是跟果汁、高手四个人一起玩，他就像一个孤狼一般，从不会管队友，只会一个人自娱自乐，可是今天，数字先生不知道是吃错药了，还是脑子抽筋了，居然全程都围在她的身边。

她进哪个房间，数字先生就进哪个房间；她趴在草丛里，数字先生就趴在她旁边；她躲在某个遮挡物后，他要么就跟她躲在一个遮挡物，要么就找最近的遮挡物待着……总而言之，只要她转动手机屏幕的视角，总是能看到【111111】在她视野里晃。

就连到游戏结束，屏幕上出现“大吉大利，今晚吃鸡”这八个字前一秒，【111111】还在她面前跳着宛如魔鬼步伐似的“蛇皮走位”，和人“刚枪”。

以往每结束一把游戏，问时瑶还要不要玩的都是【猴子派来的高手】。

可这次，游戏前一秒结束，后一秒耳机里传来的却是【111111】的声音：“还要不要玩？”

时瑶看了一眼时间，已经十一点半了，没在游戏里回【111111】的话，而是跑到【浪啊浪】的群里，发了句：“不玩了，要睡了。”

消息发送成功后，时瑶想了想，觉得【111111】都把她拉黑了，万一他以为她这句话是说给他听的怎么办，于是就手动@了【是果汁啊】和【猴子派来的高手】。

确定自己消息发得没什么问题后，时瑶没等群里有人回复，就放下手机去洗澡了。

与此同时，男生宿舍501室。

林嘉歌看到【瑶兮爱吃冰激凌】发的那句“不玩了，要睡了”的消息，就立刻放下手机去洗澡了。

洗澡的过程中，林嘉歌涂沐浴乳的时候，总觉得今晚发生的一切太过于玄乎，又将刚刚在宿舍楼下证明出“大白圆=软包子”的那道解答题从头到尾做了一遍，然后还不忘检查了一下，确定没问题后，这才心安地继续洗澡。

因为心情太好，洗完澡，擦身体的时候，林嘉歌还哼起了歌。

“是你是你一定是你，是你是你真的是你……”

林嘉歌穿好睡衣，拿着毛巾一边擦头发，一边拉开了洗手间的门。

夏商周仿佛一个门神似的，直挺挺地站在洗手间门口。

林嘉歌吓地嘴里的歌声一顿，然后看了一眼夏商周，继续唱着“是你是你如果是你，让我看到让我遇到你……”，走到了自己的桌前，拿起吹风机开始吹头发。

等到林嘉歌吹干头发，对着镜子准备整理发型时，他透过镜子发现，夏商周居然跟了过来，就站在他的身后，目光哀怨地望着他。

林嘉歌扭头看了一眼夏商周：“你干吗？”

夏商周眼睛一眨不眨地望着林嘉歌，语气无比严肃：“老大，我今晚还是要跟你谈谈！”

林嘉歌对着镜子，左看右看地整理起头发，开口的语气，显得有些不走心：“谈什么？”

夏商周：“谈你和瑶妹的事，我觉得你比昨天更过分！昨天的你是没注意到，情有可原，而今天的你是明知故犯，罪加一等！”

面对夏商周的指责，林嘉歌淡定无比地“哦”了一声，然后问：“你确定要跟我谈？”

夏商周点头，一副大义灭亲的架势：“是的，我一定要跟你谈，因为我不能看着你执迷不悟，越走越远！”

“呃，你可能误会我了……”林嘉歌转身，姿态闲适地靠在书桌上，“……我的意思是，我怕你和我谈完，会痛不欲生。”

夏商周：“我现在就已经痛不欲生了，痛不欲生到生不如死了。”

那好吧，既然这样，那他就让他心如死灰……

想着，林嘉歌开口问：“一个好消息，一个坏消息，你要先听哪个？”

夏商周还没回答，林嘉歌又开口了：“呃，当我没问吧，好像对你来说，都是坏消息……”

夏商周：“……”

陆本来摘下耳机，偷听。

夏商周在林嘉歌开口之前：“老大，既然对我来说都是坏消息，那我还是选择先听你口中的好消息。”

林嘉歌垂了垂眼皮，答应了：“好消息就是，【瑶兮爱吃冰激凌】是时瑶。”

夏商周：“？”

林嘉歌：“坏消息就是，要跟【瑶兮爱吃冰激凌】划分界限的人，是你，不是我。”

夏商周：“！”这两个消息有什么区别吗？

林嘉歌拍了拍夏商周的肩膀：“我对你的遭遇，深表同情，但是很遗憾，在我没出生之前，【瑶兮爱吃冰激凌】就已经是我的了。”

在林嘉歌话音落下的一刹那，夏商周的脑海里，仅剩的只有一句话：爱情这件事，我选择死亡。

试问，这世上有谁比他更苦？

现实中一眼看上的女神，是老大的未婚妻；游戏中千般守护的瑶妹，也是老大的未婚妻……

他上辈子究竟造了什么孽，这辈子的爱情竟会如此不顺？

别人的爱情，即便不顺，好歹会生根、发芽，甚至会开花，也许会结果，只是果子没成熟就掉落了。

而他的爱情，扎进土里连生根的机会都没有，哦，不，只是一颗种子，连土都还没进，就被弄死了……

明明同样是人，而且同样是男人，而且同样是住在501宿舍的男人，为什么老大现实中看上的、游戏里盯上的就能全都得到，而他却是全都失去？

夏商周越想，越觉得自己可怜，忍不住不满地嚷嚷了起来：“不公平，太不公平了，我不服！”

服也得服，不服你也得服……林嘉歌想开口，但话到嘴边，想到夏商周好像还真的蛮苦的，索性大方地不跟他计较了。

“老大，我严重怀疑，你是在编故事骗我，这个世界上怎么可能会有这样的好事，都快赶上天上掉馅饼，躺着中五百万了……”夏商周这么一说，忽然找到了希望，“……你出身好，学习好，不用功考出来的成绩别人怎么追都追不上，你已经够被上天眷顾了，我不信上天一直眷顾你。总而言之，我就是不信不信不信，打死我都不信！”

本来都想着放过夏商周的林嘉歌，听到这些话，停了准备爬上床的动作。

这真不能怪他，他好不容易发次善心，结果还不被人接受……这算不算是自寻死路？

林嘉歌想着，就掏出手机，找了林嘉仪的微信，直接将聊天记录递到了夏商周的面前。

一直都在偷听的陆本来噌地一下凑过来，开始开口念林嘉仪和林嘉歌的聊天记录：“我得到瑶瑶的微信啦，我知道你没有瑶瑶的微信……你想不想要瑶瑶的微信……”

一边读，陆本来还一边点评：“哇，老大，姐姐气场两米八啊！哇，老大，论敛财功力，我谁都不服就服姐姐！哇，姐姐就这么轻轻松松地赚了将近三千块钱？哇……”

陆本来停了停，然后才接着说：“……瑶妹真的是小学妹啊……老夏，节哀顺变！”

夏商周：“节哀顺变？你上没上过学？这个词是这么用的吗？”

陆本来：“有什么问题吗？呃，就算是用错了，意思你总是懂的吧，你只需要知道我是在安慰你，其他的不重要。再说，你就算是把我用错的词纠正过来，小学妹还是瑶妹，瑶妹还是小学妹，你的爱情小鸟依旧一去不复返……”

“……”夏商周捂着受伤的胸口，心想：安慰，你确定这是安慰，不是落井下石？

夏商周还没呛陆本来，林嘉歌就开口了：“你会不会安慰人？”

说完陆本来后，林嘉歌看向了夏商周，“老夏，别理他，他狗嘴里吐不出象牙。”

夏商周冲林嘉歌投去感激的眼神，虽然戏里戏外的女神都被老大抢走了，但关键时刻，老大还是护着他的……

然而，这个感动维持了没有三秒钟，不紧不慢收回手机的林嘉歌，就语气听似很“温和”地又出声了：“老夏，我刚刚仔细地想了想，你说得的确没错，我出身好，学习好，关键是没出生就有了另一半，的确是挺受上天眷顾的，而且是特别受眷顾，要不然瑶兮怎么会是瑶瑶？”

夏商周忽然觉得自己刚刚的感动，是自作多情。

林嘉歌完全没意识到自己已经偏离安慰夏商周的主题了：“你们说，我是不是就是传说中的上帝的宠儿？”

“其实，作为上帝的宠儿，也是一件很心累的事，毕竟你看我监个考，都能碰到桃花……”林嘉歌悠悠地叹了一口气，“……哎，这么想一想，我还真是挺忙的，忙着掐自己的桃花，还要忙着掐瑶瑶的桃花……”

夏商周感觉有一口血涌上了喉咙：“……”

老大，你确定你是在安慰人？而不是在炫耀？

林嘉歌冲陆本来和夏商周一人看了一眼，看似很苦恼地说着一点也不苦恼的话："没办法，这种苦恼，你们是体会不来的，毕竟……条条大路通罗马，并不是所有人都像我一样，生来就在罗马。"

夏商周捂着被戳得稀巴烂的心窝，感觉喉咙里的那口血，此时此刻不是想喷出来，而是想呛死自己。

他说陆本来是狗嘴里吐不出象牙，那他呢？狗嘴里吐出来的怕是刀光剑影杀人于无形吧？

莫名其妙被殃及的陆本来，眨了眨眼睛，又眨了眨眼睛……

他忽然觉得自己好像刚刚就不该看戏……那句俗话说得没错，常在河边走哪有不湿鞋，常看别人笑话终有一日会被人也看了笑话。

林嘉歌说完要说的话，本想上床，但想了想，既然夏商周来找自己谈话，那也要有始有终，于是又问了句："请问，我们的谈话可以结束了吗？"

夏商周几乎没有任何犹豫，就猛点着头："可以，可以，其实在五分钟之前就可以结束了！"

那早点不说，还浪费他的口舌和时间……林嘉歌想着，就翻身上床，然后抱着枕头，举起手机，准备去找时瑶。

在他解锁手机屏幕时，嘴角不由自主地上扬起一抹弧度。

他没去看【浪啊浪】群里的未读消息，而是直接点了【瑶兮爱吃冰激凌】，敲了个"？"，在他准备点发送时，他觉得这个消息不够亲密，于是又加了三个字："睡了吗？"

确定没什么问题后，林嘉歌点了发送。

然后消息前面出现了一个红色的感叹号。

再然后，下面出现了一小行灰色的字：消息已发出，但被对方拒收了。

？

林嘉歌眨了眨眼睛，有点不懂这是什么意思。

什么叫"消息已发出，但被对方拒收了"？

林嘉歌想了想，就将刚刚发的消息又发了一遍，依旧是这样的状况，他接着发，还是，继续发，仍旧是……

他这才蹙了蹙眉心，冲陆本来和夏商周问："问你们个问题，如果你们给一个人发微信消息，消息发送后，前面出现了一个感叹号，下面还有一句，消息已发出，但被对方拒收了，这是什么意思？"

陆本来盯着手机屏幕，头都没抬一下："被拉黑了。"

林嘉歌："什么？"

夏商周："就是被对方拉入黑名单了。"

!

林嘉歌忽然有点受打击，他怎么就被大白圆拉入黑名单了，是这两个货搞错了吧？

林嘉歌越想，越觉得这是不可能的："你们两个逗我玩吧？"

陆本来："这有什么好骗你的，老大，不信你把我拉入黑名单，我给你发消息试试。"

林嘉歌迟疑了一秒，照做。

将陆本来拉入黑名单后，他说了句："好了。"

陆本来退出小说页面，切到了微信，找了林嘉歌的名字，随便点了个字母，发了出去，然后将手机递到了林嘉歌的面前："老大，你自己看，没骗你吧？"

林嘉歌盯着陆本来的手机屏幕，仔仔细细地看了好一会儿，确定和自己手机屏幕上的情况一模一样，整个人顿时被打击得宛如蔫了的茄子。

软包子居然把他拉入黑名单了？

软包子居然把他拉入黑名单了！

这怎么可能啊，他没得罪她啊……该不是……林嘉歌突然想到，玩游戏的时候，他被时瑶击倒，时瑶说，要来找他炫耀……

该不会是那个时候，她给他发消息，发不过来，知道他把她拉入黑名单了，索性她也把他给拉入黑名单了？

搞什么啊……这软件真的是有毒，拉黑还带提醒对方的……

林嘉歌边想，就边点进了【浪啊浪】群。

有五条未读消息，林嘉歌顺势扫了一眼。

【瑶兮爱吃冰激凌】："不玩了，要睡了。"

【瑶兮爱吃冰激凌】@【是果汁啊】。

【瑶兮爱吃冰激凌】@【猴子派来的高手】。

【是果汁啊】："晚安，瑶妹。"

【猴子派来的高手】："好梦，瑶妹。"

林嘉歌将这五条未读消息，反反复复地看了好几遍，然后整个人就觉得更心塞了。

软包子为什么@了陆本来，也@了夏商周，就没有@他呢？

该不会是因为他把她拉入黑名单，她生气了吧？

林嘉歌想着，就按着屏幕，也发了一条消息。

【111111】："瑶妹，晚安。"

在他消息发送成功的那一刻，手机屏幕上进了新的消息。

【瑶兮爱吃冰激凌】："安，果汁。"

【瑶兮爱吃冰激凌】：“安，高手。”

林嘉歌抱着手机，一脸认真地等了足足一分钟，见没别的消息进来了，于是就又发了一句：“瑶妹，做个好梦。”

消息发送成功后，林嘉歌沉思了一会儿，然后手动 @ 了【瑶兮爱吃冰激凌】。

他又耐心地捧着手机，数着秒，等了一分钟，见时瑶还是没理他，他终于不淡定了，冲陆本来和夏商周开口：“你们是不是没有收到我的消息呀？”

陆本来看了一眼群消息：“收到了啊。”

他回林嘉歌话间，还在群里发了一条消息：“瑶妹，做个好梦 +1。”

林嘉歌不死心，将希望放在了夏商周的身上。

“我也收到了……”夏商周回话间，也在群里发了一条消息：“瑶妹，做个好梦 +2。”

一天都未必会冒一次泡的宋潮汐，也发了消息：“瑶妹，做个好梦 +3。”

【瑶兮爱吃冰激凌】：“谢谢果汁。”

【瑶兮爱吃冰激凌】：“谢谢高手。”

【瑶兮爱吃冰激凌】：“谢谢潮汐。”

林嘉歌盯着手机屏幕上不断进来的消息，心都凉了半截。

这个群里，软包子都谢了，唯独没有谢他……看来，软包子好像很生气的样子……这可怎么办？

难不成让他当着一群人的面，哄软包子吗？

一想到可能会被另外三只截图，从此以后当成笑料来讲，林嘉歌变得有些犹豫了。

可他又不能让软包子知道他就是林嘉歌啊，否则，软包子生气的对象不单单是【111111】，还有林嘉歌……但她把他拉黑了，他的私聊消息她又收不到……

林嘉歌越想，越恨微信，又跑到软件商场 APP 里，给微信打了一颗星，并附带了一句评价：“拉黑还提醒对方，我媳妇儿跑了，你负责吗？”

放下手机，林嘉歌翻来覆去了一会儿，再次拿起手机，又去软件商城 APP 给微信打了一颗星：“要不是我媳妇儿，我真想永久卸载此软件！”

再次放下手机，林嘉歌抱着被子，盯着雪白的天花板看了一会儿，然后坐起身，拿着手机开始给宋潮汐发消息：“等会儿请你不要在群里拆我台，谢谢。”

没等宋潮汐回复，林嘉歌就大方地发了“200”元红包过去。

红包秒被抢，然后宋潮汐回了句：“好的，大佬。”

林嘉歌没再回宋潮汐消息，直接看向了陆本来和夏商周：“金碧辉煌七日游。”

陆本来立刻放下手机：“爸爸，请说出你的条件。”

夏商周噌地一下撕掉面膜："爸爸，你说什么就是什么！"

林嘉歌："等会儿群里，不管发生什么事，记住不要说不该说的话！"

陆本来："请放心，我只会说我该说的话！"

夏商周："从此刻起，我不会打字了！"

解决完后患后，林嘉歌这才放下心来。

他点开【浪啊浪】微信群，盯着手机吞咽了一口唾沫，然后抬起指尖开始打字。

【111111】@【瑶兮爱吃冰激凌】："对不起。"

"对……对不起？老……老大居然会说这三个字？"

在夏商周结结巴巴的声音中，林嘉歌继续点手机屏幕。

【111111】："不是我把你拉黑的，是下午我没注意，我养的宠物爪子不小心碰到了手机屏幕，把你拉黑了。"

【111111】："我已经把你从我的黑名单放出来了，请问我可以从你的黑名单里出来吗？"

既然收了别人的好处，就要帮别人办事……陆本来连忙配合："老大，你说的宠物是不是小猪佩奇？"

林嘉歌愣了愣，才反应过来陆本来口中的"小猪佩奇"是自己当初说要养的能吃三碗馄饨的软包子宠物……

只是，他们怎么到了现在，还说软包子是小猪佩奇……不就是间接说软包子是猪？

林嘉歌正准备神情不满地递给陆本来一道自我体会的眼神，只是还没来得及行动，他忽然想到，其实这次他之所以会把大白圆拉黑，还是因为软包子……要不是她说她会伤心，他也不会这样……说来说去，其实也不是他把软包子拉黑的，而是软包子自己把自己拉黑的……

想着林嘉歌就又拿起了手机："是……"

林嘉歌停了停，犹豫了三秒钟，还是咬了咬牙，继续打字："……小猪佩奇拉黑了瑶妹。"

算了，就把软包子比喻成小猪佩奇一次吧，反正她是小猪佩奇，他也是小猪佩奇……

林嘉歌始终没放下手机，他等了一分钟又一分钟，看群里依旧安静无比，于是又@了【瑶兮爱吃冰激凌】，继续发了句："瑶妹，对不起。"

时瑶仍旧没在群里冒泡。

501 男生宿舍的空气，开始慢慢地一点一点变得稀薄。

陆本来为了今夜自己的身心安全，开始安慰："老大，已经 12 点了，说不定瑶妹已经睡了。"

夏商周急忙配合："是的，是的，小学妹一个小时前，就说困了。"

是这样的吗？

林嘉歌看了一眼手机上的时间，十二点二十一分……好像挺晚的了。

林嘉歌的神情好转了些许。

他继续抱着手机等了一会儿，看时瑶还是没说话，这才放下手机躺回在床上。

陆本来和夏商周以为逃过一劫，齐齐的地松了一口气，也各自躺上床，准备睡觉。

只是，宿舍灯关了不到十分钟，林嘉歌从床上坐了起来："你们确定她是睡着了？"

陆本来："要不，老大，我帮你在群里@下瑶妹？"

夏商周："我也一样@下？"

林嘉歌点头。

陆本来、夏商周照做。

一分钟，两分钟，三分钟……十分钟后，陆本来不知第几次拿起手机，打着哈欠，看了一眼安静的群："老大，你看，瑶妹是真的睡着了，所以我们也睡吧……"

夏商周困得完全说不出话了，只是"嗯嗯嗯"附和着。

林嘉歌没说话，再次放下手机，躺下。

陆本来和夏商周暗想，终于可以睡了……然后齐齐放松精神准备入睡。

然而，三分钟后，林嘉歌又坐起身："对了，有件事我要告诉你们，别让瑶瑶知道我们知道了她是谁。"

陆本来："嗯嗯，好。"

夏商周的"好"字没说完，就被哈欠声淹没了。

林嘉歌又一次准备躺下，结果刚动了动身子，就想到了林嘉仪……他和她都是软包子的微信好友，那朋友圈岂不是会泄露了他的身份？

林嘉歌急忙点开了自己的朋友圈，把林嘉仪给自己的留言一条接一条地删除……

只要他明天给林嘉仪一笔封口费，等软包子把他放出黑名单后他把自己给她的朋友圈留言删了，软包子就不会知道他和林嘉仪是好友了……可是以后呢？

林嘉仪那么话痨，不可能不发朋友圈……软包子的朋友圈他可以不出现，可是万一他发朋友圈，林嘉仪出现了呢？

想了想，林嘉歌干脆一不做二不休，屏蔽了林嘉仪看自己的朋友圈。

确认自己【111111】的马甲十分安全，不会被人脱掉后，林嘉歌不死心地又点开【瑶兮爱吃冰激凌】的微信，发了一条消息，见依旧是拉黑的状态后，又去了群里，看她真的没冒泡，这才放下手机又躺下。

他闭上眼睛，安静没一会儿，忽然想起当初在游戏里，第一次匹配到时瑶，是夏商周主动加的她好友，为了让他和陆本来带她打游戏，夏商周好像还给了陆本来不少红包。

他下午决定和大白圆撇清关系时，把那个时候夏商周买给他的东西，都还回去了，可陆本来……

软包子玩游戏，岂能容许别的男生出钱？

想到这里，林嘉歌再一次噌地坐起身："老夏，当初你为了让陆本来陪你带瑶瑶打游戏，总共给了他多少红包？"

夏商周都已经睡着了，被林嘉歌这么一问，大脑发蒙地坐起身："什么？要迟到了？"

牛头不对马嘴……林嘉歌懒得搭理夏商周，看向了陆本来："小来来，你说。"

陆本来还没完全睡着，智商还在："800 块钱。"

林嘉歌没再说话，拿起手机点了几下，然后夏商周的手机就传来叮咚叮咚的一串提醒声。

夏商周在说完话后，看了一眼外面的天还是黑的，躺下又睡着了。

林嘉歌看他没收款的意思，就下床走到夏商周床边，拿了他手机，用他的手指解锁，然后将自己转的两笔钱收款。

第一笔 800 元，留言：陆本来陪瑶瑶打游戏的钱。

第二笔 800 元，留言：你陪瑶瑶打游戏的钱。

解决完时瑶打游戏的债务问题后，林嘉歌回到自己床上又看了一次手机。

见微信干干净净，没有任何新消息后，他才放下了手机。

昨夜没睡好的他，今晚依旧没什么困意。

他闭着眼睛，脑海里浮现了很多自己和软包子打游戏的场景，林嘉歌脸莫名一红，忍不住翻了个身。

林嘉歌越想越浮躁，尽管自己很晚了，他还是又跑去【浪啊浪】微信群发了一连串的消息。

【111111】@【瑶兮爱吃冰激凌】："以下是我的道歉诚意。"

【111111】发送一个红包，留言：果冻。

【111111】发送一个红包，留言：布丁。

【111111】发送一个红包，留言：甜甜圈。

【111111】发送一个红包，留言：果汁。

【111111】发送一个红包，留言：酸奶。

【111111】发送一个红包，留言：冰激凌。

……

时瑶在群里谢过果汁、高手和潮汐，特意忽视掉【111111】后，将手机调成静音，然后就睡了。

第二天早八点有课，时瑶六点半醒的。

因为时间还很充足，她没立刻起床去洗漱，而是先拿起了手机。

微信居然有好几条提醒消息。

谁大半夜不睡觉，给她发消息？

时瑶一面纳闷儿，一面点开了微信，发现未读消息全都是【浪啊浪】群里的。

点到未读消息的最顶端，最先入眼的是【111111】发来的消息。

【111111】@【瑶兮爱吃冰激凌】：“对不起。”

对……对不起？时瑶的手一抖，手机险些从指尖滑落，砸到自己的脸上。

数字先生，居然给她道歉了？

时瑶揉了揉眼睛，又揉了揉眼睛，确定自己没有看错后，这才稳住被惊吓到的小心脏，继续往下看。

【111111】：“不是我把你拉黑的，是下午我没注意，我养的宠物爪子不小心碰到了手机屏幕，把你拉黑了。”

【111111】：“我已经把你从我的黑名单放出来了，请问我可以从你的黑名单里出来吗？”

【是果汁啊】：“老大，你说的宠物是不是小猪佩奇？”

【111111】：“是小猪佩奇拉黑了瑶妹。”

所以……数字先生不是因为她杀了他，才把她拉黑的？

原来是一场误会啊……不过，数字先生居然还养了宠物？名字叫小猪佩奇，难不成他养的宠物是猪？

时瑶一边在脑海里想着数字先生的品位真奇特，一边继续往下看聊天记录。

数字先生又@了她，并给她道歉了。

大概是她许久没冒泡，果汁和高手也在群里@她了。

时瑶本身就不是那种小心眼的人，昨晚她发现数字先生将自己拉黑后，心底的确是有点不开心，但是在看到他说明原因后，她早就已经将这件事揭过了，现在看到他们大半夜没睡觉在群里@她，反而有点不好意思了。时瑶没看后面的消息，就先打了一句话，发送到了群里。

【瑶兮爱吃冰激凌】：“那个，昨晚我睡了。”

没人理她。

时瑶想，大概是大家都还在睡觉，于是又回去看没看完的消息。

结果，看到的却是一连串的红包。

全都是【111111】发的。

果冻、布丁、甜甜圈、果汁、酸奶、冰激凌……

都是她喜欢的……

时瑶盯着屏幕，吞咽了一口唾沫，没收红包，而是将【111111】从黑名单里放了出来，并单独给【111111】发了一个“憨笑”的表情。

昨晚他们睡得那么晚，短时间内，数字先生应该是不会回她消息的……

想着，时瑶爬下床，去洗漱了。

等她从洗手间出来，看时间时，发现居然有微信未读消息。

点进去，是【111111】发来的：“早安。”

数字先生昨晚那么晚睡，居然今天这么早就醒了？

在时瑶思考时，【111111】又发来了新的消息：“群里的红包你为什么不领？”

时瑶打字，回消息：“道歉我收下了，红包就不用了。”

【111111】：“那就是你还在生气了？”

【瑶兮爱吃冰激凌】：“没，早就没生气了。”

【111111】：“既然没，那就把红包领了。”

“……”时瑶一阵无语：土豪都是这样逼着别人收自己的钱吗？

时瑶无语的时间，不过就短短的十几秒钟。

这十几秒里，【111111】连续发了三条消息：“怎么还不领取？”

“还在生气？”

“？”

时瑶望着屏幕上的消息，心想，这大概就是传说中的……盛情难却？

然后她就“盛情难却”地跑到【浪啊浪】微信群里，将那些红包全都领了。

每个红包的金额，都是最大数额“200元”，于是微信钱包里已经变成个位数的时瑶，一觉醒来余额变成了1202元。

1200元……这个金额让她真的倍感压力……

时瑶想着，给【111111】发了一条私聊消息：“那个，红包数额好大啊，让我有点忐忑不安……”

不知道数字先生是睡着了，还是去忙别的事了，过了好一会儿，时瑶才收到他的消息。

【111111】：“习惯了就好了。”

习惯了就好了……这是什么意思？

难不成是说，以后领他的红包领习惯了，就不会忐忑不安了？

可他和她也只是网友，现实中素未谋面，他没理由一直给她发红包，所以，他大概就是这么随便一说，那她也没必要当回事，随便一听就好啦……

到底是领了钱，不好意思就这么不回数字先生的消息，时瑶想了想，就解释了一下自己昨晚为什么把数字先生拉黑："那个，我以为你是因为我击倒你，才把我拉黑的，所以我就也把你拉黑了。其实我真不知道那是你，我以为那是人机。"

……

一夜没睡的林嘉歌，在收到时瑶的消息后，困意瞬间席卷而来。

由于时瑶一直在给他发消息，他也只能强撑着困意和她聊。

只是在看到她说，她以为她打死的人是人机时，他的困意顿时消散了一大半。

软包子居然把他当成了人机……

林嘉歌想都没想，就立刻回："当时被干扰了，没专心打游戏。"

时瑶看到【111111】发来的消息，立刻想到了果汁和他昨晚在群里聊的小猪佩奇，然后就敲打着键盘，回："是你养的宠物捣乱了吗？"

林嘉歌愣了愣，才反应过来，时瑶说的宠物是"小猪佩奇"。

可小猪佩奇是她啊……

就在林嘉歌不知道该怎么回时瑶消息时，她又发来了新的消息："你的宠物是猫，还是狗？它叫小猪佩奇，该不会是一头猪吧？"

"我也很想养一只喵星人或者汪星人，但是我怕自己没办法负责到底……你的小猪佩奇会不会随地大小便？"

姑娘……你这话题，让我根本不知道该怎么接啊！

然而，手机另一端，根本不知道小猪佩奇究竟是谁的时瑶，还在给林嘉歌发消息："它是不是很可爱，很好玩？"

可爱是很可爱，只是好玩……怎么个玩法？

林嘉歌仿佛被噎到了一般，盯着手机屏幕憋了良久，只回了时瑶一句："是挺可爱的。"

……

因为上课，时瑶没能及时回【111111】的微信，等到课间，她看手机时，发现【111111】除回她的消息外，还给她发了一条新的消息。

【111111】："那个，问你个事，你知不知道G大的风云人物林嘉歌？"

呃……数字先生怎么忽然会问她这个问题？

时瑶老实地回了句："知道。"

然后又补了句："怎么了？"

【111111】："你感觉他人怎么样？"

数字先生问的问题，真是越来越奇葩了……正常来说，他一个大男生，不应该关心某个女生怎么样吗？他怎么去关心另外一个大男生怎么样？这……

时瑶越寻思，越觉得诡异。

林嘉歌的确是G大的风云人物，单从何田田、江月她们口中，她就得知，林嘉歌在学校到底有多受女生的欢迎，就连前两天考试，她都能撞见有女生主动约他吃饭，所以，数字先生该不会对林嘉歌……

想到这里的时瑶，根本没去多想其他的，就给【111111】回了消息。

林嘉歌起先只是不忍心时瑶继续围绕着"小猪佩奇"的话题聊，所以才想着转移话题的。

许是因为一夜未眠，也许是因为他很少和女孩子聊天，思绪有点磕绊，他想了好一会儿也没想到更好的话题，最后不知怎么，忽然就想到自己可以趁此机会了解下自己在时瑶心中的形象，于是就将话题扯到了自己的身上。

将那句"你感觉他人怎么样？"发送成功后，林嘉歌莫名其妙变得有些紧张。

这种紧张，是他从小到大从未有过的……夹杂了些许期待，还有些许害怕。

等了好一阵儿，手机终于有了反应。

林嘉歌飞速地拿起手机，看到的是时瑶回过来的消息："该不会，林嘉歌就是你的尹志平吧？"

什么跟什么呀，他和尹志平扯上什么关系了？

林嘉歌想都没多想，就回了一个问号："？"

这次很快，时瑶就回他消息了："我的意思是，你该不会对林嘉歌有那方面的意思吧？"

林嘉歌愣了两秒，终于懂了时瑶的意思。

她这是以为，他喜欢自己？

软包子的脑子里，到底都装了些什么东西？

林嘉歌深吸了一口气，压下自己恨不得将时瑶脑袋瓜撬开的冲动，开始回时瑶微信："你想哪里去了？"

【瑶兮爱吃冰激凌】："原来你不是因为喜欢他，才问我这个问题的啊？"

即便对象是他自己，他也是真的很爱自己，但他此刻不能让软包子以为他喜欢男人……

林嘉歌就毫不犹豫地回："当然不是。"

时瑶不好意思了一下，回："那你为什么要问我这个问题？"

【111111】："他不是在学校里很火吗？所以就忽然想起来了，随便问问。"

也是，林嘉歌的确在G大很火，她好多次在食堂吃饭，都能听到旁边有女生议论他。

只不过，数字先生一个大男生，也有八卦的一面啊……

时瑶想着，就打字，回："原来是这样啊……"

"林嘉歌这个人吧……"时瑶歪着脑袋想了一会儿，想到当初玩游戏的时候，高手问数字先生自己的声音好听不好听，数字先生的回答，她觉得此时此刻很合适，于是就继续打字，"……就那样吧。"

随着手机在耳边"叮咚"一声响，林嘉歌立刻睁开眼睛，拿起了手机。

"林嘉歌这个人吧……"

在看到时瑶发来的这几个字时，林嘉歌本能地屏住了呼吸。

他停顿了约莫三秒钟后，才一点一点极其缓慢地移动视线看了下面的话。

"……就那样吧。"

林嘉歌仿佛被人当头砸了一棒槌似的，整个大脑一片空白。

过了好一阵儿，他才轻轻地眨了眨眼睛，脑海里重新有了思绪。

林嘉歌这个人吧，就那样吧……就那样吧……

在软包子的心底，他就那样吧……？

他承认当初他对她说了很多难听的话，她对他印象极差是很正常的事，可是最近这段时间，他对她很好啊，就算到不了100分，但是90分总是有的吧……

好吧，就算是没有90分……再不济80分总该有吧？

她这一句，就那样吧，该不会是连70分都没有吧？

林嘉歌真心有点接受不了时瑶对自己这样的评价，他努力地稳住情绪，继续回时瑶的微信："你这也太敷衍了，能不能具体点？"

【瑶兮爱吃冰激凌】："具体点？颜值高，成绩好，出身牛。嗯，总而言之，他是很多女生喜欢的那种男生。"

终于有点好听的话了……

林嘉歌的心情稍稍淡定了一些："那你呢？他是你喜欢的那种男生吗？或者，要是给他打分的话，满分一百分，你会给他多少分？"

……

数字先生好像八卦得有点深啊，居然连林嘉歌是不是她喜欢的男生都问……

喜欢？

时瑶啃着左手的大拇指，歪着头想了起来。

对于林嘉歌来讲，他并不希望其他人知道他和她是未婚夫妻的关系。

尽管现在，他和她勉勉强强算是朋友，但是他应该也不希望从她口中说太多关于他的话吧……至于喜欢……这个……应该不属于她和林嘉歌之间有的词吧？

时瑶想了一会儿，开始回【111111】微信。

【瑶兮爱吃冰激凌】：“坦白跟你说，我和他是认识的，但是没那么熟。”

没那么熟？！

林嘉歌望见这句话，噌地一下从床上坐了起来。

刹那之间，他困意全无。

没那么熟……在软包子的心里，他和她没那么熟？

手机再次震动，屏幕上又进了新的消息。

【瑶兮爱吃冰激凌】:“怎么跟你说呢，嗯……就是，我和他勉勉强强算是朋友吧。”

勉勉强强……

很喜欢用这四个字的林嘉歌，第一次发现这四个字很刺眼，很戳心。

根本不知道林嘉歌此时此刻是什么情况的时瑶，还在给他发消息。

【瑶兮爱吃冰激凌】：“我觉得他这个人还好吧，如果打分的话，仅就我个人而言，跟其他人无关哈，嗯，我觉得还是能到 60 分的……”

60 分？

完全出乎自己预料的低分，让林嘉歌的脸色都变得有些苍白了。

【瑶兮爱吃冰激凌】:“60 分好像有点太低了，他这个人其实偶尔还是挺不错的。”

虽然偶尔这两个字有点碍眼，但是……挺不错的这三个字还是让他找到了一些平衡感……

看来他在软包子心底的印象，也不是差到无可救药的地步……他就说，他怎么也会有个 80 分……

在林嘉歌正暗自庆幸时，屏幕上再次进了时瑶的消息。

【瑶兮爱吃冰激凌】：“想了想，还是给他 70 分吧。”

【瑶兮爱吃冰激凌】：“感觉 70 分还是有点偏高，算了，折中一下，凑合着给他个 65 分吧。”

【瑶兮爱吃冰激凌】：“悄悄跟你说哈，如果换成从前，要是让我给他打分，我肯定给他打负一百分，哦，不，负一千分！”

【瑶兮爱吃冰激凌】：“这是现在，我看在美食的分上，给他一个及格分吧。”

时瑶一连发了四条消息过来，简直让林嘉歌看得一愣一愣的。

70分？居然是70分？这也太低了吧？

65分？还是凑合着……还真是连70分都没有！

负1000分？曾经的他，在她心底有那么差劲吗？

而他如今的及格分是美食刷来的……他在她心底的存在感居然还不如美食？

林嘉歌也不知道自己究竟是怎么了，整个人的心情，忽然就这么低落到了前所未有的地步。

本来被她放出黑名单后，想着终于可以安心入睡的他，更睡不着了。

他没再回时瑶的消息，而是静静地在床上坐了一会儿，然后就躺下身子，呆呆地望着天花板了看了许久，才在脑海里有了新的思绪。

软包子对他印象不好，也是应该的，不是吗？谁让他当初，年少轻狂，说话不过大脑……

其实也没多大关系，不是吗？毕竟软包子现在对他的印象，也不是说差到无可救药的地步，毕竟还有65分呢……

还好，他聪明，没让自己【111111】的身份暴露了……如今他有两个身份，就算林嘉歌没戏，他还有【111111】……他就不信了，这两个身份中，就没有一个能做到软包子心目中的十全十美！

虽然一直在努力地给自己做心理安慰，但林嘉歌还是觉得胸口堵得慌。

这好像……是他生平第一次……这么在意自己在一个人心中的印象吧？

睡是不可能睡着了……林嘉歌想着，就翻身下床，冲了个澡，打开电脑做项目去了。

最近这段时间，时瑶的生活和以往没什么太大的改变。

若是真要让她找点改变出来，那还真有两件事：

第一件事是：最近追林嘉歌的女孩好像有点多，因为他从两天给她打一次电话找她这个垃圾桶处理女孩送给他的告白零食，变成了一天一次，然后又变成了一天两次，甚至今天都要突破一天三次的频率了。

第二件事是：【浪啊浪】群里，从前要么是她在群里招呼大家玩游戏，要么就是果汁和高手招呼，可如今，却变成了数字先生频繁在群里冒泡@她打游戏。有的时候她没来得及看手机，他还会私聊她，开始的时候仅限于晚上，到了最近这几天，大早上数字先生都会问她一句打不打游戏？

转眼，又是一个周五。

上完上午的课，时瑶在食堂吃完饭，看了一眼窗外刺眼的阳光，决定等到傍晚，太阳下山时再回家。

刚回宿舍，时瑶的手机就来了新的消息。

是【111111】邀请她打游戏。

时瑶不困，没有午休的冲动，想着距离回家还有好几个小时，便答应了数字先生的邀请，登录游戏，进入了他分享的房间。

果汁和高手不在。

最近玩游戏，那两个人经常不在，时瑶在群里问过他们，他们说是最近忙着复习，应付考试。

所以时瑶戴好耳机后，随便问了句：“果汁和高手还在忙复习？”

数字先生“嗯”了一声，没再说话。

虽然两个人玩游戏的时间，对比从前多了很多，但是数字先生依旧不怎么爱讲话。

不过，对比以前数字先生闭麦的状态，现在的他和时瑶玩游戏时，都是开着麦的，即使两个人不交谈，但是透过耳机，时瑶能听见他那边偶尔发出的细微声响。

在玩到第三局的时候，数字先生那边，有一道女声响起了：“水果放在这里了。”

数字先生没说话。

那女声也没再响起。

虽然隔着手机，但时瑶能听出来那女声是个中年声音。

纯粹是因为“水果”两个字，时瑶才开的口：“你在家啊？”

【111111】：“嗯。”

时瑶：“那刚刚给你送水果的，是你妈妈？”

【111111】：“不是，是家里的阿姨。”

时瑶“哦”了一声，过了大概五秒钟，她后知后觉地又开口问：“你是北京的？”

【111111】先“嗯”了声，然后又回了个“是”字，在他说话间，他还在游戏里杀了一个人。

时瑶纯粹是闲聊：“那还真是巧了，我也是北京的，不过我家是郊区的，你呢？”

【111111】报了个大概位置。

时瑶惊奇了，数字先生家所处的位置，居然和林嘉歌是一片地……

……

差不多五点的时候，时瑶下线了，林嘉歌也就没再继续玩游戏。

他闭着眼睛，休息了一会儿，然后就找了电脑，继续没完成的项目。

大概七点钟的时候，用人喊他吃晚饭，他放下电脑，下楼时，给时瑶发了一条微信：

"到家了吗？"

时瑶没回他。

他也没在意。

吃过晚饭，林嘉歌去院里散了一会儿步，回来后，拿着手机又给时瑶发了一条微信："吃完饭了吗？打游戏吗？"

时瑶还是没理他。

他无聊地看了一会儿电视，然后又掏出手机，给时瑶发微信："你等会儿忙完了，玩游戏喊我。"

依旧没收到时瑶的回复。

林嘉歌这次没再去做别的事情打发时间，而是登录了游戏，结果发现时瑶竟然在线。

然后他就在游戏里给时瑶发了个消息："玩完这把，拉我。"

他没退出游戏，一直等到时瑶游戏结束，主动申请了和时瑶组队。

等了好一会儿，时瑶同意了，他一边戴耳机，一边"喂"了一声。

随着他话音的落下，时瑶的名字后有话筒标识亮起，然后一道男声钻入了他的耳中："喂。"

因为都是一个"喂"字，林嘉歌以为是自己的回音，没想太多，又开口问："在吗？"

"在的，在的。"很快，【瑶兮爱吃冰激凌】开口讲话了。

从耳机里钻出来的声音，依旧是男人的声音。

林嘉歌塞耳机的举动，蓦地顿住。

由于这次，耳机里传出来的话语，和他的话完全不一样，所以他连像刚才那样以为的机会都没有了。

他似乎蒙了一般，大脑一片空白。

直到游戏另一端，大概是等了好一会儿，没有等到回复，时瑶的游戏号里再次传来了声音："喂喂喂，能听到我说话吗？能听到我说话吗？"

男人清晰的声音，不断地撞击着林嘉歌的耳膜，直到他话音落下了一小会儿后，林嘉歌才轻轻地转了转眼珠，在他自己都没有想好自己接下来到底应该怎么反应时，嘴里就已经发出声了音："你是谁？"

等他把话说完，他才发现自己的语气陌生得可怕，冰冷中夹杂着怒意，阴沉中掺杂着轻颤。

登录时瑶游戏号的男生，很快就回了话，大概是他察觉到林嘉歌语气不好听，所以回的话也很冲："你又是谁？"

他又是谁？他将来会是他所登录游戏的号主，在这个世上最亲密的人……

林嘉歌的眼神，都变得有些凉了："我是谁不重要，重要的是，你为什么会登录她的号？"

说到这里，林嘉歌想到自己给时瑶发了那么多条微信，她都没回复，这是以往从未有过的现象，难不成是她在回家的路上，把手机丢了？

想着，林嘉歌又开口了："你是不是捡了她的手机？你开个价吧，多少钱肯把手机还回来？"

男生："兄弟，你脑子还好吧？你哪只眼睛看到这手机是我捡的？我告诉你，这手机我根本不需要捡，我想什么时候用就什么时候用。"

第一次见到捡了别人的东西，还这么理直气壮的人……林嘉歌在口舌之战上，从来就没有弱势过："这种口出狂言的话，你不用跟我说，你留着跟警察叔叔说吧。"

男生面对林嘉歌，毫不弱势："我说你这个人真逗，先不说我和号主认不认识，单独就说你，一游戏里的网友，对号主来说，无关紧要的存在，你管那么宽干吗？"

无关紧要的存在？说他吗？

开什么玩笑，他对软包子来说，怎么可能是无关紧要的存在？

林嘉歌刚想呛回去，结果话都还没来得及说，耳机里就又传来了男生的声音："你知道号主是谁吗？你知道号主多大吗？你知道号主的手机号是多少吗？家住何处吗？"

"这些你统统都不知道吧？"

他怎么不知道？他全都知道……林嘉歌想着，耳边就听见那个男生继续说："你不知道我也不会告诉你，反正我都知道。"

"我真不是给你吹牛，在这个世界上，你问号主最在乎的男人是谁，她绝对会说我！"

还真是吹牛皮不用交税，吹得如此肆无忌惮。

林嘉歌刚想一脸冷笑地回那男生一句"呵呵"，示意他继续吹，结果和刚刚一样，那男生几乎没给他任何开口的机会，就又出声了。

比起刚刚他说话的声音，此时的他声调高了许多，就连话也不是说给他听的："瑶，给我洗个苹果。"

虽然隔得有些远，但林嘉歌还是透过耳机，听见里面传来了一道女声："好的。"

那声音，他很熟，可以辨认出来，是时瑶的声音。

前一秒还在心底无限嘲讽男生吹牛不打草稿的林嘉歌，这一秒仿佛被人当头砸了一棍似的，瞬间定住。

过了约莫一分钟的样子，他从耳机里听见了很细微的脚步声，然后又传来了那个男生的声音："谢谢宝宝。"

紧接着就是时瑶的声音："不客气宝宝。"

随着那男生咬苹果发出的清脆声音，时瑶又开口了："消夜快煮好了，等会儿记得来吃，我先去洗澡了啊。"

男生嚼着苹果，开口回："好的，好的，么么哒。"

时瑶没再说话。

那男生存心似的，过了几秒，又说："洗澡的时候，小心点，别摔倒了。"

"知道啦……"只是听见时瑶说了三个字，然后就有着类似于门被关上的声音传来。

耳机里安静了大概十秒钟的样子，男生开口了，语气带着十足的炫耀："现在，什么都不需要我说了吧？我不管你刚刚是出于什么心思，来管号主闲事的，反正我奉劝你一句，和号主玩游戏可以，但是不要对号主有非分之想！因为你想不起！"

男生喋喋不休地说了很长一段话后，终于消停了下来。

林嘉歌始终没开口说话，他也不在意。

等耳机里没了啃苹果的声音后，男生开口说："兄弟，游戏准备一下，好吗？"

因为没有等到回应，男生又出声催促："兄弟？兄弟？你到底要不要打游戏？"

不知道那个男生说了多少句话，林嘉歌终于缓过神来。

他没吭声，而是直接退出了游戏。

宝宝……软包子喊那个男生宝宝……

喊宝宝就算了，她还给那个男生洗苹果，洗苹果就算了，她还煮消夜……

煮消夜就算了，这么晚了，孤男寡女共处一室，她还去洗澡……

手机那么私密的东西，她都给那个男生用，还让他登录她的游戏账号……

林嘉歌越想，心底越发慌。

尽管他不知道，自己到底在慌什么。

不知道具体过了多久，他手机响了。

他看了一眼来电显示，却没看清楚是谁打来的，直到他心不在焉地接听电话，听见里面的人报了地址招呼他出来玩后，他才迟缓地反应过来，打电话的人是梁久思。

挂断电话时，他无意之间扫了一眼面前的镜子，穿着白色T恤衫的他，面容干净，衣衫整洁，可他就是觉得自己浑身都在冒绿光，那种绿得发光的绿光。

林嘉歌盯着镜中的自己看了许久，直到他觉得自己整张脸绿得都快赶上脸谱时，才收回视线，进了更衣室。

他平时喜欢穿白色的衣服，但衣柜里，却塞了不少别的颜色的衣服。

这些衣服，绝大多数都是妈妈或者姐姐买的，有很多连吊牌都没剪。

一般情况下，林嘉歌是不会去留意那些衣服的，只是在他整理头发时，透过面前的镜子瞄见身后的衣柜里，挂了一件绿色的T恤衫。

为什么他房间里，会出现这个颜色？

林嘉歌顿了两秒，转身走到衣柜前，将绿T恤衫拽了下来。

然后他又看见旁边有件迷彩服，上面有浅绿，有深绿，还有灰绿，林嘉歌蹙了蹙眉心，同样将那件迷彩服拽了下来。

再然后，他就绕着自己的更衣室仔仔细细找了一圈，把凡是带绿色的衣物全都拎了出来。

林嘉歌抱着那些衣物准备出门时，他想了想，又折回更衣室，在那一堆衣服中，找了一件最绿的T恤衫，换掉了身上的白T恤衫，这才重新抱起那些衣物下了楼。

林嘉歌刚到客厅，有用人从厨房出来了，手里端了一个果盘，正想给林嘉歌送上楼。

用人看到林嘉歌的那一秒，下意识地想说“小少爷，吃点水果”，结果还没说出口，就看到林嘉歌身上穿的绿T恤衫和怀里抱着的一堆各种深浅不一的绿色衣服，用人顿时愣住了，过了足足十秒钟，才纳闷儿又古怪地瞅着林嘉歌开口问：“小少爷，您这是做什么？”

林嘉歌没说话，面无表情地走到玄关处，打开门，将怀里的衣服往外面一丢。

“小少爷，那些衣服都好着呢，怎么就丢了呢？”用人着急忙慌地又开口了，然后将手中的果盘放在旁边的桌上，走到门外，想将那些衣物都捡回来。

林嘉歌打开鞋柜，拿鞋子时，看到有几双鞋子上也有绿色，便全都拎出来，也丢到门外。

就连他平日里最喜欢穿的白色鞋子，因为后面带了一点绿，也被他毫不犹豫地丢出去了。

边丢，他边丢冲门外的用人开口说：“这些东西，你找个地方处理了，总之不要再出现在我的视野里。”

说完，林嘉歌检查了一下鞋柜，确定自己剩下的鞋子没什么问题后，这才开始穿鞋。

“小少爷，这么晚了，你还要出去呀？”

林嘉歌没理用人。

“水果我都给你切好了，有你上次说比较好吃的新西兰进口小苹果，你要不要吃点再出门？”

走出门口的林嘉歌，听见“苹果”两个字蓦地停了下来：“谁要你给我切苹果的？我什么时候说苹果比较好吃了？”

“我最讨厌吃的就是苹果，以后不要让我在家里看到苹果！”

“还有，那个壁画上那个绿色是什么啊，也给我丢了！”

用人大惊失色：“使不得，小少爷，那是先生花了好多钱拍卖下来的大师真品。”

“大师真品？真品这么丑的吗？对得起大师两个字吗？我不管你怎么处理，反正等我再回家，这画不要让我看到！”林嘉歌边说，边冲客厅扫去，“还有，那花瓶里插得是什么鬼？”

用人从没见过这么不讲理的小少爷，战战兢兢地回：“那是大小姐今早订的鲜花。”

“那是鲜花吗？鲜花不应该都是花吗？那么多绿叶子是什么鬼？这家花店是不是觉得绿叶子便宜，所以拿绿叶子坑顾客？哪家店订的，我要去大众点评给他们一个差评！”

“你等会儿，把那花瓶里的绿叶子都拽了，只留花就好了。”

林嘉歌边说，边指着屋里的其他地方又开口了：“还有，那是盆什么花啊？绿油油的，晃得我眼疼，也扔了，扔了！”

用人：“不行啊，小少爷，那是老先生养的绿植，好些年了，丢不得。”

“丢不得，就放到地下室的仓库里去！”林嘉歌丝毫不管绿植不见光是否能活，帮用人想好绿植的去路后，就指着玄关鞋柜上一个小盒子里放的一对耳钉开口了，“这又是什么？怎么绿得那么瘆人？”

说着，林嘉歌就要伸出手去拿。

用人生怕他拿了丢出去，急忙抢在前头把那对耳钉拿走：“小少爷，这个更丢不得了，这是太太的翡翠耳钉，是太太的嫁妆，清朝时候的东西，贵得很呢！你要是丢了，太太会训死你的！”

“最好训我的时候，连名字都给我改了，叫绿嘉歌！”

林嘉歌凶巴巴地冲用人丢了这句话后，转身走了。

他在去车库的路上，心底还愤愤地想着：嫁妆？还清朝时候的东西，贵得很呢？怕不是个赝品吧？就那绿得瘆人的颜色，倒贴给他钱，他都不要……

梁久思几乎每个周末都会约林嘉歌出来玩。

最近这两周，周末林嘉歌忙着陪时瑶打游戏，几乎没有半点纠结就拒绝了梁久思。

以至于今晚，他到了梁久思说的地点时，梁久思看到他都惊呆了：“嘉哥，你终于宠幸我了！”

宠幸你个头哦，他眼光有这么奇葩吗？

林嘉歌斜了一眼梁久思，懒得搭理他，直接走到沙发前，坐了下来。

梁久思订的包厢里，只开了一些五颜六色的七彩灯，光线很暗，所以等到林嘉歌到了梁久思跟前，梁久思才发现，林嘉歌的身上居然穿了一件绿色的T恤衫，他顿时又睁大了眼睛，再次被惊呆了："嘉哥，你最近宅了一段时间，审美竟然变化如此之大？"

林嘉歌这次连一道眼神，都没给梁久思，直接端起桌子上的一杯鸡尾酒。

递到嘴边，他刚想张嘴喝，就才发现，那鸡尾酒是浅绿色的。

酒瓶旁边插了一片青柠檬，酒上飘着一片绿色的薄荷叶。

林嘉歌猛地闭上嘴，下一刻就将鸡尾酒丢回了桌上。

"怎么不喝啊？这是他们新调的酒，很好喝。"梁久思纳闷儿道。

"要喝自己喝！"林嘉歌扫了一眼面前的桌子，发现有绿色的酒瓶，绿色的酒杯，还有绿色的葡萄，以及苹果……

那苹果显然是刚洗过的，上面还挂着水珠。

所以，刚刚软包子给那个男生洗的苹果，是不是就是这个样子？

林嘉歌清楚地感觉到自己的雷区被戳中了，下一刻，他就奓毛出声："梁久思，你能不能把这里一切带绿的都给我撤走！"

"为什么？绿得罪你了？要是不开心，那就唱首歌，要不我给你点一首你曾经最喜欢听的《绿光》？"梁久思边说，边哼了起来，"期待着一个幸运和一个冲击，多么奇妙的际遇，翻越过前面山顶和层层白云，绿光在哪里……"

点好歌的梁久思，找了话筒，递到了林嘉歌的面前。

"触电般不可思议，像一个奇迹，划过我的生命里，不同于任何意义，你就是绿光……"

在他哼完这句歌词时，他才发现，气氛似乎有点不对劲。

梁久思顿了一秒，慢慢地抬起视线，落到了林嘉歌的脸上。

少年直勾勾地望着自己，不知道是不是他身上绿T恤衫衬托的，他眼底的光泛着一抹绿……

梁久思蓦地打了个寒战，下一秒就将话筒收了回去："撤，立刻撤，马上撤！所有带绿的东西一律都撤撤撤！"

很快服务员就被梁久思喊来了。

又很快包厢里凡是跟绿沾边的东西都被撤下去了。

服务员按照梁久思的吩咐，把一切都做完后，礼貌地问："请问还有别的需要吗？"

梁久思刚想说没有，林嘉歌就出声了："把苹果也撤了！"

服务员愣住。

梁久思同样一愣，不过很快就回神，开口："撤撤撤！"

等到服务员抱着一大盘苹果离开后，梁久思才凑到林嘉歌跟前，嬉皮笑脸地问："嘉哥，现在没什么问题了吧？”

林嘉歌轻轻合了合眼皮，没说话，但脸上的神情却好转了很多。

梁久思的狐朋狗友一向多，包厢里十分热闹，可林嘉歌就像置身事外一样，一个人坐在沙发上，不喝酒，不讲话，不唱歌，不合群。

大家也都看得出来，林嘉歌的异样，自动地避开了他周身两米的范围。

林嘉歌也不知道自己一个人就这样在热闹的环境里坐了多久，等他去留意包厢里的场景时，他看到一个女生在吃馄饨。

馄饨……

他望着女生面前的外卖盒，微微眨了眨眼睛，忽然就想到当初在学校附近的早餐店里，时瑶吃了三大碗馄饨的场景。

他清楚地记得，当时他看着软包子吃东西，觉得画面很养眼，很有食欲，也让他心情很愉悦。

可是这个女生……

林嘉歌盯着一边吃馄饨，一边看手机的女生望了一会儿，发现自己心底完全没有看软包子吃馄饨时的那种感觉。

该不会，有些感觉，他只对软包子一个人有吧？

林嘉歌想了一会儿，忽然就对着吃馄饨的女生开口了：“不好意思，打扰下，你能不能别看手机，专心吃馄饨？”

女生被林嘉歌的提议搞得一愣，但她没拒绝，很快就点着头，收起手机，专心地吃起了馄饨。

林嘉歌盯着女生看了不过三秒钟，就摇了摇头。

依旧没有软包子吃馄饨时，带给他的那种感觉……

或者是场景不对？

林嘉歌垂眸，想了片刻，又开口：“你们有哪个女生愿意帮个忙？”

有不少女生接了话：“什么忙啊？”

林嘉歌没着急接话，而是绕着包厢里的女生挨个看了一遍，然后将视线停顿在了最好看的那个女生身上。

这女生长得还不错，只是没有软包子好看，但……没办法，条件有限，能找到的最好看的女生就是这样了……凑合下吧……

想着，林嘉歌客套地开口问：“你，可以吗？”

那女生点了点头，很是开心的样子：“可以啊！”

林嘉歌微微点了点头，认真地回想了一下，当初时瑶考试，他站在窗前，和时瑶对视的场景，然后就对着那个女生开口简单地阐述了一下自己的需求。

那女生虽然也不懂林嘉歌到底在搞什么，但还是照做了。

林嘉歌和那个女生静静地对视着。

那个女生按照他的吩咐，时不时地冲他眨一下眼睛。

三十秒过去了……林嘉歌发现自己心静如水，毫无感觉。

一分钟过去了……林嘉歌完全没觉得那女生眨眼睛有放电的感觉。

一分三十秒过去了……林嘉歌不但没有任何被引诱的感觉，甚至还觉得自己已经对这个女生有点审美疲劳了。

两分钟不到林嘉歌放弃了，然后又开口问："能不能麻烦你再帮忙吃个苹果？"

那女生一头雾水地点了点头。

林嘉歌看了一眼旁边同样一脸蒙的梁久思："帮忙喊服务员，送个苹果过来。"

顿了顿，林嘉歌又补充："越大越好的那种苹果。"

很快，苹果送上来了。

林嘉歌示意那女生专心致志地吃苹果。

等那女生点头后，林嘉歌就盯着那女生看了起来。

那女生真的是在很认真地吃苹果，可林嘉歌完全找不到当初在爷爷病房，无意间扫到软包子吃苹果时，那种想要拍下照片，永远保留这一幕的冲动。

难不成是光线不够亮？毕竟那天，阳光很明媚。

寻思了一会儿，林嘉歌又喊人打开了包厢里的灯，然后又盯着那个女生看了一会儿……依旧无济于事。

林嘉歌蹙起眉心，又想了一会儿，然后对那个女生再次开口："最后一个忙，你能不能表现出受尽委屈的样子？"

女生想着，露了个表情："这样？"

林嘉歌回想了一下，当初在"金碧辉煌"，有两个女生说时瑶坏话，被她听到后她的反应，然后一五一十地描述给了女生："头稍微低点，嘴角抿得厉害点……对对对，就是这样……"

林嘉歌看了一分钟，又一分钟，始终没有找到当初时瑶露出这神情时，让他心疼的那种感觉。

会不会是这个女生妆容太厚了，时瑶一向素颜，所以影响了他的判断？

林嘉歌想了一会儿，又提议："你能不能卸个妆？"

那女生面露难色，但大概是因为这是林嘉歌的提议，她还是勉强点头答应了。

女生真的挺漂亮的，卸了妆后，显得年龄有点小，林嘉歌觉得更顺眼了。

可是她表现的面露委屈，林嘉歌依旧找不到那种心疼的感觉……

梁久思终于忍不住了，开口问："嘉哥，你到底在搞什么鬼？"

林嘉歌仿佛没听到梁久思的话一半，盯着卸妆的女生目不转睛地看着，看着看着，他的嘴里就吐了两个字："完了！"

"什么？"梁久思根本听不懂林嘉歌话里的意思，"什么完了？"

林嘉歌沉浸在自己的思绪里，还是没理梁久思。

他将视线从卸妆的女生身上收了回来，摸出手机，点开相册，找了自己曾经拍下来的那张时瑶啃苹果的照片……

只是一眼，他就发现自己刚刚望着那个女生静如死水般的心，鲜活地跳动了起来。

他看那个女生看了那么久，都没找到的感觉，在这张静态的照片上，轻而易举地就找到了……

林嘉歌抬起手，轻轻地摸了摸自己的胸膛，在感受到心脏的跳动后，他嘴里又出声了，依旧是那种轻轻的语气："完了，完了，这次真的完了……"

"嘉哥，你到底在说什么？我完全听不懂，什么完了？还有，你在看什么？"梁久思说着，就冲林嘉歌的手机屏幕凑了过来。他的视线还没落到林嘉歌的手机屏幕上，林嘉歌就将手机锁屏了。

他依旧没理梁久思，而是顺着自己刚刚的思绪，继续往下说："我这是中毒了，真中毒了……"

"中毒？"梁久思的声调提高了好几个分贝，"中了什么毒？不过我看你气色还可以啊……"

"软包子……"林嘉歌又轻声地念了三个字。

他的声音有些低，梁久思没听全，只听到了后面的两个字："包子？什么包子？你想吃包子？什么馅的？我现在可以帮你买……"

梁久思絮絮叨叨的话还没说完，林嘉歌的嘴又动了："宋潮汐说得没错，她说得也没错，你们说得都没错……"

软包子说，他的种种表现就是喜欢……

他那时觉得，他们说是喜欢，他就当成是喜欢吧。

直到今晚，他才发现，他们说得没错，他是喜欢……那种真真切切，打心眼里的喜欢。

他是喜欢软包子的……尽管这种喜欢，不知从何时而起；尽管这种喜欢，不知因何而起……他就是喜欢上她了……

虽然这份喜欢，他知道得有些晚，但是这份喜欢，是真实存在的。

想到这里的林嘉歌，又说了句："……我这是真的中了软包子的毒……"

“什么？中了包子的毒？是夏天太热，包子馅坏了，你食物中毒了吗？那还是要去医院检查一下的……”梁久思重新絮叨了起来。

终于从自己思绪中回过神的林嘉歌，听见他后半句啰唆无比的话，微微皱了皱眉心，丢了句“我先走了”，然后不管梁久思的追问和挽留，就直接离开了。

走到路边，坐上车，林嘉歌在车里发了一会儿呆，然后就踩着油门，控着方向盘绕着北京城漫无目的地开了起来。

他没留意自己到底往哪里开，等他发现，街边的高楼越来越少，光线越来越暗时，他才后知后觉地意识到，自己已经开出了北京城，快到时瑶的家了。

一直开到时瑶家楼下，林嘉歌才踩了刹车。

熄火后，林嘉歌下车，抬头望了一眼时瑶所住的楼层。

除了有一个屋子，有微弱的灯光亮着，其他的屋子都是漆黑一片。

所以……软包子这是已经睡了？

那那个男生，是不是已经从她家离开了？

他承认，他对软包子的了解并不多，但是他知道，她是独生子女，不存在什么哥哥弟弟之类的……那那个男生，到底是她的谁？

从他们的对话里，他能感觉出来，他和她的关系非同一般。

该不会，软包子真的和那个男生……

不知怎么，猜测到这里不敢继续往下猜测的林嘉歌，忽然想到时瑶最初给自己发的那条短信：“林嘉歌，我是时瑶。我找你，是想跟你说，我们解除婚约吧。”

解除婚约……对啊，他怎么就忘记了，从六年前，他知道她的存在起，到现在这整整六年里，从没找过他的她，第一次找他就是跟他说解除婚约……

他是纳闷儿过，六年都没想过要拒绝这场婚姻的她，怎么忽然想解除婚约了。

但是他从没细细追究过……

所以，她之所以和他解除婚约，会不会就是因为那个男生？

想到这里的林嘉歌，忽然发现自己慌张得可怕。

软包子真的有喜欢的人了？

如果软包子真的有喜欢的人，那他该怎么办？

他该不会和夏商周一样，刚发现自己的爱情来临了，然后爱情的火苗就被浇灭了？

若是，真的如他猜测的这样，软包子真的有喜欢的人了，而且要为喜欢的人和他解除婚约，他又会怎么做？

会为了自己的喜欢，自私地留住她吗？

林嘉歌脸上的表情，变得有些凝重。

虽然只是猜测，可他还是很认真地思考起了这个问题。

时间一点一滴地流淌。

夜越来越深了，等到周围静得只能听见虫鸣声时，林嘉歌清楚地听到了心底的答案。

若是他猜测成真；若是她真有喜欢的人；若是她真是为了喜欢的人和他解除婚约……那他……愿意退出，愿意用自己想要的幸福成全她的幸福。

糟糕啊，真的很糟糕啊……好像他喜欢她，比他想象的喜欢要深很多。

要不然，他怎么会处处站在她的角度，为她考虑问题？

他这是真的栽到她的手里了，而且是栽得很深很深。

他不单单是中了软包子毒这么简单，而是……毒已入骨，无药可医。

第四章
如果你真想知道，将来我会告诉你

林嘉歌一夜都没离开。

第二天早上八点钟，时瑶从楼里出来了。

林嘉歌的第一个念头是躲起来，在他想着自己到底是开车跑，还是先在车里趴下时，他忽然想到前段时间，他为了不让她买单，把她的钱包偷偷地拿出来，丢到了副驾驶座下。

这都过了有一段时间了，这车子虽然每天都洗，但是若是没做保养的话，一般情况下是不会被发现的……

想到这里，林嘉歌试探性地往副驾驶座下看去。

然后，他发现，她的钱包竟然真的还在……

就连上天，都在帮他啊……想着，林嘉歌将时瑶的钱包拿了出来。

有了挡箭牌的他，肆无忌惮地按了一下鸣笛。

刺耳的声响，惹得周围早起的几个人，抬眼望来。

当然也包括时瑶。

因为她离他的车子最近，鸣笛声传入她的耳中也最刺耳，所以她转头看来时，脸上的神情充满了不满。

不过，在她透过挡风玻璃，在看到林嘉歌的脸后，她整个人微微惊讶了一下，然后就迈着步子，冲林嘉歌的车头走了过来。

等时瑶快走到车前时，林嘉歌推开车门，拿着时瑶的钱包下了车。

时瑶见林嘉歌下车，下意识地想问他怎么会在这里，只是她的话都还没到喉咙，她就看到他身上的T恤衫。

居然是绿色的……而且是那种明绿明绿的颜色……

时瑶被震惊得猛地停下脚步，就连想问林嘉歌的话，都被她忘在了脑后。

林嘉歌看到时瑶，第一个想法就是想开口说，她的钱包在他这里。

只是他的话都没能说出口，他就发现，时瑶神情古怪，视线落在了自己的身上。

她干吗用这种眼神看他？有什么不对吗？

林嘉歌想着，就低头看了一眼时瑶的视线落在自己身上的位置。

在林嘉歌看到自己绿得发光的T恤衫时，他才瞬间懂了时瑶为什么会有这样的反应。

林嘉歌没说话，等了一小会儿，见时瑶还在盯着自己身上的T恤衫瞧，于是就开口了："我这件衣服很奇怪吗？"

听见林嘉歌的问话，时瑶连忙将视线从林嘉歌的衣服上落到了他的脸上，然后心里想着奇怪极了，口上很是客套地回："不……不奇怪。"

不奇怪，你还一直盯着看……林嘉歌没拆穿时瑶，而是"哦"了一声，然后又开口问："那你觉得我身上这件T恤衫的颜色怎么样？"

好想回一句不怎么样，可是……时瑶强忍着自己脸上的表情不要表现得太过分，故作淡定地回："挺……挺绿的。"

绿……听见这个字的林嘉歌，想到自己一夜的心塞，又开口了，就连都语气变得幽幽的："那你觉得这颜色好看吗？"

绿色本没问题，只是这个颜色的T恤衫……真的有点一言难尽……

不过时瑶依旧没敢说实话，因为她发现林嘉歌的眼神和语气都很不对劲。

她也不清楚是不是自己的错觉，有那么一瞬，竟觉得他的目光有点哀……哀怨……

时瑶被自己的错觉吓得小心脏哆嗦了一下，然后就笑着说了今天和林嘉歌交谈以来的第一句真心话："这个颜色挺，挺亮的。"

"嗯，我知道，绿得发光的那种亮。"林嘉歌又开口了，比起刚刚幽幽的语气，此时还多了几分低沉。

怎么办？她又有了林嘉歌很哀怨的错觉，而且比刚刚更哀怨了……

就在时瑶不知道该怎么回林嘉歌的话时，有人开口喊了她的名字："瑶瑶宝宝……"

瑶瑶宝宝？

这语气，这声音，显然就是昨晚上那个男生……

林嘉歌条件反射般，猛地转头，冲声源处看去。

一个穿着黑色短袖的男生，走出时瑶住的那栋楼，正冲时瑶走来。

在那声音响起的那一刹那，时瑶出于本能，也回了头。

她想对着喊自己的人回应一声，只是她还没来得及张口，就感觉到自己的后脑勺凉飕飕的。

时瑶下意识地瞅了一眼身后的林嘉歌，发现他除目不转睛地盯着她正前方外，并没其他的异常。

真是奇怪了，她怎么会突然有那样的感觉？

想着，时瑶就抬起手，抓了抓自己的后脑勺。

在时瑶回头望林嘉歌的这短短的十几秒钟里，男生已经走到了她的身后。

与此同时，这短短的十几秒钟里，林嘉歌已经悄无声息地将男生从上到下不动声色的地打量了一遍，并且在心底跟自己做了一个鲜明的对比。

长得是还不错……但对比他，眼睛小了点，鼻梁矮了点，嘴巴大了点，面部轮廓不够明朗了点，就连皮肤都没他白，也没他细腻。

身高也还可以……但对比他，还是矮了一些，就连身材比例，都有差距，尤其是他穿了短裤，腿毛有点过于茂盛。

发型也不够好看，衣品也不是那么够档次，一个大男生居然还打耳钉……还有那双手，手指不够修长……

在林嘉歌正在绞尽脑汁地拿着那个男生和自己做对比时，那个男生大概是见自己喊了时瑶后，时瑶没理他，又开口了："瑶宝。"

伴着他的话音响起，他还伸出手，轻轻地弹了时瑶的脑袋一下。

这男生，到底有没有最基本的家教和素养？说话就好好说话，大庭广众光天化日之下动手动脚成何体统？！

林嘉歌的眼睛，仿佛粘了胶水一般，紧紧地粘在了那个男生刚刚弹过时瑶脑袋的手指上。

时瑶面对男生的举动，倒是没有不满，而是娇憨地噘了噘嘴，转头冲男生看似很生气实则一点也不生气地瞪了一眼："不是告诉过你很多次，不要动不动就打我脑袋嘛！"

就是，人都不稀罕你碰人家……林嘉歌依旧直勾勾地盯着那个男生的手指，在心底腹诽着。

只是他刚腹诽到一半，心态就崩了……不是告诉过你很多次，很多次，很多次……也就是说，这个男生弹她脑袋很多次？！

那男生笑嘻嘻地回："谁让你长得这么矮？！"

时瑶面对这句话，倒是一点也没介意："你怎么下来了？"

他们就这么聊起来了？当他不存在？

林嘉歌的目光紧锁着男生的手指，佯装成喉咙难受的样子，清了清嗓音。

男生："我怕你孤单寂寞冷，所以想了想，还是陪你一起去吃早餐吧。"

时瑶："那我谢谢你哦！"

男生："不客气，咱俩谁跟谁啊！"

谁要跟你谁跟谁？还有，他刚刚发出的声响，她没听见？

林嘉歌等了几秒钟，见时瑶还是没理自己的意思，再次清起了嗓子，比起刚刚声调重了很多。

男生："对了，瑶宝，我们吃什么呀？"

时瑶眼睛一亮："我还没想好，我既想吃小馄饨，也想吃油条，还想吃王爷爷家的包子……"

男生："要不，瑶宝，这样，我们去买油条，拿到馄饨馆吃小馄饨，然后打包王爷爷家的包子回家当午餐……"

时瑶似乎很满意这样的安排，笑得眉眼弯弯："好的，好的。"

一旁的林嘉歌，盯着时瑶的笑脸，又重重地咳了两声。

软包子的笑点，到底要不要这么低？还有这男生，显然是开外挂……怎么可以突然对软包子提吃的？

男生得意扬扬："怎么样？瑶宝，听完我的安排，是不是觉得我很聪明？"

时瑶点点头："是是是……"

这就叫聪明？怕不是对聪明两个字有什么误解吧？

时瑶的话还没说完，她动着唇，还想再说点什么，可被她忽略了好一会儿的林嘉歌，却没给她这个机会，而是忽然闷哼了一声，然后弯身，一只手捂住自己的腹部，一只手撑住了身边的车头。

他怕时瑶依旧无视他，在弯身时，特意撞了一下时瑶的肩膀。

时瑶纳闷儿地转头，在看到林嘉歌的模样后，眉心忽地蹙起，一脸关心地问："你怎么了？"

面对时瑶的关心，林嘉歌摆了摆手，像在极力地忍耐着什么一样，回了句："没什么。"

回完后，林嘉歌偷偷地瞄了一眼那个男生。

呵，你以为就你会开外挂抢戏？说得谁不会一样？从此刻开始，他就让他看看，什么叫作奥斯卡影帝一般的演技！

想着，林嘉歌让自己脸上的神情，变得更痛苦了一些，为了效果逼真，他还特意哆嗦了一下身体。

看到他这副反应，时瑶更紧张了："这还叫没什么呢？你是哪里不舒服？"

时瑶一边问，一边打量林嘉歌，看他捂着自己的腹部，又问："是胃不舒服？"

林嘉歌像疼得说不出来话一般，憋着气微微点了点头，然后过了一会儿，才轻声说："前段时间，有点忙，没好好吃东西，胃病犯了……"

"其实昨天好些了，然后晚上才和朋友一起约了来郊区度假，早上看完日出，开车回度假山庄准备吃早餐的时候，发现你的钱包在车里，我怕你找不到钱包心里着急，想着度假山庄离你家近，就赶紧开车给你送过来了……"

看到没有，小子，这才叫真正的聪明！

既能赢得软包子的关心，还能赢得软包子的感动和心疼。

毕竟他是忍着病痛，在得知她钱包丢了的第一时间，给她送来了……

想着，林嘉歌又似乎疼得受不住一般，倒抽了一口冷气，然后接着说："……估计是昨晚晚餐没吃好，早餐现在又没吃，胃病又犯了……"

看见自己找了好些天都没找到的钱包，时瑶更担忧林嘉歌了："要不要我陪你去医院看看？"

"不用了……"林嘉歌摆了摆手，然后他就像疼到撕心裂肺一般，用力地揪住了自己身上明绿色的T恤衫，将衣服揪得变了形，"……我，我等会儿回，回酒店吃点药就好了……钱包送到了，没什么事的话，我，我就先走，走了……"

说完，林嘉歌就伸出手去拉车门了，他似乎疼得没力气一般，拉了半天也没拉开。

这都疼成这样了，车门都拉不开，怎么开车？

时瑶想了想，抬头看了一眼自己家所在的楼层，然后当机立断，做了决定："要不这样吧，你先去我家休息一会儿，我给你找点胃药吃，等你不疼了，再走好不好？"

小子，你以为就你去过瑶瑶的家？现如今，我也可以……

心愿达成的林嘉歌，心底明明迫不及待地想飞进时瑶的家，可嘴上却说着很是客套绅士的话："方便吗？"

"当然方便……"时瑶说完，又问，"……你自己能走吗？要不要我搭把手？"

林嘉歌没拒绝，回了句"谢谢"，然后任由时瑶搀着自己的胳膊，扶着自己进了楼。

为了不让自己露出破绽，林嘉歌特意将步伐放得很慢。

时瑶的家不大，百来平的样子，但布置得很温馨。

她的父母不在家，进屋后，时瑶看了一眼林嘉歌的状态，犹豫了一会儿，就将他带到了自己的卧室里："你先在我床上休息会儿，可以吗？"

软包子的闺房，还有软包子睡的床……

林嘉歌压着心头的窃喜，很是虚弱地点了点头，礼貌而又克制地道："谢谢"。

时瑶扶着林嘉歌坐下后，就去找了药箱，翻了胃药给林嘉歌吃。

压根没胃疼的林嘉歌，眼睛都不带眨一下地就将时瑶喂到嘴边的药尽数吞进了腹中。

吃完药，时瑶又给林嘉歌倒了一杯温水："你胃疼成这样，最好还是不要吃外面的东西，我给你随便煮点粥可以吗？"

林嘉歌微点了点头，矜持地开口："麻烦了。"

"那你先休息……"时瑶不放心，在去厨房之前，对着那个男生吩咐了句，"……你去看看他，万一有什么事，好帮帮忙。"

那男生倒是没反抗时瑶的嘱托，真的进了时瑶的卧室，坐在椅子上，随便拿了本漫画书，陪着林嘉歌。

约莫两分钟后，林嘉歌微微转了转眼珠"那个，你能扶下我吗？我想去洗手间……"

男生放下漫画书，走到床边，他刚想伸出手去扶林嘉歌，林嘉歌自己就倒在了地上。

不是和软包子关系非同一般，说自己是软包子在这个世界上最在意的人吗？那好啊，他现在就倒打一耙，说是他故意没扶住他，把他弄倒在地上的……设计好一切的林嘉歌，在倒地的那一刹那，想痛呼出声，引来时瑶。

然而，他还没发出声音，卧室的门忽然被推开了，裹着围裙的时瑶走了进来："对了，林嘉歌，我忘记给你介绍了，他是我弟弟。"

弟……弟？

随着这两个字钻入耳中，林嘉歌仿佛被人当头浇了一盆冷水似的，浑身一僵，然后就带着十足的不可思议，声调略高地惊问："弟弟？"

这个让他心塞了一夜，又让他现在争风吃醋了大半天的男生是软包子的弟弟，也就是他的小舅子？

爱屋及乌，软包子的弟弟，就等同于他的弟弟……他要讨好的对象，而不是他要心机陷害得对象……

等等，软包子不是独生子女吗？她哪里来的弟弟？该不会是她父亲或者母亲，偷偷在外生的私生子……呸呸呸，他是怎么想自己岳父大人和岳母大人的？

林嘉歌急忙将脑海里的胡思乱想甩了出去，他刚想问时瑶哪来的弟弟，听见他惊叹语气的时瑶，就已经开口了：“是的，确切地说，是我表弟，我姑妈，也就是我爸爸的姐姐的儿子，和我同岁，但是比我小了五个月，因为生日太晚，不能和我一起上小学，所以今年上高三，下个月高考……”

原来不是私生子，而是表弟，也就是他的表弟，表小舅子……可表弟也是弟弟，表小舅子也是小舅子，同样不是他能随随便便动用心眼陷害得对象……

在林嘉歌转动脑筋时，时瑶才反应过来林嘉歌是倒在地上的，然后就皱着眉，又说了话：“……林嘉歌，你怎么在地上？”

听见这话，林嘉歌几乎没有迟疑，就开口回：“哦，我胃疼，想去洗手间，没站稳不小心摔的，跟弟弟没半毛钱的关系。”

时瑶和表弟同时望向了林嘉歌。

表弟：“？”他摔倒，为什么要扯上他？

时瑶：“？”她只是关心一问，他为什么要提她弟弟？

林嘉歌愣了两秒，这才反应过来自己太紧张了，一时没注意，把小心思险些露出来，于是，急忙又开口说：“我是怕你误会。”

“喔，这样啊……”时瑶走到林嘉歌跟前，帮了他一把，将他扶起来，然后又想到了一件事，“……差点忘了，还没介绍完他，他叫南墙，顾南墙，就是那个撞了南墙也不回头的南墙……”

一直没怎么开口的顾南墙，不满地抗议了起来：“瑶宝，我跟你说过好多遍了，你介绍我的时候，不要用这句话！”

时瑶压根没把顾南墙的不满放在心上，径自对他开口说：“他，林嘉歌，不用我介绍了吧，你是知道的。”

介绍完的时瑶，见顾南墙没说话，又开口了：“还不问好！”

顾南墙小奶狗般，很是听话的“哦”了一声，转头对着林嘉歌张口说：“姐夫好。”

这下换作时瑶紧张了，她似乎被顾南墙那句姐夫搞得不好意思般，脸微微一红，就抗议出声：“顾南墙，你在胡说八道什么？！”

说完，时瑶扭头，想对林嘉歌说别介意。

结果她还没开口，面对陌生人不怎么爱讲话的林嘉歌，就出声了：“你好，弟弟，初次见面，没能准备一份见面礼，真是不好意思，下次一定补上。”

顾南墙：“谢谢姐夫。”

连续两声姐夫，叫得林嘉歌心花怒放，整个人都是飘飘然的，以至于生平压根就没夸过人的他，这一刻嘴巴甜得连他自己都没察觉到：“弟弟长得还挺帅，浓眉大眼，五官端正，个子又高，身材又好，就连穿衣打扮都很有品位……”

时瑶望向林嘉歌的眼神，变得更古怪了。

他……怎么这么奇怪，和平时一点也不一样……她竟然此时此刻从他身上看到了一丝拍马屁的嫌疑……到底是他奇怪，还是她奇怪，今天居然频繁在他身上找到莫名其妙可怕至极的错觉。

接触到时瑶的目光，林嘉歌眨了眨眼睛，该不会是自己一直在夸弟弟，软包子不开心了吧？

想着，林嘉歌又补了句："……瑶瑶，真不愧是你弟弟！"

呃……拍马屁的嫌疑更重了……或许，不是她的问题？而是他胃疼得连累了脑袋？

鉴于林嘉歌是病号，时瑶并没有刨根问底："那个，我厨房还煮着粥，我得去看着，你要是不舒服，就喊南墙帮忙……"

说着，时瑶又吩咐了一句顾南墙："……还有你，别总是要么玩手机，要么看漫画，你下个月就要考试了，姑妈让你今天做的卷子做了好吗？"

"知道啦……"顾南墙似乎嫌烦一般，很不情愿地应了一声，但还是坐在桌前，翻出卷子来。

时瑶没再说话，离开了卧室。

林嘉歌也没再去洗手间，一个人躺在时瑶的床上，东看西看，打发着时间。

软包子还真是个吃货啊，床单上都是草莓，就连墙壁上贴的挂钩都是冰激凌形状的，还有抱枕居然是个玉米……书桌下的地毯上，全都是糖果图案……弟弟的腿毛还真是有点茂盛啊，不过这说明有男人气概！

软包子的床单，味道真好闻，和她身上的味道一样，甜甜的，软软的……林嘉歌想着，忍不住闭上眼睛，用力地深吸了一口，然后将脑袋埋在时瑶的枕头里，偷偷地笑了。

若是能在软包子的床上一直躺着不离开，那该多好啊……

昨晚一夜没睡的林嘉歌，想着想着，困意来袭，就真的睡着了。

林嘉歌再睁开眼，已是中午。

时瑶的卧室里，除了他，再无其他人，而他的身上，还多了一条小毯子。

是软包子给他披的吗？

林嘉歌心忽地一暖，然后就掀开毯子，下床走出了卧室。

时瑶和顾南墙坐在餐桌前。

时瑶轻声细语地对着桌子上的试卷说着话。

林嘉歌莫名觉得眼前这一幕很温暖，很美好，他静静地看了一会儿，才迈着步子走了过去。

靠近了，他才知道，时瑶这是在给顾南墙讲英语卷子。

最先察觉到有人过来的是顾南墙。

他扭着头冲林嘉歌看了过来。

“听懂了吗？”讲完题的时瑶，问了句话，见没人应，就抬头看了一眼顾南墙，见他居然没听题，一边说“你看什么呢？”，一边顺着他的视线看去。

在看到林嘉歌时，时瑶嘴里训斥顾南墙的话停了下来，就连开口的语气都变得温软了许多：“你醒了？”

林嘉歌“嗯”了一声：“不好意思，没注意，不小心睡着了。”

“没关系……”时瑶浅笑了一下，“……你胃还难受吗？”

林嘉歌点了点头，没说话。

时瑶拿着笔戳了一下顾南墙的脑袋，示意他专心点。

顾南墙委屈地抬起手，揉了揉脑袋，但还是将视线落在了试卷上。

讲完题后，时瑶一扭头，就和一直盯着她看的林嘉歌的视线碰在了一起。

时瑶拿着笔的指尖，微微颤了颤，才开口说了自己想说的话：“那个，我们出去吃饭吧？我爸妈前两天跟旅游团出去玩了，家里也没什么吃的。”

林嘉歌想都没想，就开口回了一个“好”字。

午餐是在时瑶家附近吃的。

吃饭总不可能干巴巴地吃，所以坐下后，林嘉歌就开始找话题。

他想着顾南墙周末还这么用功地做卷子，怕是成绩很不错，于是就找了个等会儿自己能夸的话题开口问：“弟弟这么勤奋，学习成绩一定很好吧？”

“这个月的模拟考试，满分 750 分，他考了 0 分。”几乎没给顾南墙开口的机会，时瑶就接了话，“就是因为要盯着他做卷子，我才回家的。”

呃……话题没找对？

林嘉歌在心底沉默了两秒，开口：“没关系的，一次模拟考试又说明不了什么。”

时瑶：“哦，上次模拟考试也是 0 分，上上次也是，上上上次也是……我姑妈都气坏了，说他就算是不会，能不能蒙一下，不要总交白卷，你知道他怎么回的吗？他说他不能，他怕他一答题，改变了历史，还说自己是未来世界穿越过来的，这么做只是在遵循历史发展轨迹而已……呵呵。”

这不是话题没找对，这是拍马屁险些拍到马腿上啊……

不想得罪表小舅子的林嘉歌努力地挽回局面：“学习成绩而已，不能代表什么，更不能定义一个人的一生。”

“是不能定义，但是这不是不好好学习的理由！”时瑶一脸的不赞同。

糟糕，光顾着哄小舅子开心了，忘记了软包子……

林嘉歌急忙点头：“是，作为学生，学习还是主要任务！”

说着，林嘉歌悄悄地观察了一下时瑶的脸色，发现她眉眼之间的不赞同消失了一大半后，想了想，又说：“正好，刚刚出门的时候，不是说下午弟弟要做数学卷和理综卷吗？我也没什么事，可以帮他补补课。”

时瑶眉目间的不赞同，被感激取代：“谢谢你啊，林嘉歌。”

林嘉歌紧张的心，终于落下：“应该的。”

然后，整顿饭，林嘉歌再也不敢轻易找话题套近乎了。

……

等林嘉歌给顾南墙补完数学和理综卷，已差不多是黄昏时分。

在时瑶家里待了差不多一整天的林嘉歌，这才心满意足地提出了离开。

时瑶送林嘉歌下的楼。

在上车之前，林嘉歌透过后视镜，瞄见自己身上套的那件绿得发光的T恤衫，忍不住微微蹙了蹙眉心。

昨晚是他以为自己被绿了，破罐子破摔穿了一件绿色T恤衫，可是今天他才知道，他以为的绿他的对象其实是他的小舅子……

想了想，林嘉歌在上车之前，还是问了时瑶一句：“我这T恤衫，是不是太奇怪了？”

“没有啦，就是没见过你穿颜色这么夸张的衣服，所以开始有点惊讶。”时瑶老实交代。

其实，林嘉歌的相貌和身材，怕是什么样的衣服和颜色都能驾驭……就说这件绿T恤衫，抛开她最初的吃惊，其实还是挺好看的……

顿了顿，时瑶又出声说：“而且我挺喜欢绿色的，比如夏天我最喜欢吃的西瓜和哈密瓜就是绿色的。”

听到这些，林嘉歌彻底安心了：“嗯，我也是，觉得绿色也还蛮不错的。”

……

回程的路，有些拥堵，林嘉歌五点从时瑶家离开，到了自己的家，已是晚上七点半。

他的车子前一秒开进院里，后一秒屋里的用人就炸开了锅。

“小少爷回来了，快点把太太的翡翠耳坠藏好！”

“还有，老爷的绿植，搬到顶层的花房里。”

“大小姐的花，先放到她的卧室吧。”

“还有先生的画，搞个布遮住……别忘记了，苹果藏好，还有，你身上的衣服是绿色的，记得换了……”

……

车子停稳，林嘉歌甩着钥匙，进了屋。

他换鞋时，看到墙壁上挂着的那幅名画，居然罩了一层布，忍不住蹙了蹙眉心，对一旁迎过来的用人开口了：“你们在搞什么啊？好端端的一幅画，为什么罩个布？你们知不知道，那画很贵的，大师真迹，挂在家里就是撑场面的，你给我罩住，那我还买那个画做什么？”

在时瑶家，给顾南墙讲题时，吃了她亲手洗的苹果的林嘉歌，一边往楼上走，一边又说：“哦，给我洗点苹果，送上楼。”

“还有，我身上这件衣服，等下你们过来取一下，帮我洗一洗，明天回学校，我要带走。”

确定没什么交代的林嘉歌，踏进自己的卧室，关了门，留下一群用人面面相觑。

离开之前，不是很讨厌绿色和苹果吗？将家里的绿色都挑剔了一个遍，还扬言从此以后不要让他再看到苹果……

怎么离开了不到二十四个小时，再回来，就变口味了？

真是，小少爷的心，大海里的针！

晚上，林嘉歌照旧找时瑶玩游戏。

今晚登录她游戏的不是顾南墙，而是她本人。

大概十点半的时候，时瑶就说不玩了。

林嘉歌纳闷儿，在微信上私聊了时瑶：“不是还早吗？明天又不上课，怎么不玩了？”

很快，时瑶回了他微信：“明天早上我要去医院看一个对我很好的爷爷。”

呃……这是去看他爷爷的节奏？

所以，只要他明天早起，去医院，就和今天一样，依旧可以见到软包子？

不过，为了确保信息的真实性，林嘉歌还是多嘴问了时瑶一句：“你亲爷爷住院了？”

【瑶兮爱吃冰激凌】：“不是我亲爷爷，但对我好得和亲爷爷差不多。”

果然是去看他爷爷，在软包子面前藏好【111111】的马甲，好处还真是多……

除可以用两个身份对她好，双倍改善他在她心目中的印象外，还可以当间谍，例如今晚这条消息，完全可以让他明天在医院，和她来一场有默契的不期而遇。

想着，林嘉歌继续打字：“哦，那你明天要很早起床吗？”

【瑶兮爱吃冰激凌】：“嗯，七点就准备出门啦。”

七点……她如果搭乘地铁去医院，差不多八点半能到……

差不多了解了所有情况的林嘉歌，没再啰嗦：“那好吧，你早点休息，晚安。”

没一会儿，林嘉歌收到了时瑶回的消息——一个“晚安”的表情。

林嘉歌没再回时瑶消息，而是放下手机，望着窗外的夜色，闻着窗外飘进来的楼下花园里的花香，开始幻想明天和时瑶见面的场景。

想着想着，他的嘴角就扬起了一个很细微的弧度。

只是那弧度维持了没多久，他就轻轻地叹了一口气。

怎么办，刚和软包子结束聊天还没半个小时，他又想她了……

第二天一大早，林嘉歌就起床了。

许是他很少这么早起床，下楼后，用人看他的眼神都充满了诧异。

林嘉歌倒是一脸淡定地晃进了厨房，然后在用人诧异到接近惊悚的眼神中，慢条斯理地开口说：“早餐，我要汤圆、芒果布丁、牛奶蒸蛋、豆腐饼、泡芙……”

“……还有八宝粥，肉包子，以及小馄饨。”

林嘉歌将自己所知道的、时瑶在自己家里吃过的所有东西都念了一遍，然后他想了想，又补了句：“……还有酸奶和樱桃苹果。”

“记得给我打包，我要带去医院。”

“做四人份的量。”

确定没什么要补充的后，林嘉歌准备离开餐厅，在出门的时候，他有点不放心，停下脚步，又问用人：“我刚刚说的，你都记下来了吗？”

用人点头。

林嘉歌却不信：“算了，我觉得你可能没记下来，你开个录音，我再说一遍，你录下来。”

用人想说真的记下来了，但只是动了唇，在看到林嘉歌微蹙的眉心后，还是抱着多一事不如少一事的态度，打开了手机录音，顺从林嘉歌的意思，把他接下来重复的那些话，录了下来。

用人本以为这样已经结束了，没想到林嘉歌竟然又让自己把录音放了一遍，然后等到录音放完后，她终于将这尊活菩萨送出了餐厅。

回到卧室，在楼下用人准备早餐的这段时间里，林嘉歌又是洗澡，又是弄头发，甚至将从来不用的护肤品翻出来，涂在了脸上。

确定自己的脸和发型没什么问题后，林嘉歌进更衣室开始挑衣服。

足足在更衣室里耗了半个小时，他才拿着手机和钱包，下了楼。

时间好巧，林嘉歌到客厅时，用人正好打包好了早餐。

平时的林嘉歌，足够光彩照人，今天特意捯饬过自己的林嘉歌，光彩照人到可以晃瞎众人的眼，导致用人帮他拎早餐送到车上时，一直频繁地偷看他。

林嘉歌靠近车子后，车锁自动打开。

两个用人将早餐放进后备厢时，悄悄地凑在一起交谈。

“小少爷，今天帅得诡异。”

帅得……诡异？

林嘉歌站在车头前，耳尖地听见用人的话后，微蹙了蹙眉心。

这是什么形容？

“是的，让我想到了一句话，叫，女为悦己者容……”

林嘉歌的眉心皱得更厉害了。

女为悦己者容？这句话放在他身上合适吗？

他又不是女生……

等两个用人放完早餐，离开车旁后，林嘉歌才打开车门，钻进车里，发动了车子。

开出院门口时，林嘉歌才在心底暗暗地想……那句话，应该是，女为瑶瑶……

呸，是男为瑶瑶容……男可以代表全天下的男性，他这不是自己给自己戴绿帽子？应该是……

林嘉歌想了一会儿，脑海里浮现了一句话：歌为瑶瑶容……

周末的早上，车辆很少，林嘉歌用了大概十分钟，就到了医院。

他没着急上楼，而是将车子停在了住院楼楼下，坐在车里等。

过了大概十五分钟的样子，他终于看到时瑶举着一个布满了草莓的遮阳伞出现在了住院楼门口。

等时瑶进了住院楼后，林嘉歌这才推开车门，下了车。

他先对着后视镜，左照右照，确定自己颜值在线后，才去后备厢，拎了那些大包小包的早餐，冲住院楼走去。

到了爷爷的病房门口，林嘉歌没着急进去，而是对着旁边的一面镜子又照了照，才推开了病房的门。

他知道时瑶在里面，却故作不知道的样子，在开门的那一瞬，语气清淡地喊了声：“爷爷。”

如林嘉歌所愿，病房里的人，全都扭头冲门口看来。

在看清来人后，林老爷子、时瑶和孙妈脸上都充满了惊讶。

林嘉歌压根儿不给众人开口的机会，一边往病房里走，一边又开口说：“早餐送过来了。”

说着，他还脸不红心不跳地望了一眼孙妈：“孙妈，改天让我送早餐，早点说。”

时瑶恍然大悟，收起了脸上的惊讶，冲林嘉歌弯了弯嘴角，道了声“早”。

林老爷子听见这话，面上的表情也恢复了正常，笑眯眯地对时瑶说：“正好，瑶瑶这么早过来，肯定没吃早餐，一起吃。”

唯独孙妈一脸蒙地望着林嘉歌：“？”

谁能告诉她，她什么时候，在哪里给小少爷发短信，让他送早餐了？

林嘉歌仿佛没看到孙妈投来的询问目光一般，对着时瑶语气温和地回了个“早”，将早餐放下后，转头继续对孙妈说：“孙妈，昨天晚上，你给我发短信都好晚了，还好我睡得晚，如果我睡得早，没看到，那岂不是耽误了爷爷用早餐？”

孙妈以为自己出现了幻觉，猛地眨了眨眼睛，只觉得面前飘过的问号更多了：“？？？”

林嘉歌压根儿没理会孙妈即将崩塌的神情：“咦，孙妈，您是怎么回事，早餐都送过来了，还不快帮忙准备一下，给爷爷用早餐？”

说着，林嘉歌就动手将早餐一一往桌子上摆。

看到吃的，时瑶的注意力立刻全都被吸引了过去。

把时瑶当成心肝宝贝的林老爷子，一心只顾着招呼时瑶：“瑶瑶，吃汤圆；瑶瑶，吃包子；瑶瑶，喝八宝粥……”

孙妈存在感太低，无人发现她神情的异样，所以无人询问她事情的真假，她只能被迫麻利地顺着林嘉歌的话开始将早餐摆上桌。

等到所有饭菜都摆好后，林老爷子皱了皱眉：“咦？孙妈，怎么都是偏甜的早餐，没有我最爱吃的豆腐脑和油条吗？”

孙妈都没机会开口，林嘉歌一边搅拌着保温瓶里的小馄饨，一边开口了：“哦，孙妈估计是年纪大了，记性不好，昨晚给我发的短信里，还真没有提到豆腐脑和油条。”

说到这里，林嘉歌还不忘记望了孙妈一眼：“我没记错吧？孙妈？”

孙妈心底委屈，但孙妈不说：“对……对……对……老爷，我真是记性越来越不好了……”

林老爷子倒是没介意，递给孙妈一个可以理解的表情，就继续和时瑶聊天了。

时瑶递给孙妈一个安抚的笑，就低头去啃包子了，一边啃，一边面对林老爷子关心的话，乖乖地猛点头。

“没事的，孙妈，你不用心里有压力，失误了一次而已，没人会在意的。”林嘉歌好心地安慰了孙妈几句，然后将时瑶面前装了小馄饨的保温瓶拿走，换成了自己搅拌得温度差不多的那瓶小馄饨。

……

虽然孙妈有苦难言，但整个病房用早餐的气氛，还是很融洽，很温馨的。

尽管偏甜的食物，不对林老爷子的口味，但是在时瑶软软的“爷爷，您吃得太少了，再吃点”“这个包子很好吃的，你再吃一个”的话语声中，林老爷子还是进了不少食。

林嘉歌在旁边，纵使没怎么开口说话，可他听着时瑶劝爷爷的话，即便和自己无关，也还是同样吃了不少东西。

只是这样的气氛，维持了没有太久的时间，就被人打破了。

在早餐进行到尾声的时候，病房的门被敲响。

孙妈放下筷子，去开门。

时间还早，林老爷子、林嘉歌和时瑶，都以为是医生来查房，并没太在意，直到孙妈开口喊了“梁太太”，三个人才转头看向了病房门口。

来的人，林老爷子、林嘉歌和时瑶都认识。

是梁久思的母亲，也就是梁暮暮的姑妈，梁慧玲。

梁慧玲接触到林老爷子、林嘉歌和时瑶投来的视线，立刻笑着开口喊了林老爷子一声“林伯父”。

随着她话音的落下，穿了一件真丝旗袍的她，踩着高跟鞋往病房里走来。

等她往里走了一段距离后，大家才发现，她不是一个人来的，她的身后还跟了人。

跟的人，大家也都认识，但是对于时瑶来说，不单单是认识，而是很熟悉，因为那人就是在母亲节那天，在酒店里和她发生了那样的不愉快后，就没再见过的梁暮暮。

在梁暮暮和时瑶的视线碰撞在一起的那一刹那，两个人脸上的神情都变得微微有些凝滞。

不过只是短短的一瞬，梁暮暮就冲林老爷子乖巧而又甜甜地开口了：“林爷爷好。”

林老爷子住院，曾经发生的那些不愉快的事，自是没人告诉他的，所以不知情的他，听见梁暮暮的话，和蔼可亲地开口说：“暮暮这丫头，有些日子没见了。”

“提起暮暮来，我才是真的有些日子没见林伯父您了，前段时间，我出国了，这不昨天刚回来，暮暮告诉我，您生病住院了，我就赶紧过来看您了……”梁慧玲边说，边将拎来的补品递给孙妈，“……林伯父，您现在怎么样了？好些了吗？”

“好了一些了。”林老爷子递给孙妈一道眼神，示意她收拾餐桌，然后就继续跟梁慧玲客套地聊了起来。

梁暮暮乖巧无害地站在梁慧玲的身边，在两个长辈交谈时，她还装作像什么事都没发生过的样子，跟林嘉歌问好，跟时瑶问好，那语气，俨然就像她们还是很要好的朋友一般：“嘉哥，好久不见了，还有瑶瑶，我都想死你了。”

林嘉歌从前接梁暮暮的话茬时，都不怎么熟络，如今发生了上次那件事，林嘉歌面对梁暮暮的招呼，直接选择了无视。

倒是时瑶，没法和林嘉歌一样任性，毕竟林梁两家关系向来好，而她到底是个外人，那件事未必就会使得两家不开心，若是她此时当着林老爷子和梁慧玲的面，给梁暮暮难堪，说不准会让林爷爷心里对她不满，指不定正如了梁暮暮的愿。

所以，时瑶在听到梁暮暮的话后，立刻眉眼弯弯地笑着："暮暮，我也一样，好想你。"

坐在旁边的林嘉歌，心底仿佛装了个明镜一般，看着这一幕心底清楚得很，他知道软包子这是没办法，才装作跟梁暮暮熟络的，不过软包子没办法，他有的是办法。

于是，在梁暮暮听完时瑶的话后，开口说了"瑶瑶"两个字后，林嘉歌就出声了："瑶瑶，昨天给你表弟讲题的时候，我发现他有些地方不扎实，我告诉你，你记下来，好回去告诉他……"

说着，林嘉歌几乎没给梁暮暮开口的机会，就一边嘱托时瑶拿手机记下来，一边开口说起了高中数学和理综的重要知识点。

将林嘉歌的话，一字不落全都听到耳中的梁暮暮，变得有些沉不住气了。

瑶瑶……现在嘉哥喊时瑶瑶瑶？

昨天给你表弟讲题……嘉哥什么时候和瑶瑶这么亲近了，连她表弟的功课都帮忙补了……

嘴里讲着重点的林嘉歌，不动声色地扫了梁暮暮一眼，在看到她略微有些挂不住的神情后，这才满意地收回了视线。

开什么玩笑……他的人，是谁都能随随便便欺负的？

你以为谁都愿意虚情假意地陪你演戏？

就算是软包子愿意，他也不愿意……

想到这儿，林嘉歌故意往时瑶跟前又凑近了一些，继续喊着"瑶瑶"，温声软语地说重点。

嘉哥不是很讨厌跟女人靠得太近吗？可他现在和时瑶之间的距离，近得脸都快要贴上她的发丝了……

还有，他和人说话，不是一直都是那种清冷淡漠的语气吗？可他现在的声音，柔和得压根儿不像她认识的那个他……

梁暮暮望着眼前的林嘉歌和时瑶，指尖微微弯起，用力地揪住了衣襟。

梁慧玲和林老爷子聊着天，时瑶和林嘉歌讲着话，孙妈洗早餐的那些保温杯。

一时之间，梁暮暮倒显得有些多余。

她不好意思打断长辈之间的聊天，所以在林嘉歌不说话的时候，不死心地又开口主动跟时瑶和林嘉歌讲话。

但每次，林嘉歌都没给时瑶开口的机会。

梁暮暮更尴尬了，尽管她还是一副落落大方的模样，站在梁慧玲的身边，可她的腿却因为生气，微微抖动了起来。

过了约莫半个小时，林老爷子和梁慧玲终于聊完家常了。

林嘉歌这才停止了对时瑶讲重点。

林老爷子："孙妈呢？出去了吗？我还想让她给大家洗点水果吃呢。"

"爷爷，我去洗吧。"时瑶起身，挑了一些水果。

她端着水果刚想进洗手间，梁暮暮忽然又开口了，语气就和从前一样带着撒娇意味："瑶瑶，我想吃哈密瓜，你顺带切一个，好不好嘛！"

林嘉歌蹙起了眉心。

和刚刚不一样，林老爷子和梁慧玲没讲话，此时梁暮暮一开口，两个人都听见了。

无法像方才那样演戏，时瑶不可能当着长辈的面，无视梁暮暮，只能在听到她的话后，笑盈盈地回："好的，我知道了。"

说完，时瑶又折回果篮前，抱走了一个哈密瓜。

在时瑶进入洗手间后，林嘉歌在椅子上坐了一会儿，瞄见果篮里还有一个哈密瓜，他转了转眼珠，说了句"我去帮忙"，然后起身，走到果篮前，拿了仅存的一个哈密瓜，进了洗手间。

将水果洗完，端出来后，时瑶找了水果刀，开始切块。

病房里的盘子小，时瑶分了两个盘子。

一盘子是哈密瓜，一盘子是苹果、橙子和葡萄。

放下水果刀，时瑶刚想将两个果盘端过去，结果林嘉歌却手快地将那盘哈密瓜抢先端了起来。

走到林老爷子和梁慧玲面前，时瑶先把自己端的那盘水果放在了桌子上。

然后她给林嘉歌让开了路。

林嘉歌面无表情地单手将果盘往桌前一递，不知道他是没注意，还是怎么回事，结果盘子放空了，直直地落在了地上，摔了个粉碎，连带着那些哈密瓜块也跟着散了一地，沾了尘土，无法吃了。

林嘉歌似乎没想到会这样一般，盯着一地狼藉，抱歉开口："不好意思，手滑了……"

林嘉歌话音刚落，孙妈就推门进了病房，然后他又开口了："孙妈，你来收拾下这里，顺便切个哈密瓜。"

孙妈："好的，小少爷。"

孙妈干活向来麻利，没一会儿，就把地上的狼藉收拾得一干二净。

然后她就按照林嘉歌的吩咐，去取哈密瓜，结果看到果篮里，除西瓜、苹果和香蕉外，没别的水果了，于是开口说：“病房里没哈密瓜了，如果您要吃，我就出去买……”

林嘉歌：“不是我要吃。”

孙妈一愣：“嗯？”

林老爷子开口：“是暮暮要吃，孙妈，你去买一个吧。”

梁慧玲急忙阻拦：“不用了，哪里有这个必要，回家又不是不能吃，非得在这里吃。”

姑妈都这么说了，梁暮暮连忙也跟着说：“是的是的，林爷爷，不用了，我刚刚就是那么一说，没有就算了。”

林老爷子见梁慧玲和梁暮暮这样说，也没再纠结：“那好吧，多吃点别的水果。”

梁暮暮甜甜一笑：“谢谢林爷爷。”

林嘉歌扫了一眼梁暮暮明显不怎么舒心的笑脸，没说话，而是佯装时瑶开口讲话的样子，微微低头，凑到了时瑶的跟前：“瑶瑶，你说什么？”

嘴里含了苹果的时瑶，摇了摇头，表示什么都没说。

林嘉歌却自顾自地说：“你说你要喝一点点？”

林老爷子听到这话，立刻接了话茬：“瑶瑶要喝一点点？那孙妈，你赶紧去买。”

时瑶连忙囫囵吞下口中的苹果：“不用不用，一点点要排队的，我不喝，不喝……”

“排队是孙妈排，又不是你排，你要喝什么一点点，告诉孙妈，她会开车……”说着，林老爷子看向了林嘉歌，“……你开车来的吧？把车钥匙给孙妈……”

时瑶：“真的不用了，我真的不要喝……”

然而，林老爷子、林嘉歌和孙妈就像没听到她的话一般，给钥匙的给钥匙，接钥匙的接钥匙，就连口味，因为她没说，林嘉歌径自帮她订了。

等到孙妈离开病房后，林嘉歌又瞥了一眼梁暮暮。

这次女孩脸上不仅连不舒心的笑没了，就连嘴角都紧绷了起来。

呵……想着让软包子帮你切哈密瓜？那你得有本事吃得着……

还有，你客套地说，不吃哈密瓜了，爷爷就不给你去买了，可是软包子跟你不一样，只要让爷爷以为她想吃，不管她是真想吃还是假想吃，就算买回来不会吃，爷爷也会给她买！

所以，面对这样的这结局，意不意外？惊不惊喜？打脸不打脸？

想在他眼皮子下，欺负软包子，还真是白日做梦，异想天开……

压根儿不知道林嘉歌心底盘算着些什么的林老爷子，不知道一点点是什么，开口问：“瑶瑶，一点点是什么？”

时瑶：“是奶茶。”

林老爷子："你喜欢喝？"

时瑶点头："嗯，就是他们家经常要排队。"

"这很好解决的……"林老爷子完全没当回事，"……回头我让公司的人，去加盟个一点点，专门给你一个人做。"

听到林老爷子这话的林嘉歌，默默地在心底给爷爷点了赞，颁发了一个"年度最佳神助攻"的称号，然后再次往梁暮暮脸上瞟了一眼。

比起刚刚她已经不悦的神情，此时的她脸色难看得异常明显。

倒不是一屋子的人，都要针对她……谁让她三番五次地找软包子的麻烦。

大家都是第一次做人，凭什么就你事那么多？！

孙妈离开没多大一会儿，林老爷子的主治医师就过来查房了。

给林老爷子检查完身体后，主治医师按惯例对林嘉歌讲了一下林老爷子现在的身体状况。

有一些好转，但情况还是不怎么乐观……

听完这些话后，林嘉歌问了句："如果爷爷短时间出院，可以吗？"

主治医师看了林老爷子一眼，收到他肯定的眼神后，回："一天两天还是可以的，但是不建议离开医院太久。"

林嘉歌点了点头，"下个月是爷爷生日，所以生日宴是要办的，如果那个时候，爷爷身体还没好利索，可能就得麻烦医生往家里多跑两趟了。"

主治医师："没问题，可以的。"

将林嘉歌和主治医师的对话尽数收入耳中的梁暮暮，微微动了动眉心。

林爷爷下个月生日……那她……

想着，她就悄无声息地往时瑶身上瞟了一眼，然后就垂下眼皮，遮掩住眼底一闪而过的冷光。

等主治医师离开后，梁暮暮立刻开口了："刚刚嘉哥提了林爷爷您的生日，我才忽然想起来，瑶瑶早在一个多月以前，就给林爷爷您准备好生日礼物了！"

时瑶蹙眉。

她的确是记得林爷爷的生日，但是她最近一直都在愁给林爷爷准备什么样的生日礼物，所以何谈一个多月以前，她就给林爷爷准备好生日礼物了？

"林爷爷，那个生日礼物，你肯定会喜欢的，因为你平时就喜欢写字画画，瑶瑶给你买的是一个砚台，当时我就跟在旁边，特别的……"说到这里，梁暮暮忽然捂住了嘴，仿佛不小心说漏嘴一般，抱歉地又开口说，"……啊，我不小心说漏了是什么礼物，不过样子什么的我就不说了，免得到时候没惊喜了。”

“砚台？还真是我最喜欢的！不过瑶瑶就算是送我别的，我也喜欢。”说着，林老爷子看向了时瑶，“……瑶瑶，你居然一个月之前，就开始给我准备生日礼物了？我果然没白疼你……”

砚台？好一点的砚台，都很贵吧……梁暮暮知道她没钱，这是要给她出个难题的节奏？

可是，林爷爷都对她说这样的话了，更何况梁暮暮先发制人，她好像只能认栽了……

时瑶在心底盘算了一会儿，只能回林老爷子一句：“爷爷的生日，我肯定很在意了。”

在一开口就知道时瑶只能这样回答的梁暮暮，听到她的回答后，嘴角微扬，绽开一抹冷笑。

时瑶没什么钱，就算是去买砚台，也不可能买到很好的砚台。

而她，只需要知道时瑶买的砚台是什么样子，然后根据那个样子去找砚台真品，到时候在林爷爷的生日宴上，她的真砚台对上她的假砚台……

林家在北京是数得着的名门望族，林老爷子的生日宴，肯定会来很多有头有脸的人。

若是在那么多人的面前，被人知道时瑶的那个砚台是假的……

单是想想，梁暮暮就觉得热血沸腾。

那场景，一定会很精彩吧？时瑶肯定会变成整个京圈的笑话吧？

林嘉歌的母亲江晚归，向来心高气傲，最看不起的就是没用的人……若是她这次能成功，时瑶在江晚归心目中的印象，绝对会一落千丈。

林爷爷喜欢她，又有何用？林嘉仪喜欢她，又有何用？

江晚归才是林家最强势的人，更何况林爷爷一把年纪了，也活不了多少年……

她只需要让江晚归知道时瑶是一个无用之人，如今江晚归碍于林爷爷的面子，或许不会对时瑶怎样，但是一旦林爷爷走了……

想到这里的梁暮暮，唇边冷笑的痕迹更明显了。

上次母亲节，是她失手了。

这次生日宴，她不会再让自己失败了。

从小，她就喜欢林嘉歌，喜欢了这么多年，她一直以为自己仗着表哥梁久思和林嘉歌的关系，是有希望的，谁知半路杀出了个程咬金。

她打心眼里就看不起时瑶，可她还是和她做了朋友，为的是知道她和林嘉歌之间的情况，当她明白他和她没有任何交集时，她表面上陪着她指责林嘉歌，可心底甭提有多开心了。

就连很早之前，SKP 电梯里，她和她偶遇林嘉歌，也是她提前安排的。

她从梁久思那里知道，他们要去SKP吃饭，她提前和他们那一伙人中的一个女生通好气了。

在电梯里，林嘉歌根本没认出来她，她心底狂喜不已，她故意问林嘉歌为什么不理时瑶，为的就是让她难堪尴尬。

这些年来，这样的小伎俩，她没少用，例如林嘉歌和哪个女生出去吃饭了，林嘉歌送哪个女生回家了。其实真相不是这样的，她就是要故意讲给时瑶听，她也不忘记说那个女生出身有多好，为的就是让时瑶自卑，觉得配不上林嘉歌，和林嘉歌之间的隔阂越来越大，越来越大……

所以在时瑶告诉她，她要和林嘉歌解除婚约时，她早就料到了。

因为这都是她一步一步设好的局，她等了六年，终于等到了这一天，没人知道，那天她和时瑶分开后，她激动得在车里哭了起来，她稳住情绪后，第一时间跑回家，去找林爷爷告状。

她要制造他们之间的误会，让林嘉歌更讨厌时瑶。

她势在必得，她信心满满，可过了一段时间，她等来的竟然是，林嘉歌带她一起参加了梁久思的局……那天的游戏，她动了手脚，她觉得林嘉歌是不会亲吻时瑶的，可是，她三番五次地被打脸。

那时她才知道，没变的人是时瑶，变了的人是林嘉歌。

她花费了那么多时间和心力让时瑶跟林嘉歌提出了解除婚约，却没想到林嘉歌竟然在意时瑶了……

在心底将往事过了一遍的梁暮暮，指尖忍不住抠紧了掌心。

无论如何，林爷爷生日宴这一次，她都要成功！

主治医师离开后，梁慧玲和梁暮暮在病房里又待了一小会儿，就离开了。

病房里只剩了林老爷子、林嘉歌和时瑶三个人。

没了梁暮暮捣乱，林嘉歌又回到了一贯冷淡沉默的模样，靠着窗台自顾自地玩手机。

林老爷子和时瑶聊着天，声调不高，整个病房的气氛还算安静，让人待着很舒心。

林嘉歌没具体听一老一少聊些什么，但他按着按着手机，抬头望了一眼病床边的场景，原本很冷淡的眉目，有着一抹不易察觉的温软弥漫而出。

孙妈买一点点回来，已是上午十一点钟。

从早上到现在，装虚弱装了四五个小时的林老爷子，觉得自己再这样下去，没病也要装出来病了，所以一见孙妈，就仿佛见到了救星一般，立刻双眼冒光地开始催林嘉歌和时瑶离开。

“嘉歌，瑶瑶，我有点累了，孙妈回来了，这里也不需要你们了，你们都各自去忙各自的事吧……”说着，林老爷子还摆出一副倦极了的样子，咳嗽了两声，示意孙妈扶自己躺下。

为了让自己病得逼真，林老爷子闭上眼后，还用力地咳了几声。

孙妈懂林老爷子的意思，给他盖好被子后，开始低声地催林嘉歌和时瑶离开：“老爷子睡了，您在这里待着也没什么意思，就都回去吧。”

林嘉歌和时瑶没再坚持，一个嘱咐孙妈好好照顾爷爷，一个乖巧地说了再见，然后就被孙妈送出了病房。

孙妈没着急回病房，而是在门口一直站到林嘉歌和时瑶进了电梯，才折回了病房。

她前一秒关了病房的门，后一秒床上躺着的宛如病入膏肓的林老爷子噌地一下掀开被子，下了病床，开始打太极。

“还好他们不是天天来，这要是天天来，我这没病都要装出病来了。”

“孙妈，我昨天让你买的冰激凌，是不是还剩一个没吃，你帮我拿过来。”

“还有，我的象棋呢，也拿出来，等会儿抱着去隔壁病房，找老孙再杀几盘。”

听着林老爷子的话，孙妈掀开床单，从床底，按照他的吩咐，先拉出一个小型冰箱拿了冰激凌，然后又抱出一个棋盘……

……

从住院楼出来，林嘉歌问：“回学校？”

跟在他身后的时瑶，愣了两秒，才反应过来他是在跟自己说话，于是连忙点头，“嗯”了一声。

“正好，我要去研究院，顺路，载你一程。”根本就没想过要去研究院的林嘉歌，边说边掏出车钥匙。

时瑶信以为真，十分感谢：“谢谢你哦。”

林嘉歌看了一眼时瑶，没说话，只是按了一下手中的钥匙，在看到亮起的车灯后，率先抬起脚冲车子走去。

时瑶连忙跟上。

不知道是不是顺手，林嘉歌在路过副驾驶座的时候，帮她拉开了车门，等她钻进车后，随手关上，才绕过车头，上了车。

在去学校的路上，林嘉歌接了一个电话。

时间有点久，等挂了电话后，差不多快到 G 大门口。

林嘉歌侧头，望了一眼时瑶，想问她是回宿舍，还是去哪里，结果话还没到嘴边，却先眼尖地瞄见了时瑶正看着的手机屏幕。

她这是在逛淘宝……

林嘉歌脑海里浮现的第一个念头，是买吃的，结果在他扫到她搜索的词后，眉心禁不住皱了起来。

砚台……？软包子居然是在看砚台……

难不成，软包子根本没买什么砚台给爷爷当生日礼物？

那梁暮暮口中，软包子一个多月之前就给爷爷准备好的生日礼物，纯粹是……瞎扯淡？

梁暮暮和软包子的关系，显然是已经崩了，所以梁暮暮这么做的意义和目的是什么？

林嘉歌的眉心锁得更厉害了，大概过了三十秒后，他隐约地猜到了。

梁暮暮若是和软包子比，肯定是比软包子的弱点，而对于梁暮暮来说，软包子最大的弱点是没钱。

她当着爷爷的面，抢先说软包子要买砚台，那么没钱的软包子肯定只能买个很普通的……

且不说梁暮暮究竟要做什么，反正这个普通的砚台，或许就是梁暮暮的武器……确切地说，是普通这两个字……

所以，梁暮暮刚刚在病房里的那三言两语，其实是在给软包子挖坑？

林嘉歌眸光微微闪了闪，眼底有着一抹凌厉划过。

“到了……”最先发现车子已经开到女生宿舍楼下的是时瑶。

她惊呼了一声后，转头看向了林嘉歌，本想再说一句“到了”，结果看到男生的脸色有些不对劲，到嘴边的话，蓦地打住。

听见她声音的林嘉歌，很快就踩了刹车。

车子停稳，时瑶准备下车时，又看了一眼林嘉歌，见他的脸色还是不怎么好看，想了想，便出声问：“是出了什么事吗？”

林嘉歌蹙了蹙眉，过了几秒，意识到可能是自己脸色不好的缘故，连忙摇头：“没有。”

顿了顿，又补了句：“我在想项目的事。”

“哦哦。”时瑶没怀疑，随即就笑了，“那再见了，谢谢你送我。”

林嘉歌微微勾了勾唇，轻轻“嗯”了一声，然后目送时瑶进入女生宿舍后，他才拿起手机，拨了一个电话出去。

“我有事麻烦你，你帮我找找看，有没有特别高端大方上档次的砚台……嗯……

钱不是问题，主要是够格调……谢了……”

挂断电话后，林嘉歌的嘴角露出一抹嘲讽的冷笑。

梁暮暮未免也太天真了吧？她以为这样，就可以挖坑埋了软包子？

他倒是要让她看看，究竟是谁挖坑埋了谁？！

林嘉歌送时瑶回学校后，就开车回了家。

因为周一上午没课，他没再返校，而是在家又住了一晚，周一上午十点钟，才让司机送自己回了学校。

他没让司机将车子开到宿舍楼下，而是直接停在了校门口。

等他慢悠悠地晃进宿舍楼时，才不过十点四十分，以他对宿舍那两只的了解，肯定还在呼呼大睡，谁知他推开门，看到的却是穿戴整齐准备出门的陆本来和夏商周。

陆本来和夏商周一前一后喊了声“老大”。

林嘉歌盯着两个人意外了一秒，狐疑地问：“你们要出去？”

夏商周：“是啊，我要陪小来来去逛街。”

陆本来：“对的，老大，我跟你讲，我历尽千辛万苦，终于找到了一个可以接近我老婆的机会。”

夏商周：“是未来老婆，还是不确定的未来老婆。”

陆本来：“未来老婆和老婆有区别吗？”

夏商周：“怎么没区别了？你个不学无术的孙子。”

陆本来：“你个不肖子孙！”

“……”

林嘉歌早已习惯两个人动不动开战的场景，挑了挑眉，没再说话，直接穿过两个人往自己的位置走去。

结果，前一秒他刚坐下，后一秒夏商周就开口了：“老大，有件事，你还不知道，昨天我和小来来在学校后面吃冷面，碰见了小来来看上的那个女生，然后小来来从钱包里掏出自己写完一个月却迟迟没有送出去的情书，给那个女生送了过去。结果，老大，你猜怎样？”

陆本来：“孙子，你给我闭嘴！”

夏商周压根儿不理会陆本来的抗议，继续得意扬扬地讲：“结果，那个女生看都没看一眼小来来，就直接说不要，然后小来来死皮赖脸地非要给……”

陆本来：“我那哪是死皮赖脸？我那是穷追不舍！”

“……最后，那个女生，被小来来搞得不耐烦了，就把情书给收了，小来来好开心，然后那个女生下一秒，就把情书丢进垃圾桶了，开心没两秒的小来来，问那个女生，你怎么看都不看一眼？那女生一脸冷酷地回，情书给我了，就是我的，我想怎么处理，需要询问你的意见？再然后，那个女生放下筷子，丢下僵化的小来来，结账走人了！”讲完的夏商周，毫不留情地“哈哈哈”大声嘲笑起了陆本来。

陆本来：“你笑什么笑，有那么好笑吗？”

夏商周：“有啊，我看到我孙子吃瘪，我就想笑，打不过我吧？没有办法，我就是这么强大，哈哈哈哈哈……”

陆本来：“完了完了，我孙子疯了……”

“老大，我还没讲完，你知道小来来今天为什么要去逛街吗？因为他打听到，他看上的那个女生，明天会上学校选修开放的法语课，他也要去上，说是这样能尽快促进感情，人家都不看他情书，他还要跟人家一起上课，促进感情，哈哈哈……哈哈哈……”夏商周停了笑，毫不留情地又向陆本来戳了一刀，“……小来来，恕我直言，你上个月的蚂蚁花呗还了吗？现在就要为了见你女神去逛街买衣服！”

“蚂蚁花呗，是蚂蚁花的，我又不是蚂蚁，为什么要我还？”陆本来信誓旦旦地回完，看向了林嘉歌，“老大，你要不要跟我们一起去逛街？”

林嘉歌毫不犹豫：“不去。”

在他说话的同时，夏商周开口：“老大，小学妹也去上法语课。”

林嘉歌斩钉截铁：“去！”

于是，三个大男生肩并肩地离开了501宿舍。

然后，三个大男生逃了下午的课，在商场里逛到晚上六点钟，拎着大包小包回了学校。

再然后，第二天下午，林嘉歌和陆本来又是洗澡又是更衣，围着夏商周“这身怎么样？”“这身呢？”来回转了大概一个小时，然后三个人才结伴去了学校选修开放的法语课。

……

最先想来上法语公开课的是时瑶和冷暖，后来何田田和江月见宿舍去了两个，索性也跟着一起来上课了。

时瑶几个人来得比较晚，到教室时，前面的座位基本上已经坐满了。

即便有空位，也只是一个两个，所以四个女孩选了比较靠后的一排，并排坐下。

很快上课铃响了。

法语老师是个地道的法国人，走进教室，站在讲台上还没开口，教室门被推开，进了三个踩着铃来上课的男生。

那三个人，时瑶几个人认识。

第一个进来的是夏商周，整个教室的人都很淡定，因为老师还没开口说上课，所以刷手机的刷手机，讲悄悄话的讲悄悄话，教室里混乱一团。

第二个进来的是陆本来，他穿了一件水蜜桃粉色的T恤衫，他那T恤衫颜色太扎眼，惹了不少人举目望去，教室里嘈杂的声音，小了一些。

第三个进来的是林嘉歌，和平时一样，一身白，只不过今天他穿的是一件白色衬衣，将他修长的身材勾勒得十分完美，再加上他的头发，抹了发蜡，不再是平日那样随意地垂下来，而是全都梳了上去，露出饱满的额头，使他整个人看起来，就像韩剧里一出场就让人惊艳的男主角。

林嘉歌本就是学校的风云人物，G大流行着一句话，十个学生，如果说九个知道校长叫什么名字，那十个学生绝对知道林嘉歌是谁。

所以，在他踏进教室的那一刻，几乎吸引了所有人的注意力，同时也使得整个教室立刻安静了下来。

不过，这样的安静，维持了不过十几秒钟，时瑶就听见有窃窃私语声，从四面八方传来。

“哇，林嘉歌啊，好帅啊！”

“对啊，这还是我第一次见他真人，没想到他居然会来上法语课。”

“如果我没猜错的话，下次法语课，教室肯定要爆满了。”

别说是旁人，其实就连时瑶，在看到林嘉歌的那一刹那，整个人也被惊艳得恍惚了一会儿。

而林嘉歌，却仿佛没看到周围人的视线，也没听到周围人的议论一般，面无表情地跟着陆本来，往教室的后面走来。

一屋子学生的视线，随着林嘉歌一路往后移。

时瑶其实也有点好奇，林嘉歌他们会坐在哪里，所以目光也绕着林嘉歌转。

只是，在林嘉歌离自己越来越近，越来越近时，时瑶莫名其妙地紧张了起来。

直到林嘉歌走到她这一排，放缓脚步时，时瑶忍不住握住了笔。

他……该不会是……要坐在自己的旁边吧？

随着这个猜测闪过时瑶的大脑，她整个人愈发紧张了。

她下意识地掀起眼皮，偷偷地看了一眼林嘉歌。

见他真的停在了她旁边的走道处……

时瑶紧张地吞咽了一口唾沫，就连呼吸都变得有点小心翼翼。

就在她以为，下一秒林嘉歌会坐在她身边，整个教室的人会将视线落在她身上时，林嘉歌的身影动了。

然后，伴随着几道细微的噪声，时瑶感觉到身后的桌子微微一晃，林嘉歌坐在了她正后方的位置上。

原来，是她自作多情给自己加戏了？

时瑶暗暗松了一口气，松开了手中紧握着的笔。

林嘉歌找了位置坐下，陆本来和夏商周也跟着坐下。

时瑶和冷暖坐在一排，但中间隔了江月和何田田。

陆本来毫无疑问地选了冷暖后面的位置坐，导致被夹在中间的夏商周，看了看前面的江月，又看了看前面的何田田，最后难以取舍之下，夏商周干脆选择了将林嘉歌和陆本来中间的两个椅子都放了下来，一个椅子坐了一半。

比起老大和陆本来，只能看一个人的后脑勺，他这个电灯泡比他们要强多了，他可以看两个……

等林嘉歌、陆本来和夏商周三个人坐好后，法语老师这才开口说了上课。

不少人依旧扭着头，在看林嘉歌，直到法语老师第三次说上课时，教室里才安静了下来，大家的视线终于落回到了讲台处。

林嘉歌、陆本来和夏商周本身就不是来听课的。

所以在法语老师开始讲课后，夏商周拿出手机，戴了耳机开始打游戏。

陆本来撑着下巴，目不转睛地凝视着冷暖的背影。

而林嘉歌，则拿出从学校图书馆借的一本高数书，看了起来。

在看书的过程中，法语老师讲的课，林嘉歌还是会一心二用地有一句没一句地听一听。

林嘉歌在心底默默算了一会儿，解了一道烦琐的题目后，一边翻书页，一边又在心底想，要不是软包子，他才不来呢……

想到这里，林嘉歌下意识地抬了一下眼皮，扫了一眼时瑶的后背。

她今天穿的衣服，有点宽松，衬得她本就纤细的后背，看起来更瘦弱了。

她端坐在桌前，后背挺得笔直地在听讲，他隐约可以看到她一小节胳膊，白皙胜雪。

林嘉歌盯着时瑶的细胳膊瞄了一会儿，将视线拉回到了书本上，只是看了没两眼，他像想到什么一样，又抬起头，望向了时瑶的后背。

原来，刚刚不是他的错觉，她身上的这件衣服，真的有点透，他都能看见她里面内衣的颜色……是浅浅嫩嫩的粉……

还好，是他坐在她的后面……

林嘉歌垂头，继续去看书。

书上密密麻麻的题目，他看了好一会儿，就跟看天文书一般，一道题都没做出来。

真是美色误人哦……

林嘉歌暗自吐槽了一句，将书合上，懒洋洋地靠在椅背上，盯着正前方看去。

他个子高，视线能越过时瑶的头顶。

他其实就是随便看看，但却被左前方的一对情侣吸引了视线。

从上大学，到现在，三年了，他身边坐的永远都是旁边那两个二货……想想，还真是心酸啊！

在林嘉歌极力嫌弃着陆本来和夏商周时，坐在时瑶旁边的何田田凑到时瑶旁边和她讲起了悄悄话。

“瑶瑶，暖说，她来学法语是为了大学毕业后有更好的就业机会，你呢？”

时瑶歪了歪头，凑到何田田旁边：“为了法国的红酒和美食！”

这回答……真时瑶！

不过软包子要是为了这个学法语，那真没必要啊，他法语好得很，他陪她去，他负责语言和掏钱，而她只需要负责吃吃吃就好了……

在林嘉歌思考之际，何田田又开口了，一副花痴的样子：“瑶瑶，你有没有觉得我们法语老师很帅？！”

你以为软包子和你一样，那么花痴吗？

前一秒林嘉歌不屑一顾地在心底想完，后一秒时瑶就开口了：“有！尤其是在讲法国美食的时候，简直帅呆了！”

这都能被夸帅？

“……”林嘉歌无语了一小会儿，然后凑到夏商周的跟前，张口就是流畅的法文。

夏商周一脸蒙地望着林嘉歌，如闻天书：“老大，你说什么？”

林嘉歌没理会夏商周，继续说法文。

前面坐着的时瑶和何田田，听见林嘉歌的声音，好奇地扭头冲身后看来。

察觉到时瑶投来的视线，林嘉歌口中的法文，成串成串地往外蹦。

夏商周更傻眼了：“老大，我真心听不懂。”

谁稀罕你听得懂？

林嘉歌开口，说的还是法文。

夏商周：“老大，求你说中国话好吗？全世界都在学中国话，孔夫子的话，越来越国际化！”

后半句话是歌词，夏商周说到一半的时候，还左摇右晃地哼唱了起来。

然后，他一时没控制住声调，惊扰了站在讲台上正在喋喋不休讲课的法语老师。

然后，法语老师一眼就看到了扭头往后看还没转回头的时瑶以及正侧着头跟夏商周讲话的林嘉歌。

再然后，法语老师指着时瑶这一排，开口了：“这一排，倒数第二个女生，起立！”

时瑶一时半会儿没反应过来，法语老师说的是谁。

直到何田田推了一下她的胳膊，她这才意识到老师说的是她。

时瑶连忙起身，在扭头看向法语老师之前，她没忘记瞪一眼夏商周。

法语老师接触到时瑶的视线，用法语开口问：“同学，你叫什么名字？”

时瑶听懂了这句话回答道：“时瑶。”

法语老师开口还是法语：“哪个系的？哪个班的？”

由于语言惯性，时瑶回的话还是中文：“大一英文系。”

法语老师：“请用法语回答我的问题。”

时瑶连忙用法语将刚刚的话重复了一遍。

法语老师点了点头，继续开口，说了很长的一段法语。

时瑶蒙了，完全不知道法语老师说了什么，也不懂他到底要让她做什么。

法语老师等了一会儿，见时瑶没开口说话，又说了一句法语，时瑶这次听懂了一半，他这是让她把他刚刚说的话翻译一遍。

可她完全都听不懂，怎么翻译？

因为时瑶迟迟不开口，教室里看向她的人越来越多。

这个法语老师，在学校出了名的严厉，上课被他点到名的学生，若是回答不出来问题，他会更换问题，连续三次后，还是回答不出来，他选择罚站学生……难不成从小到大，从没被罚站过的她要被罚站了？

被很多人盯着看的时瑶，有点不自在，脸越来越红，再想到自己很有可能会被罚站，心底对夏商周的埋怨也越来越深。

软包子……这是不会？

林嘉歌望着时瑶红彤彤的耳朵，几乎没迟疑，手就伸进了兜里。

他刚摸到手机，法语老师又开口了。

法语老师把他刚刚说的那一长串话又重复了一遍，然后对时瑶说：“你好好想想怎么翻译，如果翻译不出来，等下我给你新的语言翻译。”

紧接着，法语老师又出声了：“这位女生叫时瑶，是吗？那好，时瑶后面的那位男生，起立。”

罪魁祸首夏商周听见法语老师叫林嘉歌，一时没忍住，扑哧笑了一声。

只是他那笑声还没完全发完，就收获了林嘉歌递来的一道眼神，吓得他浑身打了个哆嗦，立刻没了声音。

林嘉歌这才一只手插兜，一只手撑着桌子，慢吞吞地站起来。

他比时瑶高很多，他这一站，让时瑶觉得身后仿佛被什么东西笼罩了一般。

法语老师最先开口问林嘉歌的那些问题，和刚刚问时瑶的那些问题一样。

"林嘉歌。"

"大三，数学系。"

林嘉歌一边漫不经心地回法语老师的话，一边从兜里掏出了手机，然后垂下眼帘，点开短信，找了时瑶的名字。

法语老师给林嘉歌的问题，和时瑶一样，依旧是翻译，只是内容不一样。

林嘉歌一边听，一边对着手机，指尖飞快地打字。

在法语老师停下嘴里的话后，林嘉歌顿了三秒，声线清淡地开口翻译起了法语老师的题目。

他指尖的动作未停。

他嘴里的语速很慢。

他的声音不是很高，但吐字清晰。

就这样，一心二用下，林嘉歌编写好了短信内容，发送给了时瑶。

他为了让时瑶有足够的时间看短信内容，嘴里翻译法语老师问题的语速，更慢了。

甚至在途中，他还装作像在思考的样子，微微停顿一下。

等他觉得差不多时瑶已经将短信内容看完后，他才简单地收尾了嘴里答着的问题。

"还不错，只是有点烦琐，有些地方可以简略。"法语老师点评完林嘉歌的问题后，没着急让他坐下，而是看向了时瑶，"时瑶，你呢？现在可以回到我的问题了吗？"

时瑶轻轻地点了点头，然后开口，用自己的话，将林嘉歌刚刚发给自己的短信阐述了一遍。

她临时记忆力还算好，但是也没有那么强大，中间有那么一两句话出现了小失误。

不过法语老师，并没有为难她，纠正了她的错误后，就让她坐下了。

时瑶长舒了一口气，坐回位置后，摊开刚刚握着手机的手，发现里面竟然布了一层密密麻麻的汗珠。

等时瑶坐稳后，法语老师重新看向了林嘉歌，开口说的依旧是法语。

林嘉歌回的也是法语。

两个人你一言我一语来回对话了五六次，然后法语老师终于让林嘉歌坐下了。

这个小插曲，很快就过了，法语老师继续抑扬顿挫地讲课。

等到法语老师的注意力，彻底离开后，何田田凑到了时瑶跟前，小声地嘀咕："瑶瑶，你简直太厉害了，刚刚法语老师叽里呱啦地说了那么一长串话，简直就跟天书一样，你居然能翻译出来，虽然用的时间久了点，但还是很棒啊。我瑶简直就是小说里那种开外挂的女主角啊，什么都强！”

听到这话的时瑶，忍不住暗暗地汗颜了一下。

她哪里是什么小说里开外挂的女主角？

她后面那一位，才是小说里开外挂的男主角……居然能一边回答老师的问题，一边解决她的问题，这一心两用，真的是没谁了！

时瑶怕第二次被法语老师喊起立，没回何田田的话，却悄悄地拿起手机，给林嘉歌回了两条短信：“谢谢你哦。”

“刚刚真的好险，我差点以为我要被罚站了！”

很快，她就收到了林嘉歌的回复：“举手之劳，不足挂齿。”

时瑶回了一个微笑的表情。

然后想到她坐下后，法语老师和他的对话。

因为都是法文，她没听懂，忍不住问：“刚刚你和老师，用法语聊了些什么？”

林嘉歌：“想知道？”

时瑶：“嗯。”

林嘉歌：“不告诉你。”

时瑶：“……”

这人，怎么这么贱？！

时瑶忽然有点怀疑，自己刚刚满心感谢的人，到底是不是林嘉歌？

时瑶掌心里的手机，又震动了。

是林嘉歌发来的短信。

“如果你真想知道，将来我会告诉你。”

她前一秒看完，后一秒下课铃就响了。

就在时瑶想着怎么回林嘉歌时，林嘉歌起身，双手撑桌，将身子往前倾，凑到时瑶脑袋旁，语气带着几分迷惑地又开口说：“这个将来，不会太久的……”

第五章
只要是你，时瑶

听见林嘉歌的声音，时瑶指尖一颤，险些没拿住手机。

这个将来，不会太久的……

这句话是什么意思？

时瑶懵懂地转头。

林嘉歌那张漂亮到让人心动的脸，直直地撞入了她的眼中。

这次颤的不再单单是时瑶的手，还有时瑶的心。

夕阳金黄色的光，透过窗户，照在他的脸上，将他的眉眼轮廓勾勒得愈发精致。

他淡淡地注视着她，眼底的光是一如既往的漫不经心。

明明是和平时没太大差别的模样，可时瑶不知为何，却觉得林嘉歌的眼神格外勾人，仿佛藏着她读不懂、看不明的某种深意。

时瑶愣愣地望着林嘉歌，有些反应不过来。

她总觉得他和她之间的气氛，有点奇怪，可她却又不懂奇怪在哪里。

没留意到这边情况的江月，收好东西后，忽然喊了声："瑶瑶，走啦，大食堂！"

时瑶还是没反应。

迎着她的目光的林嘉歌，继续对着她的眼睛看了一会儿，然后才动了嘴，声音低调沉静：“还有一件事……”

他的声音悠悠地传入时瑶的耳中，她一点一点地回过了神。

她不懂他要说什么，还很轻地“嗯？”了一声。

闻声，林嘉歌扫了一眼时瑶身上的衣服，然后又开口了：“……你身上这件衣服，真心丑。”

时瑶眨了眨眼睛，大脑有点转不过弯来。

林嘉歌：“这种衣服，在我家，充其量就是做抹布的份儿。”

时瑶又眨了眨眼睛，终于回过味来了。

她身上的衣服丑不丑，关他什么事？！

就算是她身上的丑，那他可以不要看啊，干吗还要加一句，充其量就是做抹布的份儿……

时瑶顿时觉得自己刚刚看见的那个优雅而又精致的少年，是一个假象。

亏她刚刚还觉得他和她之间气氛奇怪，怕是那会儿她短暂脑抽了吧？

为了让时瑶回去立刻丢了身上这件衣服，林嘉歌想了两秒，又补了句：“而且是擦厕所的那种抹布！”

真是越来越过分了！

时瑶气鼓鼓地瞪着林嘉歌，忍无可忍地顶了回去：“嫌丑，你可以不看啊！再说，你以为人人和你一样，随随便便就丢衣服买新的啊！我没钱，买不起新衣服，老鼠来我家都是含着泪走的！所以，你要是看不惯，要么别看，要么你给我买衣服！”

时瑶噼里啪啦丢了一长串的话，然后就收拾了桌上的课本，留下被她凶得一愣一愣的林嘉歌，起身走了。

……

在林嘉歌和时瑶互动的那一段时间里，陆本来同样没闲着。

下课铃一响，撑着下巴，看了一整节课冷暖后脑勺的陆本来，立刻捂着肚子，伸出手戳了戳冷暖的后背：“同学，你有没有纸巾，能不能借给我用一下？我肚子疼……”

冷暖回头，望了一眼陆本来，理都没理他，就转回身继续开始收拾东西。

陆本来宛如打不死的小强般，又伸出手戳了戳冷暖的后背：“同学，我是真的肚子疼，人有三急，你不能这样见死不救啊，再说只是一包纸巾而已，你该不会真的……”

陆本来的话还没说完，一包纸巾丢在了他的桌上，还伴随着一句很冷的话，是头都没回一下的冷暖说的：“请你闭嘴。”

陆本来拿起纸巾，咧着嘴笑了：“谢谢你啊，同学。”

冷暖没理他。

陆本来丝毫不在意自己被无视了，继续开口：“同学，纸巾多少钱一包，我给你钱吧。”

回应他的还是冷漠的后脑勺。

陆本来：“同学，我这个人不喜欢欠人东西，你这样，会搞得我心神不宁，心神不宁就会睡不好吃不好学不好，这样恶性循环下去，我会对不起我家里的老父亲和老母……”

冷暖：“五毛钱！”

陆本来翻了翻口袋：“我没带钱包，我微信转给你可以不？”

陆本来见冷暖不说话，又开口：“微信不行的话，那支付宝？”

“同学，实在不行，银行卡转账也可以，您看您哪个方便，同学，您快点可以吗？我肚子疼，我受不……”

和刚才一样，陆本来的话还没说完，前面坐着的冷暖有反应了，她转身，将手机屏幕递到了他面前。

是支付宝页面。

陆本来连忙掏出手机，扫描二维码：“同学，我这就给你转钱哈……”

随着他话音的落下，他已经输入了金额和密码，转账成功了。

“同学，我转给你了五毛二分钱，那两分钱，一分是谢意，一分是利息……”

陆本来的话还没说完，冷暖已经抱起桌子上的东西，走了。

她的步伐很快，没一会儿，就追上了最先离开的时瑶。

随后，何田田和江月也离开了教室。

然后，陆本来这才收回了捂着肚子的手，坐直了身子，得意扬扬地晃了晃手中的纸巾：“看到了没，我媳妇儿给我的定情信物。”

将刚刚那一切都尽收眼底的夏商周，不屑一顾：“嘁，明明是你死皮赖脸坑来的！”

陆本来：“坑来的又怎样？你牛你坑一个？再说，我好歹有个我媳妇儿送我的东西，你们有吗？”

被时瑶凶了一通的林嘉歌，前一秒回神，后一秒就听到了陆本来欠扁的话，他微蹙了蹙眉心，下一秒就从兜里摸出钱包，抽了一张纸条：“有。”

这是当初考马克思主义，他监考那次，时瑶给他的纸条。

如果陆本来那包纸巾算定情信物的话，那他这张纸条就是定情信物中的定情信物！

想着，林嘉歌又补了一刀：“而且，这是瑶瑶主动给我的。”

陆本来暗暗地骂了自己一句嘴贱，他刚刚就不该加“们”字，然后就将所有的杀伤力都放在了夏商周的身上：“好吧，老大有小学妹送的定情信物，我有我老婆送的定情信物，老夏，你呢？你有什么？”

老大和小来来这是在变相炫耀自己有喜欢的人吗？

夏商周抱紧自己的胳膊，沉默了一小会儿，然后无比理直气壮地回："我有从小陪伴我、了解我、体谅我、对我不离不弃的五指姑娘！"

陆本来"嘁"了一声："好像说得谁没有一样！"

说着，陆本来看向了林嘉歌，准备拉同盟："老大，你说吧，你有没有？我们是不是都有？"

林嘉歌瞥了一眼陆本来，不紧不慢地出声："我和你不一样，我没你这么花心，我只有瑶瑶。"

这……跟花心有什么关系？

没有拉到同盟，反而被鄙视的陆本来，一时之间不知该怎么接话。

夏商周看陆本来吃瘪，立刻幸灾乐祸了起来："除了五指姑娘，我还有骄傲！"

陆本来没听懂："什么鬼？"

夏商周递给陆本来一个蠢货的眼神："我单身狗，我无比骄傲！"

"我不但骄傲，我还自豪！毕竟有句话咋说来着，靠山山倒，靠人人跑，靠自己我自豪！"

"……"说不过夏商周的陆本来，默默地转移了话题："老大，我们晚上吃什么？"

随手拿起课本的林嘉歌，几乎没过脑，就脱口说了句"大食堂"，然后迈步冲教室门口走去。

在去餐厅的路上，陆本来兴奋地拿着那包从冷暖那里"死皮赖脸"坑来的纸巾，左看右看，爱不释手。

扫到他这副反应的林嘉歌，在心底悄悄地骂了声：幼稚！

然后就小心翼翼地打开了时瑶送给自己的那张纸条，一字一字地看了一遍，然后又万分谨慎地折叠起来，妥善地藏回钱包里。

……

大食堂里，人挺多的。

林嘉歌绕着黑压压的人群，找了两圈，也没找到时瑶。

点完餐的他，落座后，没着急动筷子，而是又绕着周围的餐桌看了一遍。

吃饭的时候，陆本来大概是因为和冷暖总算有了那么点牵连，兴奋至极，吃着东西都没能堵住他的嘴："老大、老夏，你们别觉得我刚刚在教室里用的那个套路太俗气！"

"我跟你们说，我的套路可不是你们看到的、想到的那么简单！"

"我看似乎找我老婆，要定情信物，实际上我是为了拿到我老婆的账户。"

"你们看，我现在成功地搞到了我老婆的支付宝账号，等过几天，我给她账号里转520块钱。”

说到这里，陆本来觉得总是自己一个人聊天，有点无聊，于是企图拉着夏商周和林嘉歌一起互动：“如果你们的支付宝里，忽然多了520块钱，你们会怎样？”

夏商周啃着鸡爪，回：“花掉啊。”

陆本来：“你个没有道德的人！”

说完，陆本来将希望投向了林嘉歌：“老大，你呢？”

林嘉歌四处张望着：“不知道。”

陆本来：“啊？不知道是什么意思？是在私吞和还回去中间纠结吗？”

“不是……”林嘉歌心不在焉地回了两个字后，伸长脖子往远处看了一会儿，然后才将视线落回了陆本来的脸上，“……存款太多，低于五位数的入账，我是不会注意到的。”

陆本来：“！！！”

他没事干，找他们互动什么啊！他一个人静静地说单口相声不好吗？

夏商周：“？？？”

501宿舍，从最初一个单身贵族和两个单身狗变成了如今只剩下他一条单身狗，这已经够苦了，为什么老大随便回小来来一个问题，还能连带着戳他的心？

面对陆本来和夏商周的沉默，林嘉歌丝毫没觉得自己刚刚说的话究竟有多么扎心。

他望着两个人思考了一会儿，又开口说：“如果有一天，我们三个同时失恋了，我肯定没你们那么难过。”

夏商周：“为什么？难道是老大，你爱得不够深？”

陆本来：“或者，老大，你谈的是一场假恋爱？”

林嘉歌垂眸，夹菜，不走心地回：“因为没了爱情，我还有钱，而你们两个，没了爱情，又没钱……”

夏商周：“……”

所以，绕来绕去，还是打击人？那他刚刚干吗要接老大的话茬？

陆本来：“……”

他就知道，老大不会说出什么好听的话，可他怎么就不长记性，每次都追着赶着跟老大聊天？

陆本来真怕林嘉歌继续开口打击人，很快就开口，将话题扯回自己刚刚说的正题上：“不管你们两个，一个是花掉，还是一个不知道金额的变动，反正我相信，如果我老婆支付宝里莫名其妙多了520块钱，她肯定会还回来！”

“到时候，我就把她拉入黑名单，她无法转账成功，再到时候，她肯定会来找我，我不见她，只需要找个人跟她说留个联系方式，回头让我联系她，然后我就可以成功地套路到她的电话号码了。”

夏商周：“虽然我不清楚你的迷之自信究竟来源于哪里，但是假如冷暖和我一样，花掉了，或者冷暖是个隐形富二代，跟老大一样，根本不会留意到这些金额的变动，你怎么办？”

陆本来：“这个也好办啊，我就去公安局告她，到时候警察叔叔肯定会有办法联系到她的，然后到那个时候，我还是能拿到我老婆的电话号码。”

“综上所述，总而言之，不管这520块钱，还我还是不还我，我老婆的电话号码，从她把支付宝页面递给我的那一刻，我已经到手了！”

面对陆本来和夏商周喋喋不休的交谈，林嘉歌的思绪俨然飘远了。

他面前的饭几乎没怎么动过，脑袋不断地绕着餐厅四面八方转着。

他东张西望了许久，也没找到时瑶，反而被隔壁桌的一对情侣吸引了视线。

这对情侣，只点了一份餐，从餐碗上来看，应该是米线或者面条之类的食物。

女孩全程都在玩手机，而男孩则是将米线放入勺中，吹两下，然后喂到女孩的嘴边。

女孩张口吃的时候，偶尔会将汤汁沾到嘴边，男孩会拿出纸巾，小心翼翼地给女孩擦嘴。

这男生……真殷勤！

林嘉歌不屑地想完，就收回了视线。

过了两秒，他的视线又落回了那对情侣身上。

男生恰好夹了一颗鹌鹑蛋，大概是鹌鹑蛋是圆形的，男生没夹住，在快到女孩嘴边时，鹌鹑蛋从筷中滑落，滚到了女孩的衣服上，然后落到了地上。

女孩的衣服上沾了油渍，不悦地将手机往桌子上一放，板起了脸。

男生立刻放下筷子，拿起纸巾，一边擦女孩的衣服，一边赔着笑哄女孩。

因为隔了太远，听不到男生到底说了点什么，但林嘉歌能看到，那个男生说了很长的一段话，才终于让女孩眉开眼笑，然后那个男生立刻拿起筷子，重新夹了一个鹌鹑蛋，小心翼翼地送入了女孩的口中，等女孩将这颗鹌鹑蛋吃完后，男生又夹了一颗……

将这一幕尽收眼底的林嘉歌，暗自“嘁”了一声，重新将视线转往别去。

这男生……不但殷勤，还很狗腿啊！

想着，林嘉歌再次将视线落到了那对情侣身上。

女孩可能是吃饱了，在男生夹着一片火腿递过去时，目不转睛地望着手机屏幕，轻轻地摇了摇头。

始终没吃一口米线的男生，见她不吃了，立刻放下筷子，拿起纸巾，帮女孩把嘴擦干净，然后才重新拿起了筷子，开始填自己的肚子。

男生吃了没两口，看手机的女孩，忽然动了唇，大概是喊了这个男生的名字，男生抬头，然后那女孩就凑了过来，亲了男生面颊一下。

大概是在食堂，这对情侣，没有在法语课上那对情侣那样收敛。

男生被女生亲了一下后，立刻喜笑颜开，他胡乱地拿着纸巾擦了一下自己的嘴，就转头冲女生的嘴吻去……

纯粹抱着非礼勿视的心态，林嘉歌挪开了视线。

这次的他，没再寻找时瑶，而是望向了窗外。

望着望着，他脑海里忽然假想起，他若是和时瑶在一起了，也来食堂吃饭……

要是，他喂软包子吃东西，还给软包子擦嘴，软包子主动亲他的话……他愿意，她这一辈子的饭，他都喂了！

不过，若是软包子主动亲他，他会不会像那个男生那样回吻她？

那还用说吗？肯定会的！就算是当着很多人的面，也没关系，他亲他的软包子，合理合法，凭什么不能亲？

他不但会亲，还要深吻！

已经吃完饭的陆本来，见林嘉歌早已放下了筷子，出声问："老大，走不走？"

沉浸在自己思绪里的林嘉歌，没说话。

夏商周忍不住也看向了林嘉歌："老大……"

他本想说，老大回宿舍打游戏了。

结果话到嘴边，他留意到林嘉歌的耳根有些红，立刻惊奇地改了口："……呀，老大的脸红了！"

陆本来听到这话，下一刻就将脑袋伸到了林嘉歌的面前："还真是啊，老大，你想到什么了？居然脸红了？"

早在夏商周开口时，就已经回过神的林嘉歌，看都没看两个人一眼，飞速地起身，扔了句"我去图书馆"，然后拿了自己的书，丢下浑身散发着八卦光芒的两个人，离开了食堂。

林嘉歌是真的要去图书馆。

他最近负责的一个项目，有些资料需要去图书馆查看。

他在去图书馆之前，先回了一趟宿舍，取了笔记本电脑。

他到图书馆的时间较早，大多数位置还空着。

林嘉歌轻车熟路地找了自己想借阅的书后，就开始找位置。

他从前来图书馆，喜欢坐在最不起眼的角落，这次一样，他拿着书冲角落走去，只是在走到一半的时候，他忽然停下了脚步，将视线落在了图书馆正中间的位置上。

当初，秦依然叫了几个小混混，在学校门口拦住软包子，被他撞见的那晚，软包子说来图书馆做题，他跟着过来，因为来得太晚，绝大多数位置都被霸占了，他和软包子只能坐了平时同学不爱坐的最中间的位置……

林嘉歌盯着自己曾经和时瑶坐过的那两个位置看了两秒，然后就走过去，放下了电脑和书籍。

林嘉歌倒是没走太久的神，等电脑打开后，他塞了消音耳机，就开始看资料了。

图书馆里的人，越来越多。

林嘉歌坐在不显眼的位置时，都能引得很多人瞩目，如今坐在了人人一眼都能望见的地方，更是惹得图书馆不少人不好好学习，而是悄悄地拿着手机拍他。

林嘉歌浑然不觉，专心致志地看资料，记重点。

时间在他学习的过程中，悄然而逝。

等他终于将自己想要的东西都看完后，他才舒了一口气，揉着因为长久看书和电脑，有点僵硬的脖子，扬起了头。

他闭着眼睛，养了一小会儿神，等到眼睛的疲劳感缓解后，这才坐正了身子。

他本想检查一下自己记的重点，有没有纰漏，然后就回宿舍，结果视线刚落到电脑屏幕上，他就扫到自己的正前方坐着的两个人。

从他们靠近的亲密程度来看，又是一对情侣。

今天真是邪门了，怎么他走哪都能碰见情侣呢？

还是说，平时也是这样，只是他压根儿没留意过？

思考着，林嘉歌就转动着视线，匆匆地扫了一眼图书馆。

然后他发现，图书馆里竟然有不少对情侣……所以……G 大有另一半的人还挺多的？

正在林嘉歌消化着这个发现时，坐在他面前的那对情侣，男生凑到女生耳边小声地讲起了话。

那男生的声音真的很小，不特别留意听，旁边的人真的不会被打扰到。

“宝宝，你知道我是个什么样的人吗？”

女孩摇了摇头：“不知道。”

男生：“我是个俗气至极的人……”

噗，这个哥们还挺有自知之明的……林嘉歌想着，就将视线落在了电脑屏幕上，准备去看自己记录的重点。

坐在他前面的男生继续说："……见山是山，见海是海……"

呵……这个哥们还真幽默，难不成还有谁，见山是海，见海是山啊！

林嘉歌暗自摇了摇头。

"……唯独见了你，云海开始翻涌，江潮开始澎湃……"

哈……哥们这句话，扔给林嘉仪只有钱可以让她云海开始翻涌，江潮开始澎湃；扔给软包子只有吃的可以让她云海开始翻涌，江潮开始澎湃。

林嘉歌暗自失笑，然后就敲着键盘，改了两个错别字。

"……宝宝，认识你，我真的很幸福，我愿为你上九天揽月，下五洋捉鳖……"

晕……这哥们越说，越扯淡啊，而且是典型的油嘴滑舌类的。上九天揽月，你咋不上天和太阳肩并肩；还下五洋捉鳖，你咋不下海和王八嘴对嘴……

林嘉歌前一秒在心底将前面坐的男生说的话，批判得一无是处，下一秒男生旁边坐着的女孩，就凑到男生面前，亲了他一下，然后脸红而又害羞地说了句："我也是，认识你，我也是真的很幸福，等大学毕业了，我要嫁给你……"

林嘉歌敲打着键盘的指尖，蓦地一抖，随后就抬起头，看向了正前方的那对情侣。

女孩微侧着头，他勉强可以看到她的神情。

她脸上洋溢的光芒，幸福而又兴奋，仿佛拥有了全世界一般。

那女孩长得并不算漂亮，可是在这一刻，林嘉歌却觉得格外刺目。

所以……女孩都喜欢男生说这些肤浅、油嘴滑舌的甜言蜜语？

那软包子呢？她也喜欢吗？

巧得很，林嘉歌刚想到这里，他放在桌面上的手机屏幕就亮起了。

他拿起手机，看到是【浪啊浪】群里的消息。

点进去，才发现，是【瑶兮爱吃冰激凌】@了所有人，并发了一张图。

图是《绝地求生》的游戏页面，她赢了两个人。

林嘉歌刚看完图，【瑶兮爱吃冰激凌】就发了新的消息过来："虽然没有成功吃到鸡，但是在我队友都输了后，我还是击倒了打我队友的那两个人，帮我的队友们报仇了！尽管，那两个人是残血，我只是胡乱地打了一下，但我还是好开心啊——"

【是果汁啊】："666，瑶妹最棒！"

【瑶兮爱吃冰激凌】秒回了果汁一个"开心"的表情。

【猴子派来的高手】："牛牛牛，瑶妹无敌！"

【瑶兮爱吃冰激凌】秒回了高手一个"哈哈大笑"的表情。

林嘉歌盯着群消息看了一会儿，然后动了动思绪，绞尽脑汁想了一句夸赞的话，点了发送。

【111111】：“厉害，未来的女狙神！”

【瑶兮爱吃冰激凌】：“哇，大神居然夸我了！好开森！”

【瑶兮爱吃冰激凌】发了个“送红心”的表情。

【瑶兮爱吃冰激凌】发了个“抱抱”的表情。

红心……抱抱……

软包子居然又给他送“红心”，又跟他“抱抱”……

看着屏幕上的红心，和两个白白胖胖的小兔子抱在一起的动态图，林嘉歌的脸上浮现了一抹不好意思的红晕。

原来，软包子也喜欢别人夸她啊……

不过，她回了他三个消息，他不理她不是特别好吧？

林嘉歌想了想，就点开表情，翻找了一小会儿，找了一枝“玫瑰”先发了出去，然后又找了一个“抱抱”的动图紧跟着点了发送。

等两个表情发送成功后，他脸上的红，悄无声息地蔓延到了他的脖颈儿处。

这……算不算他和软包子互抱在了一起？

这一瞬间，林嘉歌忽然觉得，自己来图书馆，刚刚看的那几个小时的资料，不是他今晚最大的收获。

他今晚最大的收获，是前面这一对情侣……哦，不，确切地说，是前面的那个男生说的那些油嘴滑舌的话……

回到宿舍，已经晚上十一点钟了。

林嘉歌洗了个澡，就直接躺上床。

看着看着，他忽然想起，下午上法语课的时候，法语老师让时瑶坐下后，对他说的那些话。

“如果给你一个选择，在这个世界上选择一个人，陪你爬最高的山，喝最烈的酒，去最远的领土，坐最久的火车，乘最高的摩天轮，看最美的夜景，等日出和日落，以及去挑战你和她之间的一切不可能……那么这个人，你知道你会选择谁吗？”

其实那个时候，他不太清楚法语老师是让他翻译还是让他回答，所以他用法语询问了句：“翻译？”

法语老师摇头，说让他回答问题就好。

他点了点头，沉默了不过三秒，就回了句：“如果真的给我这样一个选择，我知道我要选择谁。”

法语老师原本盯着他的视线，在那一刻，落在了时瑶的身上：“是谁？”

他没说话。

法语老师并没生气，又开口了："我大概知道是谁，不过，我可以问你一句，我猜得对不对？是不是我刚刚看的以及你刚刚发短信的那个人？"

他这次没迟疑，直接点头，说："是……"

顿了顿，他又说："是她。"

大概是法国人天生爱浪漫，他从法语老师的话里，明白法语老师这是把他刚刚给时瑶发短信的作弊小手脚都看在了眼里，但法语老师并没惩罚他，而是在他回答完那个问题后，就笑着让他坐下了。

想到这里的林嘉歌，放下手机，翻身面向了墙壁。

他目不转睛地望着墙壁看了好一会儿，然后有一段话，浮现在了心头。

想和你一起去爬最高的山，喝最烈的酒。

想和你一起去最远的领土，坐最久的火车。

想和你一起乘最高的摩天轮，看最美的夜景。

想和你一起等日出和日落，然后去挑战你和我之间的一切不可能。

想和你一起上课，肩并肩地坐在一起。

想和你一起吃饭，在食堂里亲密互动。

想和你一起去图书馆，看书写字说情话。

想和你一起……想和你在一起。

只要是你，做什么都愿意一起。

只要是你，时瑶。

在这一段话，完整地浮现在林嘉歌脑海里的那一刹那，他的心跳没来由地开始加快。

他从没像此刻这样，对某个人，某件事，有这么强烈的需求。

恨不得立刻就拥有的那种强烈的需求。

林嘉歌微抿了一下唇，盯着墙壁目不转睛地看了好一会儿，然后突然出声："我想好了。"

陆本来和夏商周也都一前一后地上了床，听见林嘉歌突然冒出的话，两个人纷纷坐起身，异口同声地问："老大，你想好了什么？"

林嘉歌没回他们的话，继续望着面前的白墙看了一会儿，才侧头，望向了陆本来和夏商周："我决定和她在一起！"

夏商周立刻八卦出声："决定和谁在一起？和谁，和谁，和谁？"

陆本来斜了一眼夏商周："孙子果然孙子，智商如此堪忧，这还用问吗？用脚趾头想一想，也知道是小学妹啊！"

夏商周：“我孙子的身体构造，果然非比寻常，脑袋长在脚趾头里，再说，万一不是小学妹，是我呢？说不定老大看上了我，这样一来，我就可以和即将到九位数的存款共生共存了……”

陆本来翻了翻白眼，一脸嫌弃：“老大，我孙子智商不高，身体有病，今天还忘记吃药，您别和他一般见识……”

面对陆本来和夏商周皮里皮气的对话，林嘉歌的面色淡定无比，就连开口的语气，都没有任何波动起伏：“我想好了，我要和她在一起。”

陆本来一向会说话：“你们不是一直都在一起吗？”

夏商周毫不弱势：“对啊，老大，你们不是在没出生之前就在一起了吗？”

话是这么说，没毛病……

但是他和软包子，除家里订下的娃娃亲这层关系外，好像也没其他实质性的联系了。

这叫……外表光鲜亮丽，其实冷暖自知？

想到这里，林嘉歌愈发强烈地想要实行自己做出的决定了：“不，我的意思是，除我和瑶瑶没出生之前，就在一起这层关系外，我要和她有更深入的关系。”

陆本来：“多深入？”

晕……这货究竟扯到哪里去了？

林嘉歌清了清嗓子，打断了他们的浮想联翩：“龌龊！我所指的更深入的关系，是我要让瑶瑶当我名副其实的未婚妻！”

陆本来：“和我们说的有区别吗？”

这货是在黄色染缸里泡大的吧？

“简单来说，就是我要对软包子告白！”林嘉歌忍无可忍地再次开口，“告白，懂不懂？！我才没有你们想的那么肤浅！”

“懂啊……可是，正常来说，告白后，不还是要去酒店走一遭吗？到时候，不还是要亲密接触吗？”夏商周点着头，一副很懂的样子，“所以，小来来，501 宿舍，又要有一个男人诞生了！”

陆本来：“过不了多久，我也要变成男人了，到时候这个宿舍，就只剩下你一个……”

莫名被刺了一刀的夏商周，瞬间奓毛：“孙子，你会不会讲话？不会讲话，就放屁！你放的屁都比你讲的话好听！”

陆本来：“我说的是实话啊，你想象一下，未来聚会，宋潮汐带着他媳妇儿，我带着我老婆，老大带着小学妹，而你孤零零的一个人……”

夏商周：“孤零零的一个人怎么了？你们都嫁出去了，我就是 501 宿舍的单身霸王！”

陆本来："嘁，你确定是霸王，不是霸狗？"

夏商周："你懂个什么啊，有句话，你听过没，吃得粮中粮，方为狗中王，简称霸王，汪汪汪……"

"现在，我终于深刻地明白了一句话，人至贱则无敌！"陆本来扶了扶额头，直接看向林嘉歌，转移话题了，"老大，你想好怎么对小学妹告白了吗？"

"没有……"林嘉歌摇了摇头，"……所以，我才来问你们。"

夏商周："这个……我也没告白过，要不然问问宋潮汐？毕竟他大一就有女朋友了……"

林嘉歌几乎没有迟疑，就否决了："宋潮汐那个不靠谱。"

夏商周："也对，宋潮汐的恋爱风格不符合你们的路线，那老大，到底要怎么告白啊？"

"这个，我知道！"陆本来自告奋勇，兴致勃勃地边说，边点开了手机，"此时此刻就得靠我看的那些小说了，我把那些小说里最经典的告白场面都保存下来了。老大，你听着，我读给你……"

"《国民老公带回家》里，男主带女主回他们的校园，在操场上告白的，男主搞了很多彩灯，还弄了一个很值钱的钻戒……

"《那时喜欢你》里的男主，是在自己家院子后面告白的，搞了很多气球，每个气球下面，都挂着一句情话，然后男主还把戒指含在嘴里，和女主接吻的时候，送到了她的嘴里……

"《亿万星辰不及你》里，是女主对男主告白的，不过我觉得颠倒一下也可以用哈，是女主拿到奖后，站在颁奖典礼的舞台上，对男主来的世纪告白，说什么，我不要这世界，我只要你……

"还有《致我最爱的你》，男主告白的时候，把他和她女主从小到大所有的照片都翻出来了，还弄了什么直升飞机撒玫瑰花瓣……"

陆本来喋喋不休地说了好久，然后在说完后，开口说"……老大，你选吧，你选完了，剩下的留给我，等我给我老婆告白的时候，继续用。"

夏商周："我觉得第一个不错，我喜欢……"

陆本来："我比较喜欢第四个，浪漫！"

夏商周："但是第三个也不错啊……说给全世界听的告白，感动！"

陆本来："那这么说，第二个也很好啊，那么多情话挂在气球上，想想就很美！"

夏商周看向了林嘉歌："所以，老大，你选哪个？"

林嘉歌的眉眼，闪烁着一抹不屑："我哪个都不选。"

陆本来：“呃？老大，你不是要给小学妹告白吗？你不选怎么告白啊？”

“我是要告白，但是，我对软包子的告白，怎么可以用别人的告白方式？！”随着林嘉歌话语的落下，他的眉眼间一抹张扬和傲气弥漫而出，“软包子是独一无二的，所以她拥有一切也应该是这世间绝无仅有的！”

“所以，我要自己想怎样对软包子告白，这是我的诚意。”

“不仅如此，我还要告白得漂亮，比小来来刚刚说的那些都漂亮！”

说完，林嘉歌丢了句“算了，问你们也是白问，等着回头帮我忙就好了”，然后就躺回床上，双手枕在脑后，盯着天花板，开始思考告白场景。

周二下午，时瑶没课。

吃完午饭回宿舍，时瑶午休了半个小时，一睁眼就收到了【111111】喊她打游戏的消息。

江月和冷暖去看电影了，何田田在宿舍戴着耳机刷韩剧，下午没什么事可做的时瑶同意了数字先生的邀请，登录游戏，进入了他分享的房间。

起先开始玩游戏的时候，和平时也没什么太大的差别。

两个人开着语音，互相都能听见对方那边的细微声响，但却没什么交谈。

在玩到第三把游戏的时候，时瑶跟随数字先生跳伞，落地后，时瑶就近进入了一个房间。

这一局的她，运气好到爆表，她居然在那个房间里，撞见了两个三级头。

她捡了一个三级头后，理所应当地开口喊了【111111】“我这里有个多余的三级头？你要不要？”

“来了……”随着数字先生的话音落下，时瑶听见一声玻璃破碎的哗啦声，然后数字先生人就蹦到了她的面前。

数字先生弯身捡了三级头后，就去别的房间捡装备了。

时瑶将这个房间剩下没去过的地方，都转完后，也去了下一个房间。

她就像被系统眷顾了一般，在接下来去的几个房间里，居然连续捡到了两个8倍镜。

时瑶照旧理所应当地分给数字先生一个8倍镜。

在时瑶跟着林嘉歌进入刷新的第三个安全区时，时瑶前一秒找了个自我感觉很是安全的树后躲好，下一秒一个空投箱就落在了她的正前方。

？

她这是被空投箱砸脸了？

时瑶点开空投箱，发现里面有完好的三级头，三级甲，以及AWM和AWM的子弹。

AWM是游戏中最厉害得狙击枪。

不会玩狙击枪的时瑶，想都没想，就抱着AWM跑到数字先生的跟前，把枪和子弹都给了数字先生。

在进入决赛圈后，数字先生弃车，带着时瑶徒步进圈。

时瑶经常分辨不清方向，总是会自以为跟在数字先生身后跑，实则跑向了相反的方向。

因此，每次出现这样的情况，都需要数字先生的提醒，时瑶才会反应过来，然后改变方向，冲数字先生跑去。

在决赛圈到处乱跑，很容易被人发现，所以时瑶经常会在跑向数字先生的路上，被人拿枪揍。

每到这个时候，都是数字先生出手相救。

因为是两排，数字先生总是要一打二，即便他枪法很准，但是难免也会被人打中，所以，这一局游戏，在进入倒数第二个决赛圈时，数字先生身上的防御甲和三级头已经被打掉了。

没有任何防御值的【111111】，前一秒随口说了句“没头没甲”了，下一秒，又一个空投砸在趴在草丛中正不知所措的时瑶脚旁边。

时瑶当然选择毫不犹豫地点开空投箱，然后冲数字先生开口：“这里有完好的三级头和三级甲！”

就在她旁边的数字先生，很快摸了过来，然后很快捡了三级头和三级甲，然后就带着时瑶，摸进了终极决赛圈。再然后，时瑶躲在一个大石头后面，静静地看着数字先生在终极决赛圈赢了六个人，成功带领自己吃鸡。

虽然这一局游戏时瑶0击打10伤害，但她还是忍不住对着赢了21个人打出两千多伤害值的数字先生开口炫耀：“你有没有发现，我的存在还是很有价值的？”

“价值？”很快，耳机里就传来了数字先生的声音，“你确定你的存在有价值？”

顿了顿，耳边又传来数字先生的声音：“哦，有的，打了10伤害得输出，有那么一丢丢的价值？”

时瑶嘟了嘟嘴，不服气地回：“什么啦！我的价值才不止一丢丢，要知道，这一局好的装备，和你缺的东西，都是我给你的！”

“你不给我，我也能带你吃鸡！”数字先生应该是在喝水，随着咕咚咕咚的声音响了几声后，他又开口，“你的存在，就是为了暴露我的位置！”

时瑶一时半会儿没弄懂，将塞到嘴边的苹果拿了下来，“哈？”了一声。

听见时瑶“哈？”的林嘉歌，没想太多，一边开始游戏，一边慢吞吞地回：“意思就是说，连跟在身后跑毒都不会，总是到处乱跑，然后被人发现，暴露了我的位置……”

他后面的话，原本想说的是：你存在的价值我倒是没看出来，拖后腿我是看清楚了……

可是后面的这些话还没到嘴边，他就忽然停了下来。

昨晚在图书馆，他在前面那个男生身上，学到了新技能，那就是，软包子喜欢被人夸，而他刚刚一时没注意，好像又毒舌了……

林嘉歌暗骂了一声自己嘴贱，然后就转着眼珠开始想补救政策，过了大概两秒，他毫不犹豫地开口说：“……不过，我就喜欢被人注目的感觉！多亏了你，才能让我享受到这种感觉！”

呃……她怎么觉得画风好像有点不太对劲啊？

按照以往的经验，数字先生接下来要说的话，不应该更毒辣吗？

时瑶啃着苹果，思考了几秒，带着几分狐疑出声：“可是……你刚刚不是这么说我的。”

说着，时瑶就学着【111111】的语气，把他刚刚的话重复了一遍：“价值？你确定你的存在有价值？”

“哦，有的，打了10伤害得输出，有那么一丢丢的价值？”

……

及时更改完错误后的林嘉歌，悄悄地在心底夸了自己一句“反应真快”，然后就暗暗松了一口气，端起水杯。

结果他刚喝了一口水，就听见了时瑶的声音，顿时整个人被惊得险些呛到了。

糟糕啊，在他反应过来之前，他还说了一些不该说的话……

林嘉歌转了转眼珠，然后就放下水杯，开口回：“对啊，没错啊，你说的那些话，我刚刚是都说过啊，但是你断句断得不对……”

“我刚刚是这么说的……”

“价值？确定你的存在有价值？哦，有的！”

“打了10伤害得输出，有那么一丢丢的价值？”

“不过，第二句话，我还没说完，你就打断了我的话，我后面还有一半，那就是，开什么玩笑，明明很有价值，价值感爆棚！”

这次，林嘉歌没等时瑶再挑出毛病，就主动解释了自己后面的话：“至于，我那句，你不给我，我也能带你吃鸡。这意思是，你只需要把好的装备留给自己，保护好自己就好，我有没有装备不重要，就算我只剩下残血，给我一把枪和子弹，我也能带你吃鸡！”

……

游戏另一端，第一次在手机里听数字先生说了这么多话的时瑶，忍不住停下啃苹果的动作，蹙起了眉心。

她怎么觉得画风更不对劲了？

尤其是在刚刚数字先生讲话的时候，她竟然有了有一种他很狗腿、很殷勤的错觉？

想着，时瑶就带着几分质疑出声了："我……怎么觉得你怪怪的，好像哪里不对劲？"

"有吗？"耳机里紧接着就传来了【111111】的声音，声线一如既往的优美清雅。

只是时瑶却觉得数字先生的话音有点紧绷，像在……警惕……着什么。

时瑶刚准备回一声"有的"，但话还没来得及说出口，她的手机就进了来电。

接听，是快递打来的，让她现在立刻下楼取快件。

除昨晚，她在网上买了一份零食大礼包外，最近并没买别的东西啊……

而且，那个零食大礼包，刚刚她还特意去看了一眼，还没发货……

时瑶纳闷儿地挂断电话，一边往宿舍门外走，一边在微信私聊了【111111】："我下楼取个快递。"

数字先生回的消息很简练，只有一个字："哦。"

时瑶没再给他发消息，直接收起手机，踩着楼梯往楼下跑去。

快递盒很大，时瑶签字时，看了一眼快递单，除自己的地址外，并没有其他的信息，她顿时更狐疑了。

一回宿舍，时瑶立刻拆开了快递，然后她就惊呆了——里面居然全都是衣服。

何田田恰好从厕所出来，看到那一大箱子衣服，立刻羡慕出声："哇，瑶瑶，你中彩票了呀？居然买了这么一大箱子衣服。"

时瑶摇了摇头："不是我买的。"

"啊？不是你买的，那是谁给你买的？"何田田边说，边拿了一件衣服的吊牌看了一眼，"这衣服不便宜啊，而且是你的尺码啊，瑶瑶，老实说，是不是最近有个超级富二代在追你？"

同样全都是疑惑的时瑶，没回何田田话，而是将那些衣服，从头到尾翻看了一遍，最后在箱子的最下面，看到了一张卡片。

时瑶纳闷儿地打开，看到卡片上写着一行龙飞凤舞的字："我给你买衣服，林嘉歌。"

"咦？居然还有卡片，上面写了点什么呀？"何田田边说边好奇地凑到了时瑶的面前，结果她还没看清楚卡片上的字，时瑶已经丢下卡片，拿起手机，去给林嘉歌发短信了："你为什么要给我买衣服？"

可能手机就在林嘉歌的身边，很快时瑶就收到了他的回复："你自己要的。"

"我什么时候跟你要衣服了？"

“昨天。”

昨天？

时瑶蹙了蹙眉，刚想问他昨天什么时候，结果指尖还没碰到手机屏幕，她忽然想到昨天法语课时，自己回给林嘉歌的话：你要是看不惯，要么别看，要么你给我买衣服！

他该不会把她呛他的话，当真了吧？

时瑶顿了两秒，回：“昨天法语课？”

林嘉歌：“嗯。”

还真是她想的这样！

时瑶顿时不知该笑还是该哭“昨天法语课，我是因为你说我衣服丑，我随便回你的，不是真心话。”

林嘉歌：“我知道。”

时瑶：“你知道，你还给我买衣服。”

林嘉歌：“道歉。”

好吧，就算是昨天的话，说得很过分，是应该道歉，但是也不用这样道歉吧？

时瑶腹诽了一小会儿，打字回林嘉歌：“道歉我接受了，但是衣服，我不能要，我得还给你。”

林嘉歌模仿时瑶刚刚发的那三个感叹号，回消息：“？？？”

林嘉歌：“难道你打算让我穿？”

时瑶：“……”

时瑶：“你可以选择退货。”

林嘉歌：“太麻烦。”

太麻烦？把花出去的钱，退回来，还有嫌麻烦的？

时瑶刚想回林嘉歌，让他把购物票给她，她帮他退，结果她只打了一个字母，手机屏幕上就又进了消息。

林嘉歌：“我没有回收花出去的钱的习惯，所以，要么衣服你留着，要么就直接丢垃圾桶。”

时瑶沉默了一阵儿，没跟林嘉歌纠缠，只是回了句：“那谢谢你了。”

林嘉歌没再回短信。

时瑶放下手机。

何田田见时瑶不忙了，这才八卦地凑过来神秘兮兮开口问：“瑶瑶，老实交代，你和林学长是不是有新的进展了？”

时瑶没想太多，只当何田田是随便问问，开口否定：“没有啊。”

“你骗人，林学长给你买这么多衣服，没奸情，打死我都不信……”何田田一副时瑶在隐瞒的样子，说着说着，她忽然像想到什么一样，停了下来，过了片刻，她又开口，“……瑶瑶，如果你说的是真的，你和林学长没有新的进展，那就是，林学长喜欢上你了？”

这次时瑶比刚刚否定得坚决迅速多了：“不会！”

否定完后，时瑶又否定了一遍，语气更强烈，也更绝对：“他是不可能会喜欢我的！”

何田田：“为什么啊？”

时瑶没说话，但脑海里却想到当初年少，林嘉歌跟自己说的那些狠话，她微抿了抿唇，默不作声地爬回到了床上。

何田田隐约地察觉到时瑶的不高兴，没再继续追问缘由。

宿舍里一下子变得有些安静。

约莫过了半分钟，时瑶开口，打破了沉默，对比刚才，她的语气温软了许多：“田田，你忙不忙？”

何田田摇头：“不忙啊。”

时瑶盯着桌子上装满衣服的那个箱子看了一会儿，又开口说：“那你能不能帮我算一下那箱衣服的价格，总共是多少？”

何田田纳闷儿地“嗯？”，过了一会儿，她似乎懂了什么，又开口问：“你……算总数，是要把钱给林学长还回去吗？”

时瑶微微点了点头，轻轻“嗯”了一声。

何田田张口，本能地又想问一句“为什么”，但话到嘴边，她想到刚刚时瑶的反应，又急忙咽了回去。

作为朋友，有些事情，若是她不想说，还是不要问比较好……

想着，何田田就笑眯眯地爽快地答应了：“好啊，你等我，我马上给你算。”

“谢谢哦。”时瑶冲何田田微微扯了扯嘴角，然后就转头看向了窗外。

平时，林嘉歌给她的那些零食，都是女生送给他的，她若不吃，他也就扔了。

但这些衣服不一样，是他专程为了道歉买给她的。

他和她现在虽已是朋友，但这些东西太贵重了，这一箱子衣服，少说也值五位数的金额了，她不能收……就像林爷爷平日里给她的一些贵重东西和零花钱一样，她都没动，因为她想着，等她和他解除婚约的时候，她是要还回去的。

刚刚在电话里，她能感觉到，衣服是不可能还回去的，所以她没再和他纠缠，她想的是，等到他们解除婚约的时候，她连带着这些衣服的钱，一起还吧……

想到这里，时瑶轻轻地眨了眨眼睛。

何田田刚刚是怎么了，为什么会忽然说出林嘉歌喜欢她这种话？

这怎么可能啊……

如今的林嘉歌充其量也就是不讨厌她吧……至于喜欢……

依照曾经，梁暮暮跟她说的那些情景，和他有点关系的女生，都是那种出身名门，漂亮大方，知书达理和他门当户对的千金大小姐……

怎么想，时瑶怎么觉得林嘉歌喜欢她，是一件零概率事件。

这就跟太阳从西边升起，天上掉馅饼，躺着有钱花一样，不存在的。

“瑶瑶？瑶瑶？”

何田田喊了好几声时瑶的名字，时瑶才回神，看向了何田田，她愣了一小会儿，才迟缓地意识到，自己找何田田帮的忙，然后急忙开口问：“算好了？”

“嗯，价格明细都在这张纸上了……”

时瑶道了一声谢，接过何田田递过来的纸，草草地看了一遍，然后折叠起来，压在了枕头下方。

这段小插曲过去后，时瑶才迟钝地想起，数字先生还在等自己打游戏，她急忙拿起手机，给数字先生发了一条微信：“你还在打游戏吗？”

“在。”

收到【111111】的回复，时瑶连忙登游戏。

进入游戏房间，她刚塞好耳机，就听到【111111】的声音：“是谁送你的东西到了吗？”

数字先生怎么知道，是别人送的东西？

时瑶以为数字先生是随口一猜，暗自佩服他猜得很准，然后随便一答：“嗯。”

“男生送的？”随着数字先生话音落下，他点了开始游戏，“该不会是你那个，相貌超帅，家境超好，没出生之前就有的未婚夫送的吧？”

神了，居然又猜中了！

时瑶惊奇出声：“你怎么知道的？”

【111111】：“瞎猜的。”

时瑶“喔”了一声。

过了一会儿，【111111】又开口：“你未婚夫对你挺好的呀……”

挺好的？偶尔是还不错……

时瑶略带着几分敷衍地回：“还行吧。”

……

还行吧？这么不走心？

林嘉歌继续开口，卖力地为自己做宣传：“这个世界上很多男生有钱，但是舍不得给女生花，你未婚夫能做到这样，真的很不错了。”

“要知道，还有的男生，明明有未婚妻，却很不负责任。”

“所以，遇到好的男生，要及时把握……”

耳机里很安静，迟迟没有传来时瑶的声音。

这是对他的推销，不感冒？

过度推销，容易引起逆反心理……

林嘉歌沉思了一会儿，索性转移话题了：“对了，能问你个问题吗？”

时瑶理他了：“可以啊。”

林嘉歌：“你喜欢什么花？该不会是和网上说的一样，喜欢随便花吧？”

时瑶：“才没有，我喜欢零食花束！”

“哦……”林嘉歌漫不经心地应了一声，然后抱着枪，瞄准了对面楼里的人，一枪开过去后，又开口问，“如果人生可以放纵一次，你最想做哪三件事？”

时瑶大概是在思考，拉着长腔“嗯”了一会儿，回：“吃得更多，吃得更饱，吃得更好！”

“……”林嘉歌沉默了好一会儿，才动了唇，“你除了吃，还会别的吗？”

“会啊……”耳机里传出时瑶的声音，很是轻快，“……还会饿。”

他就不该多嘴问她这句话……

林嘉歌无奈地摇了摇头，言归正传：“从小到大，你最期待拥有什么？”

时瑶几乎没犹豫，就开口了：“我想拥有一个大房子，砖瓦是饼干做的，床是棉花糖，地板是巧克力，柜子是糖果屋，墙壁上的装饰品是草莓和菠萝，沙发是蛋糕，打开水龙头流出来的是酸奶，冰箱是冰激凌，石子路是用坚果铺的……”

“……”

林嘉歌被震惊得沉默了好一会儿，脑海里才浮现出一个评论：这……这么厉害吗？

他努力地稳住自己的心神，一边抱着枪，四面看人，一边状似闲聊般，很不经意地又问：“你有没有梦想？”

“当然有啊，难道还有人会没有梦想吗？”时瑶没等林嘉歌问她的梦想是什么，她就主动说了自己的梦想，“你知道我的梦想是什么吗？我的梦想是，希望有一天，全世界所有的餐厅都免费！”

别人的梦想是当科学家，当世界冠军，当全球首富……而她的梦想都是幻想。

毕竟，梦想有成真的机会，可幻想永远都只能是幻想。

“……”林嘉歌又沉默了好一会儿，才开口，“你的梦想可真伟大！”

很快，林嘉歌就进入了下一个话题：“那你有什么遗憾的事吗？”

“肯定有啊，如果没有遗憾的事，我就不会有上一个回答那样的梦想了！”时瑶轻叹了一口气，似乎真的很忧伤一般，开口接着说，“我人生中最遗憾的事，就是，上帝赋予了我吃货的属性，却没有给我土豪的身份！”

又是跟吃的有关！

不过，他问的这些问题里，最后一个回答，怕是最正常的了。

林嘉歌想着，就开口了，语气很淡：“没有土豪的身份不要紧，你还可以嫁给土豪。”

顿了顿，他又不忘记推销了一下自己：“你不是说，你未婚夫家境很好吗？嫁给他，你人生中的一大憾事，不就圆满解决了？”

时瑶：“你说得好像很有道理……”

听到时瑶前半句话，林嘉歌的嘴角忍不住微微扬了扬。

看来，他的自我推销，也不是没用嘛……

时瑶：“……只可惜，我不会嫁给他的。”

林嘉歌噌地坐直了身子：“为什么？”

时瑶的语气，藏了一丝纳闷儿：“你那么激动做什么？”

“有吗？”林嘉歌反问了一声，然后意识到自己好像真的反应过激了，他急忙又开口说，“我不是在激动你说的话，我是在激动235方向有人……”

时瑶“哦哦哦”了几声，信以为真。

林嘉歌没再着急开口，而是将235方向那一队全灭掉后，才出声说：“你都叫未婚夫了，还说不嫁，这不是矛盾吗？”

“也不是啦，我们之间的事情，有点复杂啦，该怎么跟你说呢……”时瑶可能是在想应该如何措词，沉默了一小会儿，才继续出声，“……反正就是，他不喜欢我啦……”

“你……”只说了一个字，林嘉歌意识到自己情绪又激动了，急忙深吸了一口气，强迫自己的语气放得漫不经心一些，“……你怎么知道，他不喜欢你？”

“我又不傻，我当然知道了……”

听到时瑶的话，林嘉歌心底呵笑了一声，你还真是傻！

完全不知道林嘉歌这边什么情况的时瑶，还在继续聊：“……我跟你说哈，我未婚夫喜欢的不是我这款的，他喜欢那种腿长胸大，说话娇滴滴的女生……”

这确定说的是他吗？

或者，时瑶的未婚夫真的是他吗？

他怎么不知道，自己喜欢腿长，胸大，说话娇滴滴的女生？

这绝对是他有史以来被黑得最惨的一次！

这到底是谁在软包子面前搬弄是非的，他保证知道了会打死她！

林嘉歌暗咬着牙，愤恨地想着，过了好一会儿，他才勉强地稳住了情绪：“你确定你对你未婚夫没什么误解？”

“应该没有吧，因为我以前有个……”耳机里，时瑶的声音停了下来，过了好几秒钟，她才开口，“……有个女生，和他认识，告诉我的啊，而且很多时候，都给我发了照片的，照片里和他在一起的女生，都是那些特征。”

尽管时瑶没说那女生是谁，但林嘉歌却知道了是谁。

原来是梁久思的表妹……他真不想骂人，但是他此刻好想用“坏女人”这三个字形容梁久思的小表妹，啊啊啊……

在林嘉歌内心崩溃之际，他的耳边又传来了时瑶的声音。

“而且我跟你说，他好像有点心理不健康……”

林嘉歌握着手机的指尖，蓦地一抖。

他，他怎么还心理不健康了？

“我之前在他的桌子上，看到那种不太好的漫画……所以你懂了吧？”

懂个什么啊懂！

此时此刻，他什么都不想懂，只想宰人！宰了梁久思！

梁久思的小黄漫的事，到现在，居然还没过……不，应该是，不但没过，还严重地影响了他在软包子心目中高大而又美好的形象……

梁久思的表妹有病，梁久思也病得不轻啊！他们兄妹俩真是有毒啊！

随着无数个羊驼在林嘉歌的心头奔腾而过，他的耳朵里又传来了时瑶的声音：“你说，一个人看这些东西，已经够无法理解的了吧？想想真的好可怕啊，你说，关注这些东西的男生，心理是不是不健康？”

这个问题，他能不能选择不回答？

然而，天遂人愿，时瑶又开口了：“咦？你怎么不讲话啊，是没听到我说话？”

“没，我在。”林嘉歌回。

“喔，我还以为断线了呢……”时瑶一向很执着，“……你说我未婚夫，是不是心理不健康？”

连续两次追问，好像真的逃不掉了……林嘉歌暗暗地咬了咬牙齿，开口回：“是……吧？”

“什么叫是吧？难道你觉得看那些东西没问题？该不会是你也看那种……”

时瑶的话还没说完，林嘉歌就急忙开口了：“不，我不看的……”

既然逃不掉了，那就自黑一把吧，总不能两个身份都黑吧？

林嘉歌暗暗地咬了咬牙，开口说：“你未婚夫，有可能真的心理不健康。”

终究还是黑自己黑得不忍心，林嘉歌停了两秒，垂死挣扎般又开口说：“不过，也有可能是误会，说不定那书，不是你未婚夫的。”

“或许吧……”时瑶赞同地应了一声，然后又开口说，“……我们好像扯远了啊，算了，不提我们未婚夫了，反正综上所述，我要表达的意思是，我和我未婚夫在一起的概率为零。”

概率为零？

请问，是用什么公式算出来这个结果的？

他这个数学高才生，怎么算出来的概率是100呢？通俗来说就是……最大概率1的一百倍……就是重来一百次，他和她还是会在一起……

林嘉歌真的很想辩解，但是他又怕自己辩解得过多，露出什么破绽，只好忍着心头的郁闷，选择沉默。

软包子数学那么差，当初她做卷子，十道题错五道，所以她算出来的结果，他不需要在意……不用想，肯定是错的！

当务之急，他要考虑的，除要怎么跟软包子告白外，还多了两个任务，就是怎么让软包子知道他对女人的审美没有那么奇葩以及让她知道他的心理是健康积极向上的，绝对是那种爱国热血的五好青年！

不过，爱国热血的五好青年是哪些呢？

学习好、思想好、工作好、纪律好、作风好……呃，不对，应该是……收入要好，厨艺要好，家务要做好，对瑶瑶态度好，最重要的是让瑶瑶吃好……

……

一直玩到傍晚六点半，时瑶要去餐厅吃饭，两个人才结束了游戏。

下线之前，林嘉歌习惯性地问了句：“晚上还玩不玩游戏？”

时瑶很快就回了话：“今天晚上可能不行，下个月要期末考了，我和舍友约好了最近晚上要恶补功课。”

“哦，好。”林嘉歌应了一声，想到自己搞来的时瑶班里课程表上显示的是明天没课，于是又问，“那明天呢？”

时瑶：“明天也不行，我要去古玩市场转一转。”

林嘉歌微微蹙了蹙眉心，一时半会儿没反应过来：“古玩市场？你还玩古董？”

“不是啦，是一个对我很好的爷爷，马上要生日了，我去给他挑选生日礼物……”

听到这里，林嘉歌这才后知后觉地恍悟过来。

他真是脑抽了，居然这么重要的事都没想到……

不过，话又说回来，他已经给她选好了砚台，只是，最近这两天一直在想着怎么把砚台合理地送给她，现在，她和他聊到了这件事，还真是天赐良机啊……

想着林嘉歌就开口问："你要送古玩当生日礼物吗？"

"对啊……"

"古玩市场错乱复杂，很容易上当，你在那里，有没有熟人？"

"没有，所以很愁啊，只能明天挨家去逛逛了……"

"那需不需要我帮忙？"

"嗯？你怎么帮忙？"

"我正好有个亲戚，就在古玩市场，如果需要的话，我给你联系方式，你可以去找他，到时候你拿我的微信给他看，他肯定会给你便宜的……"

耳机里接下来再传出的时瑶声音，格外惊喜："这么好的吗？那好啊好啊，你把联系方式给我……"

"好的，我微信给你。"林嘉歌回完，就退出游戏，点了微信，给时瑶发了一串电话号码过去。

收到时瑶的谢谢后，林嘉歌回了句"不客气"，然后才退出微信，找了刚刚发给时瑶的那个电话号码，拨了出去。

"等会儿会有个女生给你打电话，她叫时瑶，你把店的地址给她，让她明天直接去店里找你……对了，明天你记得把我托你帮我买的那个砚台一并带过去，然后你就按照正常对待顾客的样子，把砚台卖给她……"

"还有，别露出破绽和马脚，让她知道我是谁……你别管那么多了，我让你这么做你就这么做……"

"没什么事了，挂了……"

"哦，不，还有，价格别要太高啊，低点，也不要低得太过分……"

"多少合适？嗯……200 吧？"

"你管我啊，我 20 万买的，我愿意 200 卖给她，等会儿我还要给她发个 200 的红包，让她一分钱都不用花拿走。我高兴，我任性，我愿意做好事不留名你管得着我！"

挂断电话后，林嘉歌真的点开了微信。

他点进和时瑶的对话框，刚想发个 200 元的红包过去，但是在打完 200 元后，他想了想改成了 80 元，然后下面附带了一句话："谢谢你的三级头。"

发送成功后，他又连续发了 2 个红包，依旧都是 80 元，这两个红包的附带语言分别是："谢谢你的 AWM"和"谢谢你的三级甲"。

确定没什么问题后，林嘉歌这才收起手机，招呼夏商周和陆本来一起去吃饭。

在出门时，他想到自己发的“80”元红包，心底顿时一阵窃喜。

不知道，软包子懂不懂他的暗示……80 元等于 50 元 +20 元 +10 元……

虽然 80 这个数额有点寒酸，但是这是人民币里 520 组合最大的数额了……表示着，他有多少钱就愿意给她多少钱！

时瑶拿到数字先生发来的电话号码后，第一时间用短信和对方取得了联系。

在简单沟通后，时瑶获得了数字先生亲戚店的地址，并和对方约好了第二天上午十一点钟店里见。

陪时瑶去逛古玩市场的，还有江月和冷暖。

其实何田田本来也想过来的，但是临时被老师叫去图书馆整理书籍了。

数字先生介绍的那家店，很好找，时瑶几个人下了地铁后，步行了不过一百米就到了。

因为她的礼物，已经被梁暮暮定性了，所以进店后，时瑶直截了当地就说她要买砚台。

“那还真是巧了，我昨天刚弄到了一个砚台……”店家一边介绍自己的砚台来历，一边把砚台拿了出来。

只是一眼，时瑶就看上了。

不管是成色，还是造型，都很大气，也很精致。

依照她对林爷爷的了解，这一定是林爷爷喜欢的款。

不过，这砚台一看，就很高大上，应该会很贵吧？

时瑶忐忑地问了一下价格，然后在听到只要“200 元”后，她当机立断，毫不犹豫地付款抱走了。

不过在她和冷暖江月离开古玩市场时，时瑶不经意间看到了一个熟人。

她……怎么会在这里？

时瑶忍不住停下脚步，盯着那个人的身影，歪着脑袋思索了起来。

“瑶瑶？”冷暖往前走了几步，发现时瑶没跟上，转头喊她。

时瑶没反应。

江月也扭了头：“瑶瑶，你在发什么呆呢？这么热的天，等下要晒黑了……”

时瑶还是一动不动。

冷暖发现了异样，顺着时瑶的目光望去，然后在看到时瑶望的人时，面露惊讶：“她怎么也在这里？”

“谁呀？”江月听见冷暖的声音，疑惑地问了句，见冷暖没理自己，便跟着她的视线望去，随即嘴惊讶得张开，“秦笑话？她居然也会来逛古玩市场？这也未免太巧了吧？”

“是够巧的，巧得让人觉得毛骨悚然……”冷暖冷静地出声。

“啊？”江月双眼发蒙，“冷暖，你是认真的吗？这么热的天，我都要被烤死了，你居然还毛骨悚然？”

一直没出声的时瑶，扭头对上了冷暖的眼睛：“是啊，巧得让人觉得这缘分是人为的，不过是不是人为，我们过去看看就知道了。”

冷暖微微点了点头，“嗯”了一声。

江月更糊涂了，她看了看冷暖，又看了看时瑶：“你们两个到底在讲什么啊？我根本听不懂……”

“听不懂就不要懂了，跟我们走……”冷暖说着，就拉了江月的胳膊，走到时瑶跟前，然后三个人沿着原路返回时瑶买砚台的那个店家门口。

这次的她们，并没有进去，而是躲在暗处藏着。

“不是啊，你们两个到底在搞什么鬼？躲在这里做什么？”因为天气太热，江月不断地用手挥着风。

“就算是想知道秦笑话做什么，我们也应该跟在她身后啊……”

“到底什么时候才可以走啊……”到了最后，江月说出的话，都变得有点有气无力。

就在江月等得完全不耐烦时，秦依然出现了。

不过，这次的秦依然，不再是刚刚那样一个人，她的身边还多了一个人。

那个人，时瑶更熟，是梁暮暮。

原本都快生不如死的江月，瞬间满血复活：“妈呀，我没看错吧？秦笑话和梁暮暮认识？”

比起咋咋呼呼的江月，冷暖的眼底也浮现出满满的惊讶。

唯独时瑶，神情很平静，只是微抿了抿嘴角，然后就目不转睛地看着两个人有说有笑地进了她买砚台的那家店铺。

秦依然和梁暮暮在店铺里待了没多久，就出来了。

比起进店之前，梁暮暮脸上的笑容，更灿烂了，甚至带着几分兴奋。

许是天气很热，她和秦依然并不想在烈日下逗留太久，步伐很快，没一会儿就消失在了时瑶的视野里。

“你们说，秦依然和梁暮暮来我们刚去的那家店做什么？”江月忍不住又开口问。

冷暖沉思了一会儿，摇了摇头：“猜不出来。”

“瑶瑶，你说呢？”江月将希望放在了时瑶的身上。

尽管秦依然和梁暮暮早已不在眼前的那条街道上了，可时瑶的目光还望着她们刚刚离去的方向，就连她开口说的话，都和江月毫不搭边：“终究还是让我确认了……”

“啥？”江月没听清时瑶的话。

时瑶沉浸在自己的思绪里，还在喃喃自语：“其实我早就猜到了，只是，一直没证据，如今，真让我眼见为实了……”

早在当初，她在学校论坛上，被爆出“G大女生和不同男人过夜”那个丑闻时，她就猜测，幕后人和梁暮暮有关。

其实她在连夜查出有关爆料ID的信息时，她还惊讶了一下，竟然是秦依然，不是梁暮暮。

之所以她会怀疑梁暮暮，是因为林嘉歌所住的地方，秦依然应该是不会知道的，而且即便秦依然知道林嘉歌的住所，她也不会把注意力放在她身上，并且收集那么多和她有关的照片……毕竟，那个时候的她和林嘉歌在G大任何人的眼里都是素不相识的陌生人。

可梁暮暮就不一样了，她和林嘉歌是邻居，她和她又是朋友，那些照片对她来说轻而易举。

秦依然对梁暮暮来说，只是一颗棋子，一个利用品罢了，只可惜秦依然不自知，到了如今，还在为梁暮暮跑前跑后……

“瑶瑶，你到底在说什么呀？”江月觉得时瑶就是在说胡话，她询问了时瑶一句后，见她没理自己，便提高了声调，“瑶瑶，你说的话，我一句都听不懂，就像我听数学课一样……”

时瑶收回神游的思绪，望了一眼江月，然后弯了弯嘴角：“没什么，走吧，我们去吃饭了。”

江月大概也不想知道这些烧脑的东西，回了一声“好吧”，就挽住了时瑶的胳膊，准备离开。

在走往地铁站的路上，冷暖终究有些不放心，开口说：“瑶瑶，她们会来这里，事情肯定没有那么简单，你得留个心眼啊。”

时瑶点了点头：“我知道，不过，我猜不出来她们会做些什么，可能是了解一下我买了什么样的砚台？也有可能是别的更多的打算……算了，不管了，车到山前必有路，今天撞见她们也不算是坏事，正好可以让我谨慎点，不过这个砚台……暖，还是放在你那里帮我保管吧，我怕放在我这里，出现什么意外……”

冷暖：“嗯，没问题，不过你最好把盒子留在你那里，万一她们要对礼物动手脚，到时候也就扑个空盒子。”

走在冷暖和时瑶中间的江月，脸上的表情晕乎得仿佛喝了三大坛酒：“我觉得我现在不单单是在上数学课，简直是数学课和物理课一起上……”

第六章
论演技，他从没怕过谁

将林爷爷的生日礼物搞定后，时瑶彻底没了心事，将所有注意力都扑在了期末考试上。

时间在吃、复习和游戏中，缓缓流逝，转眼间就进入了新的月份，在即将迎来暑假的同时，也迎来了林爷爷的生日宴以及期末考试。

最近这一段时间，林嘉歌的日子过得也挺繁忙的。

除了要忙项目，他还要忙爷爷的生日宴，以及布置最最重要的告白场景。

日子在忙碌中，过得飞快，在临近爷爷生日的前一周，林嘉歌接到了电话。他要筹备的东西，全都完工了，然后他又多了一件苦恼的事，那就是怎样在爷爷生日宴结束后，把时瑶约出来。

在林嘉歌的苦恼中，时间又过了两天。

恰逢周末，又因下周是爷爷的生日宴，林嘉歌回了趟家，看看有没有什么东西没准备妥当，好搭把手。

周六中午，家里只有林嘉歌和林嘉仪两个人用午餐。

林嘉仪用餐的时间比林嘉歌早，所以放下筷子的时间也早，但她却坐在餐厅，迟迟没离去的意思。

直觉告诉林嘉歌，此时的林嘉仪有问题，但他还是很淡定、很慢条斯理、很优雅从容地用着餐，只当林嘉仪不存在。

等他填饱肚子，前一秒放下筷子，后一秒林嘉仪就殷勤地递上了餐巾纸："擦擦嘴吧。"

无事献殷勤，非奸即盗……

林嘉歌瞄了一眼林嘉仪精致的脸上，堆满的笑容，没接餐巾纸，而是自己抽了一张，慢腾腾地擦着嘴。

林嘉仪经手的餐巾纸，不叫餐巾纸，叫人民币……

想着，林嘉歌将擦完嘴的餐巾纸，往桌子上一丢，就准备离开坐在自己面前盯着自己吃了一整顿饭的危险人物林嘉仪。

然而，他还没站起身，林嘉仪就开口了："我亲爱的弟弟，爷爷的生日宴马上要到了，我的礼服还没有准备，下午你可以陪我去逛街，做个参考吗？"

林嘉歌眼皮子都没眨一下，不假思索地回："不可以。"

傻子才要陪她去逛街……她要的是陪逛街的人吗？她要的是付款机吧？

"这么冷酷，这么无情吗？"林嘉仪眨了眨眼睛，"那……换个方式，我亲爱的弟弟，爷爷的生日宴会马上要到了，你的礼服准备好了吗？如果没有准备的话，要不要姐姐下午陪你去逛街挑选？"

林嘉歌比刚刚答得还要爽快干脆："不用。"

蠢货才要她陪着去逛街……她有那么好心吗？

"姐姐我是真的关心你啊，你怎么可以拒绝得如此干脆如此彻底？"林嘉仪哀叹了一声，"果然俗话说得没错，男大不中留，这都还没结婚，我们的关系已经如此冷淡了……"

呵呵……你的关系远近亲疏，怕是用人民币衡量的吧？

林嘉歌扯了扯嘴角，懒得搭理林嘉仪，起身，准备离开。

林嘉仪一点也不着急，安安稳稳地坐在椅子上，继续感慨："……亲弟弟不如亲弟媳，算了算了，我不过就是想要找个拎包的，结果弟弟不愿意，那我还是和我弟媳妇儿一起逛街……"

说着，林嘉仪瞄了一眼林嘉歌，她见男生如她所料，停了脚步。

她嘴角勾了勾，继续说："……我们两个弱女子，自力更生地拎包吧！"

说完，林嘉仪起身，伸着懒腰，往餐厅外走去。

两个弱女子？软包子可以称之为弱女子……至于你……确定不是女土匪？

林嘉歌心底很清楚，这是套路，可他的脚就是粘在地上，怎么都动不了。

刚刚说个不停的林嘉仪，此时一句话都不说了。

林嘉歌眼看她经过了自己的身边，就要走出餐厅了。

他咬了咬牙，认怂："我可以拎包。"

林嘉仪的脚步，没有半点停下来的迹象。

为了软包子，一切都可以忍。

他刚刚说什么，傻子才陪林嘉仪逛街，蠢货才要林嘉仪陪着逛街，如今他已经连傻子和蠢货都当了，再怂点又有何惧？

想着，林嘉歌深吸了一口气，压下心头的憋屈，又开口说："我还可以当司机！"

林嘉仪越走越远了，甚至步伐还越来越快了。

谁家产的女人，如此蛇蝎心肠！

林嘉歌在心底将林嘉仪里里外外骂了八百遍，但嘴上开口说的却是："我还可以当提款机！"

林嘉仪仿佛加了开关的机器人一般，瞬间停下脚步，转头笑盈盈地看向了林嘉歌："好的，既然你如此有诚意，那我就勉为其难让你跟着我和瑶瑶，拎包、当司机、当提款机吧！"

望着林嘉仪漂亮到夺目的笑容，林嘉歌不屑地在心底冷笑了一声。

是谁说过的，梁久思还是梁久思的朋友？说什么林嘉仪的笑，精致到挑不出任何缺陷，明艳又明媚……

他们怕不是瞎子吧？这笑容还明艳又明媚……明明是笑里藏刀……

如果可以的话，他真的很想拒绝有这样一个姐姐！

时瑶和林嘉仪约了下午三点，在 SPK 商场门口见面。

从林家到商场，大概需要二十分钟的时间，但是两点钟不到，林嘉歌已经开始催林嘉仪出门了。

抵达 SPK 商场，林嘉歌和林嘉仪等了将近一个小时，终于等来了时瑶。

本以为只有林嘉仪一个人，没想到还有林嘉歌，时瑶喊了"嘉仪姐"后，愣了愣，才冲林嘉歌眉眼弯弯地打了声招呼。

林嘉歌盯着时瑶，很轻地"嗯"了声。

迫不及待想去买买买的林嘉仪，在林嘉歌话音落下的下一秒，就挽了时瑶的胳膊，冲不远处的 Gucci 走去。

在路上，林嘉仪的话，一直就没停过。

“瑶瑶，你不用管林嘉歌，他就是一个具有拎包和司机功能的提款机……”

SKP所有的店，林嘉仪都是SVIP，根本不需亲自挑选，进去后，门店经理亲自迎接三个人去贵宾室落座，并且将新款图册送了上来，供时瑶和林嘉仪挑选。

在长期买买买的旅途中，林嘉仪早已经对所有衣服上身出现的效果了如指掌，她拿起图册，一边翻一边点，很快经理就招呼人，送了一堆衣服过来。

林嘉仪起身，将衣服简单地分为两半，一半示意人拿给时瑶试穿，另一半留给自己。

时瑶和林嘉仪一人用了一个试衣间。

林嘉仪先从试穿衣服出来的，她对着镜子左看右看，嘴里还不忘问坐在旁边的林嘉歌：“好不好看？”

林嘉歌望着手机，头都没抬一下，很是敷衍地“嗯”了一声。

他话音刚落，时瑶也从试衣间出来了。

林嘉歌噌地一下就抬起头，冲时瑶望去。

女孩穿了一件白色的纱裙，上面点缀了很多手工缝制的小碎花，配上店员给她搭的浅粉色的高跟鞋，使她浑身上下都散发着一股清新自然的气息，就像一幅清新的画卷。

林嘉歌眼底划过一抹惊艳，整个人在自己都没察觉到的情况下，出了神。

“瑶瑶，你这一身很漂亮啊……”林嘉仪上下打量了一圈时瑶，然后边有心地夸赞，边看向了林嘉歌，“……林嘉歌，你说，是不是很漂亮？”

闻声，林嘉歌急忙垂下眼皮，遮掩住自己粘在时瑶身上的视线。

过了约莫两秒后，他才抬起眼皮，将目光重新落在了时瑶的身上。

漂亮，是真的很漂亮……只是纱裙领口有些低，都能隐约看见一小部分胸……

林嘉歌几乎没犹豫，就张了口：“丑……”

只发了一半的音，林嘉歌就没了动静。

不行啊，他不能说丑爆了，软包子喜欢听好听的话……更何况，过几天他还要告白呢，他在软包子心目中的印象，洗白都来不及，不能再毁灭了……

林嘉歌暗自掂量后，连忙强行改词：“……瞅着还不错的样子，很清新。”

林嘉仪眼底一亮：“既然好看，那就买了？”

真的不想买啊……可软包子开心最重要……

林嘉歌咬着牙，点头：“买！”

林嘉仪瞬间笑开了，冲一旁的经理开口说：“把时小姐身上这一件包起来，顺便把我身上这一件也包了。”

……

五分钟后，林嘉仪和时瑶又换了一身新的衣服，一前一后地从更衣室里出来。

林嘉仪问林嘉歌意见时，林嘉歌依旧是看都不看，半死不活地“嗯”一声。

然后到了时瑶那里，林嘉歌和刚刚一样，又看得入了神。

这一次的衣服，是个小短裙，上面不露了，但是下面……裙摆太短了，两条腿露了四分之三还要多……

“这衣服简直是伤……”出于惯性，林嘉歌下意识地将自己想的说了出来。

然而说到一半时，后面的“伤风败俗的象征……”就消失在了他的喉咙处，等他再开口，变成了：“……上身惊艳。”

等的就是这句话……林嘉仪心底一阵窃喜，但脸上却摆出一副为难的样子：“那这件也好看，上一件也好看，那瑶瑶到底该选哪件？”

软包子买东西，还要纠结选哪个？

尽管两个都不想要，但林嘉歌还是淡定从容地瞟了一眼旁边的经理：“这件也包起来。”

林嘉仪急忙接话：“顺带着我身上这件一起包。”

……

又过去了五分钟，时瑶又换了一身衣服。

依旧好看得让人移不开视线，只是衣服后背的材质是蕾丝设计，她白皙的肌肤若隐若现，格外勾人……

这衣服怕是属于情趣内衣系列的吧……不过这话，林嘉歌更没胆量说出口。

他真的很想哭，可他只能面色平静，强行稳着姿态，坐在沙发上。

原来，宠软包子要付出这么惨重的代价……这次的他，连话都不想跟经理说了，直接用摆手的方式示意他包起来吧。

四个小时后，三个人终于结束了战斗。

在去电梯的一路上，林嘉仪和时瑶一身轻松地吃着冰激凌，有说有笑地走在前面，而林嘉歌拎着大包小包跟在后面。

三个人的颜值都很高，一路上引来不少人瞩目。

在经过洗手间门口时，吃完冰激凌的林嘉仪停了下来，温柔大方地笑着问时瑶：“瑶瑶，我要去洗个手，顺便上个洗手间，你要一起吗？”

时瑶低头看了一眼自己还没吃完的冰激凌，没说话，而是加快了吃冰激凌的速度，等到全都吃光后，才冲林嘉仪眉眼弯弯地点了点头：“好啊。”

听见时瑶的应答，林嘉仪看向了林嘉歌。

在转头的过程中，她面对时瑶挂着的笑容，跟着消失得一干二净，就连开口的语气，都变得很冷静镇定：“你在这里等会儿我跟瑶瑶。”

说完，她也不管林嘉歌乐意还是不乐意，拉着时瑶的胳膊，就冲洗手间走去。

林嘉歌目送时瑶的身影，消失在洗手间的门口后，才将视线收回来，整个人懒洋洋地倚在商场的玻璃围栏上，低着头盯着自己时不时踢一下地面的脚尖，面色淡漠地等着。

没一会儿，有几个女生经过他身边，有人拿手机拍他。

他虽没抬头去看，但却察觉到了，由于那些女生迟迟没离开，他有点不耐烦，忍不住蹙起眉心，冲洗手间门口瞥去。

林嘉仪和时瑶还没出来的迹象……林嘉歌见那几个女生还没走，索性就站直了身子，拎着大包小包进了男洗手间。

他没想上厕所，但进来后，却也有了想法。

他倒是不怕林嘉仪等，但他怕软包子从洗手间出来后等他太久，所以上完厕所后，洗了一把手，拎着东西准备出去。

只是在走到男厕所门口时，他眼角的余光，瞄见厕所的垃圾桶，然后视线就缓缓地落在了他手中拎着的那些袋子上。

林嘉仪穿什么，他管不着，也没心情管，就算是她光着身子上街裸奔，他也没意见……

可软包子不行……软包子是他的，她露出来的肌肤，被别人看去了，吃亏的是他。

那些衣服，是他为了让软包子开心，拼命地夸赞，被迫买下来的……可是他买下来，不代表他愿意让软包子穿……只是，这些衣服若是被软包子带回家，她要是真穿着上课或者逛街，他也没办法阻止……唯一的方法就是，让这些衣服不要到软包子的手里。

每个人都有失误的时候，他也不例外……

想到这里的林嘉歌，微微闪了闪眼睛，下一秒就大步流星地走到洗手间的垃圾桶面前，将那些大包小包打开一道缝隙看了看，然后在看到是自己不想让软包子穿的那些衣服后，就毫不留情地将衣服连带着包装袋一起塞进垃圾桶里。

到时候，他只需要装作是他上厕所，把东西遗漏的样子，就可以了！

或许软包子会有点可惜，但不能怪他，毕竟，人无完人，孰能无过？

他真是太聪明了……灵光一闪就化解掉了他愁了几个小时的难题。

林嘉歌检查了一遍剩下的袋子，确定没有伤风败俗的衣服后，这才准备拎着袋子离开。

不过刚走了没两步，他又停了下来。

既然演戏……那肯定是要演得逼真……若是只丢了软包子的东西，会不会太明显了？

林嘉歌想了想，然后又倒退了回去，找了两样林嘉仪买的东西，丢进了垃圾桶。

他本想就此离开，但是想到林嘉仪坑了自己一下午又是当苦力又是当提款机，于是便将林嘉仪最喜欢的那件衣服找出来，也塞进了垃圾桶里。

林嘉仪的性子，他太了解了，这件衣服丢了，她自己肯定会想方设法地去买。

刚刚结账的时候，服务员说过，全国就这么一件了……那她要想再买，怕是要出国花点钱和精力了，谁让她没事干坑他的钱，现在他就让她出出血……

既解决了软包子的衣服问题，又报复了林嘉仪……他果然聪明！

想着，确定真的没什么纰漏后的林嘉歌，心满意足地拎着剩下的袋子，心情极好地迈着慢悠悠的步子晃出了洗手间。

林嘉歌在下午四点半的时候，已经给北京大饭店打电话订了晚餐的位置。

所以三个人抵达停车场，上车后，林嘉歌就直接开车去了饭店。

抵达北京大饭店，三个人一进去，饭店经理立刻迎上来，热情地招呼他们去了楼上的包厢。

落座后，服务员递了菜单。

林嘉歌先将菜单推到了时瑶面前，示意她先点。

等时瑶点完后，林嘉歌才将菜单递给了林嘉仪，林嘉仪看了一眼，点了一份深井烧鹅和上汤娃娃菜。

在下单时，服务员温馨提示："林先生，您的菜点得好像有点多，吃不完会浪费的。"

林嘉歌一脸淡定地摆摆手，刚想说没关系，结果坐在他旁边的时瑶仰起头说："点多了？那是不能浪费的，要不然就去掉两道菜……"

听到时瑶的声音，林嘉歌急忙将到嘴边的话吞回了腹中，改口说："是的，浪费食物是可耻的，你把菜单拿给我，我看看去哪两道菜。"

"好的，林先生。"服务员微笑着将林嘉歌刚刚下的菜单递到了他的面前。

他从上到下装模作样地看了一遍，然后指着林嘉仪点的那两道菜，说："就这两道吧，去掉。"

"好的。"服务员微笑地接回菜单，"那我就按照您的吩咐，把那两道菜去掉了，如果你们没有什么忌口的话，我就让厨师做了。"

林嘉歌没说话，只是微微地点了点头。

服务员没再打扰他们，轻手轻脚地退出了包厢。

包厢墙壁上的电视机，是开着的，里面播放的是服装走秀节目。

起先林嘉歌是没怎么在意的，但在他第三次不经意地扫过电视机屏幕时，他忽然想到，软包子前段时间和他打游戏时，说他喜欢那种腿长胸大说话娇滴滴的女生，还说他最看重的不是脸……

这好像……是一个很好的机会……一个让他很好的强行洗白自己的机会。

不过，这个走秀节目，他不是特别了解啊……

边想，林嘉歌边打开手机，搜索了一下这个节目，然后简单地了解了一个大概后，开口说："这个节目，最近好像很火哦，很多女孩 PK……"

林嘉仪扫了一眼屏幕，极其淡定地来了句："节目里有很多衣服，是我们家公司赞助的。"

顿了顿，林嘉仪又说："还是我谈下来的。"

谁家赞助的衣服，跟我有什么关系？再说，你还特意补了句是你谈下来的，什么意思？想让人夸赞？我偏不……林嘉歌装作没听见。

时瑶眼底一亮，望着林嘉仪，一脸崇拜："嘉仪姐，你好厉害啊。"

林嘉歌忍不住在心底"呵"了一声，软包子是不是傻啊，她和他才是一家人，应该站他这边啊……

为了避免接下来林嘉仪自吹，林嘉歌急忙开口，转移话题："这个节目里，第一是谁来着？叫夏，夏……"

"夏天，她很漂亮啊，很多人给她投票的，尤其是男粉，特别多，因为她……"时瑶接了话，但她说到一半，忽然发现好像直接说胸大不合适，于是改了个更含蓄点的说法，"……身材比较丰满。"

正中下怀！

林嘉歌心底窃喜，面上却很淡定地看了一眼电视机："哪个是她啊？"

时瑶也看向了电视机，等到特写镜头放到夏天的身上时，她指给了林嘉歌看。

林嘉歌扫了一眼电视机上女孩的身材，然后就摇了摇头："这个女生不行啊，身材比例明显畸形，这胸怕不是假的吧？"

说着，屏幕上又换了一个女生的特写，个子很高，还穿了高跟鞋，显得腿格外长："这个女生的身材也不怎么样？腿太长了，又不是擎天柱……"

"还有，这个女生更恶心了，采访她的时候，她不会好好说话吗？为什么要这么嗲？当全世界都是她父母在撒娇吗？"

"这个更别说了，跟个男人一样，一点女人的柔美感都没有……"

"还有这个……长得还凑合吧，但是有点太胖了吧？"

"……"

电视屏幕里每换一个女生的特写，林嘉歌都会点评上一两句话。

从他的嘴里，时瑶就没有听到过一个褒义词。

尤其是在她觉得那个女生是他喜欢的类型时，他就挑剔得更厉害，挑剔到最后，时瑶整个人都晕乎了。

怎么他和梁暮暮发给自己的照片里看到的那些情况不一样啊……

就在时瑶纳闷儿时，屏幕上出现了一个女生，胸大腿长臀部翘……这是综合了林嘉歌喜欢的女生所有的特征……

时瑶心想，这下林嘉歌总要说点好话了吧？

谁知，下一秒，她的耳朵里就钻进了一句："这个更别说了，屁股那么大，怕是上课的时候，一个人要坐两个椅子吧？"

不是吧？这些出色的女孩，几乎概括了各种类型的美女……他每一个都能挑毛病？

那他的眼光得多奇特多奇葩？

时瑶忍不住开口了："怎么每个女生你都觉得有问题？你该不会是不喜欢女生吧？"

林嘉歌刚端起水杯的手，蓦地一抖。

糟糕，弄巧成拙了？没能强行洗白自己，反而让软包子觉得自己有断袖之癖？

"或者，你就直接说，你觉得什么样的女生好看吧？求你别再折腾这些女孩了！"时瑶又开口了。

生怕时瑶误会自己喜欢男生的林嘉歌，没多想，下一刻就脱口而出："就你这样的女孩，挺好看的。"

时瑶千想万想都没想到林嘉歌会说这样的一句话，在林嘉歌话音落下的那一瞬间，她的指尖轻轻颤了颤，心跳没来由地开始加快。

林嘉歌……他，到底想干什么？

前一秒还嘴巴毒辣得让人恨不得用厕所纸堵住，下一秒就说了这样的话？

还有，她又不是没有被人夸过漂亮，好像十五岁那一年，她个子忽然长高，皮肤越来越白亮，眉眼也像一夜间长开般，整个人变得越来越好看。就是从那之后，认识她的人说她是丑小鸭变白天鹅了；不认识她的都会惊艳的地夸她两句。

起先，她会不好意思，后来被夸得多了也就淡定了。

熟悉一些的朋友她可以脸皮厚地说天生丽质，不熟悉的一些朋友她客气地道个谢商业互吹般地也夸夸对方。

可是，怎么到了林嘉歌这里，她怎么就不淡定了，而且不是最初被夸好看的那种不好意思，而是……而是，说不出来的心慌。

在时瑶胡思乱想之际，听见林嘉歌说了些什么的林嘉仪，扑哧笑了一声。

闻声的时瑶，先看了一眼林嘉仪，然后才将视线落在了身边的林嘉歌身上。

林嘉歌还在望着她，不知道是不是她想太多了，他望向她的眼神，让她觉得有些怪怪的。

只不过短短的三秒，时瑶就将视线从林嘉歌的脸上挪开了。

她能感觉到，林嘉歌还在看她。

这样的场面，让她极其不自然。

时瑶暗暗地动了动眼珠，下一刻就故作淡定地抬起头，又望向了林嘉歌。

虽是望向，但她眼神却是躲闪不已，始终没有和林嘉歌对视。

她心底憋着气，口中的话却是故作轻松："林嘉歌，你这个玩笑开得一点也不好笑……"

听见这回答，林嘉仪再次没憋住笑，险些将嘴里喝进去的茶喷了出来。

因为她频繁有动作，被林嘉歌瞪了一眼。

她毫不在意，撑着下巴，仿佛看好戏一般兴致勃勃地望着林嘉歌和时瑶。

警告完林嘉仪的林嘉歌，看向了时瑶："我……"

他只是开口说了一个字，时瑶生怕他下面再说出什么让她心慌的话，就抢在前面又开口了："还好那些女孩是电视机里的，如果她们要是现实中的，那你这根本不是在夸我，你这是坑我啊，拉仇恨你懂不懂？"

林嘉仪笑得更开心了。

从小到大这么多年，这还是她第一次从他的口中听见夸人的话。

可是他这一次夸人的结局，好像不是那么美好啊……

林嘉歌吃瘪的戏，怎么就那么好看呢？比那些八点半剧场好看多了……

想着，林嘉仪眼底的光，已经从兴致勃勃变成了幸灾乐祸。

比起林嘉仪的兴奋，林嘉歌的神情却变得有些紧绷。

他不是在跟她开玩笑，也不是在给她拉仇恨，他是真心要夸她……

林嘉歌又动了动嘴。

可这次他连一个字都没说出来，时瑶就又开口了，而且把话题扯得更远了："如果放在后宫里，你是皇帝，我们都是妃子，你这样不要太明显的区别待遇，会让我被孤立，就你刚刚那一句玩笑，我就活不过今晚了，这叫什么来着？饭可以乱吃，话不能乱说，会丧命的！"

随着时瑶话音的落下，包厢的门被敲响，服务员推着小车进来上菜了。

时瑶紧张的情绪，瞬间松懈了下来："那个，我好饿了，菜上来了，我们吃饭吧。"

说着时瑶就拿起勺子，盛了一碗汤，递给了林嘉仪，然后又盛了一碗，放在了林嘉歌的面前：“吃饭啦。”

林嘉仪对时瑶道了声谢，而林嘉歌面对时瑶盛的汤却没任何的反应，他的视线依旧紧紧地粘在时瑶的脸上。

直到女孩低下头去喝汤，他才微微垂了垂眼皮，遮掩了眼底的失落。

他看得出来，她刚刚是故意抢说了那么多话，目的就是为了不让他开口。

她是真的以为他在开玩笑，还是害羞了不好意思，或者，是她根本就不想听他说真心话？

林嘉歌侧头望了一眼时瑶，女孩正狼吞虎咽地吃东西。

许是有好吃的缘故，她没了刚刚那种紧张感……

林嘉歌张了张口，终究还是没跟时瑶再说话。

若是真的有些话，他让她听起来不舒服了，那他还不如……不要说……毕竟他的本意不是让她难过。

吃完饭已是九点多，林嘉歌先送林嘉仪回家。

为了磨蹭到商场打烊，林嘉歌装作不小心的样子，开过了一个路口，然后绕了大半个二环，将二十分钟的路程，开了将近一个小时，才终于到了家门口。

天色已经不早了，林嘉歌要送时瑶回家，所以两个人没进门。

林嘉仪打开后备厢拿东西的时候，才发现袋子少了一部分，她蹙了蹙眉，仔细地数了一遍袋子，真的少了七个，这才开口喊了林嘉歌：“袋子怎么少了？”

闻声，时瑶和林嘉歌下了车。

检查了一遍，真的少了袋子……

林嘉歌佯装回忆的样子，歪着头想了好一会儿，然后才说：“好像我上厕所的时候，袋子太多，我分了好几处放，有一处忘记了……”

“忘记了？你老年痴呆啊！”看见自己最喜欢的那件衣服也丢了的林嘉仪，瞬间奓毛，“你这个没用的提款机！”

时瑶虽也可惜那些东西，但丢东西也不是林嘉歌的本意，再说他还为她们拎了那么久的袋子，于是她扯了扯林嘉仪的袖子：“嘉仪姐，他不是故意的，你别生气了。”

“我……”林嘉仪听到时瑶的话，满肚子的火，怎么发不起来了。

她不能让瑶瑶对她有坏印象啊……林嘉仪在心底将林嘉歌祖宗十八代上上下下问候了个遍，然后丢了句“算了，看瑶瑶的面子我不跟你这个没用的提款机计较了”，然后就拎了自己那部分袋子转身走了。

“对不起，是我失误了。”等到林嘉仪彻底消失在门口后，林嘉歌才开口了，“你丢的那些衣服，我回头补给你。”

确切地说，他是故意等到这个时候才开这个口，因为只有这样，他才可以不用像在商场逛街时，被林嘉仪“顺便”一下。

听到这话，时瑶连忙摇头摆手：“不用不用，那些衣服本来就是你买的……”

她边说，边跟着林嘉歌上了车，系好安全带后，她又很实诚地补了句：“……我本来还想着要还你钱的。”

“还我钱？”原本正想发动车子的林嘉歌，似乎听到了多意外的词一般，停下了所有的举动，愣愣地问。

“对啊，你的钱，我当然要还你啦。”时瑶没觉得有什么，大大方方地回。

林嘉歌微微抿了一下嘴角，将视线从时瑶的脸上挪到了正前方的道路上，没了反应。

时瑶见林嘉歌没说话，隐约地觉得有些不对劲，歪着头又问：“怎么了？”

林嘉歌回神，望了一眼时瑶，摇了摇头：“没，没什么。”

随后，他的视线又落在了正前方的一盏路灯上，旁边的那家院子，栽了一棵蔷薇，开得正艳。

不过，这次，他没看太久，也没等到时瑶再疑惑出声询问，就踩了油门。

软包子居然还想着还他钱……在她的心底，他和她那么生疏吗？

以前，对女孩没什么太多心思的时候，并不觉得这些小细节有什么问题。

他记得有那么几次，宋潮汐和他女朋友吵架，被他女朋友逐出家门，他只能可怜兮兮地回501宿舍住。当他讲起他和他女朋友吵架的缘由，都是一些旁枝末节，他觉得很无聊，因为在他看来，那些都可以不用去在意。

相比较宿舍陆本来和夏商周那两个货，他发表的意见简直是少之又少。

有那么一次，事到如今他反而记得很清楚了。

那一次好像宋潮汐的女朋友，家庭条件不好，她的父亲生病了，她借了一笔高利贷，宋潮汐知道了，很生气，说有事为什么不来找他。

那次应该是他见过的宋潮汐和女朋友吵架最生气的一次，宋潮汐回到宿舍，跟他借钱时，说了一句，“我觉得我女朋友可能就没想过将来和我在一起。”

他觉得这么一个小事情，上升到这么严重的结论，有点扯淡，他当时回宋潮汐了一句，“你一个大老爷们，这些小事情你还斤斤计较，婆婆妈妈的跟个女人一样。”

宋潮汐是怎么回他的呢？

宋潮汐回，老大，你不懂，就是因为真心喜欢，这些小事情你才计较，你喜欢她，才愿意让她有困难第一时间来找你啊。

后来，他也没跟宋潮汐再争辩，许是因为他真的无法理解，也许是因为他就是觉得宋潮汐在意得太多了。

到了此时此刻，当他听见软包子说，她打算还他钱时，他忽然有那么一点点理解宋潮汐了。

可他和宋潮汐不一样，宋潮汐有名分，可以表现出生气，表现出不悦，而他没资格……

“不对，是前面的路口拐弯……”过了不知道多久，耳边传来了时瑶的声音。

林嘉歌回神，这才发现，在自己胡思乱想的过程中，车子已经到了时瑶家附近，而他险些在走神中，将车子开过了头。

他急忙踩了刹车，等车速降下来后，然后按照时瑶说的，转了弯。

等车速恢复平稳后，林嘉歌这才后知后觉地想到自己这次来见时瑶的目的。

他是为了跟她告白，来约日子的……简单来说，这算不算是，他和她的第一次约会？

不过，要怎么开口呢？

林嘉歌想了一会儿，出声问：“你最近忙吗？”

“也不能说是忙吧，但是事情蛮多的……”时瑶以为林嘉歌纯粹是跟自己闲聊，没多想地顺着他的话往下说，“……过两天不是爷爷的生日吗？生日结束的第二天，就是期末考了……”

林嘉歌诧异出声：“要期末了？”

听到他这回答，时瑶愣了愣，有点不相信地问：“你是真不知道，还是装不知道？”

“装？”林嘉歌皱了皱眉心，然后回，“我就只记过高考的时间，其他考试我都不记得……”

“那你要是忘记考试了怎么办？”

时瑶纯粹就是这么一问，谁知林嘉歌却点着头，回：“那还真是有过，大一下半学期，期末考试我就给忘记了，还是老师给我打电话我才知道的。当时我在家，等我到学校，考试时间已经过了一个多小时了，本来是不让我进考场的，结果监考的老师，和我爸比较熟，就放我进去了，然后半个小时后就到交卷时间了。”

半个小时？整个G大都说林嘉歌是天才，没有污点，可他那次考试时间就半个小时，是不是成绩不怎么好？

好不容易抓到一点点林嘉歌问题的时瑶，眨了眨眼睛，有点好奇地问：“只有半个小时，那你那次考试，是不是没做完题？”

没做完题？不存在的……林嘉歌：“你猜？”

猜？他这是不好意思说自己成绩不好？时瑶啃了两下手指：“难道那次的你，成绩很不理想？”

很不理想？在软包子的心中，他有那么差劲吗？

林嘉歌摇了摇头。

他还没开口，时瑶就恍然大悟了："哦，我知道了，你挂科了！"

"……"林嘉歌沉默，他这是装 × 不成遭雷劈？

想着，林嘉歌出声："怎么可能？我在 G 大的成绩单，全都是 A+，那次考试，别说半个小时了，就算是只剩下二十分钟，我也没问题。我跟你说吧，我十四分钟三十秒，答完卷子。我之所以不记考试的时间，那是因为对我来说，考试不过就是拿着笔玩几道填空题和选择题而已。"

所以……刚刚他让她猜，不是猜他有多惨，而是来自学霸的无形装 × ？

时瑶悄悄地摸了摸自己的胸口，平复了一下来自学霸的震撼。

很快，车子停稳在了时瑶家的楼下。

她道了声谢谢，刚准备推车门，林嘉歌忽然又喊了她："时瑶。"

时瑶转头，看向了林嘉歌。

望着时瑶的眼睛，林嘉歌莫名泛起了一抹紧张，他吞咽了一口唾沫，才开口说："期末考试考完，你就有空了吧？"

时瑶点了点头："都放假了，肯定有空呀。"

"那……"林嘉歌低头看了一眼时间，今天是 23 号，然后抬头又说，"三十号是放假的第二天，能约你出来吗？"

约她？

闻言，时瑶望向林嘉歌的眼底，划过了一抹诧异。

接触到她的视线，林嘉歌又开口："就长鸣山，当是夏令营了……"

夏令营……这是说，他不止约了她一个人？

时瑶有点动摇了，但女生的第六感告诉她，林嘉歌口中的这个夏令营，好像不是她想得那么简单……

林嘉歌看出时瑶的犹豫，微微垂了垂眼睑，仿佛很漫不经心一般，又说："那边有条河，里面的鱼都是野生的，烤起来很好吃，还有那边的农家乐做的板栗红烧肉以及野菜一级棒……"

烤鱼？板栗红烧肉？野菜？

随着这些美味佳肴一一掠过时瑶的大脑，她瞬间丧失了所谓的女生特有的第六感。

她几乎没什么犹豫，就猛地点头，答应了："好啊好啊，那天几点见呢？"

"……"原来，他约她出来，靠个人魅力根本是不行的，还要靠美食诱惑……

林嘉歌默默无语了一阵儿，才回："我九点出发，大概十点半能到你家，到时候接你一起过去。"

"呃？好像不顺路吧？长鸣山和我家，是正好相反的方向，你来接我，怕是有点太麻烦了吧？"时瑶想了想，又说，"我直接叫车过去吧，很方便的，到时候我们就直接在长鸣山入口见好啦。"

林嘉歌想了想，答应了："也行，那说好了，那天十一点，我们长鸣山门口见。"

时瑶眉眼弯弯地"嗯嗯"了两声，然后开口说："那要是没什么事的话，我就上楼了。"

"嗯，好的。"林嘉歌应了一声，还是跟着时瑶下了车，帮她打开后备厢，拎了她的东西，递给她时，不放心地又说了一遍："别忘了，三十号，上午十一点，长鸣山。"

"我记住啦。"

"那再见。"

"再见。"时瑶转身离开。

走了没两步，林嘉歌又喊住了她。

时瑶回头，林嘉歌道了声："晚安。"

时瑶笑着回了声"晚安"，然后盯着林嘉歌看了两秒钟，才转回身，步伐轻快地进了住宅楼。

林嘉歌站在楼下，一直等到时瑶卧室的灯亮起，他才开车回了城。

碍于"不小心"弄丢了林嘉仪的衣服，他想到回家肯定会被她堵，所以并没回家，而是直接返校。

回到宿舍，洗完澡，林嘉歌躺上床，暗暗地掐了自己腰间一把，刺刺地疼，让他知道自己真的约到了时瑶。

他将嘴角埋进被褥里，忍不住勾出了一抹笑。

他怕时瑶那天找不到位置，或者找错了位置，过了一会儿，他拿起手机，给时瑶发了一条短信："我到家了。"

没等时瑶回复，他就去网上找了长鸣山完整的地址，然后复制粘贴给了时瑶："这是准确地址，上午十一点，三十号，不见不散。"

过了好一会儿，他手机屏幕亮起，进了新的短信，是时瑶回的："不见不散。"

不见不散……那天他和她肯定会不见不散的……

接下来的两天，时瑶依旧为期末考忙碌着。

因为临期末考越来越近了，时瑶玩游戏的时间也就越来越少了。

从来不知"复习为何物"的林嘉歌，每天少了几个小时玩游戏的时间，反而一下子显得空闲了下来。

转眼间，就到了周二，林老爷子的生日。

生日宴订于晚上五点半，地点是北京大饭店。

周二下午，时瑶的课一直上到下午四点钟，因为时间太仓促，她没办法再叫化妆师，所以回到宿舍后，她洗了个澡，换了礼服后，在何田田和冷暖的协助下，简单地画了个淡妆，就离开了宿舍。

林老爷子派来的司机，早就等在楼下了。

见时瑶从宿舍楼出来，司机急忙下车，帮时瑶拉开了车门。

还好是周二，五点半之前的路况没有那么糟糕，尽管时瑶出发的时候，已经四点五十了，但到了北京大饭店，也不过刚五点十五分。

车子停稳后，时瑶对着帮自己开车门的司机道了声谢，才弯身下车进了北京大饭店。

门口竖了个牌子，是林爷爷生日宴厅的指路牌。

按照指示，时瑶顺利地找到了目的地。

她从电梯里出来，一眼就看到了站在宴会大厅门口迎客的林老爷子，他手里拄着拐杖，旁边站着孙妈，时不时地笑呵呵地和过来的宾客握手寒暄。

时瑶特意放缓了步子，等到门口堆着的人都跟林爷爷打完招呼并进了宴会厅后，她才走上前道："林爷爷，生日快乐。"

"瑶瑶到了？"林老爷子看到时瑶，脸上的笑容更亲和慈善了，"孙妈，你带瑶瑶进去。"

"不用不用……"时瑶连忙摇头，"林爷爷，您让孙妈陪您就好了，我一个人没问题的，而且我都看到嘉仪姐了。"

林老爷子顺着时瑶的视线，往宴会大厅里望了一眼，果然看到了正跟家里公司有合作的客户聊天的林嘉仪。

不过，林老爷子怕时瑶进去后，不好意思打扰林嘉仪，一个人太孤单，还是开口喊了声孙女："小仪。"

闻声的林嘉仪，往门口看了一眼，然后就面露抱歉地和身前的人说了一两句话，踩着高跟鞋步子匆匆冲门口走来。

林嘉仪站定后，先开口喊了声"瑶瑶"，然后才看向了林老爷子："爷爷，怎么了？"

林老爷子："瑶瑶到了，你记得陪陪她，别光顾着招呼别人，冷落了瑶瑶。"

"我知道了，爷爷，您放心吧，瑶瑶小宝贝我带走了。"林嘉仪说着，就拉了时瑶的手。

时瑶被林嘉仪拽着往前走了没两步，听见身后有人喊"林伯父"，声音有些熟，时瑶下意识地转了一下头。

还真是巧呢……

她前脚到，后脚梁家的人也到了。

梁慧玲正笑盈盈地和林老爷子聊天，梁久思站在旁边，左顾右盼似乎在找人，而梁暮暮……却是在望着她。

她许是听见了刚刚林爷爷和她的对话，也看见了林爷爷喊来林嘉仪的那一幕，嘴角紧绷得厉害。

时瑶和梁暮暮对视了一小会儿，梁暮暮没说话，她也没说话，然后她就收回视线，跟着林嘉仪进了宴会大厅。

林老爷子生日宴，对于林家来说，是每年很重要的一件事。

林老爷子喜欢中式风格，整个宴会大厅的水晶灯，都临时更换成了木制吊灯，就连桌椅也都换成了古香古色的红木，看得出来这些布置是花了心思和精力的。

现场已经有不少宾客到场，每个人都是衣着精致，气质大方。

时瑶和林嘉仪进宴会大厅没多大一会儿，梁慧玲带着梁暮暮和梁久思也进来了。

时瑶虽是林嘉歌的未婚妻，但出身对比梁暮暮却要差很多。

梁暮暮从小跟着梁慧玲参加各种各样的酒会，自是结识了很多人，整个宴会大厅里的宾客，她每一个都能叫上名字，也能寒暄几句。

可时瑶就不一样了，她除了林家一些至亲，绝大多数人都是不认识的。

和梁暮暮相识那么多年，时瑶对她多多少少是有所了解的，梁暮暮的确很善交际，可是今天的她，却是格外的能交际，她举着酒杯，神采焕然的周旋在每个人中间，进退有度，笑容得体，一副优雅十足的名媛姿态，以至于她进宴会大厅没多大一会儿，就成了所有人瞩目的焦点。

就连时瑶周身站着的几个林家远方亲戚，都凑在一起，嘀咕起了梁暮暮，言语间尽是夸赞。

宴会大厅很大，但也就那么大，梁暮暮难免会凑近时瑶身边。

每到这个时候，梁暮暮说话的声音总是会有点高，能清楚地钻进时瑶的耳中。

时瑶当然明白，梁暮暮这一系列的举动都是故意的。

故意炫耀给她看，让她知道，她和她之间的差距不是一点半点。

不过对于时瑶来说，梁暮暮这样的小心思，有点偏无聊了。

即便她表现得比她再出众，她也不会有半点嫉妒和难过，因为对她来说，梁暮暮多耀眼，都耀眼不过远处摆放的那个将近一米高的寿桃蛋糕。

奶油、椰蓉、巧克力，还有各式各样的水果……看着就好勾人啊……

在时瑶不知道自己第几次望向那个蛋糕时，原本热闹喧哗的宴会大厅，忽然变得有些安静。

不过，她倒是没留意到底发生了什么，而是将视线又一次黏在了那个寿桃蛋糕上。

时间过得好慢啊……为什么生日宴还不开始，这样就可以吃蛋糕了……

宴会大厅之所以会一瞬间安静下来，是因为林嘉歌到了。

其实他不怎么喜欢穿西装的，但是今天是爷爷的生日，来了不少商场上的合作伙伴，作为林氏企业的唯一接班人，衣装得体还是要的。

他穿的是一件英式风格的西装，简单中透着贵气，含蓄中渗着优雅，搭配上他的身高和无可挑剔的五官，他看上去就像上帝精心打造的一个艺术品。

现场安静了大概十几秒钟后，有人窃窃私语了起来。

“这就是林老爷子的孙子啊，果然是一表人才。”

“林老爷子的孙子很少在这种场合露面，我一直以为还小呢，现在看看也是成年了，不知道有没有定亲，我们家女儿好像和他年龄差不多。”

“这个你可别想了，早在很多年前，林老爷子的孙媳妇儿就已经定下来了……”

“……”

在很多人的打量和议论下，林嘉歌面色淡漠地绕着宴会大厅看了一圈，最后将视线落在了时瑶和林嘉仪的身上。

比起其他盯着他一直看的人，这两个人还真是画风清奇……

一个拿着手机在自拍，另一个目不转睛地望着某个方向看。

林嘉歌盯着时瑶的侧脸看了一小会儿，见她神情专注的俨然是根本没有注意到宴会大厅的异样，这才顺着她的视线望去，在看到爷爷的寿桃蛋糕时，他的心头顿时浮现出了一排省略号：“……”

他居然连个寿桃蛋糕都比不上？

林嘉歌无奈了片刻，见时瑶迟迟没有看自己的意思，索性抬起脚，冲时瑶走去。

一路上，有不少人跟林嘉歌打招呼。

除了一些长辈，还有一些年轻貌美的女孩。

出于礼貌，长辈们的招呼林嘉歌都有回应，至于那些目光明亮、望着他含羞带怯的女孩们，他只是面无表情，微微颔首一带而过。

直到他停在时瑶的身边，女孩还在盯着寿桃蛋糕看。

他这是，除了要掐自己的桃花，掐软包子的桃花外，还要和美食争风吃醋？

林嘉歌郁闷了一小会儿，索性就挪了挪身子，站在了时瑶的面前。

被挡住望向寿桃蛋糕的时瑶，微蹙了蹙眉心，脸上浮现出了一丝小小的不开心。

旁边自拍的林嘉仪，因为光线变暗，侧头看了一眼杵在旁边站着的林嘉歌：“你能不能让开点？挡了我的光，害我自拍出来的照片好黑！”

捕捉到时瑶的神情变化、听到林嘉仪话的林嘉歌：“……”

他这是被她们两个人齐齐嫌弃了？

林嘉歌懊恼地拉开了时瑶身边的椅子，坐下，然后对着身边的时瑶开口问：“你几点到的？”

“五点多一点……”时瑶回完林嘉歌的话，视线又飘向了不远处的寿桃蛋糕。

有那么一两个胆大的女生，凑过来跟林嘉歌敬酒。

林嘉歌仿佛没听到她们的声音一般，目不转睛地望着时瑶的侧脸，继续问：“司机接你过来的？”

时瑶看都没看林嘉歌一眼，很不走心的“嗯”了一声。

林嘉歌毫不在意：“过几天期末考，你复习得怎么样了？”

那两个来搭讪的女生，见这副场景，一前一后讪讪地离开了。

时瑶终于转头望了林嘉歌一眼，不确定的回：“复习得差不多了吧？”

软包子终于看他了……

林嘉歌顿时心情大好，刚准备再开口讲话，旁边坐着的林嘉仪却出声了：“瑶瑶，你要不要跟我合照几张照片？”

“好啊……”时瑶侧头看向了林嘉仪。

林嘉歌恼火地瞪向了林嘉仪。

林嘉仪冲他挑了挑眉，搂着时瑶，对着自己手机开始拍照。

因为自拍，全都是近照，想要几张全身照的林嘉仪，将手机递给了林嘉歌：“帮我跟瑶瑶拍几张合照。”

顿了顿，林嘉仪又补充：“要全身照。”

林嘉歌没说话，拿着手机，站起了身。

在拍照之前，林嘉仪不放心林嘉歌的拍照技术，不断地叮嘱着他：“你记得一次性多拍几张，到时候我好选一张最好看的。”

“还有，你拍照的时候，要让我和瑶瑶的脚尖恰好挨着照片的最底端，这样显得腿长还高。”

“另外，你记得开美颜……”

面对林嘉仪喋喋不休的指挥，林嘉歌自始至终一句话都没说，只是拿着手机对着两个拍照。

拍了大概二三十张照片的时候，林老爷子的生日宴开始了。

所有的人都停了聊天，按照桌子上的名牌一一落了座。

等到现场彻底安静下来后，林老爷子才站在宴会大厅的正前方，开始讲话。

在他讲话的过程中，服务员开始上菜。

等服务员将菜上完后，林老爷子的话也讲得差不多了，他接过孙妈递上来的酒杯，敬了在场的所有人。

接下来是用餐时间。

在这个过程中，不少人来跟林老爷子敬酒，并且送上生日礼物。

跟林老爷子坐在一桌的时瑶、林嘉歌和林嘉仪也不例外，也都送了祝福和礼物。

梁暮暮就坐在时瑶后面那一桌，她全程都在留意着时瑶，在时瑶将礼物递给林老爷子时，她悄悄地撞了撞坐在自己身边的女生。

那女生抬头看了梁暮暮一眼，见梁暮暮冲林老爷子那一桌微抬了抬下巴，立刻懂了梁暮暮的示意，转头冲时瑶和林老爷子那一桌望去，然后在林老爷子接过时瑶的礼物后，装出不经意看见的样子，开口说："林爷爷，瑶瑶送您的礼物，您不拆开看看吗？"

闻声的时瑶，侧头冲说话的女生看来。

这女生，她喊不出来名字，但却对她有印象。

她是当初她第一次跟着林嘉歌去金碧辉煌玩，在洗手间说她坏话中一个。

也是当初，她生日那天，陪着林嘉歌去商场给林嘉仪选礼物时，看见和梁暮暮在一起中的一个。

怕是这话，不是她想问的吧，而是帮梁暮暮问的吧？就像当初在金碧辉煌，她说的那些有关她的难听的话，也是梁暮暮授意的吧？

林老爷子倒是没多想，听到这话，立刻笑盈盈地招呼孙妈帮忙拆开了时瑶送的礼物。

等他看到里面装着的砚台后，脸上更是笑得合不拢嘴了："瑶瑶送的礼物，果然是最得我心。"

时瑶听见林老爷子的声音，立刻将视线从梁暮暮那边收了回去，眉眼弯弯的冲林老爷子回："林爷爷这礼物，您喜欢就好。"

林老爷子："当然喜欢了，瑶瑶送我什么，我都会当宝贝收着，改天我就用这个砚台，提几个字，送瑶瑶。"

时瑶的笑容更灿烂了："谢谢林爷爷。"

坐在另一桌的梁暮暮，望着时瑶脸上的笑容，听着时瑶和林老爷子的对话，嘴角泛起了一抹冷笑。

暂且就让你笑一会儿，等会儿她倒是要看看她时瑶还能不能笑出来？！

不过，这次还是多亏了沈白莲，若不是她的配合，这一场戏她还真不知道该怎么演下去……

毕竟，有些话，她说出来就显得太刻意太明显了，例如刚刚她说的那句让林老爷子拆开时瑶送的礼物。

想着，梁暮暮就侧头，凑到了沈白莲的跟前，小声地说：“等会儿，还需要你帮忙。”

听见梁暮暮的声音，沈白莲放下筷子：“没问题，你尽管放心去做好你该做的事，其他的都尽管交给我吧。”

“再说，我本身就看她不顺眼，她一个出身那么普通的人，凭什么可以比我们嫁给的好。”

刚刚沈白莲让林老爷子拆时瑶礼物的那个小插曲，并未引起大家的注意，很快就过去了。

许是因为林老爷子喜欢时瑶爱屋及乌，也许是因为林老爷子真心喜欢时瑶送的那个砚台，拆开礼物后，他居然直接将砚台摆在了餐桌上，没再让孙妈收起来。

有些人很精明，来跟林老爷子送祝福时，留意到砚台，会特意奉承地讨好恭维几句，来来回回也总是这几句话：“林老先生，这砚台不错啊！”

“林老先生，这砚台是谁送的，一看就有眼光！”

这话就像夸到了林老爷子的心头一样，即便他听了很多句，但却从不厌烦，每次都是笑呵呵的像炫耀宝贝一样，回：“这是瑶瑶送的，瑶瑶，就是这个，我孙媳妇儿，是不是很漂亮？”

听到林老爷子这话，夸赞砚台的人，自然是少不了接着把时瑶也夸赞一番。

林老爷子面对五花八门的夸赞，丝毫没有半点承受不起的迹象，甚至还微抬了抬下巴，一脸傲娇中透着“那还用你们说，也不看是谁孙媳妇儿”的神情。

和林老爷子神情同步的还有坐在时瑶左边的林嘉歌，他虽优雅从容地吃着菜，看似没太留意林老爷子和人聊天的情况，但眉宇间却洋溢出“那还用你们说，也不看看是谁媳妇儿”的自豪感。

当然，坐在时瑶右边的林嘉仪，也没闲着，听见有人夸时瑶，就仿佛是听见了别人在夸自己一样，总是抢着回一句，语气丝毫不谦虚的谦虚话：“我替我们家瑶瑶谢谢你。”

由于时瑶这一桌和梁暮暮那一桌离得很近，所以时瑶这一桌聊了点什么，梁暮暮和沈白莲都能听得清清楚楚。

听多了，沈白莲难免会有点不服气，凑到梁暮暮跟前，又嘀咕起了时瑶的坏话：“你说，就这么一个普通到再不能普通的穷丫头，林老爷子为什么就把她当成宝贝了呢？”

“她哪里值得啊？这是林老爷子年纪大了，眼睛也跟着花了吗？逢人就夸，听得我都恶心死了！”

“还有嘉仪姐，她是我们北京名媛圈里的榜样，至今大家提起第一名媛，想到的就是她，她为什么会对那个丑丫头那么疼爱？”

比起沈白莲的恼怒，梁暮暮表现的相对要淡定很多，她微抿了一口面前的汤，才开口回：“垂死挣扎而已，不用那么在意。”

随着她话音的落下，她的眉眼间有着一抹戾气一闪而过。

是的，垂死挣扎，就让她得意一会儿吧，现在林爷爷越是炫耀她、夸赞她，等会儿她就死得越惨！

这叫什么来着？捧杀？

……

在将近八点钟的时候，孙妈起身，面带歉意地拦截了接下来给林老爷子送礼的人。

八点整，迎来了时瑶期待了一整晚的时刻——唱生日歌以及嘁生日蛋糕的时刻。

现场人多，虽然生日蛋糕很大，但是分到每个人的手里，并没有预想中的那么多。

所以嘁蛋糕和分蛋糕的整个过程中，时瑶就像掉肉一般心疼，到最后她看蛋糕被分的一干二净，没有剩余，心就像被捅了一刀似的，噗噗地往外冒着血，好一会儿她才情绪低落地拿着叉子，去吃自己面前的蛋糕。

林老爷子不喜甜食，象征性地拿着叉子戳走了一块，将剩下的给了时瑶。

时瑶仿佛得了宝贝一般开心地接过，就连嘴里的话音都甜了不少：“谢谢林爷爷。”

林嘉仪为了控制身材，晚上很少吃这些高热能量的东西，所以和林老爷子一样，也是象征意义的戳走了一小块，然后将剩下的也推给了时瑶。

又多了一块蛋糕的时瑶，更开心了，笑容洋溢的连带着眉梢都飞扬了起来：“谢谢嘉仪姐。”

将她反应收入眼底的林嘉歌，前一秒在心底嘀咕“就两块蛋糕而已，至于这么开心吗？”，后一秒就将自己那份动都没动一下的蛋糕，推到了时瑶的面前：“喜欢吃就多吃点……”

已经吃完一块蛋糕的时瑶，将空盘子往旁边一放，顺手拉过林嘉歌递上来的那块蛋糕，一面用叉子戳蛋糕，一边递给林嘉歌一个灿灿的笑容。

因为她嘴里含了东西，她并没说话，但她率先吃他递给她蛋糕的举动，取悦了他……

林嘉歌瞬间心情大好，下一刻就转头看向了坐在自己身边的父母以及姑姑和姑父：“爸，你不是血糖高，不能吃甜食吗？这一份我就拿走了啊，省得浪费……”

“还有，妈，你不是和林嘉仪一样，在减肥吗？所以少吃点吧……”

“姑姑，你这都要奔二百斤了吧？得控制下食量了，这份蛋糕我就替你收了……”

“姑父，你不是不喜欢吃哈密瓜吗？你看，你那块蛋糕上就有哈密瓜，所以我就做回好人，帮你把这块蛋糕处理了……”

没办法，软包子喜欢吃，他只能厚着脸皮帮软包子抢食了……想着，林嘉歌就将面前夺过来的四盘蛋糕，排排摆好，等着时瑶吃完了面前的蛋糕，再投喂给她。

嘁完蛋糕，过了没多大一会儿，又有人来给林老爷子送礼物了。

现在来的，绝大多数都是跟林嘉仪和林嘉歌差不多大的小辈，自然也就没了那么多礼节约束。

时瑶忙着吃蛋糕，林嘉歌忙着看吃蛋糕的时瑶，而林嘉仪则拿起手机准备挑选照片发朋友圈。

不翻看相册还好，一翻开相册暴脾气的林嘉仪瞬间奓毛了，她猛地一拍桌子，将手机往桌子上一丢，转头就瞪向了林嘉歌。

她的动作太过于张狂，惊扰了专心致志吃蛋糕的时瑶。

林嘉仪咬牙切齿的“林嘉歌”还没吐出口，就接触到了时瑶投来的蒙蒙目光。

一瞬间，她到嘴边话，怎么也吼不出来了，就连脸上怒气腾腾的表情，也随之变成了微笑。

她不能这么暴力，万一吓到瑶瑶了怎么办?

林嘉仪拼命安抚着自己，直到她终于勉强压住了胸口的怒气，才冲时瑶开口说:“没事没事，我刚刚手抖了，没拿住手机……”

时瑶“喔”了一声，冲林嘉仪说了句“小心点，嘉仪姐”，就低下头继续一心一意地吃蛋糕了。

林嘉仪一直等到时瑶的视线彻底从自己身上抽离，这才凶神恶煞地瞪了一眼林嘉歌，然后拿起手机，开始给林嘉歌发微信。

“我让你拍我跟瑶瑶的合照，你拍的是合照吗？”

“你是不是没上过学啊？不知道合照是什么意思啊？”

“合照又叫合影，指的是合在一块照相……”

“你这叫合在一块照相吗？你看这张照片……”林嘉仪发完这条消息，选了一张照片发给了林嘉歌：“……请问，我人呢？”

“还有这一张照片……”林嘉仪又选了一张照片发林嘉歌：“……你拍的这是什么合照？只露了我一个手，我脸呢？”

“这个就更不用说了，露了个衣角……”

“还有这个，露了一缕头发？”

“你不会拍照就别拍啊，拍得这么垃圾，你咋不上天啊！”

林嘉仪一口气发了很多消息，见林嘉歌没回自己的消息，抬头望向了他。

他的手机就摆放在桌上，大概是因为有消息不断的进来，他时不时地去瞄一眼，但却没半点要回消息的意思。

途中，林嘉歌察觉到了林嘉仪的视线，往她这边看了一眼，但很快就收了回去，仿佛当她是空气一般，继续盯着时瑶看，然后在时瑶吃完一块蛋糕后，单手推了一块新的蛋糕到时瑶面前。

将这一幕尽收眼底的林嘉仪，气得牙痒痒。

她努力地压下自己恨不得将林嘉歌揍翻在地的冲动，拿起手机给林嘉歌又发了一条消息："林嘉歌，你少给我装死！"

"林嘉歌，你回我一条消息啊！"

"林嘉歌，我是你妈！"

然后，林嘉仪终于收到了林嘉歌的回复，是一张截图。

截图里的内容是林嘉歌她发给他的消息，发给了他们的母亲江晚归。

林嘉仪本能的抬头，果然看到自己的母亲已经目光严厉地看向了自己。

林嘉仪稳着脾气，冲江晚归递了一个笑容，等到江晚归将视线挪开后，她才问候着林嘉歌祖宗三十六代，低头看向了刚刚和母亲对望时，震动的手机。

是林嘉歌给她发了新的消息："我的眼里只有瑶瑶，没有你。"

谁稀罕他眼里有她？

还有，他现在秀恩爱给谁看？

她这个眼里只有钱的女人，才不会在意这些！

林嘉仪被林嘉歌噎住了，闭上眼睛深吸了一口气，又深吸了一口气，然后整个人忽然就安静了下来。

过了大概十几秒后，她的嘴角勾出一抹明艳的笑容。

小样……他以为这样，就能气到她了？

想着，林嘉仪就拿起手机，点开修图软件，将林嘉歌照的那些只有时瑶的照片，挨个换了更好看的滤镜。

等她将所有图片都处理好后，挑了几张最好看的照片，加上水印后，发到了林嘉歌的微信上。

"照片里的瑶瑶是不是特别美？有没有很想去掉水印并且长期保存下来的冲动？"

"姐姐也不是那么不通情达理的人，不会做那种棒打鸳鸯的事，如果你很想要，可以的，一张照片 188 元。"

林嘉仪见林嘉歌没回应自己的意思，沉思了两秒，将手机的壁纸换成了时瑶的照片发给了林嘉歌："你看，还可以当手机壁纸，我只要看手机就能第一时间看到瑶瑶……"

“咦？不理我，是不想要的意思？”

“那好吧，既然不想理我，那我就把照片全删了哈，这样就彻底消失在这个世界上了。”

“瑶瑶很少化妆穿礼服的，这么精致的瑶瑶，很难见一面，删了就可惜了咯……”

消息发送成功后，林嘉仪去相册选了所有时瑶的照片，并且点了删除，然后将弹出的“确认删除”页面发给了林嘉歌：“我真的删了哦，你别后悔哦……”

消息发送成功后，林嘉歌胸有成竹地看着手机，在心底默数着，“三，二……”

“一”都没数出来，她的手机屏幕上就进了一连串的“188 元”转账。

林嘉仪眉目飞扬的一边收红包，一边数着红包的数目，然后等到全部收完后，发了和红包数目相同的照片数过去：“还剩下六张，你确定不要？”

过了三十秒钟，又六个“188 元”转账记录过来。

林嘉仪收完后，将时瑶仅剩下的最后五张照片发给了林嘉歌：“不好意思，我刚刚数错了，实际上只剩下五张照片了，那个最后一个 188 元，就当我免费给瑶瑶照片 PS 的辛苦费了，谢谢老板！”

见过厚颜无耻的人，但是没见过这么厚颜无耻的人！

林嘉歌在心底“呵呵”的冷笑了一声，刚准备回林嘉仪的一句“无耻”，结果指尖还没碰到手机屏幕，他就听到旁边传来了一道熟悉但却让他格外不舒服的声音：“林爷爷，祝您生日快乐，这是我送给您的生日礼物！”

出于本能反应，林嘉歌抬头，冲声源处看去。

是梁久思的小表妹，笑得格外谄媚地冲爷爷双手捧上了一个礼盒：“林爷爷，这礼物是我精心为您挑选的，您看看您喜欢吗？”

说着，梁久思的小表妹就打开了礼盒。

讲句真心话，林嘉歌对梁久思的小表妹送点什么礼物是真的不关心，所以他很快就想着收回了视线，继续去看时瑶吃蛋糕。

只是他的视线收了一半，眼睛的余光就被梁暮暮拿出的礼物吸引住了……

因为梁暮暮送给爷爷的生日礼物也是——砚台。

那个砚台，和他精心为软包子挑选的那个砚台……极其相似。

确切点说，不仔细看的话，相似度高达百分之百，简直就是一模一样的！

林嘉歌原本正收回的视线，忍不住又挪回到了梁暮暮的身上。

梁暮暮双手捧着砚台，递到了林老先生的面前，开口还是刚刚那样乖巧而又甜腻的语气：“林爷爷，其实我一开始，没想着要送您这个礼物的，因为和瑶瑶撞礼物了……”

两耳不闻窗外事，一心埋头吃蛋糕的时瑶，听见自己的名字，后知后觉地抬头，目光茫然地冲梁暮暮和林老先生望去。

“林爷爷，我不是故意要跟瑶瑶撞生日礼物的……”梁暮暮似乎很为难一般，把话说到一半，就停了下来，过了一会儿，她又开口说：“……不过，林爷爷，我还是要跟您说声对不起，礼物重复了，希望您不要介意。”

看到这里的林嘉歌，在心底暗暗地啧啧啧了三声。

梁久思的小表妹还真是好演技啊，她咋不去上北影呢？

哦，也对，她那渣成绩，就算是当艺术生，怕是也考不上北影吧……哪里像软包子，虽然数学题一做错一排，但能考上G大，这叫智商的碾压……

想着，林嘉歌侧头看向了时瑶，他见女孩居然抬头在望着梁暮暮，都不吃蛋糕了，忍不住微蹙了蹙眉心，然后伸出手，将她脑袋往下一按，轻声说：“吃你的东西，别乱看！”

面对林嘉歌的举动，时瑶噘了噘嘴，但没顶嘴，真的拿着叉子，继续去吃蛋糕了。

“怎么会介意呢？”林老先生听完梁暮暮话的林老先生，不能接话茬，他边说边看向了旁边坐着的梁慧玲：“慧玲，你把暮暮教的可真懂事……”

梁慧玲笑着客套：“哪里啊，林伯父，还不是暮暮喜欢您，怕您不高兴才会这么懂事的？在家里她可没这样过！”

林老爷子笑得更开怀了，“不管礼物是什么，重要的是心意。”

说着，林老爷子又看向了梁暮暮，准备伸出手去接她礼物。

只是林老爷子的手，刚刚抬了一点，沈白莲就开口了：“林爷爷，暮暮何止是懂事呢，简直是太懂事了，您不知道，暮暮是打心眼里敬重您，她这个砚台，是春节和我一起出去玩，在国外一眼看中的，当时她就说，林爷爷会喜欢，她要买了给林爷爷当生日礼物，所以就算是撞生日礼物，也不是暮暮撞瑶瑶，是瑶瑶撞……”

梁暮暮忽然很严厉的开口了，打断了沈白莲的话：“白莲，你不要说了！事情都过去了，现在说这些做什么？”

呦……原来重头戏在这里啊……这是用别人的嘴，来暗示软包子的礼物没用心，盗了她的创意？然后她一副不追究的样子，来当好人？

林嘉歌在心底呵呵的冷笑了一声，见时瑶面前又空了一个盘子，顺手把她面前空盘子清理走，又推了一块蛋糕到她面前。

许是梁久思小表妹口中那个白莲花提了“瑶瑶”这两个字的缘故，时瑶又抬头看向了那两个人。

她们有什么好看呢？能好看过他？

林嘉歌忍不住伸出手，轻拍了拍时瑶的脸蛋：“蛋糕，你要不吃，我就吃了……”

听见林嘉歌要跟自己抢食的时瑶，下一秒就低头，双手护住蛋糕，吭哧吭哧的大口吃了起来。

看着时瑶可爱的吃相，林嘉歌眉眼微微软了几分。

他盯着她看了一会儿，才掀起眼皮，扫了一眼旁边的烂到掉牙的戏。

沈白莲面对梁暮暮的斥责一副很不服气的样子，似乎还想说点什么，但看在梁暮暮的面上，最后还是愤愤不平的罢休了。

梁暮暮见沈白莲不说话了，这才又恢复了刚刚甜美的模样，望着林老爷子一副息事宁人的样子，继续开口说："林爷爷，您别听白莲乱说话，我是春节的时候就买下这个砚台了，也想着给您当生日礼物，但是我相信瑶瑶她不是白莲说的那样，存心来撞我生日礼物什么的……"

梁暮暮这好人装的……真是让他恨不得买一车好人卡送给她……哦，不对，是伪好人卡……

林嘉歌真心有点看不下去梁暮暮的表演了，他刚想收回视线看时瑶，结果林老先生就开口了："暮暮，这话不用你说我也知道，瑶瑶是什么人，我心底最清楚不过了，她肯定不是故意撞你生日礼物的，这显然就是巧合！"

听到爷爷这些话的林嘉歌，险些没忍住，嗤地笑出声来。

爷爷要不要这么砸场子啊，人家明明是在拼命地暗示，您这样接话，让人家的戏，怎么唱下去？

想着，林嘉歌勉为其难地看了一眼梁暮暮。

果然，梁暮暮脸上的笑容，变得有点不如刚刚自然了，就连她开口的声音，都有点微微波动了："林爷爷，您说得对，瑶瑶不是那样的人，其实我是一个多月之前，知道瑶瑶要送您砚台的，我本想换礼物的，但是一直以来没找到合适的，就只能这么送重复的礼物给您了。"

"没事没事……"林老先生说着，就接过了梁暮暮手中的砚台，然后低头看了一眼，可以说是客套也可以说是敷衍地说了句"不错"，就递给了一旁的孙妈，示意她收起来。

比起刚刚时瑶递砚台时，林老先生此时的态度，简直是天壤之别。

心底的不悦和憋屈，让梁暮暮忍不住抓紧了衣襟。

她微微侧了一下头，看了一眼时瑶送的那份被林老先生摆放在桌子上的砚台，用力地抿了一下嘴角，然后就递给了沈白莲一道眼神。

接触到梁暮暮暗示的沈白莲，忽然惊呼出声，嗓门大的，整个宴会大厅前两排的人都能听见她的声音："咦？我没有看错吧？暮暮送给林老先生的砚台，和瑶瑶送的一模一样？"

边说，沈白莲边装作好奇的样子，站起身跑到了孙妈的面前，将她准备收起的那份梁暮暮送的砚台拿到了手中。

她举到眼前，左看右看，然后就捧到了被放在餐桌上时瑶送的那个砚台前："呀，这两个砚台，真的是一模一样的啊，那这么说来，这两个砚台肯定一个是真品，另外一个是赝品了……"

"……不过，暮暮，你这个砚台买的时候，我就在跟前，花了三十多万吧，肯定是真品啊，所以……瑶瑶在林爷爷生日这天，送了个赝品给林爷爷？"

"亏得林爷爷这么喜欢她，她竟然送了个假的？而且她还是林家订下的未婚妻啊，未来林家的家母，居然送假货，这也太……"

"白莲！你到底在说些什么啊，你知不知道这是林爷爷的生日宴会！"梁暮暮似乎很着急一般，跺了跺脚，然后就伸出手，拉了沈白莲一把，企图阻止她继续胡说八道。

将这一幕尽收眼底的林嘉歌，脸上的神情变得有些薄凉。

装什么装？明明就是提前讲好的，要是真不想让那个叫什么白莲花的女人把话说出来，早点不会阻拦，偏偏要等到该说的都说完了，才站出来当和事佬？

等到沈白莲不吱声后，梁暮暮悄悄地看了一眼江晚归。

如她从前预料的那样，江晚归这个要强又好面子的女人，此时脸上的神情，已经变得有些不悦了。

她知道自己的目的已经达到了，顿时心底窃喜，但脸上的表情却充满了歉意："林爷爷，您别生气，这个礼物我也不知道会是一模一样的，我之前只是匆匆地看了瑶瑶礼物一眼，我没想过会是这样，白莲她一向心直口快，您别往心里去，我替她给您道歉了……"

"而且，礼物重要的是心意，瑶瑶一直都很孝敬您的，就算她买了个假砚台，她也没别的意思，毕竟她家庭条件有限……"

林老先生是真的不在意，即便时瑶送个一块钱的东西，他也会喜欢。

只是，梁暮暮的这些话，透露了太多太多的信息。

刚刚沈白莲激动之余，嗓门很高，引来了很多人注目。

如今她又因为抱歉，声音也很高，这下几乎将整个宴会现场的人吸引了过来。

因此，梁暮暮看似很得体的话，却引得现场不少人议论了。

"搞了半天，林老先生摆放在桌子上，各种炫耀夸赞的砚台，是个假的啊。"

"这孙媳妇儿也未免太不懂事了吧？送礼物居然送了个假的。"

"听梁家小姐话里的意思，林老先生这个孙媳妇儿家庭条件不怎么好啊，林老先生怎么会给孙子选个这样的孙媳妇儿？怎么也得讲究门当户对吧？"

"……"

随着这些议论声，越来越多，越来越大，别说是最先脸色不好看的江晚归此时脸色越来越难看了，就连林家其他的亲戚，脸色都变得有些尴尬和不悦。

此时此刻的时瑶，这下真的吃不下去蛋糕了。

这些天，她不是没想过，梁暮暮上次说她给爷爷买的礼物是个砚台，到底抱着什么心思。

就像她曾和冷暖商量的那样，她们以为梁暮暮是想对她买的生日礼物做什么手脚。

现在看来，是她想错了。

抑或是，她把人想得太简单了。

梁暮暮从始至终就没想过对她买的砚台做什么手脚，梁暮暮知道她穷，买不起昂贵的礼物，故意借她最大的弱势，给她下了这样一个圈套。

不得不说，梁暮暮挺厉害得，至少这次她的伎俩成功了。

她两百块钱买的砚台，怎么可能是真的……而她当初和秦依然出现在古玩市场，怕是秦依然是她的眼线，而她过来是问店家她买了什么样的砚台吧？而她借着她砚台的样子，去买真品……

其实她送真砚台还是假砚台，林爷爷是不会在意的；同样，她买个假砚台，也不是多么过分的事，只是她背负了林家孙媳妇儿的身份……梁暮暮这样一折腾，丢人的是林家。

而让林家丢人的罪魁祸首是她……如此一来，梁暮暮还真是计谋达成了呢。

林家肯定要讨厌死她了……即便疼爱她的林爷爷不在意，和她关系很好的嘉仪姐不在意，可是其他的林家人未必不会在意……暂且抛开她迟早会和林嘉歌解除婚约这一事，若是她不解除婚约，怕是此事过后，她说不定会被林家退婚了吧？

可是，事已至此，她似乎能做的，就是给林爷爷道歉……

想着，时瑶看向了林老先生。

明明她都让林家丢人了，因为她，林爷爷的生日过得不开心了，可林爷爷的眼底却没有半点责怪，反而还充满了担忧……

她一直都知道，林爷爷是真心实意疼爱她的，只是此时这般场景，还是让她有些感动，有些难过。

她用力地捏了捏掌心里的叉子，冲林老先生张了口，她喊了一声“林爷爷”，她后面的“对不起”都还没说出口，林老先生就开口了：“瑶瑶，没事的，爷爷又不差钱。”

听到林老先生的话，坐在时瑶旁边的林嘉仪开口了：“对啊，真假不重要，重要的是心意，再说，旁人说什么就让他们说呗，嘴长在别人的身上，咱们也管不着，没事的，瑶瑶。”

林老先生和林嘉仪不说话还好，这一说让时瑶更内疚，更难过了。

她微微垂了垂眼皮，又动了动唇，她想说“对不起”，可她刚张开口，还没说出一个字，就有蛋糕送进了她的嘴里。

她愣了愣，过了片刻，才迟缓地转头，然后看到仿佛什么事都没发生过一般，脸色淡然的林嘉歌。

碰触到她的视线，林嘉歌若无其事般的开口解释：“蛋糕上的水果，放久了会不好吃。”

说完，他又叉了一块蛋糕，这次他往时瑶嘴边送时，抬头，扫了一眼周围或是看戏或者戏中的人，然后等到时瑶将自己叉叉的蛋糕吃掉后，他才似乎很不经意般开口说：“你们就这么确定，梁小姐的砚台是真的，瑶瑶的砚台是假的？”

林嘉歌这一问，倒是把宴会现场一下子问得安静了下来，也使得很多人将视线落在了他的身上。

面对大家的注意，林嘉歌丝毫没有紧张的迹象，他依旧是刚刚那副懒洋洋的姿态，盯着时瑶的侧脸，等她将嘴里的蛋糕吞下去后，继续叉了一块蛋糕，喂到她嘴边，然后和刚刚的语气一样，依旧是漫不经心得很：“是梁小姐发誓她的砚台是真的，还是瑶瑶亲口承认了她的砚台是假的？”

林嘉仪听到这话，立刻回神：“对啊，嘉歌说得没错啊，这两个砚台是长得差不多，但是，谁真谁假，我们也不确定呀，大家怎么就一口咬定瑶瑶的是假的？”

“对啊，林家大小姐说得有道理啊。”

“也是啊，在没有鉴定的情况下，这么说林家孙媳妇儿的砚台是假的，未免有点太草率了……”

随着林嘉仪的开口，不少人也跟着转了口风。

听着大家的窃窃私语，林嘉歌忍不住扯了一下嘴角，勾出一抹嘲讽的笑。

这些围观群众也真够逗的，前一秒不是还说软包子的砚台是假的吗？后一秒被他一提醒就立刻改了口风？

这世界到底是怎么了？究竟是他李白刷不出来大，还是他貂蝉开大的时候太缺蓝？怎么就如此玄幻奇葩呢？

林嘉歌想着，就又喂了时瑶一块蛋糕。

只是那蛋糕刚被时瑶吞进嘴里，站在梁暮暮身边的沈白莲就开口了：“这个砚台的真假还需要问吗？暮暮这个花了三十多万，是从正规渠道买的，肯定是真的啊……”

这次林嘉歌还没开口，林嘉仪就出声了：“从正规渠道买的就一定是真的吗？再说，东西的真假和价格并没太大的关系吧？花了很多钱买了假产品的事比比皆是，又怎么说？”

沈白莲似乎不乐意林嘉仪这般说，张了口还想说话。

只可惜，林嘉歌没给她这个机会，就出声了：“姐，你这话说得就不对了，如果一个人没有鉴别能力的话，那肯定要去正规渠道买了，只有有一定鉴真假能力的人，才会去市场淘啊。”

这会儿，一直没开口的梁暮暮，听到林嘉歌这话，立刻开口了：“是的，我没有鉴别这些东西真假的能力，所以买砚台的时候，特意找了有证书的正规渠道购买。”

林嘉歌这个狗，到底是站哪一边的？怎么现在又帮起了梁暮暮？

被扯了后腿的林嘉仪，不悦地瞪向了林嘉歌。

感受到林嘉仪递来杀气的林嘉歌，面色未改地继续喂时瑶吃蛋糕。

论演技，他从来就没怕过谁！

喏，这不，梁暮暮已经被他绕进坑里了？

既然坑已挖好，人已进坑，那他现在，大可以开启埋坑模式了……

等到叉子上的蛋糕被时瑶吃掉后，林嘉歌才掀起眼皮，不冷不热地说了句：“既然梁小姐没有鉴别真假东西的能力，而我姐姐说得也不是没道理，正规渠道的确是有可能会买到假产品，既然如此，那简单了……”

林嘉歌说着，伸长了脖子四处望去：“……我记得葛叔，对鉴宝这一块特别专业，之前我在宾客的名单上，看到他了，不知道他今天坐在哪里？”

负责安排宾客入座的是林嘉歌的姑姑林谷南，听见林嘉歌的疑惑，立刻接了话：“我知道，在第一排靠窗那一桌。”

早就知道葛叔坐在哪里的林嘉歌，往姑姑说的方向看了一眼，然后装出果然看到了他要找的人的样子，下一秒恍然大悟地开口说：“唔，我看到葛叔了，姐姐，你那边比较方便，不知道能不能麻烦你请葛叔过来一趟？”

林嘉仪很是爽快：“好的。”

在起身之前，林嘉仪又开口说了句：“这次我是看在瑶瑶的面子上，帮你免费跑腿，换作平时，我告诉你，这是要收费的！”

林嘉歌略有些无语地抖了抖嘴角，没说话。

财迷到这个地步，还真是……让人望尘莫及，闻风丧胆啊！

很快，林嘉歌口中的葛叔被林嘉仪请了过来。

葛叔和林嘉歌的父亲林谷北交情很深，所以到来后，先跟林老先生问好，然后和林谷北寒暄了几句后，才切入了正题，问有什么需要帮忙的。

林嘉歌先礼貌地喊了声“葛叔”，然后将情况简单地阐述了一遍，最后才说了重点：

"葛叔，请您过来，是想让您鉴别下，这两个砚台，到底哪个是真的，哪个是假的？"

听到林嘉歌这话的时瑶，险些被蛋糕呛到。

敢情闹了半天，林大少爷请来专家要鉴宝？

可她那宝怕是根草，还是根两百块钱买的草……林大少爷确定是帮她？不是要害她？

时瑶想着，就急忙吞下嘴里的蛋糕，试图阻拦。

不鉴宝还好，要是真鉴宝出来，她岂不是笑话闹得更大？

然而，时瑶刚开口说了一个"等"字，压根儿就不想让她说话的林嘉歌，又往她嘴里塞了一块蛋糕，然后就出声了："葛叔，在您开始鉴别之前，先等一下……"

说着，林嘉歌看向了梁暮暮："……梁小姐，您的砚台是哪个？"

梁暮暮指了指自己的砚台，说："是这个。"

"孙妈……"林嘉歌只开口说了两个字，就停了下来，"……算了，还是不要喊孙妈了，万一孙妈把砚台给梁小姐送过去，等会儿鉴别结果出来后，不如梁小姐的意，梁小姐说孙妈动了手脚，再闹个狸猫换太子之类的诬陷，那就麻烦大了……所以，梁小姐，还是您亲自把您的砚台先抱到怀里吧……记得抱紧点，别不小心给摔了……"

梁暮暮被林嘉歌的话，讽刺得面色有点尴尬，但她还是抱起了自己的砚台。

林嘉歌确定没什么问题了，这才看向了葛叔："葛叔，那就麻烦您了。"

时瑶浑身打了个激灵。

灭顶之灾要不要来得这么快？万水千山总是情，给点缓冲行不行？

时瑶本能地想开口，可林嘉歌依旧没给她开口的机会，凑到她耳边低声问了句："蛋糕已经吃完了，还想吃？"

谁要吃蛋糕啊！谁还有心思吃蛋糕啊！

时瑶摇了摇头："我不是想吃蛋糕，我是想……"

她后面的话还没说出来，林嘉歌就贱兮兮地打断了她的话："还好你不想吃了，你要是再想吃，我也不给你吃了。"

林嘉歌这人怕不是有病吧！她的重点根本不是前半句，是没说出来的后半句好不好？

时瑶气鼓鼓地瞪着林嘉歌："我要说的根本和蛋糕无关，我要说的是……"

"哦……"林嘉歌拉着长腔，像知道了缘由一般，"……我知道你要说什么了，你要说的是谢谢，对不对？"

谢谢？你长得像谢谢！

时瑶觉得自己从小到大的教养，马上要因为林嘉歌而丧失。

“你要谢我喂你吃蛋糕，是不是？不用谢……”林嘉歌一副很是大方的样子，他怕时瑶等会儿真的说了什么不该说的话，随后又开口说，“……老实跟你讲，从小到大，让我主动喂过东西吃的，只有熊猫。”

他这话是什么意思？把她当成熊猫喂了吗？

时瑶忽然不想跟林嘉歌说话，她扭过头，看向了林嘉仪，给了林嘉歌一个后脑勺。

呃……软包子这是不高兴了？

他刚刚的话，说得有问题吗？

林嘉歌很是认真地回味了一番，反应过来，然后就凑到时瑶的跟前，小声地开口了：“我刚刚那话，不是把你当成熊猫喂，而是说你和熊猫一样……”

你才和熊猫一样！你浑身上下，里里外外都和熊猫一样！

时瑶的脑袋扭得更厉害了。

林嘉歌看见的，除了乌黑的头发，只有乌黑的头发。

没想太多的林嘉歌，顺着自己刚刚的话继续往下说：“你想啊，熊猫是什么？是国家的宝，我一个爱国人士，喂熊猫是爱国的表现，我之所以说你和熊猫一样，不是说你就是熊猫，而是说，你是我的……”

最后一个“宝”字，没说出口，意识到自己说了些什么的林嘉歌，忽然没了声音。

纵使他后面的话没说出来，但时瑶也能猜到他要说的是什么。

她的心跳，没来由地漏了半拍，然后她忍不住垂下了眼皮。

两个人没再交谈。

周围的环境，一下子显得更安静了。

所有人的注意力都停留在葛叔身上。

过了大概五分钟后，将两个砚台都仔细观察过的葛叔，摘下了眼镜。

林嘉仪心急，最先开口问：“葛叔，您鉴定的结果是怎样的？”

葛叔没着急回林嘉仪的话，出于敬重，他先喊了声“林老先生”，然后才拿起时瑶买的那个砚台，一副很是好奇的样子，冲时瑶开口问：“这个砚台，是时小姐买的？”

被林嘉歌刚刚的话，说乱了心思的时瑶，一时之间没吱声。

坐在她旁边的林嘉歌，轻轻地拍了拍她脑袋：“熊猫，葛叔问你话呢。”

喊谁熊猫呢？

时瑶心底不满，但出于礼貌，没跟林嘉歌过多计较，而是连忙懂事地回了葛叔一句：“葛叔，是我买的。”

“时小姐，我能不能冒昧地问一句，您这个砚台花了多少钱买的？”

这个……对比梁暮暮的三十万，她的钱好像真的不值一提……

做人要诚实的道理，时瑶是懂的，尽管她很为难，可她还是说了实话：“两百块钱买的。”

“两百？”葛叔大吃一惊，显然不相信，随后就笑着又开口说，“时小姐，您这是在跟我开玩笑吧，怕是您这两百后面，还得再补至少三个零吧？”

补三个零……那不就是二十万？

这玩笑开大了，她一个月生活费就1000块钱，哪里来的20万？

时瑶摇了摇头，一脸认真地回：“没，我没开玩笑，葛叔，是真的，我真是两百块钱买的。”

葛叔盯着时瑶看了一会儿，知道她不是在开玩笑，又开口了：“那，时小姐，我再冒昧地问您一句，您是从哪里买的？”

“哦……”比起多少钱，这个问题好回答多了，时瑶毫不犹豫地回，“……就是在古玩市场啊，随便一家店里挑的。”

古玩市场？那里虽然鱼龙混杂，但……不排除懂行的人能淘到好货……

听到这四个字，葛叔隐约像懂了什么，继续开口问：“时小姐，您对鉴宝这方面是不是有所了解？”

任由着葛叔问了时瑶好几句话的林嘉歌，终于等来了他要的重点。

他这次没等时瑶开口，就十分好奇地出声了：“葛叔，您就别卖关子了，您直接说，这到底是怎么一回事吧？”

“是啊，小葛，你直接说吧……”林老先生也开口了。

葛叔见林老先生开口了，没再追问时瑶，直接看向了林老先生，解释道：“时小姐这个砚台，可是个万里挑一的宝贝，这可是清朝流传下来的砚台，有好几百年的历史了。”

听见这话的时瑶，以为自己出现了幻觉，疯狂地眨了眨眼睛，发现周身的场景没任何的改变。

所以，她不是在做梦……那就是她出现幻听了？

时瑶忍不住悄悄地摸了摸耳朵，然后她就听见了林爷爷的声音：“小葛，照你这么说，瑶瑶送我的这个生日礼物，是真品？”

“当然，是比黄金还真的真品，这砚台，市场估值，怎么也得二十万往上走了，而且，林老先生，您看砚台这个地方的玉，色泽清透，一看就是上等佳品。”

“值二十万？可瑶瑶说，她是两百块钱买的啊……”林嘉仪边说，边转头看向了时瑶，“……瑶瑶，你该不会背着我们偷偷地中了彩票吧？”

感觉跟做梦似的，晕晕乎乎的时瑶，晃了晃脑袋“没有啊，我真的是两百块钱买的。”

“所以，这就厉害了啊，古玩市场这个地方，是个神奇的地方，懂行的人，能用很低的价格淘到无价之宝，而时小姐，用两百块，淘了个二十万的宝贝，这说明什么啊，说明时小姐是个行家啊！”葛叔接了话，而且越说越激动的样子，“我跟你说，鉴宝这一行，最需要经验了，我还是第一次见人年纪轻轻如此了得，天才，天才啊！林老先生！”

行家？天才？

时瑶如闻天书般，整个人更晕了。

她是谁？她在哪儿？她正经历些什么？

“原来是这样啊……”林老先生看似很平静地点着头，可下一秒就抑制不住地哈哈大笑了起来，“……瑶瑶永远都是这么厉害，总能出其不意，给我惊喜，哈哈，哈哈哈……”

葛叔：“林老先生，真是恭喜你了，有这么厉害得一个孙媳妇儿。”

“哪里，哪里。”林老先生嘴里说着要多客气就多客气的话，可眉眼却透着理所当然还用你说的骄傲。

林嘉仪见林老先生和葛叔直接聊起天了，将正事都给忘记了，连忙插嘴：“葛叔，瑶瑶的砚台鉴别结果出来了，那梁小姐的呢？她的砚台……”

林嘉仪的话还没说完，葛叔就开口了：“另外一个砚台吗？那个根本不需要鉴别，稍微懂点的人，一眼看过去就知道是假的。”

第七章

这就是爱一个人的滋味吗？

“假的？”一直都胸有成竹的梁暮暮，似乎听到了多么不可思议的结论一般，惊呼出声，“怎么可能？我花了三十万买的，怎么可能是假的？”

同样惊讶的还有时瑶。

梁暮暮三十万买的砚台，居然是个假的？而她两百块钱买了个真的？

梁暮暮本想陷害她，结果偷鸡不成蚀把米……她这是走了神运？躺着虐渣？

“可它就是假的，你看这砚台，光泽看着很高档是不是？其实那是商家提前浸过油，给了人一种假象。这玉，根本不是玉，就是一个类似于玉的石头。”葛叔面对梁暮暮的疑惑，出声解释。

说完，他就转头看向了林老先生：“林老先生，我还是想跟时小姐再聊两句，不知道可不可以？”

林老先生：“可以，当然可以。”

“那就打扰了。”葛叔跟林老先生客套完后，才转头看向了时瑶，“时小姐，不知道我可不可以问问您，您这一身鉴宝的能力，是跟谁学的？”

鉴宝的能力？跟谁学的？

她 ABCDEFG，圆锥曲线，圆半径都学不过来，哪里还有闲情逸致去鉴宝？

再说，她就算是真的有闲情逸致，也不会学鉴宝啊，宝贝又不能当饭吃，作为一个合格的吃货，有那个工夫她肯定最先学厨艺啊……

这葛叔，怕不是被人下降头中邪了吧？净问些乱七八糟的问题……

时瑶虽在心底这般嘀咕，可嘴上却还是很礼貌诚实地回："葛叔，我并没有学过这方面的东西。"

没学过？怎么可能？没学过，能两百块钱淘个精品？

葛叔想了一会儿，想到了唯一的可能性："所以，时小姐是业余爱好？"

想着，葛叔就转头看向了旁边站着的林老先生，惊叹万分出声："业余都能这么厉害，这说明天赋过人啊，林老先生，这不是简单的天才了，这就是奇才啊！"

奇才？

时瑶眨了眨眼睛。

是她话没说清楚，表达的意思有问题？还是葛叔理解能力有问题？

虽然被人夸，是一件很值得高兴的事，但是时瑶着实被夸得心虚，她忍不住又开口了："葛叔，这个真的是我运气好，我就是随便经朋友介绍，去了一家店里，看到砚台还不错，又只要两百块钱，就赶紧付款抱着跑了……"

两百块钱买了个价值二十万的东西，说不懂行，只是随便买的，谁信？

葛叔听完时瑶的话，只当她是谦虚，对时瑶更是敬佩喜欢了："林老先生啊，现在的年轻人，一个比一个心高气傲，像您孙媳妇儿这样谦虚的，真是不多见了！而且，时小姐当时赶紧付款抱着就跑，这说明遇事果断！"

啥？这年头，说实话都能被夸谦虚？怕卖家反悔赶紧付款抱着跑能被夸是遇事果断？

时瑶的眼睛眨得更厉害了。谁能告诉她，葛叔到底是哪门子骚操作？

或者，谁能告诉她，她真的叫时瑶，而不是叫外挂吗？

林老先生听到葛叔的夸赞，更开心了，笑得都合不拢嘴了："当然了，也不看是谁定下来的孙媳妇儿……"

林爷爷，冷静，冷静，别飘，别飘……

时瑶心底的暗自祈祷，压根儿没起到任何的作用。

那边的林老先生，夸得更飞起了："小葛啊，真不是我跟你吹，瑶瑶从小学习好，长得还漂亮，贴心又孝顺，那真是一等一的好女孩，我们林家啊，真的是捡到宝了……"

抱着被葛叔鉴定成假砚台的梁暮暮，看了看林老先生得意的样子，又看了看林家转笑的神情，她的视线又停留在江晚归脸上，发现一向不苟言笑的她，嘴角都挂了一丝笑，梁暮暮忍不住抓紧了手里捧着的砚台。

这砚台她可是真的花了三十万，怎么可能是假的？

还有这姓葛的，一直不断地变着法子地恭维时瑶，他该不会和时瑶串通一气了吧？

她明明是要让时瑶万劫不复的，怎么闹了半天，反而把自己闹到如此不堪的地步？

梁暮暮听着林老先生一口一个“瑶瑶”的骄傲话语，身体都气得哆嗦了起来。

她不信她的砚台是假的，一定是这个姓葛的在信口雌黄……

梁暮暮越想越不甘心，她忍不住忽然开口，打断了林老先生的话：“葛先生，您怕不是空有虚名吧？”

葛叔听到梁暮暮忽然冒出来的话，顿了几秒，才皱着眉心看向了梁暮暮：“梁小姐，你这话是什么意思？”

“什么意思？就是字面的意思。”因为过于生气，梁暮暮的话，说得有些失去理智，“您就随便看了我的砚台一眼，就说我砚台是假的，您这样敷衍的态度，怕不是就是为了讨好林家，才这么胡说八道颠倒是非的吧？”

梁暮暮说前半句话的时候，葛叔还算镇定，可是在她说到后半句话时，葛叔的脸色一下子变得难看到了极致：“梁小姐，我只是被请来辨个真假，我告诉您，您的砚台是假的，是为了您好，让您好拿着东西去找商家赔偿。谁知您竟然不领情，既然如此，那就恕我直言了！”

“您怀里抱的这个东西，我跟您说，夜市啊，旅游景区啊，批发市场啊，网上啊，一抓一大把，什么三十万，撑死了三十块钱，如果要是进货的话，也就是十来块钱的成本……

“您别觉得我这话说得难听，我只是把事实真相给你摆在这里而已，砚台不是瓷器、古画这类的古董，价格没个上限。砚台这种东西，不是说没有特别值钱的，当然有，但是太罕见了，二十万对于砚台来说，已经算是天价了……

“而您居然花了三十万，真不是我说您，您得多没常识，才做出这样的事情？怕不是你专门搞了个假的故弄玄虚，现在被我识破了，反而倒打一耙？

“还有，您说我空有虚名？在场的这么多人，怕是不少人听过我葛某吧？也有不少人辨真假的时候，来找我做鉴定吧？梁小姐，您刚刚那话，真不是在质疑我，而是在显示自己有多无知！

“有句话说得好，无知不可怕，可怕的是无知还要装有知，在这方面，梁小姐，我劝您多跟时小姐学一学，谦虚有礼……”

面对葛叔又快又利的嘴，梁暮暮连开口说话的机会都没有。

到了最后，她被葛叔呛得脸一阵白一阵青，不知是气的还是无话可说了。

坐在一旁围观了半天戏的林嘉歌，知道坑已填得差不多了，这才开口了：“葛叔，真不好意思，我只是来请您做个鉴定，没想到反而惹您不开心了。”

“罢了罢了，我也犯不着跟个小辈计较！这里没我什么事的话，我就回我的位置上喝酒了。”葛叔摆了摆手，直接转身离开了。

葛叔走了没两步，忽然停了下来：“有句话，我知道现在说不合适，但我想了想，还是决定说。”

“真不是我葛某没事挑事，送真品的时小姐自始至终什么话都没说过；反倒是抱个假货的梁小姐，在我鉴定之前，一直不断地挑起事端……”

说完，葛叔重新抬起脚，走开了。

在座的人，都不是傻子。

之前，或许有些人没想太多，此时被葛叔这般一点，大家联想了一下前因后果，也都渐渐地缓过劲来。

“葛先生不说还好，一说细细回想，还真是可怕啊……”

“梁小姐年纪不大，心思竟然这般重，她这明显是想让林家的孙媳妇儿闹笑话啊。”

“可惜她搬了石头砸了自己的脚，最后闹笑话的人变成了自己。”

听着周围人的议论纷纷，林老先生脸上的神情，变得有些不悦。

他到底是一只手创办了林氏企业的人，骨子里的那股气场还是在的，平时看着乐呵呵的，像一个慈爱的普通老人，但严肃起来却让人不敢直视：“慧玲，你教出来的好孩子啊！”

梁慧玲听到林老先生的话，连忙起身：“林伯父，我给您道歉，在生日宴会上闹出这样的事情，真的很对不住，我回家一定好好管教暮暮，回头我一定会带着她登门道歉。”

林嘉歌的姑姑林谷南接了话：“梁太太，管教是您的事，您也犯不着跟我们说，回家做了就是，至于登门道歉，就免了吧。我想我爸爸，我大哥我大嫂，以及我没过门的侄媳妇儿，他们也未必愿意接受道歉。”

“谷南说得对……”自始至终都没怎么开过口的江晚归，出声了，“……我林家的颜面，可不是谁说想打就打，打完道句歉就能过了。”

梁慧玲赔着笑开口说：“是是是，晚归姐说得对，谷南姐说得也对，这事闹得太难堪了，我回去一定会严加管教暮暮，希望你们都消消气。再说，今天是林伯父生日，我们还是要开开心心地过生日，没必要为了这件小事闹得这么不愉快，你们说是不是？”

小事？

欺负软包子，这叫小事？那么请问，什么叫大事？

林嘉歌的眼底闪过了一抹不悦，没等旁人开口，他就装作不经意地出声了：“梁伯母，您还真是把梁小姐当成自己亲生女儿般看待，又是大手笔地给钱，又是教她不要做错事。”

随着林嘉歌话音落下，又有人窃窃私语了起来。

“我的妈呀，梁小姐不是梁家的亲生女儿？”

“你不知道吗？她喊梁慧玲姑姑啊，她根本不是什么真的千金大小姐，只是因为父母死得早，被收养了。”

“我的天啊，这也太无语了吧？又不是亲生女儿，她是怎么好意思随便一个生日礼物花几十万的？”

听着旁边人的议论，梁暮暮的脸色更难看了。

而林嘉歌的嘴角，却泛起了一抹满意的笑。

她们梁家人不是刚刚还假惺惺地说软包子家庭条件有限，然后害软包子被人说出身不好吗？

那好啊，现在他就以其人之道还治其人之身，让大家知道你压根儿就不是梁家的亲生女儿……

说得好像谁不会话里带话坑人一样……

这叫什么来着，坏人自有天收……

他就是软包子的天，她身边的坏人，就有他收！

不过，刚刚梁慧玲有句话，倒是没说错，今天是爷爷的生日，一切还是以爷爷开心为主。

很多事情，该适可而止的时候，就要适可而止。

想着，林嘉歌像想起什么一样，又开口说：“对了，一般送生日礼物，不都要回礼吗？”

负责回礼这一块的孙妈回：“是的，小少爷。”

“梁小姐和沈小姐，都给爷爷送了生日礼物，虽然闹了这样的不愉快，但是回礼还是要回的……”林嘉歌边说，边沉吟着思考了起来，过了片刻，他又开口说，“……孙妈，你让司机去超市买一箱绿茶送给梁小姐当回礼，至于沈小姐，我们家后院的池塘里，莲花不是这几日都盛开了吗？你让司机摘一朵，送给沈小姐当回礼……记得，要白色莲花，越白越好……”

绿茶，莲花……这明明是拐着弯地骂人绿茶女和白莲花啊！

时瑶忍不住转头看了林嘉歌一眼。

毒！简直是太毒了！

在场的其他人也都能听出林嘉歌回礼的暗示，有不少人没忍住扑哧笑出声来。

梁暮暮和沈白莲愈发难堪了。

“好了，这件事就这样了……”一直没阻拦林嘉歌的林谷北，见事情收尾得差不多了，站出来讲话了，他看了一眼梁暮暮和沈白莲，语气还算是正常，“你们也都回去坐吧。”

“等等！”还没开过口的林嘉仪忽然出声了。

因为她的开口，不少人望向了她。

她仿佛没看到大家投来的视线一般，目光直直地落在了梁暮暮和沈白莲的身上：“你们回去坐可以，但是在回去之前，有件事必须做！”

边说，她边将视线挪到了身边时瑶的身上：“那就是，给瑶瑶道歉。”

梁暮暮和沈白莲站在原地，迟迟没开口说话。

等了大概半分钟的样子，林嘉仪似乎不耐烦般，又开口：“道歉！”

两个人依旧没出声的意思。

林嘉仪皱了皱眉，又说了一遍：“道歉，给瑶瑶道歉！”

梁暮暮抿了抿唇没说话。

沈白莲微微转了转头没吭声。

林嘉仪噌地一下子站起来，抬手就冲自己的椅子上狠狠地砸了一拳，然后随着椅子裂出一道缝隙，林嘉仪阴沉的声音，再次响起：“我说，道歉！”

林嘉仪的举动太过于突然，也太过于火爆。

除了端庄贤淑地坐在椅子上，正喝着茶，只是皱了皱眉心的江晚归；和早就见怪不怪，仿佛什么事都没发生过一般悠闲自得的林嘉歌外，其他的人都被她吓了一跳。

尤其是梁暮暮和沈白莲，被吓得浑身打了个哆嗦，脸色都有些发白。

“嘉仪，你看她们都被吓得说不出来话了，你看这样可以不？我道歉，我来道歉……”终究是梁暮暮的亲姑妈，梁慧玲还是有些护短的，她从林嘉仪带来的惊吓中缓过劲后，立刻开口了。

只是她的话刚说到一半，林嘉仪的声音，就冷飕飕地抛了过来：“你是她吗？”

梁慧玲被林嘉仪四个字噎得一时之间说不出来话了。

“梁阿姨，我要的是，梁暮暮和那个不知道叫什么名字的人道歉……”林嘉仪边说，视线边又落到了梁暮暮和沈白莲的身上，“……我的耐心有限，我再说最后一遍……”

随着声音从嘴边落下，林嘉仪的手，又握成了拳头，随着骨骼用力发出的咯噔声响，她的唇边又挤出了一个字：“道……”

后面的“歉”字，林嘉仪都没说出口，沈白莲就尖叫着出声了：“我道歉，我道歉，不要打我，不要打我……”

说着，沈白莲就看向了时瑶：“对不起，对不起……”

林嘉仪压根儿就没把沈白莲放在眼里，见她道歉了，心底骂了一句“草包”，就将视线落在了梁暮暮的脸上：“换你了！”

梁暮暮抿了抿唇，没说话。

林嘉仪蹙起了眉心，精致的脸上，明显挂满了耐心用尽的怒气。

不过，在她没发作之前，梁暮暮就看向了时瑶。

她盯着时瑶，心底愤恨极了，却又怕极了林嘉仪，她费了很大的力气，才勉强地逼着自己开口，说了三个字：“对不起……”

“你这对不起，是说给谁听的？”林嘉仪似乎很不满意般，蹙了蹙眉心，“说给我？还是我爷爷？或者是我妈？我姑？我弟？难不成是张嫂？”

梁暮暮被林嘉仪呛得眼底泛了红，她的指尖用力地抠了抠掌心，盯着时瑶沉默了好一会儿，才开口：“瑶瑶，对不起。”

“瑶瑶是你能叫的吗？”林嘉仪依旧不满意梁暮暮的道歉，又出声挑剔。

梁暮暮的脸色更难看了，在众目睽睽之下，她终究没忍住，眼底噙了泪，她抖着唇，直到泪水模糊了视线，根本看不清时瑶后，她才动了动嘴唇：“时小姐，对不起。”

林嘉仪终于满意了，她没再理会梁暮暮和沈白莲，直接收回视线，坐回了椅子上。

等她坐稳后，她才发现，旁边的时瑶，正睁大眼睛看着自己。

她愣了愣，然后就像才是反应过来一样，微微起身看了一眼自己身下坐着的椅子，在看到上面的裂痕后，暗暗地咬了一下牙，随后就恢复了一贯优雅高贵的模样，转头冲时瑶温柔地一笑：“瑶瑶，真不是我粗鲁力气大，是这椅子质量有问题。”

嘉仪姐，我读书少，你可别骗我……

时瑶看了看林嘉仪漂亮而又纤细的手，又看了看林嘉仪身下坐的椅子，显然是不相信：“是……这样的吗？”

“难道不是这样的吗？”林嘉仪反问完后，也觉得自己这个理由找得好像不是那么合理，“好像，不是这样的……不过，我跟你说，瑶瑶，我平时不是这样的，我最近是生理期要来了……”

胡诌到这里的林嘉仪，忽然觉得自己这个理由找得简直不要太好，“……瑶瑶，你知道的……这个时候会莫名很暴躁……女人嘛，每个月都有这么几天……”

深有体会的时瑶，眼底闪出认同的光：“我也是，每次到那几天，就会莫名其妙不开心，平时我只要吃点东西，就会觉得很幸福，但是那几天，我吃再多的东西，有时候还是觉得心底沉甸甸的，很不舒服……”

林嘉仪连忙顺着时瑶的话题，往下扯：“瑶瑶，你都是哪几天不舒服啊？”

坐在旁边的林嘉歌，将两个女生悄悄聊天的内容，尽收耳中。

女生聊天，都是这么东扯西扯的吗？不是说好了聊林嘉仪的粗鲁吗？怎么现在变成了生理期？

还有，林嘉仪居然问软包子，哪几天不舒服……这是在问时瑶生理期是什么时候吗？

这种女生私密问题，他还是不要听的好吧？

林嘉歌想着，就面色稍稍有些泛红地移开视线，看向了窗外，然而他的身体，却很明显地往时瑶身边靠近了一些。

“我吗？”时瑶歪着头想了想：“好像快了哎，每个月的二十八号或者二十九号，就是过几天了……”

“那你最近这几天，可要注意保暖了，少吹点空调，要是着凉了，会肚子疼的。还有，过几天不舒服的时候，记得喝点红糖水，最近凉的辣的少吃，最好不要吃，这样会舒服些……哦，还有，不要过度劳累……”

林嘉歌听着林嘉仪轻声细语的叮嘱，微微蹙起了眉心。

女生不舒服的那几天，居然有这么多条条框框的注意事项？

林嘉歌沉思了一会儿，然后就拿起手机，点开记事本，开始打字。

等他将林嘉仪刚刚说的那些都记下来后，才去留意旁边两个女生的聊天。

话题已经从生理期，变到了电视剧……

女人，可真是善变……林嘉歌忍不住在心底嘀咕了一句。

“哦，对了，瑶瑶，我想起来了，前几天有个法国的合作方，带给了我一些巧克力，我说要给你吃的，结果今天过来的时候忘记带了，就在我办公室的冰箱里……”由于刚刚没控制住脾气，当场发飙，林嘉仪迫切地想修补在时瑶心目中的形象，她想了想，就决定自己亲自跑一趟办公室，给时瑶把巧克力带过来，“……正好，我有个文件得拿回家，这里离公司很近，反正爷爷的生日宴离结束还要一段时间，我现在过去一趟吧，瑶瑶你等着我啊，我把巧克力给你搬过来……”

林嘉仪一向说风就是雨，前一秒做了决定，后一秒就拿了包站起来，给林嘉歌丢了句“照顾好瑶瑶”，就风风火火地离开了。

……

林嘉仪喝了点酒，所以没有自己开车去公司，而是叫了司机开车等在北京大饭店门口。

此时已经将近晚上九点钟了，但这片繁华地段，路况依旧有些拥堵。

为了打发时间，林嘉仪坐在后座上玩手机。

过了没多大一会儿，她的手机忽然弹出电量不足的提醒。

将手机递给司机充电后，无所事事的她，干脆落了车窗。

路边的行人很多，有不少情侣亲密地走在一起散步，经过天桥时，还能看见一些摆摊的人，贴手机膜的，卖各种小挂件的，还有烟熏火燎的烧烤……

林嘉仪望着车窗外的场景看了好一会儿，才恍恍惚惚地发现，自己好像已经很久很久没有在这种接地气、有烟火气息的夜市中走过了。

路况终于好些了，车子不再停止不动。

但速度依旧很缓慢。

随着路边摇摇晃晃的场景，一直往后退，也不知道走了多远后，林嘉仪忽然看到了一个身着白色衬衣的男生，骑着单车从路边驶过，夜风有点大，将他的白色衬衣吹得鼓鼓的……

林嘉仪盯着那道身影看了良久，越看越觉得眼熟，忽然，她惊呼一声："停车！"

司机猛地踩了刹车。

"大小姐……"

司机的话都没问完，林嘉仪就推开车门，跳下车，冲那个骑自行车的男生追了上去。

她穿了高跟鞋，跑起来很不方便，道路有些不平，她一时没注意，扭到了脚。

虽不严重，但还是有些疼，她将鞋子胡乱地脱掉后，就光着脚丫提着身上华丽的礼服裙摆冲那道身影追去。

林嘉仪的速度再快，终究也快不过那辆单车。

但好在前方就是十字路口，恰逢红灯，那辆单车停了下来。

林嘉仪气喘吁吁地跑到那辆单车的跟前，连口气都没敢缓，就猛地伸出手，抓住了单腿落地坐在单车上的白衣男生的衣摆："秦听……"

那白衣男生错愕地回头。

他和林嘉仪的视线对上后，过了好一会儿，才出声："请问，你有什么事吗？"

林嘉仪没说话，只是定定地望着面前的男生。

前方红灯变绿灯，着急离开的男生，看了看林嘉仪揪着自己的衣服的手，又开口了："小姐，不好意思，请问……"

这次他的话没说完，林嘉仪就回过神来，她急忙松开男生的衣服："对不起，我认错人了。"

"没关系……"男生客气地回了三个字，就踩着单车离开了。

很快，他的身影就消失在人海。

可林嘉仪还站在原地。

身边车来车往，人声鼎沸，可林嘉仪始终都维持着刚刚的姿态，动都没动弹一下。

是啊，她认错人了……怎么可能是他……

刚刚那个人，不过是和她印象里的他，有那么一点点相似而已。

这个世界上最大的骗子，就是他吧，说好的陪她一辈子，可却离开了她。

无论当时的海誓山盟有多感人，他对她……

终究是庄周梦了蝶，是恩赐也是劫。

“大小姐？”

“嘉仪小姐？”

一路跟来的司机，走到林嘉仪跟前，语气恭敬地喊了林嘉仪好几声，林嘉仪才回了神。

她看了司机一眼，没说话。

司机将捡的鞋子，摆放在林嘉仪的面前：“嘉仪小姐，您的鞋子。”

林嘉仪还是没说话，却将脚踩进鞋子里，转身迈着步子走到车前。

司机急忙跟上，帮林嘉仪开了车门。

林嘉仪弯身，钻进车里。

等到司机上车，林嘉仪已经变成了那个一贯高傲而又盛气凌人的林家大小姐，仿佛方才站在街道上无助茫然，只是一场错觉。

过了前方的十字路口，道路一下子畅通了起来。

很快，车子就抵达了林氏企业大楼前。

保安见到车子，立刻跑过来，帮忙拉开了车门。

林嘉仪给司机丢了句“你先回饭店吧”，就下车，踩着高跟鞋，无视保安的问好，径自进了大楼。

林老先生的生日宴，开始得很早，但结束得并不早。

将宾客送走了一茬又一茬，整个宴会大厅空荡荡的，只剩下一些林家的亲戚时，离去了两个多小时的林嘉仪还没回来。

时瑶在去洗手间时，第三次拨通了林嘉仪的电话。

就在她以为，电话和之前一样，依旧不会有人接听时，被接听了。

“瑶瑶？”

听见林嘉仪的声音，时瑶终于放下心来：“嘉仪姐，现在林爷爷的生日宴差不多已经结束了，你还过来吗？”

“哦，我差点忘了……瑶瑶，真的不好意思，我临时有点事不能过去了，巧克力，我明天要是有时间就给你送去学校；要是没时间，我就让秘书给你送过去。”

电话里林嘉仪的声音，一如既往的温柔。

可是时瑶不知为什么，总觉得有些不大对劲，她微蹙了蹙眉心，先回了句：“没事的，嘉仪姐。”

然后过了一会儿，忍不住又关心地问了句：“嘉仪姐？你……还好吗？”

“我很好啊，我当然很好了，我能有什么事啊？我忙着赚钱呢……”电话里传来林嘉仪轻轻的笑声。

原来是她想多了……

时瑶松了一口气，语气也跟着轻松了下来：“那好吧，嘉仪姐，我就不打扰你了，你先忙。”

“好的，瑶瑶小宝贝，么么哒，再见。”

时瑶软软地回了句“再见”，挂了电话。

她收起手机，整理好自己，走出了洗手间。

她站在洗手盆前，刚打开水龙头，前一会儿被她关上的洗手间门，又被打开了。

时瑶听见动静，本能地抬头，透过面前的镜子看了一眼洗手间的门口。

是梁暮暮……

她的脸色并不好看，许是哭过，脸上原本精心描绘过的妆容已经花了，睫毛膏在眼睛的周围，晕染了一圈黑。

她也看见了她，和她对视了一会儿，然后就当她是陌生人般，走到她跟前，打开了她隔壁的水龙头。

时瑶觉得自己和梁暮暮没什么好说的，她淡定地洗完手，转身离开。

只是她走了没几步，梁暮暮突然出声喊住了她：“时瑶。”

她忽然喊她做什么？

时瑶心底疑惑，但脚下的步子，却没半点要停下来的迹象。

“时瑶……”梁暮暮又开口了，比起刚刚声调高了许多，“……你别误会，我喊你，没别的意思……”

随着梁暮暮话音的落下，时瑶还听见了她高跟鞋匆匆踩地的声响。

时瑶知道，这是梁暮暮追上来了。

她微微蹙了蹙眉心，然后……加快了步伐。

她以为，她是她想追就能追得上的人？再说，她想说，她还不想听呢……

“时瑶，你跑什么？或者，你在害怕？怕我打你？”梁暮暮又开口了。

以前，她不觉得梁暮暮傻，怎么现在，她发现她的智商真的有点不够啊……该不是以前，她把她真的当朋友，然后当局者迷，她做什么，她都觉得她是好的？

想着，时瑶脚下的步子，更快了。

“时瑶，我发誓，我不会打你的……”

有完没完了，还真当她怕她打她？

时瑶虽没回头，脚步也没停，但嘴却回了话：“我怕我打你……”

不知道梁暮暮是被她这句话气到了，还是真的觉得追不上她了，倒是说了重点：“时瑶，我喊你，就是想告诉你一个秘密，那个秘密就是……”

随着她后面的“秘密”脱口而出，时瑶没半点迟疑，就带着几分嘲讽回道：“梁暮暮，你是哪里来的自信，觉得我会信你？”

说着，时瑶停下脚步，回头目光淡淡地落在了梁暮暮的脸上，比起刚刚她觉得有点可笑，此时的她神情严肃了许多：“梁暮暮，你我之间，别说是一个秘密了，就算是十个，一百个，我都不会信。你不要以为我不知道，你刚刚说的那个所谓的秘密，不过就是为了挑拨离间，你不会真以为我除了吃，就是个傻子吧？”

顿了顿，时瑶又开口了：“或许没有今日之事，我对你还会存有一些情分，可现在，你对我来说，就是过眼云烟。”

“我不信你，并不是你害我，而是我无法原谅你在林爷爷的生日宴上胡作非为。林爷爷待我好，但他待你也不差，你这样分明就是忘恩负义，冷血无情。”

把该说的都说完的时瑶，并没任何逗留的迹象，干脆了当地转身，就离开了。

或许梁暮暮对于她的话，还有什么想说的，可是，她真的没兴趣听了……

与此同时，北京大饭店一楼，林嘉歌亲自送葛叔离开。

“葛叔，今天的事，真的谢谢您了。”

“你跟我客气什么，当年我看中的一幅画，是你千方百计帮我弄到的，我本来就欠你一个人情，当初也答应你了，将来需要帮忙，我一定赴汤蹈火……”说到这里，葛叔忽然笑了，“……只是我没想到，你最后找我帮忙，就是帮时小姐说几句话……这忙帮得你可是亏大了……”

“亏？”林嘉歌微微低了低头，“葛叔，你什么时候见我吃过亏？”

更何况，这次是帮软包子，他不但不觉得亏，相反，他还觉得自己赚大了……

有句话怎么说来着？千金难买软包子高兴……只要能让软包子高兴，别说千金，万金他也砸！

“从小到大，这还是我头次见你对一个女生这么上心……以前你小的时候，见到男生就跟人说话，见到女生怎么哄都不开口，那个时候我跟你爸还担心你是不是不喜欢女孩子。尤其是你奶奶，当时还在世，天天抱着你给你看那些女明星的照片……”

“……”林嘉歌暂时无语。

原来，他小的时候过得如此悲惨？

“好了，时候也不早了，不跟你扯这些了，希望下次，再见你，听见的可是你跟时小姐喜结连理的好事。”

这话，他爱听……

林嘉歌原本无语的眉眼，立刻舒展开：“葛叔，借你吉言。”

说完，他还亲自帮葛叔拉开了车门。

等葛叔上车离开后，他才转身回了饭店。

林嘉歌本想直接去二楼找时瑶的，只是在他快走到电梯前时，视线不经意地一扫，在一楼的洗手间门口，扫到了一个熟悉的身影。

是梁久思，手里夹着一根烟，正和一个漂亮年轻的女生在聊天。

他们手里都拿着手机，看样子像在交换电话号码。

呵，还有心情泡妞？

林嘉歌忽地停了脚步，然后转身冲梁久思走去。

快将电话号码拿到手的梁久思，莫名觉得后背一凉，他本能地转头，看见冷着一张脸的林嘉歌，正冲自己走来。

梁久思吓得手一抖，手机直接摔落在了地上。

他几乎没任何犹豫，下一秒就弯下身抓起手机，连摔坏了没摔坏都没检查，撒腿就跑。

林嘉歌也加快了步伐。

梁久思胡乱地推开了一扇门，直直地钻了进去，然后才发现是楼道。

他拼命地堵住了楼道的门，结果没抵得过林嘉歌的力气，在门口被推开之前，他不管不顾地踩着楼梯开始往上跑。

结果，他跑了不过两层楼，就被林嘉歌撂倒在地上了。

“哥，哥，大哥，我错了，我错了……”无处可逃的梁久思，想都没想就开始出声求饶，“……哥，哥，你打我可以，别打我脸好吗？我是靠脸吃饭的……”

“呜……都说了别打脸，你为什么还要冲我的脸打……你这样等于剥夺了我做美男的机会……哥，我真不知道暮暮做了那些事……疼，疼，疼，我口误，是梁暮暮！梁暮暮！！！”

“大侠，手下留脸啊……”

“我把我所有珍藏的小漫画都给你……你不要那些小漫画可以啊，干吗打得更用力了？！”

“疼，真疼……我保证回家严加管教梁暮暮……不不不，我让我爸妈扣了她财政自由权……这样都不行吗？那我忽悠我爸妈把她送去老家……这样没问题了吧？回了老家，她就不能作了……”

“要是这还不行，我送你那个小未婚妻一份大礼……”

原本在听到将梁暮暮送回老家，准备收手的林嘉歌，听到梁久思后半句话，又挥起了拳头。

还带这样送人头的？

想着，林嘉歌开口：“要薯片！”

“没问题！别说是薯片了，酸奶、布丁、果冻、奥利奥、大白兔、QQ糖、牛肉干……应有尽有！”

然后……梁久思终于“死里逃生”了。

林爷爷的生日结束后，时瑶将所有心思都放在了期末考试上。

直到期末考试结束，时瑶才登录了游戏。

巧得很，她还没去【浪啊浪】群里问谁打游戏，一上线就看到了在线的【111111】，并且邀请了她加入他的队伍。

时瑶点了同意。

进入房间后，她都没开口说话，耳机里反倒先传来了数字先生的声音：“解放了？”

时瑶知道，他指的是期末考试结束了……

她在期末考试前一周，告诉过他，最近这段时间她为了复习会短暂戒游戏。

“嗯，解放了……”顿了顿，时瑶又开口，“……你不和我一样，这两天都在期末考试吗？难道你没解放？”

“我？”随着数字先生的疑惑出声，他点了开始游戏，在进入游戏的“出生岛”后，他又开口了，“我跟考试撞上，不是考试解放我，是我解放它……”

每天打游戏，还能学习好，骗谁呢？

时瑶想着，就开口了：“你是用瞎写乱蒙的方式解放考试的吧？”

“开什么玩笑？”数字先生轻笑了一声，带着几分桀骜开口道：“我就是正确答案。”

正确答案？我还是出题老师呢！

时瑶抓了一块牛肉干，塞进嘴里：“那你好胖胖哦……只可惜仅限于你口中的你……”

【111111】“真没骗你，我就是答案，我要是和答案不一样，那一定是答案错了……”

为了避免数字先生牛吹得越来越大，时瑶适当地选择了沉默。

【111111】边说，边带着时瑶跳出飞机，飞往G港：“……真不是我夸大其词，当初高中上课，我全程都是闭着眼睛的，只要我睁开眼睛，老师就会思考三秒，然后说，刚刚他讲错了……”

是是是，你不是夸大其词，你只是有节奏地吹牛……

就是不知道，数字先生吹牛的时候，会不会接住自己的下巴，要是下巴不小心吹掉了，怕是会砸坏地板吧？

见自己沉默，都阻止不了【111111】吹牛，时瑶只好开口转移了话题：“咦，对了，有件事我差点忘记了，你还记不记得，我当初要去古玩市场买东西，你介绍了一个朋友给我吗？”

随着时瑶话音的落下，她和数字先生落地了。

数字先生随便踹碎了一块玻璃，伴着一道哗啦的声响，他人进了房间，然后他的声音钻进了时瑶的耳朵里：“记得。”

时瑶还没开口，数字先生又出声了：“怎么了？”

时瑶：“我跟你说一件很神奇的事情，神奇到，我说出来你肯定不相信！”

【111111】：“都不相信了，你为什么还要说？”

时瑶：“……”

怎么办，好想把数字先生那张毒嘴给缝上！

【111111】：“不过，我就喜欢听让人不相信的事！”

时瑶：“……”

所以，刚刚是她误解了数字先生，他并不是在毒舌她？

【111111】：“快讲啊……”

好像数字先生还挺好奇的样子啊，看来真的是她误解他了……

时瑶这才开口说：“就是，我在你介绍的那家店里，买了一个砚台，你知道花了多少钱吗？”

游戏另一端的林嘉歌，听到时瑶这句问话，本能地想开口回：“200？”

结果，话还没到嘴边，他又听见了时瑶的声音：“你肯定猜不到！”

开什么国际玩笑？砚台的价格是他定的，他会不知道？

然而，心底这么想的林嘉歌，连忙将险些脱口而出的“200”咽进肚子里：“五万？”

时瑶：“土豪果然是土豪，开口就是以万为单位。”

林嘉歌默默地在心底唱了句：“该配合你演出的我演视而不见……”

然后，他开口：“那……5000？”

时瑶：“那是我一学期的生活费。”

“我该变成什么样子才能配合出演？”林嘉歌又在心底默默地唱了一句歌。

明明是她让他猜的，为什么他猜了，还会被她噎？

女人啊，真是任性……不过，他愿意陪着她任性，想着，林嘉歌继续猜：“3000？1800？ 1000？ 800？”

“算了算了，我就知道你猜不出来！”时瑶仿佛献宝般，接着开口说：“其实我才花了200块钱！”

“哦，这价格还真是让人挺不敢相信的！”林嘉歌嘴里说着很不淡定的话，可面上却极其淡定地抱着枪，狙倒了一个人。

时瑶：“这你都不敢相信了？那接下来的一幕，你怕是要惊奇坏了，你知道那个200块的砚台实际上值多少钱吗？”

知道……但是……“是因为爱你我才选择表演，这种成全”……默默唱完这一句的林嘉歌，问：“多少钱？”

他本以为时瑶会让他和刚刚一样猜猜看，没想到女孩居然很是激动地直接告诉了他价格：“20万！”

这……不按照剧本演啊……

林嘉歌沉思了片刻，出声回：“厉害！”

也不知道是不是被他夸赞的，时瑶接下来的话，很是得意，很是炫耀：“是吧？我也觉得我好厉害啊！ 200块钱，买了个20万的砚台！请问谁能做得到？我怀疑我属外挂的，开挂的人生就是如此的彪悍！”

你高兴，就好。

你好看，你说什么都是对的。

反正知道真相的我，会保持沉默，不告诉你，你的外挂是林嘉歌。

林嘉歌没出声打断时瑶的话。

“……唉，没办法，我这是天生神运，挡都挡不住，是不是很羡……”

时瑶跟在林嘉歌的身后，抱着一支枪，一边跌跌撞撞地往安全区跑，一边继续骄傲。

只是，她的话，还没说完，她的手机弹出一条消息，正在控制方向的她，不小心点了进去，然后她看见了一个视频……

视频里的人，时瑶很熟悉，所以她忍不住看了起来。

等她将视频看完后，她才发现，给她发消息的人是她现在根本不想再扯上任何关系的人。

梁暮暮给她发这个视频是什么意思？证明林爷爷生日那天，她告诉她的那个秘密是真的？

可是梁暮暮是不是也忘记了一件事，那就是在她没有亲眼证实之前，梁暮暮说什么，她都不会相信。

正在时瑶沉思时，她掌心里的手机忽然震动了一下。

她回神，发现是微信提醒，【111111】发来的消息：“掉线了？”

时瑶连忙回：“收到了个消息，不小心切出来了。”

数字先生没再给她回复，她也没给数字先生回复，而是直接回到了游戏中。

被梁暮暮发来的视频一打岔，时瑶没再继续跟数字先生炫耀。

她刚刚切出去游戏的那段时间，毒区刷过来了，她被毒掉了大半条血。

她这个现象还算正常，奇怪的是数字先生，他明明可以跑毒的，结果待在她身边没跑，也被毒了很多血。

时瑶一边打药，一边忍不住问：“你怎么也没跑毒啊？”

听到时瑶声音的林嘉歌，微挑了挑眉。

这还用问吗？当然是陪着她一起吃毒啊……

不过，林嘉歌并没说话，而是指尖流畅地操控着手机屏幕，一个跳跃，进入了安全区。

他趴进草丛，掏出一个止血包补血时，才回了时瑶的话：“好久没吃毒了，怀念毒的味道……”

喝了一口酸奶的时瑶，听到【111111】的回答，险些没喷出来。

这回答……她给他 82 分，剩下的以 666 的形式送给他……真的不能再多了，一分都不行，因为她怕他骄傲上天！

想着，时瑶回：“难道你就是传说中的电竞少年？”

“那你呢？”打完药的数字先生，从草丛里站起来，跳到一块大石头上，抱着 98K，对着远处瞄来瞄去，“电竞美少女？”

美？

听到这个字的时瑶，瞬间开心了，完全忘记了最初自己的那句话，是在嘲讽数字先生：“是的是的，我是电竞美少女，你是电竞美少年！美少年，很久之前就听闻你颜值逆天，幸会幸会……”

【111111】：“客气客气，不过，美少女，比很久之前还要很久之前就听闻你美若天仙……”

数字先生真会说话……

时瑶吞掉果冻后，美滋滋地回：“过奖过奖，美少年，你是不知道，一直以来我对老师讲的“帅”字百思不得其解，直到遇到你，刹那间我明白了，你就是帅！”

【111111】：“惭愧惭愧，美少女，如果你上街被人夸好看，你千万不要说我不好看，因为他们会打你，说你虚伪！你知不知道你的存在拯救了美女市场。”

时瑶被夸得整个人都飘了起来，以至于再开口说的话，都口无遮拦：“你说，我们两个人，你帅得人神共愤，我美得天怒人怨，还真是天生一对啊！”

天生一对？

没经过大脑就脱口而出后的时瑶，才发现自己好像用错了词。

别人是女大十八变，越变越好看，她是女大十八变，越变越随便……

就在时瑶准备开口纠正错误时，耳机里传来了【111111】的声音：“嗯，对，我们两个人，你负责漂亮，我负责帅，你负责捡药，我负责杀人，这何止是天生一对啊，这简直就是地造一双，命中注定，天赐良缘……”

呃……地造一双，命中注定，天赐良缘……这数字先生比她还随便啊……

时瑶瞬间没了心理负担，将原本要纠正的话，吞回了肚子里。

时瑶以为，这波胡吹乱捧，就此过了，没想到【111111】竟然又开口了：“既然，你跟我是天生一对，地造一双，命中注定，天赐良缘，那不如……游戏的亲密关系里，建个恋人关系？”

恋……恋……恋人关系？

大神这是在开玩笑吧？

时瑶手一抖，险些将酸奶摔在了地上。

她暗自庆幸“还好酸奶没毁”，然后才开口，带着几分不确定：“那个……你说什么？”

“建个关系，恋人关系……”随着数字先生的话音响起，时瑶看到他抱着的枪微微一抬，然后她的屏幕上就出现了一句她见怪不怪的话——【111111】用98K淘汰了【投张推荐票OK】。

然后，手机屏幕上就跳出了一个页面：大吉大利，今晚吃鸡！

呃……就这么吃鸡了？她什么都还没做啊……

就在时瑶刚想开口夸两句数字先生厉害时，数字先生又开口了：“……就在左下角，好友那里，点开后可以看到，我已经申请好了，你去同意一下……”

这，这事，还没过啊？

时瑶眨了眨眼睛：“那个，我能不能问下，你为什么忽然要跟我建……”

恋人……两个字，时瑶有点不好意思说出口：“……亲密关系啊……”

“不为什么啊，不是说好的，天生一对，地造一双，命中注定，天赐良缘吗？”

这是商业互吹啊，不能当真吧？

时瑶刚想开口说句“不是在开玩笑吗？”结果手机另一端的数字先生似乎猜透了她接下来要说什么一样，又出声了：“我刚刚夸你，都是真心的，该不会你夸我，全都是违心的？”

时瑶原本要说的话，被堵在了喉咙处，再也说不出口了：“没，怎么可能，我夸你的话真得不能再真了，比珍珠奶茶还真！”

“我相信你！”数字先生的口气，充满了信任，“所以亲密关系，你去同意一下吧。”

她要是不同意，那就说明她刚刚的夸赞，全都是假的？

明明只是单纯的商业互吹，怎么吹着吹着，她就把自己在游戏里给吹得嫁出去了呢？

时瑶点了亲密关系，果然看到了【111111】申请的亲密关系提醒。

只是游戏而已，结个恋人也没关系吧……时瑶暗咬了咬牙，然后就点了同意。

回到大厅，时瑶开口：“我同意好了，我的游戏初婚，就这么送出去了……”

“嗯，好巧……”不知道是不是时瑶的错觉，她总觉得数字先生的声音，带着莫名的温柔和欣喜，“……我也是游戏初婚。”

“如果哪里做得不够好，还请美少女多多包涵。”

这是在说客套话吧？

时瑶思考了一小会儿，也客套地回：“彼此彼此，如果我要是哪里做得不够好，也请美少年多多包涵。”

“嗯……”数字先生只回了一个字，就没再说话了。

他点了开始游戏。

在缓冲的过程中，时瑶啃着苹果，歪着头看了看面前的墙壁……

是她感官出现了问题吗？她怎么有一种……自己被绕进坑里的感觉？而且这个坑还好大，大到，她被人卖了，还在帮人数钱……

游戏结束，已是晚上十一点钟。

夏商周和陆本来还没回宿舍。

林嘉歌对着时瑶在游戏里道了晚安后，等她下线，才放下手机去洗澡了。

洗到一半的时候，隔着洗手间的门板，林嘉歌听见外面乱糟糟的。

他知道，是夏商周和陆本来回来了……

洗完澡，林嘉歌一打开洗手间的门，夏商周和陆本来就开口了。

夏商周：“老大，你知不知道我有多惨？”

陆本来：“老大，小来来也无比凄惨，你知道吗？”

“不知道……”林嘉歌擦着头发，淡淡地回了三个字，然后又补了句，“……也不想知道……”

夏商周：“呜呜呜呜，好戳心啊，老大，你果然不爱我了！”

陆本来：“都怪你，孙子，绝对是你，连累了我不被老大关心！”

夏商周：“屁，你个孙子，明明是你连累了我！”

陆本来：“我这么帅，怎么可能是我连累了你？”

“……”

面对两个人叽叽喳喳的互呛，林嘉歌面色淡定地吹着头发。

等他放下吹风机后，扫了一眼旁边坐着的两个人，看他们的神情好像真的挺郁闷的……

算了，看在今天是他和软包子大喜的日子，他就勉为其难关心一下他们吧……

想着，林嘉歌拉了椅子，坐下：“来吧，让我听听你们到底有多惨。”

夏商周：“我先来！”

陆本来：“我先来，我是你爷爷，尊老懂不懂？”

夏商周：“那还有个词叫爱幼。”

陆本来：“好吧，既然孙子都这么说了，那我就让给你吧。”

完全不知道自己被绕进坑里的夏商周，毫不犹豫地就冲林嘉歌开口了：“老大，我们这次放假，不就大四了吗？不得实习了吗？于是我就开始投简历，那个，有件事我没告诉你，就是我投了你家的公司，我之所以没告诉你，是怕你知道了，直接把我放进公司里。我是一个品格优秀的人，不会想着走后门，我还是想要看看自己的实力……”

“你想太多了，除了软包子，其他人我是不会给后门的。”林嘉歌毫不留情地戳穿了夏商周的自我幻想。

“老大，万水千山总是情，给点面子行不行？”夏商周捂着胸口吭哧出声。

林嘉歌扯了扯嘴角，没说话。

夏商周言归正传：“事实证明，即使老大不给我后门走，我凭借着自己的实力，还是接到了老大家公司的应聘电话。

“我穿着西装打着领带，破天荒地叫了一辆专车，去了老大家的公司。我使出浑身的技能，应聘完，然后我在昨天终于接到了应聘通过的电话，你们知道我有多开心吗？

那一刻我觉得，我就像拥有了全世界一样的幸福，可是，我今天去老大家的公司报到了，我才知道，迎接我的不是天堂，而是地狱。我居然，居然被分配到了老大姐姐的手下，而且我拿着报到书，去找姐姐的时候，她正训斥人，我前一秒敲开门，后一秒她就徒手捏碎了一个玻璃杯……

“……这不是更可怕的好吗？更可怕的是，姐姐绝对是因为当初我不小心看了她裸体，故意整我。她让我一整天在外面跑着给她买东西吃，而且买回来她不吃……我想了想，我堂堂G大高才生，怎么可以被姐姐如此蹂躏，于是我崛起了，我对姐姐提出了我不干了，然后姐姐下一秒就冲我挥来了拳头，说什么你以为我的部门是你家后门，想来就来，想走就走？”

“然后呢？”陆本来好奇地问。

“然后……”夏商周在说自己崛起时，浮现出的底气十足的神情，瞬间消失，取而代之的是霜打的茄子般蔫巴巴的姿态，“……然后我就怂了，我说姐姐我错了，姐姐我不走了，我愿意做牛做马，别说是合同的五年了，就算是十年我也愿意，再然后，我就被迫卖身给老大家的公司十年！十年！十年啊！那可是我人生中最美好的十年啊！”

林嘉歌无视夏商周的哀号，看向了旁边幸灾乐祸笑着的陆本来：“你呢？”

陆本来听到林嘉歌的问话，脸立刻哭丧了起来：“我比老夏惨多了，我不是前段时间拿到了我媳妇儿的支付宝吗？我真的给她转了520块钱，然后我还把她拉黑了，她根本没办法还给我，她最近来过我们班找我，每次都被我们班的学生用别的理由给拒绝了。然后最后一次的时候，有个学生告诉了她我的电话号码，当时我别提多开心了，我想着我媳妇儿的电话号码我终于可以拿到了，结果今天下午，我接到了电话，是个公共电话打来的。我媳妇儿约我学校小树林见面，我打扮得花枝招展地过去了，结果我前一秒到，后一秒我媳妇儿就把钱甩我脸上了，你看，我这一道红痕，就是钱划的……”

“我媳妇儿还跟我说，我这点小心眼，别以为她不知道，我说，你到底要怎样，才肯给我电话号码吧？她说，怎么样都不可以，太阳有多远，让我离她多远……

“……我的计划，就此失败了，我得重新想新的计划了……

“老大，你说我是不是很惨？”

听完陆本来的这句话，夏商周也眼巴巴地望着林嘉歌开口了：“还有我，是不是比小来来还惨？”

林嘉歌冲面前的两个人，一人扫了一眼，然后悠闲地往椅子上靠了靠：“既然你们这么惨，那我给你们讲个治愈的事，让你们开心下？”

夏商周："老大果然是爱我的！"

陆本来："洗耳恭听！"

林嘉歌还没说话，嘴角就先露出了一抹笑："今天是我跟瑶瑶大喜的日子。"

说着，林嘉歌掏出手机，登录游戏，点开亲密关系，将自己和时瑶结为恋人的标识指给夏商周和陆本来两个人看："喏，证据。"

夏商周隐约地听见了刀刺进胸膛的声音："……"

老大，你确定你是治愈，不是落井下石？

陆本来清晰地听见自己心碎一地的哗啦声："……"

他错了，他不该洗耳恭听，他该捂耳拒听。

过了好一会儿，陆本来才整理好自己破碎的小心脏，抱着一丝希望问："老大，你告诉我们这些，是为了给我们发喜糖，然后好治愈我们吗？"

随着陆本来开口，夏商周也回过神来："或者，老大，你是打算带着我跟小来来去金碧辉煌庆祝，然后借此让我和小来来忘却人生的苦恼？"

"你们脑补得有点多……"林嘉歌收起手机，懒洋洋地往椅背上一靠，"……我刚刚那句话，就是对你们的治愈。"

夏商周捂了下胸口："老大，你的治愈就是虐狗？"

陆本来揉了揉心窝："别人的治愈是重生，老大，你的治愈是鞭尸。"

虐狗？鞭尸？

林嘉歌蹙了蹙眉心："难道你们觉得我刚刚讲的话不够治愈吗？"

他觉得很治愈啊……简直是一扫人生之灰暗，前途一片光芒……

林嘉歌想了想，又开口了："好吧，既然如此，那我就继续治愈治愈你们，今天玩游戏的时候，瑶瑶夸我了，说我是电竞美少年。"

夏商周和陆本来对望了一眼，然后齐刷刷地看着林嘉歌，眨了眨眼睛："？？？"

老大，你确定，这是夸赞？

林嘉歌沉醉在时瑶给自己取的绰号中，完全没留意两个人的神情，他的眉眼间浮现出一抹炫耀，仿佛献宝般，问："这个称号，是不是特别动听？电竞美少年，听着就觉得超帅，有没有？"

"我跟你们说，瑶瑶不止这般夸我，还有呢，她说我颜值逆天，她还说她一直以来不知道帅字是什么意思，直到遇见我，才读懂帅字的真正含义。"

说完的林嘉歌，挑了挑眉，"怎么样？现在有没有觉得被治愈了？"

夏商周摇了摇头："治愈是什么意思，我不知道，我只知道我被人当狗活生生地秀了。"

陆本来配合地点了点头："同样，我也不知道治愈是什么意思，我只知道，我不但被鞭尸了，我还被撒狗粮了……"

"既然这样，那我只能使出撒手锏了……"林嘉歌还没开口，脸上就先浮现出一抹不好意思，"……瑶瑶说，我帅得人神共愤，她美得天怒人怨，我们俩是天生一对……"

顿了顿，林嘉歌想到后面的词，虽然是自己补的，但软包子并没拒绝，怕是她的心底和他的想法是一模一样的，于是接着开口说："……地造一双，命中注定，天赐良缘……所以你们懂了吗？是瑶瑶主动提出要跟我天生一对，地造一双……"

林嘉歌的话还没说完，陆本来噌地一下站起来，捂着肚子冲厕所跑去："老大，我肚子疼……"

这个人真无耻，抢他的台词……夏商周将陆本来从里到外狠狠地问候了一遍，然后也跟着站起来："老大，我忽然想到，林一木找我有事要说，很重要的事，我得去看看……"

随着洗手间的门和宿舍的门，一前一后地被狠狠地甩上，501 宿舍里，只剩林嘉歌一个人了。

坐在椅子上的他，蹙了蹙眉心，然后在心底把刚刚被打断的话，默默地补充完整"命中注定，天赐良缘"，然后微扬着嘴角盯着天花板看了一会儿，就起身上床准备入眠。

……

时瑶跟数字先生在游戏里互道晚安后，就放下手机去洗澡了。

等她洗漱完，整理好一切，已差不多晚上十二点了。

许是考完试后，整个人放松的缘故，今晚的她有些睡不着，躺在床上胡思乱想了一会儿，然后就拿起手机，点开网站，去看男神 Legend 的比赛视频了。

尽管那些比赛视频，时瑶已经看过很多遍了，但每次看，她依旧还是能看得热血沸腾。

她在视频弹幕上，看到有人说"神出鬼没的 L 神发微博了"。

然后她连忙退出了视频网站，点进了微博。

她不经常玩微博，粉丝关注数少得可怜，当然她发微博的次数也屈指可数，但每次都是跟 Legend 有关。

她只关注了一个人，那就是 Legend。

她从关注页面，进入了 Legend 的微博主页，果然看到他今天下午发了一条微博。

其实她的男神，也不怎么玩微博的，粉丝关注数破千万，但微博内容发了十条不到，就连最新的这一条微博内容，也只是一个活动宣传。

内容很枯燥，就是一个广告，然后转发微博可以获得 Legend 的周边签名奖品。

即便内容枯燥爆表，时瑶还是很认真地将 Legend 的微博内容一字不落的从头到尾看了一遍，还加入了十万以上的转发大军队伍。

她点了转发后，沉思了一会儿，发了句：“拉低中奖率。”

她觉得只转发一次的中奖概率太低了，于是又频繁转发了几次，这才退出了微博。

回到视频网站，时瑶将刚刚看到一半的比赛看完后，终于有点困意了，这才摘了耳机。

她刚想放下手机的时候，看到微信有提醒消息，点进去，是同学发的群发广告，她没在意，下意识地想退出微信，结果视线却瞄见了梁暮暮。

她迟疑了一小会儿，忍不住还是点了进去，将梁暮暮发给她的那个视频，又从头到尾认真地看了一遍，然后她好不容易浮现出的困意，就这么消失不见了……

同一时刻，501 宿舍，在床上躺了很久的林嘉歌，原本都要睡着了，结果手机叮咚响了一声。

他睁开眼睛，扫了一眼手机屏幕，是他之前设的提醒事项：“三十号，和软包子有个约会，地点是长鸣山，时间是上午十一点。”

今天是二十九号，零点过一分……

也就是说，还有 35 个小时，就是他对软包子告白的时刻了。

确切地说是……34 小时 59 分……哦，不，现在已经二十九号零点过两分了，那就是 34 小时 58 分……

想着想着，林嘉歌感觉自己心脏的跳动速度越来越快，就连呼吸都没缘由地变得有些急促。

有关告白的事，他早在几天前，就已经都安排好了，可他还是觉得有些紧张。

他闭着眼睛，在心底把告白的流程，从头到尾仔细地梳理了一遍，确定没什么遗漏后，心终于安定了下来。

只是过了没一会儿，他就忍不住翻了个身，又禁不住想明天要告白的那些事。

到底还是有些没信心，尽管很多事情，他都已经熟记于心了，可他还是忍不住点开手机的记事本，看自己的平时收录的那些条条框框。

百香果、枇杷、西瓜、菠萝、石榴、烤鸭、香草味的冰激凌，还有蟹黄包……软包子喜欢吃的这些东西，他特意吩咐长鸣山山顶的露天餐厅准备了。

就连薯片和奶茶他也跟司机提前打过招呼，明天会帮他放在车里。

林嘉歌一路看到最后的时候，眉心忍不住微微蹙起。

爷爷生日的那天，软包子和姐姐聊天时，提到了每个月不舒服的日子。

软包子说是每个月的28号，也就是这几天……姐姐说，这几天要注意保暖、喝红糖水，最好不要吃凉的辣的，还不能过度劳累……

糟了，他准备告白事项的时候，没考虑她的生理期，看来，有些细节还是要做更改……

不过，之前安排的那些东西，他亲自跑过一趟长鸣山，确定过没问题，可是这些更改的细节，他明天白天打电话，他们那些人靠不靠得住？

林嘉歌一边沉思，一边又翻了个身，然后视线就扫到了躺在床上的陆本来和夏商周。

比起那些工作人员，这两只好像更可靠些……

林嘉歌思考了片刻，然后就清了清嗓音，开口了：“明天你们没什么事吧？”

夏商周比较实诚，答得飞快：“明天周末啊，休息。”

隐约察觉到危险的陆本来，迟疑了半分钟，才开口：“没有，怎么了？”

林嘉歌很满意这样的回答：“那明天早上五点钟，你们两个出发去长鸣山？”

陆本来：“那个，老大，我刚想起来，我明天约了教授。”

夏商周见有人提前拒绝了，胆子也大了起来：“对，我也想起来了，我周末可能要加班。”

林嘉歌没说话，目不转睛地盯着两个人看。

陆本来和夏商周被看得越来越不安。

最后实在撑不住的夏商周松了口：“那个，老大，我说的是可能。”

嘁，这个孙子，立场如此不坚定，就这么叛变了？

陆本来狠狠地瞪了一眼夏商周，却已经开口了：“我好像也记错了，教授约我的日子，不是明天，好像后天，咦，也好像大后天，到底是哪天呢？”

夏商周：“你健忘症啊？”

陆本来：“你个叛徒，没资格说话！”

夏商周：“你才叛徒，你全家都叛徒！”

陆本来：“孙子，你果然够傻，骂人还带着自己，你知不知道你也是我家的！”

“……”

面对平常见怪不怪的场面，林嘉歌这次却微微蹙了蹙眉心，不轻不重地咳了一声。

宿舍瞬间安静了下来。

随后陆本来和夏商周看向了林嘉歌。

反正都已经怂了，那就让自己怂得有点尊严吧……于是，陆本来开口：“老大，那个去长鸣山有没有什么好处？”

“小来来，你果然没节操，朋友之间帮忙，谈什么好处，看我……”夏商周说着，就看向了林嘉歌，“……老大，你放心，我不像小来来这样无耻，我只要金碧辉煌十日游！”

陆本来：“真是应验了一句老话，青出于蓝而胜于蓝，你果然不愧是我孙子，在无耻这条路上真的是进化到登峰造极的地步了！”

这次夏商周还没呛回去，林嘉歌就出声了：“瑶瑶是谁呢？是冷暖的舍友？那既然是舍友，瑶瑶是不是就有冷暖的电话号码？如果我要是成功地追到了瑶瑶，那瑶瑶的东西是不是就属于我了？同理可得，瑶瑶有的电话号码，是不是就等于我也有了……”

陆本来：“爸爸，什么都不用说了，只要您开口，别说是长鸣山走一遭，就算是上天入地，刀山火海我也走了！”

林嘉歌没接陆本来的话，而是面色淡定地看向了夏商周：“我是谁？我是林嘉歌，林氏企业的接班人，我马上大学毕业了，过不了多久，我可能就要接管家族企业了，到那个时候，林氏企业的最大话语权在谁身上？当然是我了，也就是说，那个时候我想让谁升职就让谁升职，我想让谁合约到期就能让谁合约到期，当然我想让谁一辈子都困死在林氏企业，那也是……”

“长鸣山是个好地方啊，我恨不得现在立刻就飞奔过去！”夏商周浑身打了个哆嗦，毫不犹豫地开口了，“你们别看我现在人在宿舍，其实我的心和我的灵魂已经在长鸣山了！”

林嘉歌悠闲地往墙壁上一靠，口吻平淡地问：“所以你们这是答应帮我忙了？”

陆本来：“我一直就没拒绝啊！老大，我从你没开口就在心底答应你了，拒绝的是老夏。”

夏商周：“你放屁，明明最先拒绝的是你，我只是跟风而已。老大，你别听小来来胡说八道，我对你就像祝英台爱梁山伯，朱丽叶爱罗密欧，感天地泣鬼神，我帮你忙的决心就像孟姜女哭长城……”

这都什么跟什么啊……这比喻，是在说他自己是祝英台、朱丽叶、孟姜女吗？

且不说他愿不愿意当他的梁山伯、罗密欧和万喜良，如果他真是祝英台、朱丽叶、孟姜女，那这三个故事肯定不是经典之作了，而是惊吓之作了……

林嘉歌扯了扯嘴角，懒得和他们贫，而是直接开口说重点：“明天一早，你们去长鸣山，帮我去盯几件事……”

“第一件事是，告诉长鸣山顶层的露天餐厅，准备的晚餐要清淡，之前要的那些麻辣口味的菜系，都取消掉，换成比较有营养的。另外，海鲜也尽最大可能地减少。不要红酒了，换成红糖水……哦，还有，饭后甜点，把香草味的冰激凌取消掉，要香芋布丁……

“第二件事是，瑶瑶明天不能过度劳累，所以最好我和她还是不要爬到山顶，你们明天到了长鸣山，包辆观光车。”

把重要事情吩咐完的林嘉歌，沉思了一会儿，刚想说没别的事了，但是话到嘴边，他忽然又想到了“注意保暖”这四个字。

明天要在山顶吃晚餐，吃完晚餐他要带软包子去看他给她准备的惊喜，然后就是他特意安排的烟花，再然后就是他表白的时刻。

保守估计的话，这些流程走完，怎么也要晚上九点了吧。

软包子接受了他的表白，那他总不能立刻送她回家吧，还要带着她看看山顶的夜景，赏赏月亮和星光……说不定还要再陪软包子吃个消夜……毕竟她那么喜欢吃……

这样一来，等他和她下山，怕是要晚上十二点钟了。

虽然现在是夏季，夜里也不冷，可那毕竟是郊区，还是山顶……

为了保险起见，林嘉歌将嘴里的话，又改成了一句叮嘱：“哦，还有，你们让工作人员给我准备个披风……”

顿了顿，林嘉歌又补了句：“……还要暖宝宝和热水袋。”

管它用不用得到，反正先准备了再说……

再三确认真的没遗漏下什么后，林嘉歌这才问：“你们都记下来了吗？”

陆本来：“老大，你放心，我把你刚刚说的话，一字不落全都已经牢牢地记在心底了，为了我未来媳妇儿，我保证我会圆满地完成任务。”

夏商周：“+1，只要想到我脱离姐姐那片苦海有望，别说是让我记刚刚那些事了，就算是让我给老大洗脚，我也愿意！”

“……”林嘉歌一脸嫌弃地瞥了一眼夏商周，“我的脚说，他嫌弃你。”

“哈哈哈……”听到林嘉歌话的陆本来，毫不留情地冲夏商周嘲笑了起来，不过这次陆本来只是嘲笑，并没有嘲讽，而且很快收起幸灾乐祸的笑，看向了林嘉歌，“老大，小学妹最近是不是特殊情况？”

软包子是不是特殊情况，关你屁事……

林嘉歌斜了一眼陆本来，直接躺回床上。

陆本来一脸遗憾地摇着头直叹气：“可惜了，小学妹特殊情况，老大明天告白完，那岂不是没有办法春宵一刻值千金了？”

什么春宵一刻值千金，胡说八道什么？！

林嘉歌闭上眼睛，耳根却莫名有些发热。

春宵一刻值千金，陆本来的意思是，他对软包子告白完，他和她晚上就要度春宵……也就是说，软包子肯定会答应他的告白了，毕竟要答应后，才能春宵一刻值千金嘛……

想着，林嘉歌问："你真觉得，软包子会答应我的告白？"

陆本来："当然了，难道这个世界上还有女生会拒绝老大的告白吗？"

夏商周："除非她不是女生……不对，即便是男生，怕是也拒绝不了老大的告白吧，除非他不是人！"

陆本来："老夏说得对，再说，我和我媳妇儿的缘分深如海，就冲我媳妇儿的电话号码，小学妹也会答应老大你的告白。"

夏商周："我从小到大，买彩票没中过，走大街上没捡过钱，我已经如此悲惨了，我不信我会悲惨到连获得自由的机会都没有。所以我相信上天看在我这么想要脱离姐姐魔爪的分上，一定会让小学妹和老大有情人终成眷属的。"

"……"林嘉歌默默地闭上了眼睛。

他就不该问这俩货，他们懂什么。

陆本来："想到明天过后，老大就要成功嫁出去了，从此以后501宿舍又多了一个空床，莫名好失落。"

夏商周："我也是，心口沉甸甸的，我那接近九位数的存款啊，就这般进入了小学妹的口袋里。"

陆本来："不过仔细想想，也不是没好事啊，这等于我又多了一个衣帽间有没有？"

夏商周："听你这么一说，也对啊，我可以在宿舍光明正大地吸烟了，再也不用被不喜烟味的老大轰到阳台抽烟了。"

他们两个人的话虽然很欠扁，可是字里行间还是透着他和软包子一定会在一起的吉兆……

算了，不跟他们计较了……

想着林嘉歌翻了个身。

察觉到林嘉歌举动的陆本来，连忙改口："不过，我穷，我买不起那么多衣服，不需要第二个衣帽间了，再说宋潮汐哪里配跟老大比？老大即使不在宿舍了，床也要留着，而且每天都要拜三拜。"

同样求生欲爆表的夏商周，也一脸配合地点着头："吸烟有害身体健康，室内吸烟更是不对的行为，我要戒烟！"

林嘉歌抖了抖嘴角，开口问："所以，你们是真心觉得我和瑶瑶会在一起？"

陆本来："千真万确！"

夏商周："毋庸置疑！"

听着两个人笃定万分的话语，林嘉歌沉思了一会儿，又闭上了眼睛。

仔细想一想，这好像他从小到大，第一次对一件事如此的没信心，没把握。

一直以来，他都觉得自己是一个很自信很沉得住气的人，唯独在软包子这里……他看到了自己短板的一面。

所以，这就是爱一个人的滋味吗？

患得患失，紧张忐忑，疑神疑鬼……

第八章

林嘉歌失恋了

二十九号早上八点钟，时瑶起床了。

她先去食堂吃了早餐，然后才回宿舍收拾了东西，准备回家。

不过在回家之前，时瑶先去医院，看了一趟林老先生。

等她离开医院，回到家，已差不多是傍晚了。

时瑶吃过晚餐，陪母亲在楼下散了一会儿步，回家看到【111111】邀请游戏的消息，就登录了游戏。

玩了不过三四把，数字先生莫名其妙地问了她一句："你还不睡吗？"

才刚九点多，考试的时候，她都没这么早睡觉，现在放暑假了，谁这么早睡觉谁是傻子！

时瑶眨了眨眼睛，狐疑地反问："现在还早啊……"

"是吗？"数字先生回了她两个字，就没再说话了。

又一局游戏结束，沉默了大半局游戏的数字先生又开口了："十点了，还不睡吗？"

真是奇怪了，以前她和他玩游戏，玩到凌晨一二点的时候都有，今天这是怎么了，数字先生一直催她睡觉……

时瑶皱着眉心回："这不是刚十点吗？而且就算让我睡，我也睡不着啊……"

“那好吧，再玩一把。”随着【111111】话音响起，作为房主的他点了开始游戏。

这局游戏结束，十点二十七分，时瑶又一次透过耳机听到数字先生的催睡话：“现在可以睡了吧？”

时瑶歪着头想了一会儿，猜到了一个可能性：“你是不是有什么事要忙啊，如果你有什么事要忙的话，你就去忙吧……”

【111111】：“没有。”

居然没猜对？

时瑶更纳闷儿、更不解了：“你没事情忙，为什么要一直催我睡觉啊。”

“那个，明天你……”游戏那边的数字先生，也不知道说了点什么，忽然没了声音。

时瑶等了一会儿，见数字先生迟迟没开口，忍不住问：“明天我怎么了？”

【111111】：“哦，我是说，你这么晚睡，明天会没精神的。”

时瑶总觉得数字先生想说的不是这句话，可她想了一会儿，又想不出来他到底想表达什么，于是就咬了一口火腿肠，回：“我只要吃饱了，就不可能没精神。”

“……”游戏那端数字先生沉默几秒，才传来了他的声音，“就算是有精神，那也该睡了，早睡早起对身体好，尤其是女孩子。”

真的就这么简单？她怎么就那么不信呢？

时瑶吃着火腿肠，思考了一会儿，也没思考出来什么，于是就开口：“那好吧，我再打一把就去洗澡睡觉。”

过了好几秒钟，【111111】开口：“好。”

游戏开始了，一分钟后他们登上了飞机，然后飞机刚能跳伞，数字先生就带着她落地了。接着，数字先生落地被人用车撞死。然后，留下孤独无依的她，眼睁睁地看着自己被两个人用拳头打倒……最后，她的耳边传来了数字先生的声音：“好了，一局结束了，你可以去睡觉了。”

所以，他所谓的一局游戏，就是带着她用最快的速度落地成盒……那这局游戏，有还不如没有呢！

时瑶鼓了鼓腮，懒得搭理数字先生了，直接退出游戏去洗澡了。

不过，她洗澡回到卧室，发现自己的手机进了几条微信和一条短信。

她先看了微信，是数字先生发来的：“生气了？”

“我真的是想让你早睡早起。”

“回头我还你十次吃鸡。”

时瑶没理【111111】，而是直接切到了短信。

是林嘉歌发来的消息：“明天上午十一点，长鸣山，不要忘了。”

这不是好早之前，他和她就已经说好的事情了吗？

他今天来提醒她，是怕她忘记吗？

时瑶没想太多，指尖麻利地点了几下屏幕：“没忘，记着呢。”

许是林嘉歌就在看手机，她短信发出去后，前一秒放下手机，后一秒屏幕就亮了。

林嘉歌：“嗯。”

他这回复只是单纯地表示他收到她消息的意思吧？那她也不需要回他了吧？

时瑶想了想，没回林嘉歌的消息，直接放下手机，去涂护肤霜了。

刚拿着化妆棉，擦完护肤水，手机又响了。

依旧是林嘉歌发来的短信：“记着就好。”

记着就好……这四个字，好像哪里怪怪的？

时瑶盯着手机屏幕，思考了好一会儿，也没发觉哪里怪怪的，然后想着林嘉歌都连续发了两条消息了，所以就回了句：“明天见。”

放下手机，时瑶继续去涂护肤品了。

手机又响了一声，按照常理推断，她觉得林嘉歌回自己的肯定是一句“明天见”，所以没着急去看短信。

等她忙完，躺到床上，拿起手机时，才发现，自己只想对了两个字。

林嘉歌：“我刚看了眼路线，明天十一点见的话，你九点二十左右就要出门了。”

她又不是傻子，这些很常识的东西她肯定知道的啊，他干吗还要跟她讲一遍？

时瑶虽然疑问，但觉得林嘉歌估计只是友情提醒，所以还是保持着友情的态度回了一句：“我知道的，谢谢你哦。”

时瑶以为，这个话题就此结束了，可是她没想到，过了大概一分钟后，她又接到了林嘉歌的短信：“你明天能起得来吗？要不要我打电话叫醒你？”

是上午九点钟，不是凌晨五点钟，她为什么会起不来？

林嘉歌确定没问错问题吗？

时瑶眨了眨眼睛，以为自己看错了，等她将消息又认真地看了一遍，还没来得及回林嘉歌的短信，屏幕上就又进了新的短信：“或者你定个闹铃？”

“算了，我明天直接去接你吧，顺便把你喊醒……”

不是吧？只是一个郊游，他干吗搞得好像很重要的样子？

这根本就不像林嘉歌的画风啊……

时瑶越看短信越觉得不正常，她啃着手指，很认真地思考了一会儿，然后就像猜到了什么一样，眼睛一亮，就开始飞速地打字：“我知道了！你不是林嘉歌！你是嘉仪姐，对不对？”

只有嘉仪姐，才会把她当成不谙世事的小姑娘，好像做什么都会吃亏一样，事无巨细地关心她。

没等对方回复，已经十分确定的时瑶，开始继续发短信。

越是临近告白的时间，林嘉歌就越紧张。

他怕自己第二天起不来，每隔一分钟一个闹钟，连定了十个闹钟。

他这般担忧自己，也连带着开始担忧时瑶，担心到最后，他觉得自己还是亲自去接她的好。所以在发完明天去接她的消息后，他又开始编写短信，想跟她说，就这么说定了，明天上午九点钟，他在她家楼下等她。

结果他短信都没编写好，就收到了她的回复。

说他是林嘉仪……

以前她把他当成过一次爷爷，现在又把他当成姐姐，她这到底是要闹哪样？

林嘉歌刚想给时瑶直接打个电话过去，结果，手机上就又收到了时瑶发来的消息。

“嘉仪姐，我知道你是关心我，但是我不是小孩子，我会照顾好自己的。”

明明是他在关心她，什么嘉仪姐……

林嘉歌在心底“呵”了一声，然后屏幕又进了消息。

时瑶：“不过，嘉仪姐，我还是很感谢你的，明天我们就长鸣山门口见啦，么么哒。”

么、么、哒……

林嘉歌瞬间被这三个字吸引了所有的注意力。

么么哒……么么哒……软包子给他发了么么哒……尽管她把他当成了林嘉仪，可她发到了他的手机上，就等于发给他的……

么么哒……想着，林嘉歌的嘴角就扬起一道很浅的弧度。

许是因为他迟迟没回消息，手机那端的时瑶意识到了不对劲，又给他发了新的消息：“你……不是嘉仪姐？”

看来软包子没傻到家啊，还是反应过来了……

林嘉歌抬起手，回：“你说呢？”

时瑶：……

时瑶：“不好意思啊，我以为是嘉仪姐。”

时瑶：“因为在我的认知里，嘉仪姐是温柔体贴的，不过你怎么变得这么啰唆……”

温柔？体贴？林嘉仪？

确定这三个词能放在一起吗？软包子的语文该不会是学校守门大叔教的吧？

啰唆？

为什么刚刚那些短信放在林嘉仪的身上就是关心，放在他的身上就是啰唆？

区别待遇要不要这么明目张胆啊……

算了算了，没必要计较了，等过了明晚，软包子就是他的了。至于林嘉仪，她能掀起什么大风大浪？

林嘉歌想着，看了一眼时间，已经快十二点了，连忙回消息："时间不早了，早点睡吧。"

时瑶："嗯，晚安了。"

林嘉歌："晚安。"

看到林嘉歌回的"晚安"，时瑶没再回消息，而是直接放下手机，留了睡眠灯，闭上了眼睛。

在快睡着时，时瑶迷迷糊糊地想到了一件事，晚上打游戏的时候，数字先生频繁地催她去睡，而她后来收到林嘉歌的短信后，林嘉歌又频繁地担忧她会不会醒不过来……明明是两件不同的事情，可带给她的感觉，怎么就那么相似……

他们本来都偏高冷寡言，一下子变得那么话痨和磨叽……这样越来越诡异的画风，让她真的有点不适应。

不过话又说回来，两个人怎么同一个时间一起变呢？

还真是有默契，跟同一个人似的……

林嘉歌的闹铃，没派上任何用场，早上五点钟不到，他就醒了，然后就再也睡不着了。

七点钟不到，他就起床了，又是洗澡，又是洗头，足足折腾了一个小时，才消停了下来。

他对着镜子，左顾右盼了好一会儿，然后还是忍不住问了同样已经起床准备出发去长鸣山的陆本来和夏商周："你们觉得我现在怎么样？"

陆本来："一个字，帅！两个字，超帅！三个字，帅炸了……"

"我对你没兴趣……"林嘉歌冷冷地打断了陆本来的话，看向了夏商周。

比起陆本来那么浮夸的赞美，夏商周更另类："老大，你颜值逆天，就算是穿皇帝的新装，也帅！"

皇帝的新装……不就是裸奔吗？

林嘉歌瞪了夏商周一眼。

夏商周打了个激灵，急忙换个说辞："老大，我刚刚那意思，就是夸你帅，没别的暗示，你真的很帅，如果我是女生，我都想费尽心机追求你了……"

林嘉歌嗤笑了一声，一脸淡漠地丢了句“想得美”，然后就对着镜子抬了抬下巴。

……

尽管和时瑶约了十一点钟在长鸣山入口见。

但林嘉歌九点钟不到，就已经等在长鸣山入口了。

时间还早，他昨晚睡得比灯晚，早上起得比鸡早，坐在车里，等了一会儿，倒是等出困意了。

他看了一眼时间还早，然后又定了十个闹铃，放平椅背闭上了眼睛。

十点半，闹铃准时响起。

林嘉歌被吵醒后，打着哈欠，调好椅背，坐起来，然后放下车上方的镜子，正照镜子检查仪表时，车窗被敲响。

他扭头看了一眼，居然是提前半个小时到的时瑶。

他连忙收起镜子，推开车门：“早。”

“早。”时瑶回，然后又问，“你到了很久吗？”

“没有啊，我刚到……”

时瑶“喔”了一声，没怀疑。

按照原计划，两个人碰面后，林嘉歌带时瑶去吃附近的农家乐。

尽管时瑶早到了半个小时，但时间也不够去做其他的事，所以林嘉歌还是提议先去吃午饭。

时瑶当然不会拒绝。

吃过午饭，已经下午一点钟，林嘉歌跟时瑶进了长鸣山。

尽管已是夏天，但这里绿树葱葱，河水潺潺，温度比起市区却是低了好几度，很是清凉。

两个人沿着石板路，往山上走。

长鸣山有不少人来游玩，其中不缺乏一些情侣。

林嘉歌见有男士帮女士买水，也学着去买水；见有男士帮女士撑伞遮阳，也去买了把伞给时瑶打着；见有男士给女士拍照，便也询问时瑶要不要拍照留念……就连途中，有棵许愿树，上面挂满了红绳捆绑的木牌，林嘉歌见有情侣去许愿，也带着时瑶去了。

就这样，在林嘉歌现学现卖下，两个人爬到了半山腰处。

林嘉歌记着时瑶这几天是特殊时期，在询问时瑶累不累，要不要坐观光车被拒绝后，还是打电话叫来了观光车，载着他们上了山。

因为要看沿途的风景，观光车的速度很慢。

等到山顶，已是黄昏时分。

夕阳西下，整个山顶都是红的，今天的天气格外好，天蓝云白。

吹着傍晚徐徐的凉风，林嘉歌欣赏着整个长鸣山的风景，然后在不知不觉中，将视线落在了旁边站着的时瑶身上。

她拿着手机拍夕阳，他侧头看着她。

长鸣山不算很美的风景，却是他这一生中见过的最美的风景。

太阳渐渐地落山，拍完照的时瑶，回头对林嘉歌开口说："没想到这不算特别出名的地方，山顶的风景倒还是挺美的。"

"嗯。"林嘉歌应了一声，将视线落到了不远处的云层，"不过最美的，不是风景。"

他后面的那句话，声音不算高，山顶风大，时瑶没听清："什么？"

林嘉歌没说话，望着云卷云舒，过了好一会儿，才回："没什么，走吧，去吃晚饭了。"

"好的。"时瑶立刻收起手机，眉眼弯弯地笑了一下，就转身冲不远处的山顶小镇走去。

林嘉歌跟在时瑶身后，看着她的背影，想到自己刚刚说的那句话。

不过最美的，不是风景，是你。

林嘉歌带时瑶去的是一家露天餐厅。

比起刚进餐厅，人声鼎沸的场景，林嘉歌和时瑶坐的地方，倒是很安静。

餐桌很大，时瑶和林嘉歌面对面地坐着，餐桌的中间，摆放了一束娇艳欲滴的鲜花，旁边燃烧着九根蜡烛的烛台，桌下是燃烧的驱虫驱蚊香。

也不知他们坐的周围，究竟种了一些什么花，花香浓烈，但不刺鼻。

菜是林嘉歌提前订好的，他和时瑶落座后，服务员开口问："林先生，请问现在上菜吗？"

林嘉歌微微点了点头，没说话。

服务员微笑地回了个"好"字离开了。

没一会儿，就有服务员推着小车过来了，等到服务员将菜一一摆放在桌上，退下后，时瑶拿着筷子，准备夹糖醋小排时，忽然想到什么一样，抬头问："咦，不是说夏令营吗？其他人呢？"

她中午看到只有他一个人，还以为是其他人都已经上山了，结果这都吃晚饭了，还只有他和她……

听到时瑶的问话，正在给她盛汤的林嘉歌，纳闷儿地抬头："什么其他人？"

“嗯？”时瑶眨了眨眼睛，过了一小会儿，回过神来，“你只喊了我一个人来夏令营？”

“对……”林嘉歌点了点头，将盛好的汤，放在了时瑶的面前。

时瑶道了声“谢谢”，沉默了一小会儿：“我以为夏令营，不是只有我跟你，还有别人呢。”

“并没有，我只喊了你……”林嘉歌抬头望向了时瑶，他的眼中倒映着跳跃的烛光，衬得他整个人愈发的清隽俊气。

时瑶张了张口，想问为什么，但她还没问出口，坐在她对面的林嘉歌，又出声了：“我等会儿有事跟你说。”

原来，他喊她出来，是有事要跟她谈……那还真巧了，她今天见他，也是有事要跟他说的……他们要说的，该不会是同一件事吧？

想着，时瑶弯了弯眉眼，开口：“我也是，今天有件事想跟你说。”

咦？软包子居然也有事跟他说，她该不会和他一样，也是准备了什么惊喜？不过她的惊喜，应该大不过他给她的惊喜吧？

林嘉歌稳着面上的神情：“我们吃完饭再说？”

“好啊。”时瑶无异议。

一个小时后，时瑶放下了筷子。

等服务员送上餐后甜点离开后，时瑶问：“你想跟我说什么事啊？”

“你呢？你不是也有事要跟我说？”林嘉歌搅拌了一下自己面前的咖啡，想着既然是软包子，那他就先让她开口吧，于是又说，“你先说你的事吧。”

“好吧……”时瑶没跟林嘉歌客气，答应后，她隔着烛光望着林嘉歌，紧接着就又开口，“我知道了一件事，那就是其实一直以来，林爷爷都是在装病，所以我们之前说的那个解除婚约的事，可以跟你家里的人提……”

爷爷？装病？解除婚约？跟家里的人提了……

随着这些词汇，一个接着一个地钻进林嘉歌的耳中，他仿佛被人当头砸了好几棒槌一般，瞬间愣怔在了原处。

他脸上还残留着刚刚让时瑶先开口时的宠溺和纵容，他望着时瑶，看了好一会儿，才轻轻地眨了眨眼睛，然后带着几分不确定地问：“你……说什么？”

她刚刚表达得不清楚吗？或者，他是在质疑她所说的林爷爷装病的事？

时瑶思考了两秒，又开口了，和刚刚一样，声音还是那种柔柔软软的调子：“就是说，前几天我收到了一个视频，视频里是林爷爷和孙妈在医院病房吃火锅的场景，里面的林爷爷精神焕发，根本不像生病的样子……

“……因为发视频的人，我不怎么喜欢，所以我当时是不相信她的，但是在放暑假的第二天，我去探望林爷爷了，我到的时候，林爷爷的身体状况的确很不好，一直咳嗽，脸都咳肿了，我当时就觉得，那视频肯定是在污蔑林爷爷。但是我待了没多久，林爷爷就让我回家了，我也没想太多，就离开了病房，但是等我到了医院门口，我才发现我把地铁卡落在了林爷爷的病房里，我返回去拿的时候，看到林爷爷喊了隔壁病房的人在他房间里下象棋，他还吃冰激凌，所以我才知道，原来给我发视频的人，不是在骗我，而是真的，林爷爷真的是在装病。”

时瑶说着，就将自己的手机掏了出来，然后点开相册，找了几张照片，推到了林嘉歌的面前：“……你看，这是我那天顺手拍的几张照片，你看了就知道，我没骗你。”

时瑶说了很长很长的一段话，林嘉歌仿佛听天书一般，神情愣愣地靠着椅背维持着刚刚的姿态坐了好一会儿，才轻轻地转着眼珠，扫向了时瑶的手机屏幕。

如她刚刚所说的那样，真的是爷爷生龙活虎地和人下象棋、吃冰激凌的场景。

完全不知道林嘉歌心底想些什么的时瑶，等他盯着照片看了一会儿后，又出声了：“我本来昨天想过给你打电话说这件事的，但是，想了想，今天要跟你出来夏令营，所以就想着今天告诉你。”

手机因为长时间没人按，已经黑屏了，可林嘉歌还在盯着时瑶的手机看。

时瑶等了一会儿，见他没反应，又开口了：“之前我们不是说好的要解除婚约吗？后来因为林爷爷才耽误了，现在林爷爷没事了，所以，你看我们什么时候跟你家里的人提这件事呢？”

林嘉歌依旧没反应。

时瑶蹙了蹙眉心，再次出声：“林嘉歌？”

“林嘉歌？”

在她连续开口，喊了他两遍名字时，林嘉歌的身体微微动了动，将视线落在了时瑶的脸上：“你说什么？”

“我说，我们什么时候跟你家里的人提我们解除婚约的事？”时瑶将刚刚说的话，又重复了一遍。

林嘉歌“哦”了一声，又没了任何动静，但他这次，并没像刚刚那样大脑一片空白。

这和他预想的场面不一样啊，不是说好的是惊喜吗？这简直就是惊吓啊……

还有爷爷有毒吧，没事干，干吗装病？装就装了，早不暴露晚不暴露，干吗这个时候暴露？

什么史上第一神助攻，简直就是神坑，深水坑！

不过，软包子说，她是昨天确定爷爷装病的，昨天想过跟他立刻打电话提这件事，是想到今天有约，才推迟到今天的……这是说……在软包子的心底，她一直就没忘记过，要跟他解除婚约吗？

而且不单单是没忘记过，还很迫不及待……在知道爷爷装病后，迫不及待地想要和他解除婚约？

林嘉歌隐约地感觉到胸口泛起一抹疼，很细微，但是却又无法忽视。

时瑶见林嘉歌又没了声音，再次准备开口喊他。

结果她还没出声，林嘉歌就忽然动了唇，不过他说出的话，不是回答她的问题，而是问了她一个问题："你……一直都没忘记解除婚约的事？"

"当然了，怎么可能会忘记呢？"时瑶答得很快，没有丝毫迟疑，"之前我就是担心林爷爷的病情加重，才跟你说，解除婚约的事往后缓一缓……"

林嘉歌觉得自己胸口里的那抹疼更尖锐了，他望着时瑶看了好一会儿，才开口，他发现自己的声音，有点微微的干涩，"这段时间，你就没有别的想法？"

林嘉歌为什么忽然问她这个问题？这个问题好像和他们解除婚约，没什么联系吧……

时瑶想了一会儿，着实有点猜不透眼前的林嘉歌心底究竟想些什么，于是就出声问："为什么会这么问？"

林嘉歌努力地保持着自己口气的闲散，开口回："就是随便问问……"

"哦……"时瑶应了一声，忽然想到，林嘉歌当初把她喊到学校的小树林里，劈头盖脸地骂她是故意引起他的注意，玩欲擒故纵的把戏……而且他当时说，多的是女生给他玩这一套，但是玩这一套玩得最让他恶心的只有她……所以，他现在问她这个问题，是想试探她是不是抱着别的想法？

想到这里，时瑶连忙开口："我一直就没想过要嫁给你，这是我的真心话。当初我小，家里安排了这件事，爸妈不让我反抗，我就没敢反抗，就像我之前跟你说解除婚约，也不是抱着什么不好的心思跟你说的，而是真心实意的想法。"

"再说，你也说过，你不喜欢我，我也不喜欢你，我们现在这样解除婚约，挺好的。

"而且，我们现在年纪也不大，解除婚约后，彼此自由了，你找你的真爱，我找我的良人……"

良，良人……

林嘉歌已经有点说不出话来了，他清楚地听见自己的胸膛里，啪啦传来了一声破碎声。

他有点不敢相信，也有点难以接受，更有点不知所措……

这和他想象中的场景，一点也不一样，他紧张过自己对软包子告白时忘词，也担忧过软包子的拒绝，当然也幻想过软包子看到他精心准备的场景，激动不已，欣喜若狂，甚至感动得拉着他的袖子痛哭流涕……

总而言之，他就是没想过，软包子会跟他提解除婚约的事。

到底是他一直以来太自信了，以为他喜欢她，她就会是他的，还是他现在在做噩梦……

奇怪了……林嘉歌怎么动不动就沉默呢？

时瑶等了一会儿，见他还是没什么要开口的迹象，只好又开口了：“你怎么不说话？”

林嘉歌收起神思，回了一个：“没。”

听到他的回答，时瑶继续开口：“你有没有想好，我们哪天去跟你家里的人摊牌？”

林嘉歌没着急说话，而是悄悄地掐了自己大腿一把，尖锐的疼，戳碎了他的幻想。

这竟然是真实的，不是噩梦……怎么就不是噩梦呢？

现如今，这样的局面，他又该怎样开口回她的问话？是回她，他根本不想解除婚约，还是回她谁说我不喜欢你的？

可是，无论哪一种回答，得到的都是她的拒绝吧？毕竟，她刚刚的反应，那么明确……她不喜欢他，她自始至终都想要跟他解除婚约。

时瑶：“林嘉歌？”

林嘉歌回神，他隔着烛火望着时瑶的面容，十分风轻云淡，甚至开口说话的语气，都有点淡漠：“这个……我得想一想。”

时瑶：“那你大概什么时候，能给我答复？”

“我……”林嘉歌开口说了一个字，就不知道该怎么说下去了。

他沉默了一会儿，索性开始转移话题：“……回头再说吧，时间也不早了，我们该下山了。”

说着，林嘉歌都没等时瑶有所反应，就招呼服务员买单。

在服务员递上收费单，林嘉歌提起笔准备签字时，时瑶忽然想到林嘉歌说有事跟她讲，连忙开口问：“对了，你不是说，你也有事跟我说吗？”

听到时瑶的询问，林嘉歌握着笔的指尖，微微加大了力道，他垂着眼皮，面色平静地签了字，因为过度过猛，将收费单划破了。

等到服务员离开后，时瑶又好奇地又开口问：“你到底想跟我说什么事呀？”

随着她话音的落下，不远处有着五彩斑斓的烟花在半空中绽放，灿烂夺目。

伴着噼里啪啦的声响，周围有隐隐的欢呼声传来。

林嘉歌转头，看向了天边。

按照原计划，此时的她和他应该站在山顶的观景台上，看这些烟花，可此时……烟花按照他的计划，已经绽放了，但他和她，还在这里……

“长鸣山山顶，居然夜里还会放烟花？好漂亮啊……”时瑶昂着头，也看向了天边。

等到烟花落尽，周围的气氛又归于安静，两个人的视线，才从天边收了回来。

他和她面对面坐着，目光撞在了一起。

短暂的沉默后，时瑶又问：“你还没说，你要说的事……”

“喔……”林嘉歌略显心不在焉地应了一声，过了一会儿，才开口，“……没事了。”

没事了？

不是说有事要跟她说的吗？怎么现在又没事了？

难不成真的和她那会儿想的一样，他和她要说的是同一件事？

想到这里，时瑶开口了：“你想说的事情，是不是和我一样，都是解除婚约的事？”

解你个头啊解……林嘉歌没理时瑶，直接站起来，一副要离开的样子。

时瑶以为林嘉歌这是默认了，没再开口说话，整理了自己的东西，也站起来。

从餐厅出来，时瑶跟着林嘉歌往观光车站牌走去。

林嘉歌包下来的那辆观光车，就等在那里。

走到车前，时瑶先爬上车，等她坐好后，看到林嘉歌站在旁边没上来，微蹙了蹙眉：“你怎么不上来？”

林嘉歌的语气很淡，说的话，答非所问：“司机就等在山脚，你下去后，他会送你回家。”

时瑶问：“那你呢？你不下山吗？”

林嘉歌漫不经心地站在车旁，语调很散漫地回答：“我等会儿再下山。”

“哦哦……”时瑶以为林嘉歌还有别的事情要忙，没在这件事上再纠结。

观光车司机，见两个人没再聊天，请示了一下林嘉歌：“先生，现在可以送小姐下山了吗？”

林嘉歌轻轻点了点头，没说话。

观光车司机上车，在打火之前，时瑶想到了解除婚约那件事，转头看向了林嘉歌：“对了，我们解除婚约的事，你想好了时间，记得告诉我啊……”

林嘉歌理都没理时瑶，直接转身走人了。

盯着他的背影，时瑶皱了皱眉心。

他这是不高兴了？

可他不高兴些什么？她今天也没说错话，做错事，惹到他啊……

观光车司机，在刚刚时瑶开口说话的时候，踩了刹车，他见林嘉歌走了，又问：“小姐，我可以出发了吗？”

时瑶收回望向林嘉歌的视线，回了观光车司机一句：“可以了。”

“好嘞。”观光车司机踩了油门，车子缓速往山下开去。

时瑶看了一会儿正前方的路，然后又扭了头，往身后看去。

因为是一条直路，她还能看见林嘉歌。

他已经停了下来，没再往前走。

他站在一盏路灯下面，微垂着头，不知道在思考什么。

他和她记忆中的模样一样，即便看不清容颜，只是远远地看着，就很吸引人眼球。

可时瑶不知怎么，总觉得此时的林嘉歌，好像不开心……心事重重的样子。

观光车越开越下，林嘉歌从脚往上，一点一点地消失在时瑶的视野里。

直到她彻底看不到他的人，她才扭回了头，然后望着路边一盏一盏往后倒退的路灯，陷入了恍惚中。

时瑶回到家，已将近晚上十二点钟。

很晚了，她洗完澡，就直接躺上床准备入睡了。

白天走了不少路，她在车上的时候，就已经累得犯困了，结果这会儿躺到床上，她反而睡不着了。

她也不清楚自己究竟是怎么回事，闭上眼睛后，竟然又想起自己下山时，回头望见的林嘉歌的模样。

明明早上，他和她见面时，他看起来好像心情很好的样子，甚至在爬山时，他还挺有绅士风度地照顾了她很多。

怎么吃完晚饭，他就变成那副模样了？

时瑶在心底仔细地将晚餐的情况回想了一遍，好像在她说林爷爷是装病的，他和她可以解除婚约后，他就开始变得有点不对劲了。

他该不会，是因为……因为……

时瑶被自己接下来的想法，吓了一跳。

她这是吃了熊心豹子胆吗？居然会觉得林嘉歌是因为她提出解除婚约的事而不高兴……

他对她，的确是没有当初那么讨厌了，甚至他对她好像还不错，更甚至某些时候他的所作所为让她还有些感动……可是，这些似乎并不能代表他不想和她解除婚约……

想想当初他说的那些话……那些曾让她很长一段时间，都觉得有点自卑的话。

“我不要！这又丑又脏又寒酸的黄毛丫头，我才不要让她当我的未婚妻！

“你未婚妻的身份，是爷爷承认的，至于我，你想都别想，我一辈子都不可能承认你是我未婚妻。

“我就把话给你撂在这里了，你给我听仔细了，我——林、嘉、歌、要、是、不、跟、你、解、除、婚、约、我、名、字、就、倒、过、来、写！”

时瑶微抿了一下嘴角，将脑袋往被褥里钻了钻，试图借此遮掩一下自己心底泛起的难过。

她一定是困糊涂了，才会有刚刚那样的想法……林嘉歌怎么可能会想和她扯上关系，他不跟她讲话，或许是在想什么时候带她去和他家里的人摊牌吧，又或许是他想到了别的烦心的事……

……

G大男生宿舍楼，501室。

“这都12点了，老大还没回来，看来，老大这是不准备回来了……”陆本来边打游戏，边开口说。

“我一直以为，本宿舍除宋潮汐那个狗贼以外，我们三个中，我是第一个脱单的，而老大是最后一个脱单的，但我没想到，老大竟是第一个……”夏商周指尖飞速地点着手机屏幕，“……小来来，左边，左边有个伏地魔，打他！”

“看到了，看到了，打死了，打死了……”陆本来给枪上完子弹，才接了夏商周之前的话，“……我跟你想法差不多，只不过我觉得我是我们三个里第一个脱单的，而老大是最后一个，唉，这叫世事难料啊！”

夏商周：“唉，以后就是我们两个孤家寡人在501宿舍里相依为命啊……”

陆本来：“转眼间，宿舍里就嫁出去两个，我觉得这房子空荡荡的，我终于体会到了嫁闺女那种感……”

陆本来的话还没说完，宿舍门就被推开了。

他条件反射地往门口看了一眼，是他和夏商周口中正聊到的当事人林嘉歌回来了，他下意识地闭上了嘴。

沉浸在游戏里，没发觉门有动静的夏商周，见陆本来没了声音，以为他把话说完了，紧接着开口了：“是啊，我也是这种感觉，老大这个闺……”

“老大！”陆本来没等夏商周把话说完，急忙开口救场。

“老大什么啊老大，你吓唬谁呢？！”夏商周一边抱着枪，在游戏里打人，一边接着自己刚刚被陆本来打断的话，继续往下说，“……老大这个闺女，嫁出去后，不知道以后会不会常回家看看……”

说到最后几个字的时候，夏商周还唱了起来。

陆本来咳嗽了两声，暗示夏商周。

然而，夏商周根本没领会到他的暗示："咳什么咳，羡慕我唱得好？我再给你来两句？"

作死真是一门技术活，作得好了，毁了别人，作得不好，亡了自己……老夏，天要亡你，我还可以和天斗；可你要亡你自己，我拦不住啊……

陆本来正襟危坐地打游戏，没接夏商周的话茬。

浑然不觉得有问题的夏商周，真的扯开了嗓门，唱了起来："……常回家看看，常回家看看，哪怕请爷我啃啃馒头喝喝汤……"

随着夏商周话音落下，他感觉到有人从自己身后走过，隐约中还带着一股凉飕飕的寒意。

他蓦地打了个寒战，本能地转了一下头，然后就看到了林嘉歌。

他吓得手一哆嗦，手机直直地砸在了地上，就连嘴里的话都磕磕绊绊了起来："老……老，老大……大，你，你，你……"

夏商周"你"了半天，也没你出来个什么结果，最后索性沉默着瞪向了陆本来。

接触到他的视线，陆本来回了个爱莫能助的表情。

夏商周回了个你等着的表情，然后就转头看向了林嘉歌："老大，你累不累，要不要我给你捏捏腿？"

林嘉歌没理他。

夏商周又嬉皮笑脸地开口了："老大，你渴不渴？我给你倒杯水？"

说着，夏商周立刻起身，拿了林嘉歌的水杯，去洗手间洗干净，接了一杯水，递到了林嘉歌面前。

林嘉歌没接。

夏商周以为林嘉歌这是因为他刚刚唱的歌在动怒，吓得腿一哆嗦，然后就连忙说起了甜言蜜语："老大，恭喜你和小学妹喜结连理，贺喜你们百年好……"

夏商周后面的一个"合"字还没说出口，林嘉歌像受到了什么天大的刺激一般，原本很冷淡的眼底，忽然仿佛掺了冰一般，猛地射向了夏商周："离我远点！"

夏商周顿时吓得连气都不敢出一下了。

就在他心想着，完了完了这下真的完了时，站在他面前的林嘉歌，竟然没再理他，而是很烦躁地抬起脚走向了阳台。

等林嘉歌将阳台的门重重地甩上后，夏商周和陆本来才看向了彼此，两个人对视了三秒钟后，异口同声地开口道："老大这是失恋了？林嘉歌失恋了？！"

夏商周和陆本来说完话后，脸上同时浮现出不可思议的神情。

两个人又对视了三秒钟，然后跟提前商量好一样，再次不约而同地开口了："我不是在做梦吧？”

“我怕是在梦游吧？”

陆本来一脸嫌弃：“你能不能不要总在我讲话的时候讲话？”

夏商周呵呵冷笑：“是你非要学我好吗？你以为我稀罕跟你同步讲话？”

陆本来一副大度的样子：“算了，我现在没心情跟你争吵，我现在满心关心的是老大的幸福！”

“我看你关心的是你女神的电话号码吧？”夏商周毫不留情地拆穿了陆本来的虚伪，然后紧接着就叹了一口气，“你说老大现在是不是特别难受？”

“少在这里说假惺惺的话，你是在为你的未来和自由难受吧？”陆本来以牙还牙地拆穿了夏商周的虚伪，然后紧接着就带着几分感叹的出声，“小学妹可以啊，居然不把老大放在眼里！从此刻起，小学妹就是我的偶像了！”

“那么多女生对老大倾心，而小学妹却拒绝了老大，这就是应了那句歌词……”夏商周说着说着话，就改成了唱歌，“……爱我的人对我痴心不悔，我却为我爱的人流泪狂乱……”

陆本来掏了掏耳朵：“好好说话！”

夏商周：“果然不愧是我看上的女神，就是独树一帜，非比寻常，和那些只看脸的完全不一样！”

陆本来：“你口中的只看脸的，不包含我媳妇儿！”

夏商周：“呵呵……”

陆本来：“我说的是事实，如果我媳妇儿是你口中的那种看脸的，那她早在第一次见我时，就把电话号码给我了！”

“我吐……”夏商周刚想呕吐出声，阳台的门被拉开了，林嘉歌走了进来。

他和陆本来立刻正经了起来。

两个人一前一后地喊了声“老大”。

林嘉歌仿佛没听到他们的声音一般，面无表情地走过他们，进了洗手间。

等洗手间的门被关上，夏商周拍着胸口，死里逃生般开口说：“这不行啊，气压太低了，我受不了啊！”

陆本来：“得想个办法啊，等会儿老大出来，我们安慰安慰他，要不然今晚要窒息而亡了。”

十分钟后，林嘉歌从洗手间出来了。

陆本来和夏商周互相望了一眼，然后两个人就笑得格外灿烂地喊着“老大”，靠近了林嘉歌。

陆本来：“老大，女孩嘛，都会有点矫情和矜持，第一次告白不答应，这是很正常的事，因为她想试探你是不是真心的。”

夏商周：“对！老大，你记得一个电影吗？叫 101 次求婚，里面的男主可是求婚了 101 次呢！”

陆本来：“对对对，我看过这个电影，很好看的，所以，老大，第一次失败根本不重要，你看我，都被我媳妇儿打脸多少次了，脸都肿上天了，我还在孜孜不倦地追她！”

夏商周：“老大，你放心，下次你一定能成功，我相信你！”

吹完头发的林嘉歌，面无表情地扫了一眼夏商周和陆本来：“我说过我还要追她吗？”

呃……这剧情不对啊？

陆本来和夏商周同时愣住了。

三秒后，陆本来开口：“没，没说，就是，追她是给她面子，不答应拉倒！”

夏商周：“对，小学妹简直是不识好歹，有眼不识泰山！”

“三……”林嘉歌开口了，声音比起刚刚更骇人了，“……二……”

“老大，你不用数了，我滚，我滚！”陆本来撒腿就跑。

“老大，我错了，我说了不该说的话，我去擦马桶，现在就去！”夏商周紧跟其后拔腿就逃。

林嘉歌收回了到嘴边的“一”，他在原地站了一会儿，然后就放下吹风机，躺上了床。

……

陆本来和夏商周可以接受沉默的林嘉歌，也可以接受毒舌的林嘉歌，更能接受暴怒的林嘉歌，但是他们真的无法接受失恋的林嘉歌。

他不说话，也不打游戏，更不做项目，甚至也不吃饭，每天就冷着一张脸躺在床上。

若是这样，夏商周和陆本来也就忍了。

可是，夏商周看电脑的时候，发现熊猫视频，很可爱，然后就忍不住说了句：“熊猫真是神奇的动物啊，明明可以靠实力吃饭，偏偏就要靠颜值，这也就算了，你们知不知道，熊猫有多吃货属性？熊猫能做到，一天十九个小时不间断地吃，而且能全年无休，这才是名副其实的吃货啊……”

夏商周真的觉得自己这些话没毛病啊，可是他说着说着，不知道那句话戳中林嘉歌的伤口，就被他拿着枕头砸了，他吓得一晚上没敢再说一句话。

还有那么一次，陆本来刷搞笑视频，刷到了一个做饭的视频，背景音乐挺可爱的：“你说我太肉，需要瘦一瘦，可我就是每天都吃不够，不管，我要吃肉肉，就要吃肉肉，吃饱了才有力气和你逛遍这地球……”

这歌挺好听的，而且视频里的美食做得也特别诱人，陆本来在看完后，忍不住又放了一遍，然后他也不知道这首歌哪里得罪了林嘉歌，在床上躺着的他忽然饱含威胁地数起了数“三，二……”，当然没敢让他“一”出来，陆本来就抱着手机，逃出宿舍了。

这还不是最奇葩的，最奇葩的是，某天的夏商周上班回来，拎了一碗馄饨。

他刚准备吃，林嘉歌就走了过来。

他以为是林嘉歌要吃，还很热情地将馄饨递给了林嘉歌：“老大，你吃。”

结果，林嘉歌却将他买回来的馄饨，丢到了楼道的垃圾桶里，并且莫名其妙地给501宿舍强行加了一个舍规：不许吃馄饨。

诸如此类的事越来越多，501宿舍的温度越来越低，陆本来和夏商周也越来越觉得这日子没法过了，在两个人以为自己要被林嘉歌就这样生生折磨死，在宿舍温度低得堪比冰天雪地的寒冬腊月时，林嘉歌忽然收拾了一些东西回家了。

林嘉歌下午三点钟离开的学校，在快到小区门口时，他接到了一个电话。

他漫不经心地从兜里摸出手机，在接电话之前，扫了一眼来电显示，然后整个人就愣住了。

他盯着屏幕看了好一会儿，才猛然想起，因为软包子，他把一件非常重要的事情，给忘记了……

由于他愣神的缘故，电话因为没人接听自动挂断了。

他刚准备回过去，结果刚刚来电显示的号码又打了进来。

他接听，神情淡定地听着里面传来的焦急如焚的声音，往小区里走。

直到里面都不带喘气的声音，终于消停下来后，林嘉歌才出声了：“我知道了，这事是我不对……明天我肯定会到……”

挂断电话后，林嘉歌看到自己的微信和短信有很多未读消息。

他先点进去微信，除同学和项目合作方发来的消息外，还有林嘉仪问他放没放暑假，什么时候回家，以及时瑶问他打不打游戏的消息。

他大致扫了一眼这些消息，一个都没回，直接切到了短信。

第一条是10086发来的前一个月的账单消息。

第二条就是时瑶发来的：“我们解除婚约的事，你想好什么时候说了吗？”

“你还没想好时间吗？”

从他和她那天在长鸣山分开后，不过刚过了两天三晚，她就已经给他发了两条消息了？

她就那么想和他解除婚约吗？

林嘉歌盯着手机屏幕看了一会儿，然后就将手机锁屏塞进了裤兜里。

他差不多已经到了家门口，大门没关，有个用人正在院子里擦林嘉仪的车。

用人见林嘉歌进来，停了手上的动作，喊了声："小少爷。"

林嘉歌一丁点反应都没有，走着直线，进了屋。

玄关处，正好蹲了个用人，正在拆快递，看见林嘉歌进来，立刻起身，帮他拿了拖鞋："小少爷，您回来了？"

林嘉歌没说话，无声地低头换鞋。

用人一面继续拆快递，一面又开口问："小少爷，这是刚空运过来的新鲜水果，您要吃吗？我等会儿给您洗点。"

从早上到现在还没吃东西的林嘉歌，着实有点饿了，面对用人的问话，终于开了金口："都有什么水果？"

用人看了一眼自己正拿出来的水果，回："百香果。"

百香果……那不是软包子喜欢吃的水果之一吗？

林嘉歌的嘴角抿起，又没了声音。

用人以为林嘉歌的沉默是默认，继续开口说："小少爷，您想怎么吃百香果，是喝百香果柠檬茶，还是把百香果拌在燕窝……"

没等用人把话说完，林嘉歌就沉着嗓子出声了："我说过我要吃百香果吗？"

用人被林嘉歌噎得一下子沉默了下来。

您是没说吃，但您也没说不吃啊……

过了几秒钟，用人才继续开口说："那，除了百香果，还有枇杷、西瓜、菠萝……"

中邪了？怎么都是软包子喜欢吃的？

林嘉歌再次开口，打断了用人的话："有正常点的水果吗？"

用人发蒙地盯着自己刚刚说过的那些水果看了一圈，心想：这空运过来的新鲜水果，比超市里卖的不知道好多少倍，怎么就不正常了？

不过，用人也只敢在心底暗暗吐槽，面上却还是温和地答："除了那些水果外，还有石榴……"

石榴？

软包子喜欢的五种水果，全在了？

这次林嘉歌连给用人继续往下报水果名的机会都没给，就气冲冲地开口了："这都是什么乱七八糟的水果？是给人吃的吗？是谁让买的啊？脑子被驴踢了，是不是？"

用人被林嘉歌突如其来的怒气吓得往后退了半步，然后才弱弱地小声开口回："小少爷，是您让买的。”

他……？

林嘉歌下意识地想要说用人胡说八道，赤裸裸地污蔑，结果话还没到嘴边，他整个人就安静了下来。

这……真的是他让买的……因为都是软包子喜欢吃的，他不确定她何时会来他家，但他想着只要他让用人长年累月地备着这些，只要她来，就能吃到。

不管他当初的设想有多美好，现在都显得是那么的多余……

明明他从前是那么厌恶她，厌恶到恨不得这个世界上根本没有时瑶这个人。

怎么现在，他和她从认识到现在，不过才短短的一个学期，勉强算是四个月的时间，他的生活里，到处都能捕捉到她的影子？

用人脱口而出是林嘉歌让买的水果后，就后悔了，她见林嘉歌冷着脸半天不说话，心想着自己这下完了，指不定要被开除了，正准备开口道歉，结果站在她面前的林嘉歌，仿佛当她不存在一般，踩着拖鞋，擦过她的身子，踏着楼梯上楼了。

林嘉歌刚到走到自己卧室门口，还没来得及推开门，隔壁的房门被拉开了，林嘉仪走了出来。

“呦，提款机，还知道回家？”

林嘉歌无视林嘉仪，推开了卧室的门。

林嘉仪见林嘉歌冷着脸，脸上的笑容更灿烂了：“呀？这是心情不好的节奏？怎么了？谁惹你了？失恋了，还是‘大姨夫’来了？”

被戳中伤口的林嘉歌，脸色更低沉了，他走进卧室，下意识地就要关门。

林嘉仪倒是没跟全程对自己置若罔闻的林嘉歌计较，反而还边往楼梯口走，边好心地问了句：“我昨天让人送了一些哈根达斯过来，你要吃吗？我帮你拿一个……”

林嘉歌正准备关门的动作，蓦地顿住。

林嘉仪知道，林嘉歌这是要吃的意思，又问：“你要吃草莓味的冰激凌，还是草莓香草味的双球冰激凌……”

草莓、冰激凌……这不又是软包子喜欢吃的吗？

还是最喜欢吃的！

看她游戏名就知道了，瑶兮爱吃冰激凌……

林嘉歌无声地绷紧嘴角。

完全没看他的神情，也不知道他在想些什么，更对他想些什么不关心的林嘉仪，一边往楼下走，一边又开口说：“我家可爱的瑶瑶，最喜欢吃草莓味的冰激凌，所以我也要吃草莓味的冰激凌……”

林嘉仪语气轻快地正说个不停，忽然身后就传来“砰”的一声巨响，吓得她浑身一颤，然后扭头，就看到林嘉歌的门，已经被狠狠地甩上了。

“神经病啊，摔什么门啊，你牛拿头撞墙啊，这八成是失恋，哦，不，恋都没恋过，哪来的失恋，这就是‘大姨夫’来了，比女生反应还强烈……”林嘉仪扯着嗓子，对着林嘉歌紧闭的门，毫不嘴软地说了一顿，然后就扬起灿烂的小脸，转过头，一边继续下楼，一边接着刚刚的话往下说，“……虽然我更喜欢香草味的，但是我想到了一个两全其美的办法，那就是把香草味的和草莓味的混在一起，这样我喜欢吃的，瑶瑶喜欢吃的，我都能吃到……”

……

林嘉歌生无可恋地在房间里躺到傍晚，用人上楼喊吃饭，维持着一个动作没变过的他，终于有了反应。

林嘉仪减肥，晚餐只吃蔬菜叶子，所以，偌大的餐厅，只有林嘉歌一个人用餐。

等他落座后，用人先递了碗筷，然后才开口问：“小少爷，您主食吃包子，还是吃馄饨？”

正在用热毛巾擦手的林嘉歌，听到包子和馄饨这两个词，动作蓦地停住。

没察觉到任何不对劲的用人继续道：“包子是蟹黄馅的，馄饨是三鲜馅的……”

软包子说过，她喜欢吃蟹黄馅的包子，而馄饨，他和她在一起吃的第一顿饭，就是学校附近的那家早餐馆，她要的就是三鲜馅的……

林嘉歌这次连发火的想法，都没了。

因为，这些也是他让用人们准备的。

用人见林嘉歌半天都没说话，又开口询问：“小少爷，您要吃那一种？”

林嘉歌回神，声音淡得不像话：“我不吃主食了。”

用人：“那我直接给您把菜端上来了……”

林嘉歌没说话，微微点了点头。

用人进了厨房，每隔一小会儿，就有一道菜被她摆放在桌子上。

“这烤鸭是按您的吩咐，让人专门从餐厅送过来的……

“这麻辣香锅，是家里的厨师特意去您说的那家麻辣香锅连锁店学的手艺，我们都尝过了，不比店里的差……

“还有，这鱼，也是您之前要厨师去学的，这小龙虾，今天是麻辣味的，就是您说的那家叫‘家味’的小龙虾店里的秘制配料，我们花钱买的……

“这奶茶，就是一点点的，您要的口味，波霸奶绿，加了奶盖……

“这饭后甜点的蛋糕，是老先生生日那天的厨师做的，这是芒果西米露，这是餐后水果，小番茄和蓝莓……”

用人将所有的菜摆放在桌子上，见林嘉歌迟迟没动筷子，忍不住开口说：“小少爷，您趁热吃吧，等会儿凉了就不好吃了。”

林嘉歌盯着一桌子的菜，没反应。

用人又开口：“小少爷？”

林嘉歌回神，他反应似乎迟钝了半拍一样，过了三秒，才将视线落在了用人的身上，然后又过了几秒钟，他才开口：“把这些都撤了，等会儿你们吃吧，给我煮碗泡面就行了……”

用人以为自己听错了，目光愣愣地盯着林嘉歌看了半天，才带着几分不确定开口问：“泡面？”

林嘉歌“嗯”了一声。

他顿了两秒，想开口说加根火腿肠，结果话刚到嘴边，他想到时瑶和自己玩游戏时，经常会啃火腿肠……

顿时，那句话加根火腿肠的话，卡在他的咽喉处，再也说不出来了。

这真是天要亡他啊……谁能告诉他，以后他还有能吃的东西吗？

林嘉歌在心底默默地叹了一口气，才对着用人摆了摆手：“去吧。”

用人见他不像开玩笑，只好将桌子上丰盛的佳肴全都撤了下去，去厨房煮泡面了。

等用人煮完泡面，端着出来时，林嘉歌还坐在餐桌前。

他侧着头，隔着餐厅宽亮的落地窗，正望着窗外。

在用人的印象里，林嘉歌话向来不多，可这么安静的他，她却还是头一遭见，忍不住多看了两眼，然后她才发现，林嘉歌不是在看窗外的夜景，而是在发呆……确切地说，更像在伤神。

伤，神？

用人被自己的这个认知，吓了一跳，以至于将泡面放在桌子上的时候，用过了力道，发出很响亮的一声。

林嘉歌被吵得回过神，他没说话，拿起筷子，默默无声地吃起了泡面。

从餐厅出来，林嘉歌接到了梁久思打来的电话。

毁人姻缘的恶人亲戚打来的电话？

林嘉歌心底冷笑了一声，下一秒就将梁久思拉黑了。

收起手机，林嘉歌正准备上楼，忽然瞄见客厅的电视开着，两个已经没事可做的用人，正在看电视。

电视里播放的是韩剧，说得也是韩文。

他上楼的路，正好面向电视机，所以就多看了几眼，然后他发现，这段剧情演的是男主角对女主角告白的剧情……

男主角的台词说的特别动听：“你是不是觉得今天过得特别甜蜜，以后这样的日子会是你的日常。”

女主角：“什么意思？”

男主角：“我要和你谈恋爱。”

女主角愣住，过了大概三秒钟后，女主角开口：“对不起，你不是我喜欢的类型……”

一个用人看到这里，忍不住发出了一声感叹：“哇，居然告白失败了……”

告、白、失、败、了……

这几个字使得林嘉歌蓦地定在了原地。

过了大概三秒钟后，他抬起了脚，只是这次的他，不是上楼，而是直接走到电视机前，将电视的电源拔掉了。

他没等两个用人开口说话，就沉着嗓音出声了：“你们活干完了吗？就在这里看电视！花钱请你们过来，就是让你们来看电视的？要是真闲得没事干，那就去院子里跑步！”

说完，林嘉歌就丢下两个被自己吼得一愣一愣的用人，上楼了。

回到卧室，他又躺在了床上，他也不知道自己到底躺了多久，或许很久，也或许一小会儿，然后卧室的门被敲响了。

他装作听不到。

然而，敲门声始终没停。

忍无可忍的林嘉歌，只好下床，走到门前，拉开门，他刚想凶敲门的用人，用人就先开口了：“小少爷，时小姐过来了，大小姐让我来喊您下去。”

林嘉歌神情淡漠地“嗯”了一声，表示知道了。

然后，他就心不在焉地准备走出卧室下楼，结果刚往前踏出一步，用人刚刚说的话，忽然在他脑海里又闪了一遍。

时小姐……时……时瑶……软包子……最近频繁给他发短信说要解除婚约的大白圆？！

随着这一系列昵称，一一掠过林嘉歌的心头，下一秒他就退回房间，直接将门甩了用人一脸。

门口站着的用人，盯着面前忽然紧闭上的门，愣了好一会儿，才一脸不解地抬起头又敲起了门：“少爷？小少爷？”

用人喊了好几声，都没得到回应，无奈的她，只好转身下楼去请示大小姐了。

……

卧室里，林嘉歌前一秒反锁上门，后一秒就绕着房间频繁地走来走去。

她怎么来他家了……她过来做什么？难不成是因为他迟迟没回她的短信，亲自上门来问他，什么时候要和她解除婚约的事了？

要不要这么着急，俗话说，一日夫妻百日恩，他和她虽然不算是夫妻，但未婚夫妻也算是半个夫妻关系吧，更何况还是六年半的时间……这都不知道几百日的恩情了，她何必这么苦苦相逼？

不行不行，他不能见她……

这个念头刚浮现在林嘉歌的脑海里，他卧室的门，再次被敲响。

这次传来的不再是用人的声音，而是林嘉仪优雅的声调："嘉歌？林嘉歌？"

她只不过刚喊了他两声，就变得不耐烦了起来："林嘉歌，我警告你，别挑战我的耐性，我是看你来了'大姨夫'的面子上，现在没发火，我数三声，你要是再不麻利地给我滚出来，我就要使用非正常手段了啊……"

"三……"

不都说，姐姐疼弟弟，哥哥爱妹妹……为什么他就没在林嘉仪的身上，感受到疼爱过？

林嘉歌听见林嘉仪已经在外面开始数数了，他左看右看了两秒，然后就进了更衣室，很快就换了一身新的衣服出来。

"二……"

二个毛线啊二，我看你就是个大写加粗的二……林嘉歌边想，便往兜里塞手机和钱包。

"一……"随着这个数字的落下，林嘉仪紧随其后开口了，"瑶瑶，你上来一下，林嘉歌说，他有事跟你说……"

因为隔了上下楼，卧室的门又紧闭着，林嘉歌听不到时瑶的声音，但紧接着，他就听到林嘉仪压低嗓音，凑到门板前的得意声："有本事，瑶瑶来了，你也别开门。"

他像那种没本事的人吗？林嘉仪她到底是哪只眼睛看到他没本事了？

林嘉歌在心底不屑了两声，然后就走向了更衣室。

一路上，他在脑海里飞速地盘算着，他的窗户到地面高度大概四米，他要是扒着阳台往下跳，那就等于两米二，按照自由落地来算的话……加速度……落地冲击力……这些好像都是在可以承受的范围内……

想着，林嘉歌特意挑了几个特厚的被子和抱枕从更衣室里走了出来。

林嘉歌刚走到阳台上，身后的门就被敲响了，紧接着传来了时瑶的声音："林嘉歌……”

林嘉歌的身体，僵了一下，随后就将怀里抱着的东西丢下楼，然后在时瑶第二次开口喊“林嘉歌”时，他毫不犹豫地翻身，从阳台的窗户上跳了下去。

他人不在房间了，这下开不开门，和他有没有本事，没任何直接联系了吧？

落地后，林嘉歌整理了一下身上的衣服，然后将地上的被褥和抱枕胡乱地收起来，直接进了地下车库。把这些东西塞进自己的车里后，为了不让人发觉他的踪迹，他直接沿着黑漆漆的小道，从后门溜出了家。

在出小区的路上，林嘉歌摸出手机，把梁久思从小黑屋里放了出来，然后顺手拨了一个电话过去。

电话很快被接通，隔着手机，能听到那边乱糟糟的动静。

林嘉歌没等梁久思开口，就抛了句：“哪里？”

梁久思扯着嗓门，报了地址。

林嘉歌没再说话，直接按了挂断键，他顿了顿，想到等会儿林嘉仪找不到他人，肯定会给他打电话，然后将手机直接来电转接到他常年丢在家里不怎么常用的一个电话号码上。

他若是没记错的话，那个手机应该是被他锁在柜子里，让听见手机铃声的林嘉仪找去吧……

站在路边，林嘉歌拦出租车的时候，忍不住在心底幽幽地叹了一口气。

从小到大，他还没这么可怜过……因为软包子，他都无家可归了……

在时瑶第三次喊林嘉歌的名字，并没有得到回复后，站在旁边的林嘉仪，耐心值彻底消耗光了。

林嘉仪先是用手拍了两下门，见里面依旧毫无反应后，就直接抬起脚踢门，看还是纹丝不动，就直接对着旁边站着的时瑶柔声地开口说：“瑶瑶，你往后退两步……”

时瑶看着林嘉仪温柔的神情，没想太多，乖巧地“嗯嗯”了两声，真的就往后退了两步。

然而，在她那两步退完，整个人还没停稳时，林嘉仪忽然抬起脚，冲门板重重地踹去。

紧接着，伴随着一道咔嚓的声响，门剧烈地摇晃了两下，然后开了——

时瑶忽地睁大了眼睛。

嘉，嘉仪姐……居然，居然徒脚踹开了门？

看着敞开的门，林嘉仪拍了拍手，率先往林嘉歌的卧室走去：“瑶瑶，进来吧。”

她走了两步，见身后没动静，扭头看到时瑶直愣愣地望着自己的眼神，整个人先是愣了愣，然后就眨了眨眼睛，随后低头看了一眼被踹坏的门锁处掉落的木屑，再次眨了眨眼睛，紧接着就仰起头，冲时瑶笑眯眯地亲切地开口说："瑶瑶，我跟你说，林嘉歌卧室的门跟他人一样有毛病……"

她这理由，会不会太霸道了？

林嘉仪想了想，又开口了："他这门动不动就莫名其妙被反锁上，为了预防麻烦，这门其实早就被弄坏了，不需要多大力气就能踹开……"

说到这里，林嘉仪实在胡诌不下去了。

这么一本正经地胡说八道……别说是瑶瑶了，就连林嘉仪这个当事人都觉得扯淡……

就在林嘉仪想着到底该怎么办时，听到"动不动就莫名其妙被反锁上"这几个字的时瑶，想到当初自己跟林嘉歌回他家，第一次进他卧室，两个人就被莫名其妙反锁到他卧室里场景，她顿时很有共鸣地点了点头："哦，我知道，他这个门是有点问题。"

呃？这是信了？不会吧？睁着眼睛说的瞎话，都能被信以为真？

林嘉仪不可思议地望了时瑶好一会儿，然后就抓到了重点："瑶瑶，你怎么知道他这个门有问题的？"

这……刚刚只想着回嘉仪姐的话了，忘记了她的话很容易让人联想到更多……

就在时瑶想着怎么接林嘉仪的话，林嘉仪像猜到了什么一样，又开口了："哦，我知道了，瑶瑶，你是不是被反锁到这个门里过？什么时候？和林嘉歌一起被反锁的？快点告诉我，反锁到屋里后，你们两个都做了点什么？是白天，还是晚上？"

时瑶被林嘉仪问得脸微微红了起来："嘉仪姐，那是一个意外。"

林嘉仪一副很懂的样子："嗯嗯嗯，我懂的，爱情都是从意外开始的……"

原本语气很轻松的林嘉仪，在说完这句话的时候，眉眼忽然黯淡了下来。

是啊……爱情都是从意外开始的……就像她和秦听，也是开始于一场意外……只是他和她的爱情，到了最后，真的只是一场意外。

被林嘉仪说得有点不好意思的时瑶，脸更红了，就连脑袋都低了下去："嘉仪姐……"

听到时瑶的声音，林嘉仪回神，只是短短的一瞬，她脸上的神情又变成了刚才的眉眼飞扬："好了好了，不闹了……林嘉歌？你在哪里？给我出来！提款机，听到我说话了吗？有本事你给我滚出来……咦？怎么柜子里没有，床底下没有，就连马桶里也没有？好端端的一个人，怎么就凭空消失了呢？"

如果上天再给梁久思一次重新来过的机会，他选择，不告诉林嘉歌他所在的地址。

俗话说得好，请神容易送神难。

林嘉歌过来后，短短的五分钟，他已觉得生无可恋，人生灰暗，仿佛已是抑郁症晚期，无药可医的那种抑郁。

林嘉歌踏进包厢的第一秒，梁久思特别开心地起身："嘉哥……"

他后面的话都还没说完，林嘉歌冷飕飕的眼神就射了过来："我和你熟吗？动不动喊我哥。"

林嘉歌踏进包厢的第三十七秒，梁久思点了一首歌，刚唱到高潮："爱就像蓝天白云，晴空万里，忽然暴风雨……"

然后歌就被林嘉歌切成了："门前大桥下，游过一群鸭，快来快来数一数，二四六七八……"

林嘉歌踏进包厢的第一分二十七秒，今晚来玩的朋友里，有一对情侣，男生搂住了女生，刚想冲女生嘴上亲去，结果还没靠近，林嘉歌就冷着一张脸，沉着嗓子开口了："光天化日之下，你们这样是不是不太检点？"

林嘉歌踏进包厢的第二分四十八秒，今晚来的朋友里，还有一对男性情侣，两个人靠得有点近，时不时地碰着酒瓶喝点酒，在他们第三次碰杯时，林嘉歌又开口了："你们两个能不能坐远点？"

"……"

五分钟过后，原本热闹喧哗的包厢里，只剩了林嘉歌和梁久思两个人。

梁久思看了一眼靠在沙发上，一脸阴沉得仿佛都能滴出水的林嘉歌，摇着头先叹了一口气，然后才开口说："你这副模样，该不会是失恋……"

"恋"字音都还没发完，林嘉歌的眼底就像藏了无数刀光剑影般冲梁久思看来。

梁久思吓得急忙捂住了嘴，糟糕！居然被他猜中了！

不过，他还没恋过，称不上失恋，所以，这上演的是郎有情妾无意的戏码？

我的奶奶啊……最近的日子，怕不是要生不如死了……

正在梁久思偷偷哀怨时，林嘉歌伸出手，拿了桌上的一瓶水。

梁久思转了转眼珠，急忙出声阻拦："心情不好，喝酒呀……"

他简直太急中生智了，他们全家的智商肯定都遗传到他身上了，只要把嘉哥灌醉，那他不就不会像此刻这样过得战战兢兢，如履薄冰了？

边想，梁久思边开口了："……酒可是个好东西，一醉解千愁，可以让人忘掉所有不愉快的东西，兄弟，今晚我陪你不醉不归！"

说着，梁久思从桌子上拎了两瓶没开的啤酒，将其中的一瓶递给了林嘉歌，然后拿着自己的那一瓶，冲林嘉歌举了举，就冲嘴里灌去。

在梁久思喝了大概五分之一时，林嘉歌将酒瓶也递到了嘴边。

五分钟后，桌上的啤酒被喝光了，梁久思喊了服务员，又送了一扎啤酒进来。

十分钟后，梁久思又喊了服务员，只是这次他的口齿已经有些不清了……

半个小时后，梁久思在去喊服务员的路上，整个人已经走得摇摇晃晃了……

五十分钟后，梁久思直接趴在地上，抱着啤酒瓶呼呼大睡了……

而林嘉歌，却保持着最初的姿态，优雅地坐在沙发上，慢悠悠地举起酒瓶，喝光了最后一口酒，然后喊了服务员，继续上酒。

随着桌子上的空酒瓶，越堆越多，一直无比清醒的林嘉歌终于有了醉意。

可他不但没像梁久思说的那样，一醉解千愁，大脑反而更清醒了。

他清醒地发现，自己在想她……

或者，他这几天一直都在想，只是他不想去面对。

他拒绝所有一切和她有关的东西，因为他怕唤醒自己心底最真实的想法。

他以为自己只要压下心底的那股最真实的想法，久而久之，她就可以像从未在他的世界里出现过一样。

可不管他怎么逃，如何拼命地躲，她在他的世界里，见缝插针，如影随形，无处不在。

承认吧，她远比你想象中重要。

认命吧，你远比你想象中喜欢她。

林嘉歌又灌了一瓶酒，然后掏出手机，找了时瑶的电话号码。

他盯着屏幕看了一会儿，然后就做了什么巨大的决定一样，指尖飞快地敲打了几下屏幕，发了一条短信过去：“我喜欢你，时瑶。”

她是他心动的第一个女孩，也是他喜欢的第一个女孩。

他承认，他那些没来得及说出口的告白，被她那句解除婚约扼杀在了喉咙处后，他想过，要不就这样算了吧……

可是，第二天的他，想的是，真的就这么算了吗？

第三天的他，想的是，要是真的就这么算了，他以后怎么办？

……

直到此时此刻的他，想的是，算不了啊，没办法就这么算了啊，他对她是那种想要娶她的喜欢，若是就这么算了，那他这一生该怎么办？

他没心思去追究到底是酒壮怂人胆，还是酒让他看清了自己内心最真实的想法，他只知道，那些话，憋在他心底太久了，他要告诉她，哪怕他知道，她不喜欢他，他得到的会是拒绝，可是他还是要说。

想着，林嘉歌再次动起了指尖：“想和你一起去爬最高的山，喝最烈的酒……”

“想和你一起去最远的领土，坐最久的火车……

“想和你……”

第九章
时瑶，我们来日方长

冷暖暑假没回家，留在北京打工，今天又恰好是她的生日，宿舍四个人，只有时瑶是北京的，所以她晚上特意从郊区跑到城里来陪冷暖过生日。

不过在来的时候，受母亲所托，给林家带了一些土鸡蛋。

和冷暖吃完晚餐，已是差不多晚上八点钟了，还好她和冷暖在的地方距离林家比较近，不怎么堵车，拦了一辆出租车，没一会儿就到了。

这几天，她给林嘉歌发过两条短信，但都没有收到他的回复，所以她到林家后，和嘉仪姐打过招呼，就顺口问了林嘉歌，想要看看他在不在家，顺便当面问问他解除婚约的事。

结果谁知，闹腾了大半天，也没找到林嘉歌人……

找不到就找不到了，时瑶也没太当回事，但是林嘉仪却没有半点要罢休的意思，不但往马桶里找林嘉歌，就连垃圾桶都翻了……

时瑶见林嘉仪找的地方，越来越奇葩，忍不住出声提醒："嘉仪姐，那些地方是藏不了人的……"

"是吗？"林嘉仪一边反问一边把马桶上面抽水的盖搬了下来，往里看了一眼，"瑶瑶，你说的是对的，这些地方是藏不了人……但……林嘉歌他不是人啊！"

“瑶瑶，我跟你讲啊，我挖地三尺也要把他给找出来，你知不知道，他这是在侮辱我！

“从小到大，我们两个玩捉迷藏，我就没有赢过他一次，他绝对是在挑衅我……我就不信我一次都赢不了……

“瑶瑶，你耐心等会儿，我给公司的人打电话，我要让所有人都连夜加班，给我找林嘉歌，我就不信了，我把北京城翻个底朝天，还找不到他人……”

她是有事想找林嘉歌，但那事也不是着急到非要今天见到林嘉歌的地步……反正解除婚约的事，都已经拖了一学期了，也不在乎这一两天……

不过，嘉仪姐这架势，好像也不是单纯因为她要找林嘉歌……但是起因却是因为她……

时瑶见林嘉仪真的开始打电话了，连忙冲上前，拦住了林嘉仪：“嘉仪姐，可能他临时有急事，出去了，没告诉你……再说，我找他也没什么事……比起他，我更想跟你聊天，所以算了吧……”

比起他，我更想跟你聊天……

这句话成功地哄到了林嘉仪，她几乎没有半点犹豫，就将手机收了起来：“看在我瑶瑶小宝贝的分上，我不跟那个取款机计较了……”

“不过，瑶瑶，我跟你说，林嘉歌这个人，捉迷藏绝对开了外挂，你知道他多损吗？

“小的时候，有次捉迷藏，我们全家上上下下找他找了一个小时没找到他人，当时爷爷急得就差没报警了，结果你猜，最后在哪里找到他了？他居然躲在游泳池的最深处……要不是用人打扫游泳池，把水放干了，看到了他，你说谁会想到那里藏着个人……你说咋没淹死他个取款机啊……

“他这个取款机还不是自动取款机，真是一无是处啊……”

“……”

就这样，时瑶吃着林家用人准备的水果，喝着椰汁西米露，听着林嘉仪气都不带喘一下地吐槽，待到了十点钟，提出了离开。

因为天色太晚，林嘉仪真的不放心时瑶一个人回家，所以她让用人给家里的司机打了电话。

实在不巧得很，司机被江晚归安排去机场接一个重要的客户了。

时瑶听到这结果，立刻开口：“没关系的，我叫辆专车好了。”

用人：“不不，时小姐，前几天还有女孩子搭车出事的新闻上电视了呢……”

比起用人的紧张，林嘉仪倒是淡定得很：“不用着急，司机忙就让他忙去吧，我还有一个人可以奴役……”

说着，林嘉仪掏出手机，找了备注是“偷窥狂”的电话号码，拨了出去。

……

今天又是给林嘉仪买冰激凌，又是给林嘉仪订外卖的夏商周，一直到下午所有人都下班了，他才终于有了空闲工作。

加班到晚上九点半，好不容易拎了一份热腾腾的鸡汤米线回到没了老大、一片光明的宿舍，美滋滋地洗了个澡，一身舒爽地正准备享受美食，结果手机响了。

“讲真的，会不会是我被鬼迷心窍了……”

随着这歌声响起，夏商周扫了一眼屏幕，在看到“女魔头”这三个字时，他一激动，米线汤呛进了喉咙里。

他顿时猛烈地咳嗽了起来，一面在心底骂着“女魔头，没人性”，一面接听了电话，语气狗腿无比：“林总，请问您有什么吩咐？”

林嘉仪的语气既冷又傲：“二十分钟，到我家门口。”

夏商周看了一眼自己刚吃了一口的米线：“林总，我能不能……”

林嘉仪：“不能！”

夏商周：“好的，我马上到！”

“林总，再……”

夏商周的话还没说完，林嘉仪那边就毫不留情地挂断了电话。

“没人性，女魔头，总有一天我会翻身做主把歌唱……”夏商周又往嘴里塞了两口米线，然后换了衣服，就朝宿舍门外冲了出去，“……讲真的，会不会是我被上天嫉妒了，被虐了太久，我好想反抗……”

……

十八分钟后，夏商周准时抵达林家门口。

林嘉仪送时瑶从屋里出来时，隔着院里的栅栏，听见隔壁的院里有些吵，忍不住往那边看了一眼，见梁慧玲夫妇和梁暮暮都在院里，梁暮暮哭哭啼啼得厉害，嘴里还不断地喊着：“姑妈，我错了，我真的错了，姑妈……”

林家有两个用人，可能之前就已经听见了动静，正在院子里偷听。

林嘉仪忍不住压低了声音问了句：“怎么回事？”

用人开口：“好像梁太太要把梁家的表小姐送到老家去，梁家的表小姐不想回去，梁太太被她哭得心软了，但是梁先生不愿意留……”

听到这些话的时瑶忍不住蹙了蹙眉心，有点好奇地问：“梁太太不是很疼她这个侄女吗？怎么忽然间要送回老家去？”

用人：“我也不清楚，但是我听到了林老先生，生日上，这些词，具体咋回事，猜不出来，他们口中那个林老先生是我们家老先生吗？”

“噢，这样啊……”林嘉仪应了一声，时瑶没说话。

两个人参加过林老先生的生日宴会，心底大概已经猜出来缘由了。

梁暮暮哭得更凄惨了。

梁慧玲也跟着哭了出来：“老公，你看暮暮这样，肯定是知错了，她以后绝对不会再胡闹了，要不别把她送走了……”

梁暮暮带着哭腔开口：“是的，姑父，我真的知道错了，我以后不敢胡闹了，您就原谅我这一次吧，您一直都是疼暮暮的，姑父……”

梁慧玲的丈夫，似乎被这一大一小两个女人哭得有点烦躁了，直接对旁边站着的管家开口了：“你还愣在这里做什么，还不快把表小姐送上车，再晚了，飞机要赶不上了！”

顿了顿，梁慧玲的丈夫，又转头看了梁慧玲一眼：“你就惯吧，都是你惯的！这次你要是再敢阻拦我，你就跟她一起走！”

梁慧玲和梁暮暮许是被梁慧玲的丈夫吓住了，两个人只是哭，没敢再说话。

在管家催促了梁暮暮几声后，见实在无望的梁暮暮，跟在管家的身后，往门口走去。

“梁伯父倒是个明白人，还好他的儿子，随他，要是随了梁慧玲，那他们梁家还真是倒了八辈子血霉……”林嘉仪轻声念了句话，见隔壁家已经没八卦看了，转头看向了时瑶，“……走吧，瑶瑶。”

时瑶没说话，和林嘉仪一同往门口走去。

梁暮暮虽比她们提前出的家门，但却是同时到了家门口。

随着大门推开的响声，梁暮暮转头冲林家门口看来，然后和时瑶的眼神，不偏不倚地撞在了一起。

梁暮暮的脸上，还挂着泪珠，眼睛红肿得厉害。但在她看到时瑶的那一刻，她的眼底明显有密密麻麻的阴狠和毒辣涌现了出来。

时瑶微微皱了皱眉心，当作没看到，刚想抬脚冲不远处的车子走去，跟在她旁边的林嘉仪却开口了，声调狠戾：“看什么看，没看见过美女啊！”

梁暮暮被林嘉仪凶得眼底很快又泪砸了下来。

她虽恨时瑶，但却不敢招惹林嘉仪，就连开口的声音，都是小心翼翼：“嘉仪姐，我……”

“我什么我？我并不想听！”林嘉仪没给梁暮暮开口的机会，直接冷言冷语地打断了她的话，然后就扭头看向了时瑶，仿佛天生自带脸谱一般，凌厉的神情秒变温柔，“瑶瑶，你到家记得给我打个电话，我等到你的电话再睡。”

“嗯嗯，我知道了，嘉仪姐。”时瑶软软地回。

“路上慢点……”林嘉仪先面容亲切地对着时瑶开口，然后抬头瞪了一眼旁边站着的夏商周，“……愣着干吗？开车门啊！”

他堂堂G大的高才生，居然沦落到给一个女魔头当打工小弟的境地……

夏商周心底哭得一把鼻涕一把泪，脸上却笑呵呵的，跑过来，帮时瑶开了车门。

“你开车慢点，你死了不要紧，车毁了没关系，要是我的瑶瑶有个三长两短，我告诉你，我剥了你的皮，抽了你的筋，再把你的肉红烧清蒸烧烤了下酒喝！”林嘉仪等时瑶上了车，并且把车门关好，确定时瑶听不到自己的声音后，对夏商周出声警告。

夏商周语气坚决，只差没有对天发誓了：“林总，您放心，我一定会把小学妹安全送到家的……”

林嘉仪没再说话，确切地说，懒得理他了。

夏商周等了一会儿，问：“请问，林总，我可以走了吗？”

林嘉仪摆了摆手，示意夏商周赶紧走。

等到夏商周上了车，时瑶落了车门，对着林嘉仪眉眼弯弯地道别：“嘉仪姐，再见。”

“瑶瑶，再见。”林嘉仪往后退了一步，面容可亲地挥着手，等到车子开远后，她才收了动作，准备转身回家，结果看到梁暮暮还站在门口没上车，脚步微顿了顿，想了想，又来了句，“林小姐，林大小姐，林总，林嘉仪小姐，随你喜欢，但是就别喊我嘉仪姐！”

梁暮暮被林嘉仪说得眼底又蓄满了泪水。

林嘉仪面无表情地在心底“呵”了一声，随后就气势汹汹地进了家门。

回到家，时瑶第一时间给林嘉仪回了电话。

挂断电话后，时瑶想去洗澡，结果手机还没放下，一道短信提醒声就响起了。

她下意识地往屏幕上看了一眼，是林嘉歌发来的短信。

她以为是他终于回她解除婚约的事了，连忙点了进去，然后她看到了她做梦都想不到的六个字：“我喜欢你，时瑶。”

我喜欢你，时瑶……

时瑶将这六个字，在脑海里过了一遍，然后手一抖，手机直直地落在了地上，发出啪的一声响。

她维持着僵硬的姿态，在原地站了好一会儿，才弯身，抖着手指捡起了手机。

手机屏幕已经黑了，她吞咽了一口唾沫，又用力地吞咽了一口唾沫，然后才鼓起勇气，将手机重新解锁，进入了短信页面。

林嘉歌发来的短信，依旧安安静静地存放在她的手机里。

“我喜欢你，时瑶。”

比起刚刚看到这六个字的惊吓，此时的时瑶，心头涌现出来的更多的是不敢置信。

是不是她在做梦？时瑶掐了掐自己的大腿，很疼，不是做梦……

那，是不是她眼花了？时瑶又用力地揉了揉眼睛，“我喜欢你，时瑶”这六个字还是稳如泰山般待在她的手机里，没有半点要凭空消失的迹象……

难道是她的手机出现了故障？想着，时瑶开始用力地擦手机屏幕，结果一不小心，将这六个字放大了，然后她盯着布满了整个手机屏幕的“我喜欢你，时瑶”这六个字，吓得浑身一抖，下一秒就丢掉手机，逃命般地冲进了洗手间。

洗澡的整个过程，时瑶都处于晕乎乎的状态。

要么是将沐浴乳涂在了头发上，要么是头上的泡沫没冲，就关了洗澡水，要么是把护发素当成了牙膏……

总而言之，以往二十分钟就能洗完澡的她，在洗手间折腾了将近一个小时，才总算将一切都收拾妥当了。

回到卧室，她连看都不敢看一眼手机，涂完护肤乳，吹干头发，躺在床上就拿被子将自己裹得密不透风。

等到她实在透不过气来时，她才将脑袋从被子里一钻一钻地拱了出来，然后放在枕边的手机，就响起了一连串“叮咚叮咚”的短信提醒声。

她吓得整个人惊坐起，看都没敢看一眼手机，就把手机丢到了地上。

不知道是谁给她发的消息，足足响了一分钟，手机才终于消停了下来。

耳边终于安静了，时瑶躺回床上，准备强迫自己入睡，可她的视线，却时不时地往地上的手机上瞟。

终究，时瑶还是没忍住，将手机捡了回来。

然后她看到，一连串的未读短信，全都是林嘉歌发来的。

“还记得当时上法语课，老师让我和你起来回答问题，结束后，老师用法语和我交谈了几句话，你问我，我和老师聊了些什么，我当时是怎么回答你的吗？

“我回你，如果你真想知道，将来我会告诉你，这个将来，不会太久的……而今天，就是那天的将来。”

这条短信的下面，是一段法文，按照时瑶正常状况下的法语水平，她翻译这段话是有点吃力的，而此时非正常状态下的她，只觉得是在看天书。

不过，法文后面的那条短信，让时瑶知道了，这段法文的意思。

“法语老师那天问我的就是上面那段话。

“翻译成中文就是：如果给你一个选择，在这个世界上选择一个人，陪你去爬最高的山，喝最烈的酒，去最远的领土，坐最久的火车，乘最高的摩天轮，看最美的夜景，等日出和日落，以及去挑战你和她之间的一切不可能……那么这个人，你知道你选择谁吗？

“想和你一起去爬最高的山，喝醉烈的酒。

“想和你一起去最远的领土，坐最久的火车。

“想和你一起乘最高的摩天轮，看最美的夜景。

“想和你一起等日出和日落，然后去挑战你和我之间的一切不可能。

“想和你一起上课，肩并肩地坐在一起。

“想和你一起去图书馆，看书写字说情话。

“想和你一起……想和你在一起。

“写尽千山，落笔是你。

“只要是你，时瑶。”

看到最后，时瑶的指尖，轻轻一颤，本能地握紧了掌心里的手机。

她盯着手机屏幕看了良久，直到手机屏幕自动锁屏，眼前的光亮忽然暗了下去，她才微微眨了眨眼睛，回过神来。

然后她才后知后觉地发现自己一直都憋着气，而心跳速度也是前所未有的快。

真是奇怪了……她又不是没被人告白过；相反，自从她高一暑假长个儿后，在开学时收情书、收礼物、被告白就变成了家常便饭。

最初，第一次被人告白的时候，她也会有点不知所措，但是随着次数越来越多，她觉得自己在这一方面早已经被锤炼得刀枪不入。就连上次韩景学长当着全校人的面，在宿舍楼下那么轰轰烈烈地告白，她内心其实也是波澜不惊的。

依照她多年被告白的经验，短信告白是最好处理的，你不需要尴尬，也不需要不知所措，想回就回一句对不起之类的委婉拒绝话，不想回就当作没看到……

可这次，她到底是怎么了？浮现出的情绪，不是从前的尴尬，更不是从前的不知所措，而是紧张和慌乱……还夹杂着一些说不出来的情绪……

可怎么想，怎么觉得这一幕很不现实，也很不真实。

林嘉歌怎么可能会喜欢上她呢？

该不会是……呃，不可能是发错短信了，有她的名字，那……是朋友拿着手机恶作剧？

时瑶越想，越觉得自己这个想法真实度很高，于是便按了几下键盘，回：“嗯，请问您是……谁？”

短信回得飞速："林嘉歌。"

时瑶："你……确定？"

……

废话，他是谁，他不确定，谁确定？

收到时瑶消息的林嘉歌，没再回时瑶的短信，而是直接拨了个电话过去。

过了一阵儿，电话被接听，伴随着时瑶软轻的一声"喂"传来，林嘉歌开口了："是我……"

他后面的话，还没说完，电话就被挂了。

……

居然真的是林嘉歌本人给她发的这些消息……

时瑶还没消化完这个冲击，屏幕上又进来了林嘉歌的来电。

她条件反射般地伸出手，按了拒绝接听键。

林嘉歌又打来电话，时瑶继续拒接，来回反复了几次后，时瑶想到刚刚接林嘉歌电话时，他那边有隐隐的歌声，所以，他……人在 KTV ？

随着这个念头划过时瑶的大脑，她灵光一闪，随后就飞速地回了林嘉歌一条短信："你在外面？"

许是她回他消息的缘故，他没再穷追不舍地打电话过来，而是回了她一条很林嘉歌风格的短信："嗯。"

真被她猜中了……在外面玩的话，肯定有朋友，有朋友就会……

时瑶继续问："你……喝酒了？"

林嘉歌："喝了点。"

时瑶顿时暗暗松了一口气，打字的动作，都变得轻松了起来："所以，你是喝醉了，在给我发胡言乱语，是不是？"

林嘉歌这次回的短信，一改他平时吝啬的风格，字数比较多："你觉得我刚刚那些话怎么样？"

刚刚那些话……时瑶又返回去，重新看了一遍。

即使是第二次，她还是被这些话撩到了……

她悄悄地摸了摸自己"怦怦怦"乱跳的小心脏，很诚实地回："很好啊，文艺又清新，还很有逻辑性！"

林嘉歌："所以……你见过谁喝醉了，胡言乱语得这么文艺又清新，还很有逻辑性？"

她这是……送上门去被林嘉歌打脸？

该不会……林嘉歌是来真的吧？

怎么办……可信度怎么就那么低呢？

时瑶暗自纠结了好一会儿，想到还有一个可能——也是她能想到的最后一个可能。

“那……你是在和你朋友们，玩真心话和大冒险？就是和我们上次那个游戏差不太多，如果输了的话，要么选择真诚地回答问题，要么就是被人指使去做一件事，而你输了……你的朋友随便选了个号码，让你给那个人发刚刚那些话，而那个号码好巧，就是我，对不对？”

长长的一段文字，敲完后，时瑶自己都觉得这绝对是正确答案了！

不知道是她短信太长，还是别的原因，过了大概两分钟后，时瑶才收到林嘉歌的回复：“1. 我没在玩游戏。”

所以……她自以为的正确答案错了？！

时瑶再次定住。

林嘉歌又发了消息：“2. 我玩游戏从来不会输。”

呃……画风是不是偏了，这个时候他还有心情臭屁？

时瑶暗自窘了一下，同时也缓解了她刚刚被林嘉歌第一条消息搞得有些紧张的情绪。

林嘉歌：“3. 没人能指使我去做我不想做的事。”

这条消息，比上条消息还自大啊……时瑶吐了吐舌头。

林嘉歌：“4. 我不是真心话和大冒险，我是真心话的大冒险。”

时瑶的轻松，仅仅维持了两条消息的时间，就被第四条消息戳碎了。

我不是真心话和大冒险，我是真心话的大冒险……这是在告诉她，他不是在玩游戏，他是认真地在跟她告白，等她的答案……

时瑶再次屏住了呼吸，她盯着屏幕想了好一会儿，确定自己逃不掉，也无处可逃了，只好选择面对：“你……是认真的？”

林嘉歌：“是的。”

时瑶前一秒看完，后一秒屏幕上又进了一条新的消息：“认真的，认真地喜欢你。”

是的……认真的……认真地喜欢你。

若不是刚刚他亲自打电话过来，打死她，她都不会相信手机另一端是林嘉歌。

然而，现在，就算是把她打死，再救活，再打死……她都不得不相信，林嘉歌发给她的短信，是认真的，是现实的，是真实发生的。

她记得，在没放假之前，林嘉歌给她寄了一箱子衣服，当时何田田还问她，林学长是不是喜欢你了……

那个时候的她，回答得无比坚决，不可能，他是不可能喜欢我的！

她是真的这么想的啊……一直以来她就是这么想的，在她的认知里，即便是想到自己喜欢上了林嘉歌，都不会想到林嘉歌喜欢自己……

她还记得，她回完何田田的话后，还在心底想，林嘉歌喜欢她，是一件零概率的事件，就跟太阳从西边升起，天上掉馅饼，躺着有钱花一样，不存在的。

这样想着的时瑶，没意识到自己已经把心底话，打成短信，发给了林嘉歌："我真的没想到，太阳真的会从西边升起，天上真的会掉馅饼，躺着真的能有钱花……"

收到她这条短信的林嘉歌，回了三个问号："？？？"

感受到手机震动的时瑶，这才迟缓地察觉到自己发了点什么，她下意识地想要撤回，长按了一会儿后，才想起来这不是微信，然后紧接着又想起来，林嘉歌都回她消息了，他显然是看到了，她撤回有个毛用……

不能慌，要镇静，不能乱了思绪……时瑶悄悄地心理建设了好一会儿，终于让自己的大脑稍稍清醒了一些："那个，我乱发的。"

林嘉歌："哦。"

时瑶没再接这个字，而是开始正面回应林嘉歌的短信，她很认真地思考了一会儿，才开始打字："对不起，我们不合适……"

不合适？

他这是被拒绝了吗？

再说，他和她怎么不合适了？他明明很百搭……

在发短信之前，已经想到会被拒绝的林嘉歌，在看到这条消息时，眼底还是浮现了一抹黯淡，不过他并没有像上次在长鸣山顶那样，让她一个人走，然后没再理她了，而是给她回了句："为什么？"

时瑶想了想，老老实实地把心里话说了出来："因为我从来就没想过要喜欢你啊，而且在我心里，我觉得你也不可能会喜欢我，不可能到，全世界哪怕就剩下我一个女生，你就算是去喜欢男生也不可能会喜欢我，所以，我们不行的。"

从没想过要喜欢你……不是不喜欢你……

虽然告白如想象中那样，失败了，但比起在长鸣山她带给他的打击，这次算是转机……

不过，她最后那句，我们不行的……是什么意思？他明明很行的！

想着，林嘉歌又不死心地问了句："真的不行？"

没看出来，他竟然还有这么有耐心的时候……

时瑶沉默了一会儿，回："对不起。"

她这三个字的意思，应该表达得很明确了吧？他大概不会再追问她了吧？

可时瑶千想万想都没想到，下一秒她就收到了林嘉歌回她的消息：“没关系，等过段时间，我再来问你。”

等过段时间，我再来问你……他这话是什么意思？

该不是在间接地告诉她，从现在开始，他要正式开始追她？

这剧情发展得未免也……太玄幻了吧？

即使时瑶心底很明白，这一切都是真的，不是她虚构出来的，可她还是有点不敢相信，甚至有点无法接受。她盯着手机屏幕看了好一会儿，才轻轻地打了一行字，发了出去：“林嘉歌，你……确定你不是在恶作剧吗？”

林嘉歌：“我看起来，像那么闲得无聊的人吗？”

她又不是他肚子里的蛔虫，他是不是闲得无聊的人，她怎么知道？

时瑶刚在心底嘀咕完这句话，屏幕上就又进来了一条新的消息：“你可以拒绝我的告白，但不可以质疑我的真心，你这样真的很伤人，要知道这可是我的第一次！”

我的第一次？他到底会不会用词？

时瑶的脸微微红了红，才继续往下想。

他这是……生气了？

好吧……倘若他是真心的话，她这样三番五次地质疑他，好像真的有点过分了……

不过，谁会想到，几个月前在小树林里，弄坏了她的蛋糕，并且扬言说要娶她就把名字倒过来写的人，会喜欢自己？

时瑶鼓了鼓腮，回：“我没有别的意思，我就是觉得短信看得我晕晕乎乎的，很不真实……”

短信发送成功后，好一会儿，都没收到林嘉歌的回复。

时瑶心想，这件奇幻无比的事，大概是终于落幕了……

她忍不住暗暗松了一口气，刚想放下手机，手机铃声就响了。

时瑶本能地看向了手机上的来电显示。

林嘉歌……

下一刻，时瑶就仿佛抓了烫手的山芋一般，将手机噌地丢了出去。

手机铃声一直在响，时瑶伸出脚，将手机踢得更远了一些。

手机铃声终于消失了。

时瑶轻轻拍了拍胸口，小心脏还没缓过劲来，手机又响了。

林嘉歌有毒吧！

他的高冷属性呢？请问都被谁吃了？

手机还在响……

她要是不接，他该不会孜孜不倦地打一晚上电话吧？

时瑶挣扎了好一会儿，才弱弱地伸出手，拿起手机，抖着指尖，按了接听键。

时瑶没说话，隔着手机，她能听见林嘉歌那边隐隐地传来动听的歌声："慢慢喜欢你，慢慢地亲密，慢慢聊自己，慢慢和你走在一起……"

这歌词……暧昧得让时瑶愈发紧张。

明明时间也不长，但两端的沉默，让她有些承受不住，正在她想着，要不要先开口问林嘉歌一句"有事吗？"，耳机里就传来了林嘉歌的声音："短信看得你晕晕乎乎，很不真实？"

时瑶还没回话，或者说，林嘉歌并没打算给她回话的机会，他反问完她后，顿了两秒，紧接着就又出声了："时瑶？"

他忽然喊她的名字，让她本能地"嗯？"了一声。

随着她话音的落下，他又开口了："我喜欢你。"

时瑶愣住了。

她清晰地感觉到自己的呼吸和心跳，在这一刹那静止不动了。

她不知道整个世界到底安静了多久，或许只是一瞬，或许很长，然后她又听见了他的声音："现在，真实了吗？"

随着他话语的结束，两边的沉默，使他那边的歌声，又重新清晰了起来。

"慢慢我想配合你，慢慢把我给你，慢慢喜欢你，慢慢地回忆，慢慢地陪你慢慢地老去……"

然后时瑶才后知后觉地反应过来，林嘉歌刚刚在电话里到底说了点什么。

她的心脏，忽然就不受控制地开始怦怦怦地跳动了起来，而且越跳越快。

电话那端的林嘉歌，许是因为她长时间没说话，又开口了："你……"

简单的一个字，让时瑶全身的细胞都紧绷了起来，她没敢听他后面到底想说点什么，就慌张无措地打断了他的话："那个，好晚了，我要睡觉了……再见哈……"

时瑶干笑了一声，也不给林嘉歌任何反应的机会，就将电话挂了。

很快，她的手机屏幕亮起，是林嘉歌发来的短信："晚安。"

她没回他，而是将手机调成了静音，放在离自己床边最远的书桌上。

关了灯，躺在床上，时瑶闭上眼睛没一会儿，耳边就传来了刚刚电话里，她和林嘉歌的对话。

——时瑶。

——嗯？

——我喜欢你。

——现在，真实了吗？

真实个草莓冰激凌球……

不但没真实，反而更晕晕乎乎了好吗？

此刻的她，就像躺在棉花糖上，浮浮沉沉，飘飘摇摇……就跟火锅里的牛肉片，煮沸后，翻滚了又翻滚……

林嘉歌怎么就跟她告白了呢？

时瑶烦躁地翻了个身。

林嘉歌怎么就喜欢上了她？

时瑶抱着胡萝卜形状的抱枕，又翻了个身。

不是说好是朋友的吗？这样一来，她以后见了他，该怎样反应？

时瑶将胡萝卜形状的抱枕丢了出去，然后伸手胡乱地抓了个草莓形状的靠枕，用力地抱在怀里蹂躏着。

韩景学长也是她的朋友啊，他对她告白的时候，她怎么就没这么多烦心事呢？

就是啊，她为什么要这么苦恼和纠结呢？

再说，她本来就有心仪的男生啊……

啊啊啊，可是还是好烦……时瑶抓狂地将脑袋扎进了一堆糖果小毛绒玩具里。

林嘉歌把“晚安”发送成功后，等了一会儿，见时瑶没回自己消息，没再继续纠缠她，而是收起手机，继续喝起了酒。

等他将桌子上的酒，全都喝光后，他真的有点醉了。

他先是靠着沙发上，坐了一会儿，然后就倒在沙发上，闭上了眼睛。

比起旁边躺在地上，抱着酒瓶，翻来翻去的梁久思，他要安静很多。

他的呼吸很均匀，神情很平静，看起来就像睡着了，可他的嘴里，却发出一声很轻的叹息声，紧接着就带着几分朦胧和醉意开口轻念了一声：“软包子……”

“包子？”梁久思噌地一下从地上坐了起来，口齿不清开口嚷了起来：“什么馅的包子？”

躺在沙发上的林嘉歌，被梁久思吵得睁开了眼睛。

他的眼神，有些迷离。

梁久思摇头晃脑地东看一眼，西望一下：“包子呢？包子在哪里？”

在听到梁久思开口嚷的话后，林嘉歌轻轻地眨了两下眼皮，眼神稍稍清明了一些。

包子在哪里，关你屁事……想着，他就抬起手，摸了摸胸口，然后整个人的神情，再次变得恍惚迷离，像沉浸在自己的世界里一般，又自言自语地嘀咕了一声：“包子在哪里？这么蠢的问题，还用得着问吗？”

说着，林嘉歌的嘴角就扬起一道弧度，笑得仿佛纯净的孩子，又小声地念了句：“包子在我心里……”

根本没听清林嘉歌说了什么的梁久思，嚷嚷了半天，也没看到包子，又开口叫了起来：“我最喜欢吃包子了，尤其是南街老宋的灌汤包，超好吃的，快点给我包子，我要吃包子！”

梁久思的醉言醉语，还没说完，林嘉歌瞬间酒醒：“梁久思，你大爷的，找揍是不是？”

“你凶人家就算了，还凶人家大爷……”梁久思抱着酒瓶，一边在地上打滚，一边“嘤嘤嘤嘤”……

就在林嘉歌实在忍不了，准备抽死梁久思的时候，滚到点歌台旁边的梁久思，捡到了扔在地上的话筒：“我捡到肉骨头了，但我不给你吃，让你凶我，让你连我大爷也不放过，就不给你吃……”

说着，梁久思就将话筒放到嘴里，啃了起来。

难以直视这一幕的林嘉歌，脸上挂着一言难尽的表情别开了头。

梁久思一个人跟话筒玩耍了一会儿，然后就一只手抱着酒瓶，一只手握着话筒，又昏昏沉沉过去了。

耳边清净了，林嘉歌重新闭上眼睛。

许是酒劲涌了上来，他的大脑又变沉了，在意识渐渐涣散之前，他的眼前又浮现出了她的影子。

天地玄黄，宇宙洪荒，寒来暑往，秋收冬藏，时瑶，我们来日方长……

林嘉歌回到家，已是凌晨四点钟。

家里的人都睡了，偌大的房子，无比安静。

他轻手轻脚地回到自己的卧室，洗掉一身的酒气，躺在床上开始补觉。

再睁眼，窗外阳光明媚，已将近中午。

林嘉歌简单地洗漱了一下，随便挑了一件家居服，往楼下走去。

一楼的用人，忙完了所有的事，正凑在一起闲聊。

有人耳尖地听见楼上传来了动静，立刻压低了嗓音开口说：“小少爷好像醒了——”

随着这个用人话音的落下，其他用人往屋外跑的往屋外跑，往用人房跑的往用人房跑，有些行动慢的，干脆溜进了洗手间……

只是短短的几秒钟，原本还挺热闹的客厅，瞬间空无一人。

林嘉歌慢吞吞地从楼上晃了下来，本以为到客厅后，和往常一样，会有用人跑上前殷勤地询问自己吃什么。

然而，等他都走到客厅的沙发上，坐下休息了约莫两分钟后，都没一个用人出现在他身边，他这才转着脑袋扫了一圈空荡荡的客厅，心底忍不住泛起了一抹疑惑。

真是奇怪了……平时满客厅晃，生怕别人不知道她们在忙碌的用人，都跑哪里去了？

林嘉歌淡定地在沙发上又坐了一会儿，然后见还是没一个人出现，这才起身，走到落地窗前，冲窗外瞄了一眼。

有两个用人正在浇花……

大夏天的正中午，太阳火辣辣地烤着大地，她们居然顶着炎炎烈日浇花？

到底是该说，他们家的用人勤劳呢？还是该说，他们家的用人智障呢？

林嘉歌见两个用人一点都没有要回冷气充足的室内的意思，只好迈着步子，走到门口。

推开门，迎面扑来的是腾腾的热气，林嘉歌下意识地皱了皱眉心，然后就对着不远处的两个用人开口了："你们，过来。"

听见他的声音，两个用人，一个腿一哆嗦险些跪倒在地上，另一个手中拿着的喷壶摔在了地上。

林嘉歌又蹙了蹙眉心："你们……没事吧？"

两个用人猛摇头，开口的声音，都是磕磕绊绊的："没，没事……"

"没事就进屋啊，大中午的，浇什么花，中暑了谁负责？"

两个用人脸上的神情更惊恐了。

小少爷这肯定不是在关心她们，他肯定和昨天回来时一样，接下来就要变着法子为难她们了……

林嘉歌见俩人不说话也不过来，因为天气太热，他有点不耐烦起来："过来。"

两个用人被他的语调吓得齐刷刷地打了哆嗦，然后对望了好一会儿，就像赴刑场一般，磨磨蹭蹭地冲屋里走来。

等两个用人进了屋，林嘉歌就开口了："你……"

他只说了一个字，两个用人就一前一后地开口了："小少爷，我们错了。"

"小少爷，对不起。"

"……"呀，该不会是真的被太阳烤成智障了吧？

林嘉歌狐疑地扫了两个不断认错的用人一会儿，然后想了想，觉得她们可能是在为大中午浇花一事道歉，于是就很不走心地回："哦，没事，下次注意。"

这么……风平浪静？该不会是暴风雨前的宁静吧？

两个用人悄悄地望了他一眼，心底更忐忑不安，七上八下了。

完全不知道用人心底在想些什么的林嘉歌，语气淡淡地开口了："你，帮我准备午餐，你，上楼帮我收拾行李，我下午三点半的飞机。"

两个用人眼底瞬间冒出了一丝光亮，其中一个还开口说话了，语气很是轻快："小少爷，您要出门啊？"

"嗯，对。"林嘉歌没察觉到用人的转变，应了一声后，想了想，又补了句，"我大概要离开两个月，所以衣服多拿点。"

两个月？两个月过后，暑假就结束了，小少爷要去学校了，也就是说，她们昨天噩梦般的日子就此结束了？

"好的，小少爷，我们知道了，我们这就去忙。"说完，两个用人一个奔向了厨房，一个奔向了楼上。

林嘉歌盯着两个透着压不住的喜悦狂奔而去的身影，心底泛起了疑惑。

是他的错觉吗？他怎么觉得，他们家用人好像听到他要两个月不回家很是高兴的样子？

……

没一会儿，用人就来喊林嘉歌用餐了。

受昨天询问林嘉歌吃不吃水果一事的影响，用人将午餐摆放在桌子上后，就想溜之大吉。

只是，她悄悄地往餐厅门口挪了没多远，就被林嘉歌喊住了："对了……"

用人停下脚步，背对着林嘉歌犹豫了一会儿，才战战兢兢地转过身："小少爷，请问您还有什么别的吩咐吗？"

林嘉歌优雅地坐在餐桌前，一边用热毛巾擦着手，一边状似很随意，但在一开口，眉眼就变得有些柔软地出声问："昨天，瑶瑶过来，说了点什么？"

瑶瑶？

用人忍不住多看了一眼林嘉歌，小少爷什么时候开始这么亲热地喊时小姐瑶瑶了？

不过用人还是没敢走神，很快就回了林嘉歌的话："这个我不知道，大小姐和时小姐聊天的时候，没让我们在旁边待着。"

"哦……"林嘉歌看似很平静地应了一声，但心底却咯噔了一下。

糟糕，是钱包要出血的感觉！

用人见林嘉歌没再说话，悄无声息地溜出了餐厅。

林嘉歌坐在餐桌前，风平浪静，慢条斯理地吃了一会儿午餐，最终还是拿起手机，给林嘉仪拨了个电话过去。

电话被秒挂断。

林嘉歌只好改成发微信："？"

林嘉仪："？？"

林嘉歌："？？？"

林嘉仪："？？？？"

林嘉歌："我是在问你为什么不接电话，不是在跟你发符号玩。"

林嘉仪："巧了，我也不是在跟你发符号玩，我是在问你找我有什么事吗？"

林嘉仪："无事不登三宝殿，说吧，有什么事求我帮忙？"

林嘉仪："哦，刚刚短信忘记说了，我的帮忙是有偿的，先付订金，再说诉求。当然如果诉求得不到解决，订金是不退款的，所以想好了，再开口。"

这坑钱的技术，越来越令人发指了……

如果可以的话，从现在开始，他再也不想和林嘉仪讲话了……

心底这么想着，林嘉歌已经敲了一句话，发了过去："多少？"

林嘉仪："888"

他刚刚的直觉，不应该是——"糟糕，是钱包要出血的感觉"，而是——"糟糕，是钱包要大出血的感觉"。

林嘉歌盯着屏幕，呵了一声，然后就转了"888"过去。

林嘉仪收款后，回："不是¥，是$。"

林嘉歌："你抢劫啊！"

林嘉仪："错了，我这是杀熟！你难道不知道，这个世界上，熟人是最好宰的吗？"

林嘉仪："还是刚刚那句话，先付订金，再说诉求，当然，订金不满意，一切免谈。"

要不是看在软包子的面子上，他真的是懒得搭理她……

林嘉歌随手搜了一下今天人民币和美元的汇率，然后将少的差价，转给了林嘉仪。

林嘉仪秒收款。

过了十几秒钟的样子，林嘉歌收到了林嘉仪的消息："请说出你的诉求。"

林嘉仪："以下是价格表：简洁版2 888元，详细版5888元，精品详细版8888元。"

林嘉仪："以上价格单位是$，不过看在你是我弟弟的分上，我可以给你打九九折。"

林嘉仪："哦，对了，还有百分之十的服务费，服务费不接受打折。"

林嘉仪："本次诉求，最终解释权归林嘉仪所有。"

这……单身老阿姨，果然最可怕！

不过，他只是好奇软包子昨天来他家做什么，所以，简洁版就绰绰有余了，林嘉仪这次的如意算盘，怕是要打错了……

想着，林嘉歌就将已经心算出来的简洁版数额转给了林嘉仪。

和刚刚一样，林嘉仪秒收款，然后回了他一个“鸡蛋”的表情符号。

什么鬼？就一个表情符号？

林嘉歌：“没了？”

林嘉仪：“没了。”

这不是杀熟，也不是抢劫，这明明是打劫好吗？

林嘉歌忽然冒出一股想要砸手机的冲动。

林嘉仪：“请问，还有别的诉求吗？如果没有，那本次交易到此结束。”

林嘉歌怒气腾腾地转了“详细版”的钱数过去。

简洁版要不到答案，详细版总可以了吧？

秉承一贯的作风，林嘉仪依旧是秒收款，后回复。

比起刚刚的回复，这次的她，发来的依旧是两个表情符号。

其中一个是“鸡蛋”，另外一个是“爱心”。

鸡蛋……爱心……什么意思？

林嘉歌盯着这两个表情，左看右看，百思不得其解，最后只好咬牙切齿地又给林嘉仪转了“精品详细版”的钱数。

如果说，之前的那几次，林嘉歌收款是飞速的话，那么这次的林嘉仪，收款是光速。

然后收完款，大概一分钟后，林嘉歌收到了一段很长的文字。

“瑶瑶昨晚大概九点钟到的我们家，是小宋开的门，小宋通知我后，我立刻去迎接瑶瑶，然后瑶瑶给我递上了一个篮子，说是她妈妈，也就是亲家母让她特意给我们家送来的土鸡蛋，我从内心深处对瑶瑶表达了强烈的感谢。”

林嘉仪：“感谢结束后，瑶瑶紧接着就问了一句，林嘉歌呢？在不在家？然后，我让用人上楼去喊你了啊，再然后，你人不见了，我就陪着瑶瑶聊了一会儿天，就找偷窥狂送她回家了。”

晕……直接一句，软包子的妈妈让软包子来送土鸡蛋，不就搞定了吗？她干吗要说得这么啰哩吧嗦？

林嘉歌暗自吐槽了一句，结果屏幕上又进来了一条新的微信。

林嘉仪：“不过，可惜了……”

可惜了？什么可惜了？

林嘉歌停下动作。

十秒钟后，林嘉仪发来了新的消息：“你今天要走了吧？”

他要走，和可惜了，有什么必然联系吗？

林嘉歌没回林嘉仪。

但很快，他就又收到了林嘉仪发来的新消息："这样一来，亲家母让瑶瑶送来的爱心鸡蛋，你就吃不到了……"

林嘉仪："不过对你来说是可惜了，但是对我来说，那简直是太好了！"

林嘉仪："因为你一走，爸妈现在又不在家，爷爷在医院里，这样一来，亲家母让瑶瑶小宝贝送来的爱心鸡蛋，全都是我一个人的了！"

林嘉仪："承包了所有爱心鸡蛋的我，感觉自己萌萌哒……"

林嘉仪："你就尽管放心地走吧，你的那份鸡蛋，我会替你好好吃的。第一天蒸蛋，第二天煎蛋，第三天西红柿炒蛋……总而言之，我会变着法子把这些爱心鸡蛋统统都吃进肚子里的……"

亲家母？她怎么这么厚脸皮，扯证了吗？上来就认亲……

还萌萌哒？他看她是呵呵哒还差不多……

至于那些爱心鸡蛋，统统都吃进她的肚子里？她想得美……

想着，林嘉歌就开口，喊了用人一声。

过了大概两分钟的样子，有个用人磨磨蹭蹭地进了餐厅："小少爷……"

林嘉歌没搭理用人，而是起身走到冰箱前，打开了冰箱门，然后才出声问："这里面的鸡蛋，哪些是昨天瑶瑶送过来的？"

用人指了一下最中间那一层的保鲜盒里装的鸡蛋："就是那一盒。"

"这盒？"林嘉歌询问了一遍。

用人点头："是的，小少爷。"

林嘉歌没再说话，直接将那盒子鸡蛋拿到手里，盯着研究了一会儿，转头问："鸡蛋怎样不会碎？"

用人："煮熟啊。"

煮熟？白水煮蛋是他最讨厌吃的东西。

林嘉歌蹙了蹙眉心，然后就将那盒鸡蛋递给用人："那好吧，你现在把这盒鸡蛋全煮了，然后帮我装在盒子里，我要带走。"

"全煮了？"用人看了一眼少说也装了六七十个鸡蛋的盒子，不可思议地询问道。

"对！全煮了！一个都不要剩！"顿了顿，林嘉歌又说，"煮熟后，记得帮我装起来，我要带走。"

林嘉歌回到餐桌前，拿起筷子正准备重新吃饭时，看到用人抱着一盒子鸡蛋没动，忍不住蹙起了眉心："还愣着做什么？煮鸡蛋去啊……"

所以，小少爷还是和昨晚一样，脾气古里古怪的，亏她们刚刚还在小声说，小少爷好像没事了，这不没一会儿，就开始折腾鸡蛋了……

六七个十鸡蛋啊，一天吃两个，也要吃一个月……小少爷这到底是在闹哪出？

用人在心底嘀咕着进了厨房。

林嘉歌这才夹着菜，慢悠悠地继续用餐。

开什么玩笑，他未来的岳母大人，让软包子送来的爱心鸡蛋，肯定是给他的！

至于林嘉仪，别说是鸡蛋了，就连鸡蛋壳，他都不会给她留下！

总而言之，谁都别想染指他的蛋！

然后，下午一点钟，司机拉着林嘉歌的行李箱，林嘉歌小心翼翼地捧着一盒煮熟的鸡蛋，离开了林家。

去往机场的一路上，那盒煮熟的鸡蛋，从未离开过林嘉歌的手掌心，而林嘉歌的视线，也从未离开过那盒白水煮蛋分毫。

时瑶从没数过，自己到底被多少男生告白过。

但在那么多男生的告白中，只有林嘉歌一个人，影响到了时瑶。

在收到林嘉歌告白的当晚，时瑶失眠到很晚才睡着，第二天睁眼，她大脑清醒后，想到的第一件事就是林嘉歌发的那些短信。

她是真的希望那些短信只是她昨晚做的一场梦。

可等她从书桌上拿起手机，看到那些短信全都真实存在时，她有那么一点点希望落空的感觉，但是，远没想象中那么强烈，反而还萌生出一丝类似于期待，又类似于紧张的莫名情绪。

林嘉歌那句“没关系，等过段时间，我再来问你”让时瑶一想起来，就有点慌。

虽然昨晚突如其来的场面，她应付过去了，但她真怕万一林嘉歌接下来再做点什么，她会应付不了。

许是林嘉歌的告白，带给她的影响力太大，在他告白后的第一天，只要短信一响，她的心就会立刻提起来，然后在看到不是林嘉歌发来的短信后，她就会暗暗松一口气。

这样提心吊胆的日子，持续了三四天后，时瑶见林嘉歌始终没联系自己，整个人渐渐地放松了下来。

因为天气太热，时瑶也懒得出门，她每天就宅在家里，吃饭睡觉看剧打游戏。

这样懒散安逸的日子，总是过得很快，不知不觉中暑假就过掉了三分之一。

比起最初那段时间，时瑶时不时会想起林嘉歌的告白短信，现在的她，倒是没怎么想过。

直到七月二十二号，她清理手机短信里的垃圾消息时，看到了林嘉歌的名字。

她犹豫了一会儿，点了进去。

等她看到他和她最后发短信的日子时，她才后知后觉地发现，一晃眼，距离林嘉歌对她告白，都过去了差不多二十天了。而这二十天里，他就像在她的世界里销声匿迹了一般，音讯全无。

所以，他那句，等过段时间，我再来问你……也只是随口一说吧？

还好，她不喜欢他；还好，她拒绝了他；还好，她一直都没敢把他发的短信当真；还好，还好……

或许，对于他来说，那晚的事情，只是他心血来潮吧？

想到这里的时瑶，像遇到了什么难解的问题一般，眉心忍不住皱起。

不对啊，这样的局面，不应该是了却了她一桩心事，让她彻底安心了吗？为什么，她觉得自己好像，心底有点闷闷的？

时瑶想了许久，也没找到答案，最后被喊她吃晚饭的母亲，打断了思绪。

用完晚餐，陪母亲楼下散了一会儿步，差不多已经是九点钟了，她习惯性地看了一眼微信，果然看到【浪啊浪】群里有新消息。

【是果汁啊】@【瑶兮爱吃冰激凌】：“瑶妹，打游戏了。”

【猴子派来的高手】：“滴滴滴。”

时瑶本能地打了一句“来了”，然后在点发送的时候，她才猛地反应过来，除林嘉歌失踪外，数字先生好像也很长时间没出没了。

在数字先生销声匿迹之前，除了期末考试那段时间，其余的时候，他每天都会主动来找她打游戏。正常的时候一天问她一次到两次，多的时候有四五次……

可自从上个月二十九号，他催她赶紧去睡觉后，就没再找过她了。

最开始，她还主动问过他一两次要不要打游戏，但是因为没有得到回复，她以为他有事要忙，后来又因为林嘉歌突如其来的告白，她有几天没怎么玩游戏，再回来玩游戏还是高手在群里喊的她，她和他们直接组队后，也没留意太多……

直到今天，她才发现，数字先生和林嘉歌一起失踪了。

说来还真是挺奇怪的……这两个人是约好的吗？要消失，一起消失……

时瑶举着没吃完的黄桃，歪着头，思考了一会儿，然后一边将桃子往嘴里塞，一边点了发送键，把刚刚打的“来了”两个字发送了出去。

时瑶本想紧接着问果汁和高手，【111111】去哪里了，结果，她一个字都还没来得及打，【是果汁啊】就将房间分享到了【浪啊浪】群里：“瑶妹，快点，就等你一个了——”

时瑶只好收了打字的动作，点了果汁分享的房间，进入游戏。

她前一秒按了准备，后一秒身为房主的【是果汁啊】就迫不及待地点了开始。

三个人打四人匹配，吃鸡率五五开。

过了一个多小时，一局游戏结束，回到游戏大厅的房间里，【是果汁啊】说要去洗手间，让高手和时瑶等他几分钟。

低着头看手机久了，脖子会有些不舒服，时瑶放下手机，仰着头活动肩颈的时候，想到自己在游戏开始之前想问高手和果汁的事，便开口了：“对了，你们老大呢？他好像很久都没出现了呀……”

【猴子派来的高手】：“老大？呃，你不说，我都还没注意到，好像有一段时间没出现了。”

【猴子派来的高手】：“可能老大最近有什么重要的事要忙，没时间吧。”

【猴子派来的高手】：“不过，也有可能是老大受到的打击太惨重，现在还一蹶不振，怀疑人生……”

陆本来带着手机进的洗手间，却把蓝牙耳机落在了床上。

他先看了一会儿微信朋友圈，再回到游戏页面时，见【猴子派来的高手】和【瑶兮爱吃冰激凌】后面一直有话筒在闪，他知道他们在聊天，刚想着断掉蓝牙，去听他们具体聊了点什么，结果手机屏幕上弹出了一条消息：【111111】申请加入你的队伍。

陆本来快马加鞭地点了同意。

等到林嘉歌进入房间后，他才切出去断蓝牙。

时瑶压根儿没去看手机屏幕，并不知道【111111】已经进入了房间，在活动完脖子后，随手从旁边的零食箱里翻了一包薯条，一边撕包装，一边疑惑地问：“一蹶不振？怀疑人生？你们老大经历了什么呀？这么消极？”

爬下床倒水喝的夏商周，同样也没看手机屏幕，听见【瑶兮爱吃冰激凌】的声音后，一面接水，一面回：“那肯定算得上老大人生中的一大惨案了！”

“我跟你讲啦，瑶妹，你肯定猜不到……”

接完水的夏商周，将水杯递到唇边，刚准备喝，然后就像想到了什么一样，又开口补充了句：“……反正换成当初的我，打死我，我都猜不到。”

时瑶听到夏商周这话，顿时好奇了起来：“听起来好像很刺激的样子，快点讲出来，让我激动激动……到底是你老大最喜欢的餐厅，倒闭了？还是你老大最喜欢的零食，停产了？”

【猴子派来的高手】：“……”

【猴子派来的高手】：“瑶妹，你此刻的态度是认真的吗？”

时瑶：“当然啦，比珍珠奶茶还真！”

【猴子派来的高手】：“……”

【猴子派来的高手】：“好吧，瑶妹，看在你这么真的分上，我就开门见山，一针见血地告诉你吧！”

开门见山……用对了，但是，一针见血……什么鬼？

时瑶暗自吐槽了一下高手形同车祸现场般的用词方式，并没出声纠正他。

为了营造神秘感，【猴子派来的高手】特意压低了声音：“那就是……老大，失恋了！”

失恋了？

时瑶往嘴边递薯片的动作顿住。

数字先生什么时候恋过了，她怎么不知道……

时瑶还没来得及将疑问问出口，【猴子派来的高手】又神秘兮兮地开口了：“准确地说，算不上失恋，应该算是，单相思幻灭……”

单相思幻灭……

时瑶更不解了：“什么意思？你们老大喜欢的女生，嫁人了？”

【猴子派来的高手】：“还不至于惨到这个地步……”

【瑶兮爱吃冰激凌】：“那……有男朋友了？”

【猴子派来的高手】：“也没惨到这个地步……”

【瑶兮爱吃冰激凌】：“那……该不会是有女朋友了吧？”

【猴子派来的高手】：“……”

【猴子派来的高手】：“瑶妹，停止你的脑洞，请听我说，详细情况是这样的，老大的告白被拒绝了！”

数字先生的告白……被拒绝了？

从平时聊天，可以了解到，数字先生不但是个超级富二代，还是个富一代……

所以，拒绝他，就等于拒绝了成山成海的山珍和海味，零食和水果。

时瑶情不自禁地对那个女生，从心底最深处升起由衷的佩服，以至于再开口的语气，都带了几分惊叹：“没想到，小龙女居然还有被尹志平拒绝的那一天！”

【猴子派来的高手】：“谁说不是呢？所以我才说，打死我都不相信，要知道，老大那个告白，可是精心准备了两个月哦，那个告白场景，特别炫酷，有很多很多美食呢……”

很多很多美食……

听到这几个字的时瑶，对那个女生的佩服之情更难以表达了：“在那么多美食面前，尹志平都能做到坚定不移地拒绝掉小龙女，真英雄啊！”

“这简直就是我的偶像啊，我对尹志平的敬佩犹如滔滔江水连绵不绝，又如黄河泛滥一发不可收拾，不行不行，我决定了，我的女神，就是尹志平了！”

陆本来蹲在马桶上，断掉蓝牙，听到夏商周和小学妹聊的具体内容后，就毫不犹豫地选择装作掉线的样子，直接从手机后台退出了游戏。

这时候，为了他和夏商周的友谊长存，他果断抛弃他，选择自保啊！

因为，这样，夏商周死了，他还能活着，他可以一个人缅怀他和老夏的友谊。

如果他还不溜之大吉，那就是，他和他一块死，他们的友谊，也就走到了死亡。

……

洗手间外的夏商周，喝完水后，爬回床上，一边拿手机，一边回时瑶的话："是的，我和你一样，也很佩服尹志平，她简直就是我……"

后面的"女神"两个字，还没说出来，看向手机屏幕的夏商周，脸上的表情瞬间崩溃。

老，老大……什么时候进入房间了？还有，他和小学妹的聊天内容，他有没有听到？听到了多少？

夏商周的心脏哆哆嗦嗦了好一会儿，然后就开始拼命地自救："……妈！"

"对！尹志平……不！错了，我很佩服老大喜欢的女孩，她简直就是我妈！"

斩钉截铁地回完这句话，夏商周才发现陆本来那个孙子居然已经下线了……

要不，他就是剽窃他的创意，三十六计，溜之大吉？

虽然出卖小学妹，有点不道德，但她说点什么，没关系啊，老大不会宰了她，指不定还会被她宰了。

可他不一样啊……同样为人，他和她在老大的眼里，差距还是有点大的……

想着，夏商周就一狠心，一咬牙，不管不顾地直接按了关机键。

……

吃完最后一个薯片的时瑶，意犹未尽地舔了一下自己的手指，然后才接了夏商周的话："高手，我可没有你这么没节操！我最多只能把尹志平奉为女神，当妈……恕本吃货做不到！"

"不过，尹志平真的好帅好帅好帅啊……

"咦？高手，你说我们这样，会不会不太好啊，小龙女花了两个月，精心准备的告白失败了，我们却在这里佩服尹志平，一个把她当成女神，一个把她当成妈……小龙女知道了，会不会很伤心，再说，游戏里，我跟小龙女是恋人关系，从游戏世界角度来看，我和小龙女是一家人，我这么胳膊肘往外拐，会不会不太好啊……不过，小龙女有了，尹志平也有了，那我是什么，杨过吗？那小龙女岂不是变成我姑姑了？

"本吃货接受无能啊，比起来过儿和姑姑，我更能接受夫君和娘子……嘿，我是夫君？小龙女是娘子？"

时瑶一个人喋喋不休地说到这里，忍不住嘿嘿地笑了起来。

然而，她的笑声，还没停止，有一道动听而又舒缓的声音，就钻入了她的耳中：“夫君，好久不见。”

夫君？

这两个字，就宛如一道雷，轰的一声炸裂在时瑶的耳边，将她整个大脑炸得一片空白。

她本能地拿起手机，看了一眼屏幕，发现【111111】不知何时进了房间。

而【是果汁啊】和【猴子派来的高手】那两个人不知何时下了线。

叛徒！

无耻的叛徒！

大写加粗的无耻叛徒！

说好的要彼此做彼此的小天使呢？怎么转眼间，那两个人就变成了小恶魔？

不过话又说回来，数字先生到底听到了她多少话？

时瑶忐忑不安了好一会儿，见耳机里很是安静，被吓得惊慌乱跳的小心脏渐渐地平静了下来。

她抱着侥幸的心理想，或许……数字先生刚刚进来，只是凑巧听到了她最后一句话……

对，一定是这样的，如果他听到了前面的话，应该不会这么淡定才是……

她不能自乱阵脚……

想着，时瑶就开口了：“娘，娘子……”

啊呸……娘子个香蕉皮！

时瑶急忙改口：“数字先……”

最后一个“生”字没说出来，时瑶就恨不得将自己的舌头给咬了下来。

她这是吃了被门夹过的核桃吗？怎么差点把她偷偷摸摸取给他的绰号给叫出来了？

时瑶深吸了一口气，再次连忙开口，比起刚刚那两次，她这次的声音，明显软萌乖巧了许多：“大神，土豪，好久不见……”

兴许是刚刚讨论了太多有关数字先生的话，时瑶有点心虚，在打完招呼后，又甜甜地开口补了句：“大神，你最近是不是很忙呀？今天怎么忽然间有时间上游戏了？你知不知道，没了你，这个游戏对我来说，难度增加了好几十倍……”

“不用这么客套……”耳机里终于又传来了数字先生的声音，悠悠的，很撩人。

时瑶听得心轻轻一颤，慢了半个节拍。

“……毕竟，从游戏世界的角度来看，我们是一家人……”

时瑶的小心脏狠狠地哆嗦了一下，然后彻底停止了跳动。

她刚刚那一番长篇大论，他全都听到了？那她听到他失恋，不但没同情他，反而去佩服尹志平的那些话呢？

这些想法，刚刚闪过时瑶的脑海，她的耳机里又传来了【111111】慵懒散漫的声音：“对吧？有个真英雄女神的……夫君？”

真英雄？

这是她说过的话啊……他到底是听到了多少呀？

时瑶干笑了两声，然后就带着几分不好意思开口：“那个……你听到了这么多呀……”

【111111】：“不多……”

时瑶信以为真，刚准备暗暗松一口气。

然后【111111】又开口了：“……也就是从夫君说夫君的态度比珍珠奶茶还真……哦，不，是从夫君关心娘子为什么一蹶不振，怀疑人生开始听的……”

这还叫不多？这分明是全都听到了！

议论人被当场抓包……她也好想下线遁走怎么办？

尤其是他还一口一个夫君……

正在时瑶濒临崩溃时，【111111】再次开口了：“……多谢夫君的挂念。”

这次的数字先生，刻意咬重了“夫君”二字。

时瑶听得手一抖，险些将手机摔到地上。

这下到底应该怎么办……不该听的都听了，该听的……呃，好像她说的话里没一句是该听的……要不就跟风遁了吧？可是这样是不是不太好啊，毕竟先议论数字先生的人是她和高手……高手那么没节操，她和他不一样，她是有节操的人……再说，数字先生给她发过那么多红包，还带她吃过那么多次鸡，更重要的是林爷爷的砚台都是他帮的忙……

想到这里，时瑶暗暗地一咬牙，就硬着头皮开口了：“那个，大神，土豪，我刚刚那些话，都是开玩笑的……我跟你说，我心底是超级站你的！”

“我其实一点也不佩服尹志平……不不不，是你想告白的那个女孩……我当时就是在逗高手……

“你也知道，在游戏世界里，我们是一家人，我怎么可能胳膊肘往外拐呢？拒绝了你，就等于拒绝了我！我只能说，那个女孩不识货！好没眼光！简直就是，简直就是……”

时瑶一时磕巴了，连续重复了好几遍“简直就是”，然后才脱口而出了一句：“……

豆腐脑！”

【111111】没说话，但游戏页面的屏幕上，出现了他发来的消息：“？”

时瑶懂了他的意思，知道他是在疑惑她说的豆腐脑，连忙解释给【111111】听：“豆腐脑，就是说，豆腐都有脑子，她都没有！”

在时瑶话音落下的那一刹那，她听见耳机里传来数字先生似乎没忍住，不小心发出的一道很低很轻的笑声。

这是说明，她的补救政策有效果？

想着，时瑶就连忙趁热打铁又开口了：“大神，你想啊，你这么优秀的人，还怕遇不到好的女孩？所以，你不要为此伤心，也不要为此怀疑人生，更不要一蹶不振，没必要的！再说，人生何处无芳草，何必单恋一个缺心眼！”

“你想啊，连成山成海的山珍和海味，零食和水果都能不要的人，不是缺心眼是什么？

“我跟你说，这种人不能要的，会影响后代智商的……”

起先听到“没眼光”“不识货”这些词的林嘉歌，还是挺有共鸣的，但是越往后听，他就越有点不忍心听下去了。

软包子还真是……骂起自己来毫不留情啊！

不知道将来有一天，她知道【111111】是他了，也知道她现在义愤填膺地骂的人是她自己，她是会怨他呢？还是会怨他呢？

想到这里的林嘉歌，忍不住开口了：“人生处处是芳草，可我就是喜欢这个缺心眼。”

呃……

时瑶眨了眨眼睛。

一时没刹住闸，补救政策补得营养过剩了？

时瑶又眨了眨眼睛，然后就开口说：“其实女孩子蠢点笨点缺点心眼还是很可爱的！”

“反正就是不管你做出什么决定，我都是无条件支持你的，如果你认准了她，那我就祝你们，红枣，花生，桂圆，莲子。”

【111111】：“嗯？”

时瑶也跟着“嗯？”了一声，然后过了一秒钟，才反应过来，数字先生好像不太理解她刚刚的意思，连忙说：“就是，早生贵子的意……”

时瑶的话还没说完，【111111】那边传来了一道广播声：“搭乘CA0001航班的乘客请注意，从上海飞往深圳的飞机马上就要登机了，请旅客朋友们抓紧时间登机。”

时瑶正说的话，蓦地一顿，然后等她听完广播声后，才有点好奇地开口问：“你……

现在没在北京呀？”

【111111】：“嗯。”

【111111】：“有点事，这段时间一直在上海……不过，今天要去深圳。”

数字先生是不是给她解释得有点过于详细了？就像在对女朋友汇报自己行踪的男朋友一样……

时瑶被自己的联想吓了一跳，然后嘴上连忙应了一声“喔”。

数字先生那边，大概是有人在催他登机了，时瑶只隐隐地听到一个字，声音像“对”，又像“兑”，反正她整个人听得迷迷糊糊时，数字先生大概是把话筒给关了，他那边彻底安静了下来。

约莫过了半分钟后，数字先生的头像后面，有话筒的标识亮起：“我得退游戏了。”

时瑶又“哦”了一声，然后想了想，补了句：“那再见。”

【111111】没说话，他应该是找了个比较安静的地方待着，嘈杂的声音隐隐地透过耳机传到了时瑶的耳朵里。

时瑶等了一会儿，见数字先生依旧没说话的迹象，以为他可能已经退出游戏了，刚准备也退出游戏，结果耳机里就传来了数字先生的声音：“瑶兮。”

他的语气，莫名有些认真，让时瑶不由自主地跟着紧张了起来。

【111111】：“我在深圳，要待到下个月差不多二十三四号左右，才能回北京。”

他在深圳待多久，跟她好像没关系啊……他为什么要跟她说得这么具体？

那种刚刚萌生的，男朋友对着女朋友汇报行踪的感觉，再次浮现在时瑶的心头，而且更强烈了……

时瑶握着手机的指尖，忍不住加大了力道。

或许，是她太敏感了？

时瑶想了想，又“喔”了一声，然后，她忽然想起来，下个月二十三号，是她每天玩的《绝地求生》这款游戏 SDL 比赛的决赛日子啊……而且就在深圳……

她男神 Legend 也会参加，她还想着如果男神打进决赛了，她就要去深圳看他比赛来着……

想到这里，时瑶紧接着又出声了：“咦？我刚反应过来，深圳哎，我下个月那两天还想着要去深圳……”

【111111】：“嗯？”

【瑶兮爱吃冰激凌】：“SDL 比赛啊，如果 Legend 打进决赛了，我就去看，就是不知道能不能买到票。前段时间 legend 微博有抽奖，奖品就是决赛的门票，不知道我会不会中奖……”

【111111】：“哦……”

【111111】：“那你加油。”然后下线了。

“……”时瑶盯着只有自己一个人在线的房间待了一会儿，也下线了。

第十章

他真的很想很想她

数字先生那晚昙花一现后，又是很长的时间没有出现，而林嘉歌依旧是不知所踪。

时瑶除继续着之前吃饭睡觉看剧打游戏的暑假生活外，在八月一号那一天，她迎来了暑假旅程中的一个小高潮。

真的是一个小高潮。

对于时瑶来说，这个小高潮比她走着走着路捡到了一大包零食来得还要兴奋和刺激。

其实这个小高潮，原本是可以发生在七月三十一号的。只不过时瑶一直到八月一号下午，因为实在无聊，才去微博上晃了一圈。

然后她发现自己的微博居然有 999+ 的红色数字提醒。

时瑶脑海里浮现出的第一个想法，是她梦里盗了某个大 V 的微博。

等她点开个人主页，再三确定微博名字【瑶兮爱吃冰激凌】和头像都是自己的后，她才带着几分忐忑不安点开了那些提醒信息。

绝大多数都是 @ 她的消息，她滑动着屏幕看了一会儿，才发现大家转发的消息内容，绝大多数都是，“男神怎么没有选中我”“错失了一百个亿”“老公，你居然背着我宠溺别的女生”……

男神？老公？

呃……是在喊她吗？

时瑶略带着几分兴奋地眨了眨眼睛，点开大家转发的微博后，才发现大家口中的男神和老公是 Legend。

而大家的本意也都是在转发 Legend 的微博，至于她……因为被 legend@ 了，顺带着沾光而已。

咦？不对……男神 @ 她……男神为什么 @ 她？

时瑶急忙去看了 legend 转发的内容，然后整个人就禁不住激动得低头用力地亲了一口手机屏幕。

她居然在 10W+ 的转发中，被 legend 当成幸运儿抽中了，并获得了 SDL 决赛门票。

前段时间，她和数字先生还随口嘀咕，不知道她会不会中奖，没想到，她居然梦想成真了！

时瑶亢奋地将微博内容连续看了好几遍，然后小脸忍不住微微红了起来。

男神居然 @ 她了哎……明明有那么多的女生在转发他的微博，偏偏他就选中了她，这显然是上天安排的缘分啊！

有句话怎么说来着？上天安排的最大嘛！

所以，她不能反抗上天，她必须要去深圳看男神！

这算不算是，她和男神之间的距离……靠近了一步？以后会不会还有第二步，第三步，第四步……直到第 99 步……

想着想着，时瑶嘴里就发出哧哧的笑声，她的脸更红了，眼睛亮亮的，仿佛在闪光。

……

八月六号，SDL 比赛轰轰烈烈地正式拉开了序幕。

时瑶每天吃饭睡觉看剧打游戏的行程，变成了吃饭睡觉打游戏看比赛……也可以说是看男神。

SDL 的比赛，是积分制，最初的十场比赛是预选赛，总共有一百支队伍参加。

预选赛结束后，排名前六十的战队进行半决赛和决赛。

而积分制，是按照吃鸡率以及击杀人头来计算的，当然如果你被击杀，会扣除相应的分数。

这个世界上，有一种人，他的存在就是注定要发光发热，让人仰慕嫉妒的。

而 Legend 就是这样的人。

他很强，或者说，他一如既往的强。

从比赛开始的第一天起，他的发挥就很稳，稳得像开了外挂一样，没有半点破绽，也没出现过任何失误。

甚至有一场比赛，他的三个队友在游戏开始前十分钟先后阵亡，只留下了他一人。

就连解说，都觉得AE战队这场比赛很悬，可是最后的结果，不是很悬，而是很炫。

Legend一个人，不但单枪匹马地杀入了决赛，甚至在最后关头，以一人之力，灭了四个人全存活的EK整队。

这场比赛，很刺激，很精彩，也很热血。

本就红遍大江南北的Legend，在当晚比赛结束后，毫无悬念地上了微博热搜榜，并且又收获迷弟迷妹无数。

Legend从@时瑶中奖后，再也没有发过微博，由于比赛正进行的缘故，他的热度很高，那条微博下面的评论破了10W+，以至于时瑶的微博也跟着沾光变得很热闹，尽管没有一句评论和她有关。

平时很少上微博的时瑶，因为Legend@她的缘故，最近没事干就喜欢在微博上待一会儿。

她看着越来越多的人喊Legend男神，老公，男朋友……忍不住苦恼地叹了口气。

男神被好多人惦记着，压力好大……不过还好，她和男神有上天安排的缘分！

几乎没有任何悬念，AE战队以碾压第二名两倍的积分成绩，稳稳地打进了决赛。

而在比赛还没开始之前，就已经拿到决赛门票的时瑶，也开始着手准备去深圳的事了。

她本以为出趟远门要提前准备的事情很多，例如机票、酒店、吃饭……

结果，在决赛前三天，时瑶接到AE战队工作人员的电话，告诉她，这次中奖的幸运儿，不但能拿到决赛门票，就连机票和食宿他们都已经安排好了，希望她能提供一个邮箱，将具体行程和地址发给她。

原来她这次中的是个超级大礼包啊！

时瑶美滋滋地告诉了工作人员自己的QQ邮箱，然后过了没一会儿，她就收到了邮件。

往返航班、酒店地址，就连接送去机场的出租车都有了，不但如此，她的航班连值机都提前安排好了，而她从有很多提前要准备的事情，一下子变成了只需要准备好她自己就行了。

不过有件事，还是要提一下的。

在数字先生和林嘉歌继续失踪的八月份里，时瑶交了一个新朋友。

这个新朋友，是一个男主播，和Legend直播时用的是一个平台。

认识这个新朋友，大概是在八月七八号，那天她和高手果汁打游戏时，不小心匹配到了一个路人。

这个路人叫【荒年】，时瑶看到他名字后，第一个想法就是这肯定是一个文艺男青年。

结果游戏开始后，时瑶才发现，文艺男青年是个骚话连篇的吃鸡大佬。

游戏开始了没五分钟，【荒年】说的话已经逗笑了时瑶至少十次以上。

例如他们四个人一落地，旁边有一队，【荒年】捡了把枪，开口念了句："先打女人和孩子，让妇女和儿童先走。"然后就冲过去和人近身枪战了。

例如，【荒年】子弹用光了，被人拿着喷子追着跑的时候会嚷："小哥哥，小哥哥别打我，我怀孕了！"

例如，【荒年】和人蛇皮走位对枪时，被人一枪打中后，他会说："求求你放过我，我是我们村的希望。"

例如，跑毒的时候，不小心碰到了人，【荒年】会说："我不和你们打架，因为我和你们不一样，我是来相亲的，我超甜。"

再例如，【荒年】打死人的时候，会说："老板，您的顺丰快递已送达，请签收。"

一局游戏下来，【荒年】全程嘴巴就没停过，时瑶忍不住问了他一句，你怎么一直都在自言自语啊？

【荒年】还没回她，【猴子派来的高手】接了她的话，说他们可能匹配到了一个主播。

【荒年】直接接了高手的话，说他是主播，在某某平台，名字就叫荒年，欢迎他们来看他直播。

那直播平台时瑶正好下载了，所以在自己死后，就进去搜了荒年，果然看到了他的直播，还在他的直播页面上看到了自己已经阵亡变灰的名字。

不是每个人都能和 Legend 比，【荒年】的人气，对比 Legend 是被碾压的，但是对比平台整体数据来说，还算是个大主播了。

因为【荒年】开语音和他们聊天，她讲话的声音，被他直播间的粉丝听到了，不少人在刷屏。

"小姐姐的声音好好听啊。"

"求年年下一把继续带着小姐姐一块玩啊。"

"我是为了小姐姐才留在年年的直播间的。"

小姐姐……说的是她吗？

被夸的时瑶偷偷地窃喜了一会儿，然后就回到了游戏里。

【荒年】大概是为了迎合粉丝，在游戏结束后，真的问了时瑶下一把要不要一起？

【荒年】技术挺好的，现在数字先生又不在，时瑶想了想，就答应了。

就这样，时瑶、果汁、高手和【荒年】玩了一晚上的游戏，然后在时瑶下线之前，她还和荒年互加了游戏好友。

【荒年】的直播时间，很固定，每天傍晚的六点钟到凌晨两点钟，恰好和时瑶晚上玩游戏的时间有重合，所以接下来的十多天，几乎每天晚上时瑶只要一上线，【荒年】就会加入她和果汁、高手的队伍。

玩的次数多了，渐渐地也就熟悉了起来。

所以，有的时候，大家也会闲聊几句。

然后在大概二十号的时候，荒年问时瑶是哪里的人，时瑶答北京，荒年说好巧，他现在也在北京发展。再然后，荒年问时瑶是做什么的？时瑶说是G大的学生。荒年说，世界真小，他的直播公司距离G大很近，有时间了他们可以一起出来吃个饭……

时瑶还没想过要见网友，对荒年提出的这句话，没做出什么反应。

但她不知道，尽管她没对荒年提出的吃饭要求做出任何反应，但那天晚上，她和果汁、高手在游戏里分开后，那两个货紧接着就开始给林嘉歌发短信："老大，你危机了！"

最先发短信的是陆本来，为了节省自己的电话费，他用的是夏商周的手机。

短信发送成功后，夏商周就将自己的手机夺了回来，开始打字："老大，你被挖墙脚了！"

陆本来抢走手机："老大，小学妹最近和一个主播天天玩游戏。"

夏商周夺回手机："老大，你再不出现，小学妹要红杏出墙了！"

……

转眼间，就到了八月二十三号，因为是晚上的比赛，所以时瑶是当天中午的飞机。

抵达深圳，AE战队安排的接机的出租车师傅已经等候在机场了。

时瑶取完行李，从机场出来，联系到出租车师傅后，就直接去了酒店。

酒店距离比赛场地，大概步行五分钟的路程。

时瑶前一刻办好入住，后一刻就开始点外卖。

等她吃饱喝足后，想到自己拿到的决赛门票，在VIP区的第一排，就在比赛舞台正前方，说不定Legend一抬头，就能看到她，所以时瑶决定在出发去看比赛之前，先去洗个澡，画个淡妆。

等时瑶打扮得美美的到达比赛场地时，入口的队伍已经排得很长很长，还好她是VIP区的票，走的是VIP通道，人没那么多，不过短短的几分钟，就进入了比赛内场，找到了自己的位置。

时瑶真心觉得自己最近特别神，想什么来什么。

偌大的舞台，总共有二百四十个人的座椅，分成六十个战队的区域，AE战队真的就在她眼前，这就算了，更神奇的是，Legend 的名字正对着她坐的位置。

真的就如她在酒店里幻想的那样，Legend 一抬头，就能看到她。

尽管比赛还没开始，所有的观众都在入场，而职业选手都还没登场，但时瑶望着正前方 Legend 的名字，心跳速度忍不住加快了起来。

怎么办，她和男神的缘分，妙不可言得有点过分啊……

还好她聪明，在出门前打扮了一番。

比赛七点开始，六点四十分左右，解说员已经各就各位展开了比赛的猜测。

约莫六点五十分的时候，解说员开始报战队的名字，并且在战队入场时，一一介绍战队的成员以及教练。

AE 战队是最后出场的，在解说员还没说出战队名字时，整个现场就已经轰动一片。

在 AE 战队成员入场的过程中，尖叫声和加油声就没有停止过。Legend 走在最后，等他出现时，现场原本就已经很热烈的气氛变得更狂热了。

Legend 和之前的每次比赛一样，依旧是戴了一个黑色的口罩，遮掩住了大半张脸。

他个子很高，走路的时候，微低着头，尽管看不清他的容颜和神情，但时瑶还是能感觉到他浑身透出的一股疏离和淡漠感。

这种感觉，让时瑶莫名有点熟悉。

她歪着头想了一会儿，也没对上号。

Legend 坐下后，往正前方看了一眼。

男神……这是在看她吗？

时瑶的小心脏轻轻地跳了两下，见 Legend 还在看她，她忍不住有些不好意思地垂下了脑袋。

过了一会儿，她悄悄地掀起眼皮，偷瞄了一眼 Legend，发现男神的视线，还在往她在的方向看……

时瑶的面颊忍不住开始有些发热。

怎么办，男神一直盯着她这边看，她好紧张啊……

时瑶用力地吞咽了一口唾沫，再过了一会儿，鼓起勇气，又抬了一下头。

这次她和 Legend 的视线不偏不倚地对在了一起。

时瑶忽然就紧张到了极致，她心底明明想着是低下头躲开男神的视线，可她在无措下做出的举动，却是冲 Legend 眨了眨眼睛，然后咧着唇傻傻地笑了。

Legend 的视线，在她脸上停留了大概几秒钟的样子，就挪开了。

男神终于不看她了……有点失落，但是也松了一口气……

时瑶刚准备抬起手，安抚一下自己的小心脏，正前方的 Legend 又抬起了头，毫无征兆地再次对上了她的眼睛。

时瑶慌了，情急之下，和刚刚一样，继续眨巴眼睛，然后脸上的笑容更灿烂了。

再然后，Legend很快又收回了视线后，一直到比赛开始，再也没看过她一眼。

好失落，难道她不够美不够萌吗？男神怎么看了她两眼，就再也不看她了？

时瑶目不转睛地盯着Legend看，看到他迟迟不看自己一眼，忍不住鼓了鼓腮。

然后，舞台上坐着的Legend举了一下手，很快有工作人员赶到了他的身边，再然后，AE战队的教练，拿了一顶鸭舌帽走到了他的跟前。Legend接过帽子，毫不犹豫地扣在了脑袋上，他低头看手机时，正好将时瑶看向他的视线，全都遮挡住了……

再然后，时瑶只能眼巴巴地盯着一顶黑色的鸭舌帽看了……

……

决赛总共有三场，依旧是积分制度。

不知道是不是Legend没调整好状态，第一场比赛最开始的五分钟，他的失误略微有点多，好几次被人打到残血。

就在时瑶担心得小心脏都提到嗓子眼时，Legend反杀了HR战队的一员，并且丝血逃生。

全场无数尖叫声响起。

时瑶也忍不住跟着激动了起来。

再后来，Legend的状态，越来越好，从第一局游戏积分排名倒数，逐渐地进入了前五十，前十，前三……然后在AE战队第一局游戏成功吃鸡后，积分到达了第一。

时瑶全程都目不转睛地盯着大屏幕上的游戏比赛场景看。

每到Legend的视角时，她总是看得格外认真。

Legend捡东西的动作，格外快，房子明明有门，但他就是不走，偏要跳窗。

尤其是在他打狙的时候，枪微微抬起的画面，让时瑶感觉特别熟悉……

她蹙着眉，仔细地想了好一会儿，然后就想到了数字先生。

数字先生打狙的时候，就是这样……看着很随意，却很致命。

真是奇怪了，她男神那么好那么好，她怎么会联想到那个毒舌又睚眦必报的【111111】。

她这算不算是在黑她男神……再说，男神变娘子……

呃……时瑶禁不住打了个寒战。

画面太美，她不敢继续往下想了。

第一局比赛结束后，有短暂的几分钟调整时间。

这几分钟里，各大战队的教练，和队员都在严肃而又激烈地讨论着战术，以及上一场比赛的不足。

AE战队不例外，教练和队员聚在一起，也在讨论。

唯独Legend姿态懒洋洋地靠在电竞椅上，一只手揉着脖子，一只手放在桌子上，指尖很随意地敲打着桌子。

教练和队员讨论得很激烈，但Legend自始至终都没怎么开过口，只是偶尔在有人碰他的时候，轻轻地点了点头，算是应了。

尽管看不清他的容颜，但他周身散发的气息，能让人感觉出来，他整个人懒懒散散的，对教练和队友说的话，情绪上根本没有太大或者说丝毫的起伏。

他这副架势，都不像来参加比赛的，更像来走秀的……

咦？等等，这句话怎么那么熟悉？

时瑶咬着嘴角，努力地回想了一会儿，然后想到当初运动会的时候，林嘉歌参加三千米的时候，她看到他漫不经心地站在起跑线上的反应，心底想过一句类似的话，林嘉歌模样悠闲得不像来参加比赛的，更像随便跑一跑来消食的……

这么一联想，时瑶后知后觉地回过神来。

难怪她刚刚觉得男神身上散发出的那股疏离和淡漠的样子有点熟悉……那是林嘉歌身上有的特征啊……

所以，她的男神现在从像数字先生，变成了像林嘉歌？

而她对男神的黑，从初级黑，变成了深度黑？

时瑶忍不住有点开始怀疑，自己对男神到底是不是真爱了……

不过话又说回来，她男神是举世无双的存在，岂是数字先生和林嘉歌可以媲美的？

数字先生一定是看了她男神的比赛，偷偷模仿男神的技术来着，至于林嘉歌……男神的散漫，是真的酷；而林嘉歌，是装酷……

于是，接下来的两场游戏，时瑶是在一会儿觉得Legend是数字先生，一会儿觉得Legend是林嘉歌，一会儿说着男神我对不住你，我又不小心黑你了中度过的。

不出意料，AE战队夺得了本年度SDL冠军。

在颁奖之前，主办方还准备了一些互动小插曲，就是随机在现场选取一个幸运观众登台来跟自己的偶像表白。

时瑶觉得这种考验运气的事情，肯定跟自己无关，然而，最终大屏幕上显示的是座位号是：第一排C区8号。

时瑶不可思议地看了一眼自己手中的决赛门票，又不可思议地看了眼大屏幕上的中奖座位号，然后在主持人第三次请幸运观众上台后，她有点跟做梦似的起身，迈着轻飘飘的步子，走上了舞台。

等她站在主持人身边时，主持人先对她问好，然后才问她，她支持的是谁。

这问题，So Easy！

时瑶不需要动脑，就理所当然地说了“Legend”的名字。

“我们的L神！”主持人一点也不惊讶地接了时瑶的话，然后又问她，“请问您作为L神的粉丝，又有这样的机会可以站到舞台上，想对L神说点什么呢？”

有，当然有……

她喜欢了Legend这么多年，怎么可能没什么想对他说的。

即使时瑶曾经在无数个日夜里，幻想过自己有一天真的有机会见到Legend，她要对他说些什么，尽管那些话，时瑶记得很清楚，可是此刻的她，面对主持人递上来的话筒，还是泛起了丝丝的紧张。

时瑶沉思了几秒，将想说的话，在心底默默地过了一遍，然后才开口了：“Legend……不管你是现在的功成名就，还是将来的落魄江湖，你都是我心中的光芒万丈。

“我不是你的队友，不能为你两肋插刀，但我可以为你摇旗呐喊。

“只要是你的梦，就是我的梦，我要永远都当你的小迷妹。

“最后，PGI世界联赛加油，希望你可以拿下绝地求生这款游戏的第一个世界冠军！”

主持人：“哇，这段话说得真的很有水平，L神的粉丝总是能给人出其不意的惊喜，不过，面对粉丝的告白，不知道L神有没有什么表示？”

以往的比赛，不是没有过这样的环节。

但Legend一直都很神秘，神秘到不但外界不知道他的相貌，就连他的声音都没听过。

所以，出现这样的情况后，大多数都是Legend的队友或者教练站出来帮他答谢粉丝。

久而久之，主持人再遇到类似的情况，都是问Legend有什么表示，而不是说些什么。

因为大家都清楚，即便问了，Legend也不会说。

这次，也不例外，不管是现场的粉丝，还是舞台上的工作人员和职业选手，大家都觉得Legend会和从前一样，只是微微颔首，表示感谢，然后其他的赠礼以及话语会被教练代劳。

甚至，就连时瑶自己也觉得会是这样的一幕。

然而，在主持人话音落下后，Legend在众目睽睽之下，举起了手中的话筒，然后在大家不可思议的注视下，动了动嘴：“好。”

现场很安静。

这种安静维持了大概十秒钟的样子。

现场瞬间沸腾了。

三年半，从出现在电竞圈，到现在整整三年半，没在公开场合开过口的Legend居然开口了。

虽然只有一个字，尽管只是一个好，但现场的气氛还是热烈到有点难以控制的地步。

包括时瑶，也不敢相信自己的耳朵，只是呆呆地站在舞台上，望着那个戴着帽子和口罩将自己隐藏得严严实实的少年。

——最后，PGI世界联赛加油，希望你可以拿下绝地求生这款游戏的第一个世界冠军。

——好。

Legend，她的男神，这是在对她的话，做出回应啊……

她说，她希望他可以拿下第一个世界冠军，他说好。

不知道，是不是她的错觉，他那口气，他那反应，就好像，好像PGI这个冠军，他要为她而拿……

一定是她和男神之间的步子迈得太快了，扯到了她的大脑，让她产生了太多离奇的念想。

……

颁完奖，已是晚上十点多钟。

回到酒店，因为男神跟自己讲话的缘故，时瑶亢奋得有点睡不着觉，然后她就登录了游戏。

一点也不意外，【是果汁啊】和【猴子派来的高手】正在游戏中。

时瑶等了一会儿，见两个人结束了，申请加入房间。

又一点也不意外，时瑶进入房间后，【荒年】也申请加入房间。

【荒年】前一秒进入游戏房间，后一秒时瑶就听见了他的声音：“不好意思啊，今天在酒店，直播的时候可能会有点卡。”

时瑶忍不住开口问：“外面？”

【荒年】：“是的，在深圳。”

时瑶有点神奇：“好巧哦。”

【荒年】：“你也在深圳？”

时瑶：“是啊。”

【荒年】试探：“你该不会是来看SDL决赛的吧？”

时瑶："对啊，该不会你也是？"

【荒年】："缘分啊，大兄弟！你住哪个酒店，该不会是比赛场地附近的万豪吧？"

时瑶更神奇了："咦？你怎么知道？"

【荒年】："因为我也住这里，所以我就瞎猜了这里。"

【荒年】："既然这么巧，那等会儿要不要去吃消夜？"

消夜……时瑶吞了口唾沫，刚刚因为见男神太激动了，现在发现自己真的有点饿了。

【荒年】："我们打算去吃小龙虾，深圳这边有一家小龙虾，迷之好吃，所以，要不要一起？如果去的话，大概十二点半的时候，我们酒店一楼大堂集合……"

小龙虾……时瑶忍不住又咽了一口唾沫，感觉自己的肚子已经开始咕噜咕噜叫了。

……

回到酒店房间，林嘉歌第一时间给罩了一次性洗澡袋的浴缸放热水，然后他就将终于拿回到手的手机开了机。

因为有一段时间没开机，消息提醒不断，林嘉歌随手将手机放在浴缸旁边的台子上，就去洗脸了。

等浴缸里的水放得差不多，他开了瓶红酒，躺在温度舒适的水里，听着酒店舒缓的音乐，拿起手机开始看最近这段时间累积下来的未读消息。

先去短信里找了时瑶的名字，嗯……没有一条未读消息。

然后去微信里找了【瑶兮爱吃冰激凌】的名字，嗯……还是没有一条未读消息。

再然后去了有时瑶的【浪啊浪】微信群，将999+的消息从头到尾翻了一遍，嗯……时瑶说的话挺多的，但是没一句话是有关他的。

林嘉歌忽然很失落。

他盯着手机屏幕，发了一会儿呆，才去看其他的未读消息。

他一直觉得夏商周发来的消息，肯定不重要，所以尽管他在微信的最上面，但他还是选择了最后一个去看他的消息。

"老大，你危机了！"

你才危机了！你全家都危机了！

"老大，你被挖墙脚了！"

他们家治安好得很，墙脚估计都没摸着，就先去跟警察叔叔喝茶了。

"老大，小学妹最近和一个主播天天玩游戏！"

林嘉歌的眉心蹙了起来，一种危机感，瞬间爬遍了他的全身。

"老大，你再不出现，小学妹要红杏出墙了！"

林嘉歌噌地一下从浴缸里坐了起来，因为反应过度强烈，他撞翻了放在旁边的酒杯，红色的液体，洒了一地。

他无暇顾及，举着手机就给夏商周拨了一个电话过去。

夏商周应该正好在拿着手机玩，电话接得飞快："老大，你……"

面对电话里传来的、夏商周热情如火的声音，林嘉歌冷言冷语地打断了他的声音："红杏出墙是什么意思？"

"红杏出墙？"夏商周疑惑地反问了一声，然后只听见几道噼里啪啦的打键盘声，紧接着夏商周就开口跟念书一样念道，"红杏出墙，原意指红色的杏花穿出墙外，形容春色正浓，情意盎然，也可以比喻妻子有外遇……"

林嘉歌："我语文高考分数满分150分，考了149，只有作文扣了我一分，谢谢。"

夏商周："啊？？"

他大概是开了免提，紧接着电话里传来了陆本来声音："老大，你别介意，我孙子姓智名障。"

夏商周："你给我滚，我叫智障，你就是弱智！"

陆本来："说你智障，你还真智障，你叫智障，我肯定姓智啊，知道我大名叫什么吗？智慧！"

"……"林嘉歌及时地清了清嗓音，打断了电话那边两个人的日常拌嘴。

陆本来及时刹车："老大，你要问的是有关小学妹红杏出墙的事吗？"

经过陆本来这么一提醒，夏商周恍然大悟："哦，说的是那个主播啊！老大，你是不知道，他每天都凑上来要跟小学妹打游戏。他话多得不行，贫里贫气的，但小学妹好像很喜欢的样子，经常被他逗笑，还夸他可爱……"

陆本来："对，老大，明明我最可爱，小学妹居然夸他可爱，宝宝不开心，宝宝要反抗……"

要不是软包子，真不想搭理这两个神经病……

林嘉歌沉着嗓音开口："那个主播叫什么名字？"

夏商周："豆芽TV，叫荒年。"

林嘉歌没说话，直接打开了豆芽TV，搜索了荒年，他已经下播了，但他能看到他的粉丝数，有36万。

夏商周还在电话里喋喋不休："他粉丝还挺多的，迷妹也不少，好多人都经常刷屏，说什么年年阿姨爱你哦……同样都是年轻人，怎么人家就有那么多阿姨爱，而我别说阿姨了，就连奶奶都没有……"

陆本来："没想到你这么重口味，居然喜欢奶奶？"

夏商周："我这是比喻，比喻你懂吗？"

林嘉歌抬起手指，揉了一下被两个人吵得有些不耐烦的眉心：“他们什么时候认识的？”

陆本来：“八月上旬吧，认识得有半个月了。”

夏商周：“老大，这个人真的是来挖墙脚的，给你讲个更可怕的事情，就在你打电话来之前，小学妹和他还在游戏里聊天来着！”

陆本来：“是的，老大，我可以作证，我和老夏正商量着给你打电话，你电话就过来了！”

夏商周：“老大，他们聊天的内容是，他们今天都在深圳，正在商量着等会儿去吃消夜。”

陆本来：“而且最恐怖的是，他们住在同一个酒店里。”

夏商周：“老大，我已经看到你头上在冒绿光了，你知不知道，他们这种游戏里见面，还约消夜，还住同一个酒店，一旦见了面……”

陆本来：“对的，老大，你想想宋潮汐那个货，他不就是天天和他女朋友约消夜，约着约着就……”

林嘉歌听不下去了，冷着一张脸直接挂断了电话。

软包子……红杏出墙？

她敢！

看他不……不……不……他也不敢把她咋样啊……

可他也不能就这么纵容她真的红杏出墙吧？

林嘉歌想了一会儿，就登录了游戏。

【瑶兮爱吃冰激凌】显示不在线。

不是说正在玩游戏吗？现在不在线是闹哪样？

林嘉歌心底咯噔了一声，浮现出一抹极其不好的预感，他想都没想，就给【瑶兮爱吃冰激凌】发了一条微信：“玩游戏吗？”

林嘉歌等了一会儿，见时瑶没回复，忍不住发了个问号过去。

继续等了一会儿，手机屏幕一片安静，依旧没动静，林嘉歌继续发了个问号过去。

在他第三次准备发问号时，屏幕上终于进来了一条消息：“等会儿哈，我要先吃消夜。”

吃消夜？！

林嘉歌的手一抖，手机扑通掉进了浴缸里。

还等会儿哈？一秒钟都不能等，要是能等他就不是男人！

林嘉歌将手机从浴缸里捞了出来，然后就迫不及待地跳出浴缸，从旁边的洗手台随手抽了两张纸巾，一边擦手机上的水，一边冲浴室门外走。

等他快奔到酒店房门口时，他才反应过来自己没穿衣服。

林嘉歌忽地转身，再往酒店屋里走时，他低头看了一眼手机。

还好手机是防水的，没什么问题……

他将手机随手往床上一丢，就弯身捡了两件衣服开始往身上套。

等他穿好衣服，正准备迈着步子往门外走时，他忽然像想起来什么一样，突然停了下来。

他除知道她吃消夜外，对其他的一无所知……

深圳这么大，吃消夜的地方那么多，他去哪里找她？

就算是他真的一家店一家店地挨个翻，怕是等他翻完，也明天早上了吧？

说不定，红杏都已经出完墙了……

不行，不行，他得尽快，把她这棵红杏给栽到花盆里，她要是长出墙了，他就搬着花盆往院子里挪一挪……

可现在，郎有情妾无意，他没办法把她栽进花盆里啊，那他就只能选择把院子周围不怀好意晃悠的人给屠了！

对……屠了……关键是怎么屠？还得是有效率地屠……

林嘉歌思考了两秒，翻出手机，开始找帮手。

睡前，林嘉仪在地下室的家庭影院里看了一部电影。

电影具体讲了点什么内容，她没记太多，但有三幕，却被她记住了。

第一幕是：女主角和男主角初遇在一个很有烟火气息的烧烤摊前。

第二幕是：女主角请男主角吃消夜，地点还是那个很有烟火气息的烧烤摊。

第三幕是：女主角和男主角分开了八年，在那个很有烟火气息的烧烤摊前重逢了。

总结下来就是：林嘉仪馋烧烤了。

早就洗完澡护完肤的她，不太想出门，于是林嘉仪就想到了她最近想尽各种方法奴役的偷窥狂。

尽管已经将近半夜十二点了，但林嘉仪还是找了偷窥狂的电话，丝毫不觉得有一丁点不好意思地拨了出去。

电话响了很多声，才被接听，里面传来夏商周带着几分睡意的声音：“林总？”

林嘉仪面色高冷地“哼”了一声，然后就开始理直气壮地下命令：“限你三十分钟，去东一街的小葛烧烤，把他们家有的，都买一份送到我家来。”

夏商周：“现在？”

林嘉仪：“对！”

夏商周：“那个，林总，我给您点个外卖行不行？我今天真的有点不方……”

林嘉仪：“你知道什么人脸上写着欠揍这两个字吗？”

夏商周：“不知道。”

林嘉仪：“你找个镜子照一照就知道了。”

夏商周：“……”

夏商周：“林总，您等好，三十分钟后，热气腾腾的烧烤，一定送到您面前！”

……

三十分钟后，夏商周拎着一大袋子烧烤，出现在了林家门口。

林嘉仪提前吩咐过用人，夏商周如果来了，就让他直接上楼。

所以用人给夏商周开了门后，就礼貌地对着楼梯做了一个请的手势：“夏先生，大小姐让您直接去她卧室。”

林嘉仪最近迷上了一个App软件，里面全都是大众网友自己发的短视频。

看久了，林嘉仪也想发视频玩一玩。

所以她就注册了一个账号，然后心血来潮的时候，会拍段视频，上传到自己的账号里，但不发送出去。

她挂断夏商周的电话后，因为等烧烤等得无聊，想起自己下午泡温泉时，看到的一个视频，于是就将手机固定在三脚架上，找了个特别好的角度，开始拍视频。

“你可以没有房，也可以没有车，但你必须有一颗爱我的心！”

林嘉仪一边念台词，一边对着镜头比了个心。念出最后一句话的时候，她身上的真丝睡衣滑了下来，露出漂亮白皙而又纤细的肩……

与此同时，夏商周拎着烧烤飞速跑上楼，他是想敲门的，但门没锁，因为他怕误了三十分钟，被女魔头虐，所以敲门的力道一时没控制住，竟然将门给推开了。

正在往上拉衣服的林嘉仪，手一抖，不小心扯开了腰间的带子，然后睡衣滑落，她大半个后背就这样赤裸裸地暴露在了夏商周的眼中。

不过只是短短的一瞬，林嘉仪就将衣服穿了回去。

她前一秒系好带子，后一秒就揪了夏商周的领口，一边咬牙切齿地骂他，一边举着拳头冲他脸上挥去：“你个偷窥狂！”

“林总，林姐姐，林女神，我什么都没看到，我发誓，我真的什么都没看到，林女侠……”

林嘉仪的拳头，距离夏商周的脸只有一寸时，生生地停了下来：“真的？”

夏商周猛点着头："真的，千真万确，骗你我是狗！"

林嘉仪："你难道不是吗？"

夏商周看着林嘉仪近在眼前的拳头，生怕她真的砸上来，几乎没有迟疑，就开口："汪汪汪。"

林嘉仪这才放开了夏商周。

夏商周暗暗松了一口气，在心底暗自庆幸着好险好险。

只是他刚喊了两声，林嘉仪忽然就没来由地问了句："我身材好不好？"

夏商周没丝毫犹豫，张嘴就夸："好，特别好，世界顶尖模特的好身材……"

他的话还没说完，领口再次被林嘉仪揪住："你不是说你什么都没看到吗？"

"？？？"老大家里的人，都是属猴精的吗？怎么套路那么多？

夏商周愣了两秒，就不敢再有半点迟疑地开口了："我是什么都没看到啊，但是这不影响我夸您啊。林总，您在我心目中，是最完美的，不管是身材，还是智商，还是相貌，总而言之……毫无缺陷，您就是女神的代言，男人梦中情人的代表……"

林嘉仪没说话，漂亮的眼睛盯着夏商周看了一会儿，再次松开了他的领口。

死里逃生的夏商周，大气都没敢喘一下，就将手中的外卖袋子双手奉上："林总，您要的烧烤！"

林嘉仪扒开袋子，往里看了一眼，然后深吸了一口气，就恢复了一贯雷厉风行的女王姿态："带走吧。"

"带走？"夏商周不解，"林总，您不吃吗？"

"废话，我减肥，当然不吃，这叫望梅止渴，懂吗？"

不吃，您还让我买？夏商周敢怒不敢言。

"看你的表情好像对我有意见？"

"不敢不敢，我只是被林总的文学水平震住了，望梅止渴的典故都知道，学霸学霸！"

她最讨厌别人叫她学霸了，因为她考试就没及格过……莫名觉得自己被讽刺的林嘉仪，抬起腿，刚想撂倒夏商周，她的手机就响了。

林嘉仪怕半夜打电话过来的人有急事，递给夏商周一个警告的眼神，指了指门口，示意他滚。

"林总再见。"夏商周如蒙大赦，抱着烧烤，撒腿就逃。

等夏商周消失在卧室后，林嘉仪才走到手机面前，看了一眼来电显示，是林嘉歌。

开心，是地主家的傻儿子来送钱的节奏！

林嘉仪眉梢爬了一层笑，毫不犹豫地将林嘉歌打来的电话挂断了，然后顺便给他回了一条短信："对方需要人民币，才能激活聊天模式。"

收到短信的林嘉歌，发了一个红包，然后不等林嘉仪开口，就直奔主题："给你一个选择，今晚的瑶瑶跟我睡，或者……"

林嘉仪收了红包，回："臭流氓！我都不选！"

被骂的林嘉歌，心态超稳地坐在酒店落地窗前的沙发上，举着手机不疾不徐地打字："那好吧，就让瑶瑶今晚跟着别的野男人吧。"

林嘉仪："我的瑶瑶那么乖，你绝对是在诽谤我的瑶瑶，我告诉爷爷，让爷爷用他的拐杖打断你的两条腿！"

乖？都红杏出墙了，哪里乖了？明明是乖张！

林嘉歌在心底呵呵了一声："目前我了解到的情况，是瑶瑶和一个网上认识的野男人，出去吃消夜了，他们还住在同一个酒店……"

林嘉仪："编，接着编！"

林嘉歌："爱信不信，回头别哭！"

林嘉仪："怕是你比我要哭得更厉害吧！"

林嘉歌发了一串哭的表情："我已经在哭了。"

林嘉仪："……"

林嘉仪："……"

林嘉仪："……"

林嘉仪："好吧，比起来野男人，我更能接受你玷污我的瑶瑶。"

林嘉仪："你说吧，到底让我怎么帮忙，话说在前头，我虽然选了今晚你跟瑶瑶睡，但是这个睡不是动词，你要是敢对瑶瑶做出什么禽兽的事，我告诉你，林嘉歌，我会亲自动手修理你的。我不会像爷爷那样温柔地打断你两条腿，我会很温柔地断了你三条腿！"

林嘉歌直接发了个语音，把自己让林嘉仪做的事情，一五一十详细说了一遍。

等语音发送成功后，他发现屏幕上多了一条新的消息。

林嘉仪："非友情帮忙，￥￥￥￥￥￥。"

林嘉歌："放心，报酬包你满意。"

听完林嘉歌发的语音消息的林嘉仪，回了句语音："我拒绝！你让我这样做，不就等于让我欺骗瑶瑶吗？瑶瑶那么可爱，你怎么忍心欺骗她？我告诉你，林嘉歌，我是不会背叛瑶瑶的！"

过了一会儿，林嘉仪又发了一条文字微信消息过来："多少钱？"

林嘉歌："1888 元。"

林嘉仪："$？"

林嘉歌："可以。"

林嘉仪："我不满意。"

林嘉歌："……"不满意，你还发个美元符号做什么？

林嘉歌："后面再加个8，$。"

发这条消息的林嘉歌心想，林嘉仪这个坑货，如果再不同意，他就要想别的办法了，他不能总这么惯着她！

林嘉仪："我考虑下。"

林嘉歌仿佛失忆了一般，完全忘记了自己心底刚刚想过什么回："再加。"

林嘉仪："成交！"

林嘉歌转账。

林嘉仪收款。

林嘉仪："提款机，等我的好消息！"

林嘉歌没搭理林嘉仪。

他靠在沙发上，坐了大概一分钟的样子，然后手机响了，是林嘉仪发来的微信。

一张截图。

截图上是她刚刚发的朋友圈："求助万能的朋友圈，有谁在深圳吗？急需帮忙，十万火急，在线等……"

下面有一行很小的字：仅【瑶兮爱吃冰激凌】可见。

林嘉歌确定林嘉仪发的朋友圈没什么问题后，将截图缩小，然后他看到屏幕上进来的几条新的消息。

林嘉仪："真不是我说你，林嘉歌，你真是太贱了！"

林嘉仪："这只对瑶瑶一人可见的朋友圈，你是怎么想出来的？"

林嘉仪："提款机，你知道吗？别的人要么是闷骚，要么是明骚，而你是真骚啊！"

林嘉仪："怎么办？弟弟，瑶瑶不理我啊，她是不是没有看到我的朋友圈啊？"

林嘉仪："不是我说你，林嘉歌，你这想的是什么垃圾主意，根本不可控好吗？瑶瑶不看朋友圈，你让我发再多消息也没用啊……"

林嘉歌无视林嘉仪话痨般的消息，直接进了朋友圈，然后往下翻了很多内容，找了一个远方家的亲戚，发的求赞砍价的链接，然后转发到自己的朋友圈里，同样选择了只对【瑶兮爱吃冰激凌】可见，发送了出去。

朋友圈发送成功后，他退回到聊天页面，先给林嘉仪发了一条消息："你把你刚刚的朋友圈内容，重新再发一遍。"

想了想，林嘉歌觉得如果时瑶好友多的话，可能林嘉仪的朋友圈会被压下去，然后又发了一句：“不，重新发三遍……五遍！”

确定林嘉仪这边没问题了，林嘉歌给【瑶兮爱吃冰激凌】发了一条微信：“现在有时间吗？”

【瑶兮爱吃冰激凌】：“我还没吃完。”后面补了个委屈的表情。

委屈？我比你委屈多了……林嘉歌默默打字：“不是，是想让你帮我个忙，可以吗？”

【瑶兮爱吃冰激凌】：“哦哦，你说你说，可以。”

【111111】：“你先进朋友圈。”

【111111】：“进去了吗？”

【瑶兮爱吃冰激凌】：“进去了，但是又被你的消息叫出来了。”

【111111】：“……”

【111111】：“好吧，你再重新进朋友圈，然后往下拉，找到我朋友圈后，给我点个赞……”

窝在酒店吃消夜的时瑶，按照数字先生的吩咐，再次进入了朋友圈。

她还没往下拉取消息，寻找数字先生的朋友圈，就先看到了林嘉仪发的一串朋友圈。

“万能的朋友圈，有谁在深圳吗？急需帮忙，十万火急，在线等……”

朋友圈的下面，还有林嘉仪的回复，像在跟谁讲话：“这么不巧吗？张总，您怎么就出差了呢？没关系，没关系……”

“宋先生，您太客气了，这事发生得始料未及，您有这份心意就好了。

“张姐，您犯不着为这点小事，专门连夜开车回深圳，我再想想别的办法。”

这看起来，嘉仪姐好像真的是有天大的急事，需要帮忙啊……

时瑶完全忘记了数字先生找自己帮忙做的事，直接在林嘉仪的朋友圈下，回了句：“嘉仪姐，我在深圳，怎么了？”

林嘉歌的手机再次响了。

他拿起来看了一眼，是林嘉仪发来的截图。

时瑶回复了她的朋友圈。

截图下，还有林嘉仪发的一句话：“瑶瑶上钩了，你去做准备吧，我现在给她打电话。”

林嘉歌很不走心地点了下屏幕，发送了一个“。”表示知道了。

林嘉仪大概是去给时瑶打电话了，没回他的消息。

林嘉歌收起手机，起身走到行李箱前，翻了两件衣服，塞进书包里。

他拎着书包，正准备出门时，想到自己让林嘉仪对时瑶扯的那些胡话，又连忙将裤兜里的钱包摸出来，随手丢进酒店房间的保险柜里，然后再三确定没什么问题后，将书包往后背上一甩，就晃出了酒店房间。

……

时瑶给林嘉仪的朋友圈评论完后，回到微信页面，找了林嘉仪的微信，刚想给她私发一条消息，问问究竟是怎么回事，林嘉仪的电话就打了过来。

她将手里已经夹起来的藕片，塞进嘴里，然后才放下筷子，接听了林嘉仪的电话。

因为她嘴里含了东西，出于礼貌，她没好意思开口讲话。

在她拼命咽食物的过程中，林嘉仪开口了，尽管语气是一如既往的温柔，但时瑶还是听出了丝丝的焦急："瑶瑶，你真的在深圳？"

时瑶将嘴里的东西尽数都吞完后，先喊了声"嘉仪姐"，然后才回了她的话："是啊，我今天来的深圳。"

"那真是太好了！"林嘉仪就仿佛是抓到了救命稻草一般，话语间尽是欣喜，"瑶瑶，是这样的，嘉歌他跟你一样，现在也在深圳。"

嘉歌……那个前一天晚上对她告白完，然后就消失了两个月的林嘉歌……

时瑶握着手机的指尖，微微一顿，没出声。

"不过他现在遇到了一些麻烦，也不知道他是怎么搞的，整个人迷迷糊糊的！"林嘉仪不忘记狠狠地嫌恶了一把林嘉歌，然后才接着往下说，"他今天去的深圳，好像因为一个项目，要面谈一些事情，但是具体细节是怎么回事，我不清楚，反正就是对接出现了失误，他到了深圳，对方却出差了，就这么错过了……"

"这本来也没什么的嘛，但是，他把钱包搞丢了，这样一来，身份证、银行卡，总而言之就是钱包里能放的东西，跟着钱包一起都丢了……"

呃，钱包丢了，难道钱包里放的东西还能留下？

时瑶捉到了林嘉仪话里的矛盾点，只当她是太着急，没纠正她的病句。

"没了身份证，他就没办法去开酒店啦，本来现在手机支付也很普遍嘛，但是那个倒霉孩子，把手机也弄得没电了，在一个多小时之前，给我打电话，让我帮忙的时候，把话说到一半，就自动关机了。我这不是看他没钱，没身份证，手机又没电的，担心他嘛，所以就在朋友圈里，看看有没有什么熟人和朋友能帮个忙……"

把具体情况都讲清楚的林嘉仪，紧接着就仿佛是解决了什么心头大患一样，又开口了："……瑶瑶，你在深圳，那真是太好了！算那个倒霉孩子运气好！瑶瑶，那个倒霉孩子就拜托你去把他给捡回来了……"

捡回来……时瑶忍不住有点怀疑，林嘉歌到底是不是林嘉仪的亲弟弟。

这语气，这词语，就跟捡垃圾一样……好、敷、衍！

时瑶囧了囧，才开口：“可是，嘉仪姐，深圳这么大，我去哪里把他捡……”

呃……被嘉仪姐带的，她都要跑偏了……

时瑶吐了吐舌头，连忙改口：“……把他找回来？”

“瑶瑶，这么说，你是答应我去捡那个倒霉熊孩子了？”

这个……她好像被嘉仪姐绕坑里了，只顾着跟她聊天了，都没注意到自己要不要帮忙……不过，林爷爷和嘉仪姐对她那么好，看在他们的面子上，她也应该友情相助吧……

而且，夏季的深圳，天气很不稳定，刚刚还下了一阵暴雨，现在外面风刮得又大，指不定半夜还会台风呢……

时瑶想了想，很轻地“嗯”了一声：“还是要去找一找他的。”

“瑶瑶，真是替那个熊孩子，谢谢你了，多亏了你美女捡英雄……哦，不，林嘉歌哪里算得上英雄，最多是个狗熊，是美女捡狗熊……你说他蠢不蠢？钱包都能弄丢？还把手机搞没电？说他是狗熊都侮辱了狗熊……”

……时瑶这次十分肯定，林嘉歌不是林嘉仪的亲弟弟。

她见林嘉仪喋喋不休地一直在骂林嘉歌，只好囧囧地开口，打断了她的话“嘉仪姐，那个他人……”

“哦……”林嘉仪终于停下了狂骂林嘉歌的话，“……那个，他在跟我打电话的时候，把他当时所在的地点，分享给了我，你等下啊，我分享到你微信上……”

过了约莫十秒钟的样子，时瑶感觉到手机震动了一下。

她看了手机，是林嘉仪分享过来的一个地址，她连忙回：“嘉仪姐，我收到了。”

挂断时瑶的电话，林嘉仪立刻给林嘉歌去了一条微信：“搞定。”

林嘉歌回：“谢了。”

林嘉仪本想不搭理林嘉歌了，但在放下手机的时候，她像想到什么一样，又拿起手机，指尖飞速地打了很长的一段文字，发给了林嘉歌：“我已经按照你的要求，发了朋友圈，而且只对瑶瑶可见。瑶瑶回复我的朋友圈后，我给瑶瑶打了电话，一五一十地把你要表达的什么丢钱包，谈项目，手机没电等等诉求，都转达给了瑶瑶。”

林嘉歌：“？？”

尽管就两个问号，但林嘉仪也懂他的意思，他是在问她，现在为什么把刚刚他语音说的话，又重复一遍。

林嘉仪：“我之所以这么做，是为了避免，以后万一东窗事发，瑶瑶知道我和你联合起来坑骗了她后，好拿截图给她，说这一切都是你的主意，而我只是被你胁迫的。”

林嘉歌发来了一张截图，上面是他的转账记录。

林嘉仪理直气壮地打字回："这就是你胁迫我的证据，你明知道我对钱毫无抵抗力，还拿钱诱惑我，这就是赤裸裸的胁迫！"

林嘉歌："……"

林嘉歌："我关机了。"

和林嘉仪结束通话后，时瑶换掉身上的睡衣，然后就出门去捡林嘉歌了。

在电梯里，时瑶点开了林嘉仪分享的地址，看了一眼路况。

咦？还蛮巧的……林嘉歌距离她住的酒店，很近，大概就一千多米的样子，好像就是酒店后面的那条街……步行的话，估计也就十多分钟的样子……

时瑶几乎没犹豫，就决定步行过去。

毕竟，钱的首要任务，肯定是买好吃的。

走到酒店大堂门口，时瑶见外面下起了小雨，从礼宾部那里借了一把伞，才迈着步子走进了雨里。

她按照导航的指示，沿着酒店旁边一条略显得有些破旧的小道，走了七八分钟的样子，终于到了林嘉歌所在的那条街道。

时瑶有点地图痴，看着上面的绿色指标，分不清到底是往左走，还是往右走，所以举着手机，随便找了个方向，往前走了一段距离，见自己离林嘉歌所在标注的地方，越来越远了，这才急忙转身，改成了正确方向。

地图上，显示剩下的距离，大概还有三百米。

时瑶先加快步伐，走了约莫两百米后，然后才放缓了脚步。

酒店所处的地段，比较繁华，后面的这条街，又有很多夜宵店，而这又是比赛场地的附近，比赛结束得相对比较晚，基本上所有看比赛的人都没吃晚饭，现在都聚在了这条街上，人来人往，有点混杂。

时瑶有点怕自己错过了林嘉歌，看到手机地图上，他和她之间的距离越来越近，她的步子也就越来越缓慢。

在快到地图上显示的林嘉歌所标记的那个地方时，时瑶停下脚步，伸长了脖子，往四周看去。

因为周围人很多，时瑶本以为自己得找一会儿，可她没想到，只是一个抬头，她就看到了他。

他穿了一件白色的T恤衫，站在一盏路灯下，姿态静静的，神情淡淡的。

从他的身上，完全看不到半点嘉仪姐所说的那些狼狈感。

雨下得不大，但他可能是在雨里站了太久，头发湿了，额头前，有几缕微垂的发丝，还在滴着水。

即便这样，却也丝毫没有影响到他的美。

隔着十多米的距离，远远望去，时瑶觉得林嘉歌不像在等人来捡自己，更像一幅赏心悦目的画……

不知道是不是两个月没见了，忽然相见，时瑶被这样的林嘉歌，狠狠地惊艳了一把。

她举着伞，就那么愣在了原地，直到有行人路过，撑的伞不小心撞到了她的伞，她才回神，然后连忙迈着步子，走向了林嘉歌。

不知道是不是因为等得太久，他为了打发时间，在想别的事情，时瑶都走到了林嘉歌的面前，他还没什么太大的反应。

雨，忽然大了起来。

时瑶本能地伸长了胳膊，将手中举着的伞，往林嘉歌的头顶上送了送。

林嘉歌抬头，先看了一眼头顶上的伞，然后才看向了正前方。

时瑶对比林嘉歌，个子要矮很多，她给他撑伞时，脑袋本能地往上仰，结果她还没有看到伞有没有给他打上，目光先碰到了他微微低头往下看的眼睛。

他和她的视线，就这样撞在了一起。

那一瞬间，时瑶也不知自己怎么了，心脏忽然狠狠地跳了两下。

周围鱼龙混杂，喧哗热闹。

可时瑶的耳边，仿佛被人施了魔法一般，一下子安静了下来。

林嘉歌似乎没想到，来的人会是她，漂亮精致的眼底，先是划过一抹意外，随后就有很浅很浅的笑意和暖意浮现了出来："是我姐让你来的？"

他的声音，一如既往的好听，将愣怔的时瑶，从神游中拉回来。

她猛点了点头，连忙回："是的，是嘉仪姐发了朋友圈，我看到了，然后才知道你的情况，就过来捡……"

时瑶连忙闭上了嘴。

她一定是被嘉仪姐带坏了，竟然频繁地想说来捡林嘉歌……

想着，时瑶连忙又开口："……过来找你了。"

不知道林嘉歌到底有没有听到她那个"捡"字，但他脸上自始至终都没什么太大的反应，只是保持着刚刚的姿态，目不转睛地望着她的眼睛，语气很轻很淡地"哦"了一声。

尽管只是一个字，但微扬的语调，让时瑶的心跟着扑通扑通地猛跳了两下。

真是邪门了，她怎么这次忽然和他见面后，觉得他相貌更惊人了？

是以前，他和她频繁见面，出现了免疫力，现在两个月不见，免疫力消失导致的吗？

为了避免自己和刚才初见他时一样又走了神，时瑶努力地保持着冷静，开口说："那个，下了这么久的雨，你怎么没找个地方躲一躲呢？"

"怕……"林嘉歌只说了一个字，就停了下来。

时瑶"嗯？"了一声。

林嘉歌这才又继续动了唇："没钱。"

……好强大的理由，强大得她觉得他好有道理，竟然无法反驳……

时瑶被林嘉歌堵得沉默了几秒钟，才开口："那，我们走吧。"

林嘉歌点头："好。"

时瑶转身，面向了酒店的方向。

她个子矮，他个子高，她的伞撑得有些吃力。

林嘉歌看了一眼她卖力又可爱的往上努力伸高的胳膊，眼梢处爬上了一抹连他自己都没察觉到的笑意，不过他欣赏了没几眼，就将手伸向了伞把。

他的指尖，碰到了她的手。

时瑶整个人颤了颤，猛地抬头，看向了林嘉歌。

林嘉歌抬头，瞄了一眼滴答着水珠的雨伞边缘："我来吧。"

虽然他的话，说得很简略，但时瑶知道他这是要撑伞的意思。

她"哦哦"了两声，连忙松开了伞把。

林嘉歌举着伞，往时瑶那边倾斜了一下，然后就跟着她的步子，往前走去。

他腿长，步子大，所以跟在她身边，走路的姿态，看起来很闲散，更像散步。

一路上，他和她没太多交谈。

在快到酒店门口时，他微微侧头，看了一眼她的头顶。

他不由自主地想到，刚刚她问他的那句："下了这么久的雨，你怎么没找个地方躲一躲呢？"

他险些脱口而出一句，怕你找不到。

话到嘴边，他才意识到，自己差那么一点点就说漏了嘴。

毕竟，在她看来，他并不知道，来接他的人会是谁……

其实，在她来之前，有那么几分钟，雨下得真的很急。

他最讨厌的就是下雨天，也最讨厌雨水打在身上那种潮湿的感觉。

可他从没想过要走开。

就那么淡淡地站着，任由雨淋在身上。

他是真的怕，怕这样糟糕的天气，怕这么漆黑的夜里，她来了，第一时间没有看到他……

算一算，他有快两个月的时间没见她了吧……怪想她的。

一直也都是知道的。

只是，在她那么俏生生地站在他面前时，他才发现，他不是怪想她的，而是好想好想她。

……

回到酒店。

林嘉歌一进时瑶的房间，做的第一件事，就是装模作样地问了时瑶一句："你有没有充电线？"

"有的。"时瑶绕着房间看了一圈，然后噔噔噔地跑到床头柜前，拔掉了自己的充电线，又噔噔噔地跑到林嘉歌的面前，将充电线递给了他。

林嘉歌没接，而是把手机递给了时瑶。

时瑶不解地抬头看了一眼林嘉歌，然后才后知后觉地反应过来，林嘉歌这是让她帮他充电的意思。

好像哦……她没必要拔掉充电线，直接拿了他的手机充电就好了……

时瑶暗暗地骂了自己一句真笨，然后就接过林嘉歌的手机，又跑回床头柜前，将充电线重新插回去，然后给林嘉歌手机充了电："好了。"

林嘉歌十分礼貌："谢谢。"

顿了顿，作为这一幕幕后主导者的林嘉歌又开口，还是很礼貌的语气："今晚麻烦你了，真的很不好意思。"

被这么客气的林嘉歌搞得有点不好意思的时瑶，摆了摆手："没关系，没关系。"

时瑶见林嘉歌的头发湿漉漉的，想到他淋了那么久的雨，又连忙开口说："你要不要去洗个热水澡，小心感冒了。"

林嘉歌"嗯"了一声，指了下洗手间的方向："那我先去洗澡了。"

时瑶"嗯嗯"地点着头，示意他赶紧去。

林嘉歌从随身带的包里，翻出衣服，然后冲洗手间走去。

在他快进去之前，他忽然像想到什么一样，停了脚步："对了，还有件事得麻烦你，你帮我给我姐发个消息……"

时瑶知道林嘉歌这是让她给林嘉仪报个平安的意思，又"嗯嗯"地点了点头，然后就拿起自己的手机，一边点屏幕，一边说："我这就给嘉仪姐发消息。"

林嘉歌又道了句"谢谢"，然后踏进洗手间，关了门。

跟林嘉仪前一秒报完平安，后一秒浴室里就传来了哗啦哗啦的流水声。

时瑶放下手机时，忍不住往浴室方向瞄了一眼，她也不懂自己到底是怎么了，耳朵忽然有些发热，然后就急忙收回了视线。

酒店的房间没多大，她的视线，再次落下的地方是酒店的床。

还好，AE 战队给她订的房间，是双床房……如果是大床房……那今晚她和林嘉歌岂不是要睡在一张床上……

随着这个想法，掠过时瑶的大脑，她眼前的两张分开的单人床，缓缓地并在了一起，变成了一个大床，然后她和林嘉歌躺在上面……

天啊，她在想些什么！

时瑶被自己脑补出来的画面，吓了一跳，她猛地转了一下脑袋，然后目光再次落到了洗手间的门上。

流水声还在继续……

她看了不过一秒钟，就移开了视线。

她这次看都没敢看一眼旁边的床，直接闭着眼睛，将脑袋扭到了落地窗前，然后才敢掀开眼皮，望向了窗户上不断往下流淌的雨水。

后脑勺对着的洗手间里，流水声依旧很清晰……

时瑶清晰地感觉到自己的耳朵更烫了，就连脖子和面颊都烧了起来。

过了不知道多久，流水声终于停了。

时瑶没来由地松了一口气。

整个酒店房间，没了水声，瞬间显得格外安静。

过了一小会儿，洗手间的门被拉开。

时瑶下意识地扭了一下头，看到换了一身休闲装的林嘉歌，擦着湿漉漉的头发，走了出来。

许是林嘉歌察觉到了她望向他的视线，抬头往她脸上看了一眼。

她碰触到他的视线，脑海里忽然掠过自己刚刚脑补的那些画面，心底发虚地忍不住垂下了眼皮，躲开了他的视线，然后游移着目光，东看西看，最后将注意力放在了她点的那些没吃完的外卖上。

冰镇小龙虾、麻辣鸭脖、香辣藕片，旺仔牛奶……

这些本来就是凉的，还能继续吃的。

一是为了掩盖自己的心虚，二是想到林嘉歌或许现在还没吃晚餐，时瑶开口说:“对了，你是不是还没吃晚餐？饿不饿？我接你之前，点了外卖，都没吃多少，你要不要吃点？”

听见时瑶的话，林嘉歌的视线，顺着她的目光望去，然后看到落地窗的小桌子上，放了好几个外卖盒。

他那会儿，给她发消息，她说她在吃消夜，是……在酒店房间里吃外卖？根本不是跟那个有36万粉丝的野男人出去吃消夜？

“你的消夜，是在酒店房间里吃的？”

听到林嘉歌的问话，时瑶奇怪地看了他一眼：“对啊……”

这么晚的天，人生地不熟的深圳，就她一个人，她不在酒店房间里吃外卖，还能去哪里吃？

时瑶忍不住又奇怪地看了一眼林嘉歌：“……有什么问题吗？”

“没，没有。”林嘉歌嘴上说着很淡然的话，可他的心底却早就窃笑开了。

他就知道，他家的软包子乖得很，根本不是那种乖张的女孩！

再说，他的告白都被拒绝了，就凭那个“36万野男人”，也想约走软包子，真是异想天开……

还有501那两个二货，谎报军情，什么红杏出墙，他家的红杏明明长得跟小白杨一样，根红苗正，挺拔向上……

不过，话又说回来，虽然虚惊一场，但是能换来和软包子共处一室的结局……还是挺值的。

想着，林嘉歌的嘴角，克制不住地往上扬了一下：“挺好的。”

时瑶第三次纳闷儿地看了一眼林嘉歌。

碰到她的视线，林嘉歌立刻冷静了下来。

什么挺好的，她怎么觉得林嘉歌古里古怪的……时瑶打量了两眼林嘉歌，却又没发现他哪里古怪，然后就收回视线，再次问：“你要吃吗？”

林嘉歌知道她指的是消夜，虽然那些东西没一样是他喜欢吃的，但那是她让他吃的，哪怕是穿肠毒药，他也甘之若饴。

“要的……”回完时瑶的话，林嘉歌的嘴角，再次扬了起来。

时瑶见林嘉歌答应了，将外卖从小桌子上挪到了大书桌上。

然后在林嘉歌走过来后，拿了一双一次性手套递给了他。

其实那会儿吃了点东西的时瑶，不怎么饿，但她对美食向来没什么抵抗力，见林嘉歌慢条斯理地吃东西，最后没忍住，也跟着戴了双手套吃了起来。

林嘉歌见时瑶吃得开心，本就不怎么喜欢吃这些东西的他，索性不吃了，直接将剥掉壳的虾仁，投喂给了时瑶。

最开始的时候，因为时瑶嘴里在吃东西，林嘉歌将虾仁放在了离时瑶那边比较近的外卖盒里。

后来，他剥了壳的虾仁，被她全都捡着吃完了，林嘉歌就将新剥的虾仁顺势递到了时瑶的手里。

再后来，时瑶拆旺仔牛奶时，没空余的手接虾仁，她见林嘉歌将虾仁送到了面前，本能地张了一下口，林嘉歌愣了愣，然后就将虾仁小心翼翼地送进了她的嘴里。

因为有东西吃，时瑶始终都没察觉到有什么问题，直到最后一颗虾仁，被林嘉歌送进她嘴里，不小心碰到了她的嘴角时，她才迟钝地反应过来，林嘉歌在用手喂她吃东西……

尽管他戴了一次性手套，尽管手套上全都是小龙虾的味道，可是她还是清楚地感觉到了他指尖的热度……

时瑶的脸蓦地一红，然后她就后知后觉地想起来，最初是自己对林嘉歌递上来的虾仁张的口。

所以……其实是她主动要求他喂的？

啊——

时瑶忽然很希望，此时的地面上出个缝隙，好让她藏进去。

真是丢死人了，她怎么可以对他做出那么大胆的要求？！

这件事就是美色误人……不，美食误人啊……

时瑶蹲在马桶上，建设好心情，确定自己脸皮厚得足以能当刚刚的事情没发生过后，才从洗手间里走了出来。

桌子上的狼藉，已经被收拾干净了。

就连外卖盒都不见了。

时瑶想，大概是刚刚她躲在厕所神游时，林嘉歌叫服务生收走了。

时间已经很晚了，时瑶为了避免尴尬，也为了尽快能将这一夜度过去，她指了一下林嘉歌手机充电那边的床，说：“你睡那张床吧。”

“嗯，好。”林嘉歌很是好商量地一口答应了下来。

大概他是真的累了，回完她的话，他就冲自己的那张床走去。

酒店房间有两张床，时瑶虽是一个人，但她把两张床都“糟蹋”过了。

所谓的“糟蹋”指的是，她去看比赛之前为了男神特意打扮的时候，将带来的衣服丢得到处都是。

林嘉歌见被子上散落了好几件时瑶的衣物，没介意，很自然地伸出手，将她的衣服整理了一下，放在了旁边的沙发上。

只是整理着整理着，他的动作忽地停了下来——

时瑶自己都忘了自己将衣服丢得到处都是，她跟林嘉歌聊完后，就去拿手机玩了，所以她压根儿就没去留意林嘉歌做了什么。直到她不经意间眼角的余光瞄见了站在床边、动也不动的林嘉歌，她忍不住好奇地往他身上望去。

林嘉歌盯着床单上的某一处在看，他脸上的神情，有着说不出来的异样，面颊和耳根处，还泛着浅浅的红。

这样的林嘉歌……时瑶第一次见。

像在害羞……害羞？这跟林嘉歌的属性完全不搭边啊。不过话又说回来，床单上有什么东西吗，让他那么害羞？

时瑶伸长了脖子，好奇地望了一眼，没看太清，然后她就站起来，冲林嘉歌走去。

“怎么啦？”快到林嘉歌身边时，时瑶问了一句，还没等林嘉歌回答，她的视线就已经落在了床上——一个白色的小内裤，安静地平躺在床单上——然后，她的脸瞬间烧了起来……

几乎是条件反射，时瑶噌地过去，拿走了自己的小内裤，然后她看都没再敢看一眼林嘉歌，就垂着头，从他身边溜走了。

因为这样的小插曲，酒店房间里的气氛更安静了，也更暧昧了。

时瑶坐回距离林嘉歌相对比较远的地方，心情却怎么也淡定不下来。

她悄悄地掀起眼皮，往林嘉歌那边看了一眼。相对她，男生要从容平静多了，他靠在床头，拿着手机，看动作像在开机。

所以，要不，她也学学他，当作什么事都没发生过？

可她一想到自己的内裤，那么坦诚地摊开在他眼前，她，她真的……没办法淡定啊……

时瑶努力了好久，见没效果，然后就开始绞尽脑汁地想别的方式，来转移思绪。

她想了好一会儿，然后忽然想到，【111111】拜托自己点的赞，自己还没点……

时瑶连忙进了微信，找到【111111】的朋友圈，点了一个赞。

点完后，她发现，【111111】分享到朋友圈的居然是一个集赞打折的活动。

数字先生这样的大土豪，居然对集赞打折这样的活动感兴趣？

土豪都比她会过日子……惭愧……

时瑶一边想，一边纯粹是因为好奇数字先生到底要买什么，就点进链接看了一眼。

“集 48 个赞，99 元套盒内裤带回家！”

呃……她是因为内裤，来转移思路的，怎么居然还碰到了内裤？

时瑶风中凌乱地刚想退出链接，结果瞄见那是女性内裤。

女、性、内、裤？

数字先生是男生，他买女性内裤做什么？他该不会有什么不良嗜好吧？

时瑶情不自禁地给【111111】回了一条消息："我给你点赞了。"

【瑶兮爱吃冰激凌】："只是，你为什么要买那些东西呀？"

随着时瑶的微信发送成功，旁边已经开机的林嘉歌，手机叮咚叮咚地响了好多声。

时瑶忍不住往林嘉歌那边看了一眼。

……

林嘉歌最先点开了时瑶发来的消息，看到内容后，他蹙了蹙眉心，然后就跑去朋友圈瞄了一眼。

在看到他集赞买的东西是什么后，他的心头顿时冒出了三个字：什么鬼！

怎么他身边的坑货，那么多？

林嘉歌想着，就返回了消息页面，打了几个字回给了时瑶："帮我姐买的。"

……

是谁给林嘉歌发的消息啊，他的神情怎么咬牙切齿的……

不会说话就不要说嘛，惹人生气……真的挺不道德的。

正在时瑶思考之际，她手中的手机震动了一下。

低头，看到数字先生回复的消息。

时瑶信以为真，不过她还是很稀奇地问了句："你居然也有姐姐啊？"

随着她消息发送成功，林嘉歌的手机叮咚响了一声。

时瑶没太在意，思绪还在内裤上。

不过，数字先生和林嘉歌，都有姐姐，但是一个能那么从容淡定地在朋友圈帮姐姐买内裤，另外一个看到她的内裤后，脸红了……真没想到，林嘉歌居然还有这么纯情的一面，相比之下，她好像有点比他还要厚脸皮是怎么回事？

很快，【111111】："？"

大概是【111111】怕她看不懂，紧接着又补了句："为什么这么问？"

【瑶兮爱吃冰激凌】："因为我认识的一个人，他跟你一样挺有钱的，然后，他也有个姐姐，不过他姐姐超好的，长得也超漂亮，还超有能力。女神这两个字就是为她量身定制的。"

时瑶前一秒点发送，后一秒林嘉歌的手机叮咚了一声。

因为连续两次，时瑶忍不住又往林嘉歌那边看了一眼。

这……说的怕就是他吧？

可是，她对他的评价，只是挺有钱这三个字？

而对林嘉仪的评价，超好，超漂亮，超有能力……还包含一个女神？

区别待遇要不要这么明显？

林嘉歌面上挂着呵呵两个字回："听你这么说，对比他，你更喜欢他姐姐？"

咦？林嘉歌脸上的表情，比起刚刚好像更咬牙切齿了？

跟他发消息的人，还是刚刚的那个人吗？都把人惹生气了，那人怎么还不知道收敛下……真没有情商！

时瑶带着几分感叹，晃了晃脑袋，低头去看【111111】回的消息。

林嘉仪 PK 林嘉歌？

时瑶毫不犹豫地回："那是当然啦，姐姐很好的，我不是更喜欢姐姐，我是最喜欢姐姐了！"

然后，林嘉歌的手机叮咚响了一声。

再然后，林嘉歌将手中的手机丢了出去。

最后，时瑶扭头看了一眼林嘉歌……

这是刚刚跟他发消息的人……把他惹到气急败坏的地步了吗？

那人这何止是没情商啊，这简直是没智商啊……

时瑶带着几分同情看了林嘉歌一眼，然后就低头去看手机了。

数字先生还没回她消息，而她因为林嘉歌的缘故，还睡不着……

想着，时瑶又给【111111】发了一条消息："要不要打游戏？"

林嘉歌丢在地上的手机，叮咚响了一声。

时瑶看了一眼林嘉歌的手机，又看了一眼林嘉歌，见他无动于衷。

这是真的被气到了啊……居然连消息都不看了，没看出来林嘉歌这个人还蛮有骨气的嘛……

这想法刚在时瑶脑海里成形，躺在床上面无表情的林嘉歌，翻身下床，捡起了手机。

呃……这个，她现在还能来得及收回她刚刚的话吗？

时瑶悄悄地抬起手，摸了摸自己的脸，在心底感到了深深的疼。

她掌心里的手机，又进了新的消息。

【111111】："来。"

时瑶回了个"可爱"的表情，退出微信去登录游戏了。

被林嘉仪虐的林嘉歌，却没着急登录游戏，而是心有不甘地盯着屏幕上时瑶发来的那句"那是当然啦，姐姐很好的，我不是更喜欢姐姐，我是最喜欢姐姐了"看了一会儿，然后就愤愤不平地给时瑶发了一条消息。

因为玩游戏，时瑶已经戴上耳机了，林嘉歌并没有听到她手机来消息的提醒声，但是过了没一会儿，他的手机屏幕上出现了她的消息：“好啊！”

林嘉歌将刚刚给时瑶发消息后，就已经提前打好的问题内容发了出去：“如果你喜欢的那个姐姐和你最爱的零食同时掉进水里，你选择救谁？”

这个问题……很简单啊！

时瑶毫不犹豫地打字回：“救零食！”

因为嘉仪姐会游泳啊，而且何止会游泳，嘉仪姐还拿了潜水证，还会冲浪……

想着，时瑶隔着耳机隐隐地听见了一声消息提醒声，她下意识地往林嘉歌那边看了一眼。

……

不清楚时瑶心底想什么的林嘉歌，看到她秒回的消息，瞬间被治愈了。

林嘉仪虐了他又怎样？还不是败给了零食？

好像他也没什么好值得幸灾乐祸的……毕竟最悲惨的还是他啊……

找了耳机，塞进耳朵里，在游戏之前，林嘉歌又给时瑶发了一条自己莫名担心的消息：“你该不会是……有那方面的倾向，喜欢姐姐吧？”

如果，软包子回他是，他会怎么办？

呵……大义灭亲！

很快，林嘉歌收到了时瑶的回复：“你胡说八道些什么呢！我和姐姐是友情，友情你懂不懂？！友情是不可能成为爱情的！”

友情是不可能成为爱情的……那好吧，暂且还没成为软包子爱人的他，可以接受林嘉仪这个友情在软包子心目中短暂的重要……

彻底被治愈的林嘉歌，回了两字“游戏”，就进了游戏。

……

刚刚惹林嘉歌生气的人，这是又跑回来哄他了吗？他看起来好像心情转好的样子……

看来那个人也不是蠢到无可救药的地步，还是勉勉强强可以抢救一下的……

胡思乱想之际的时瑶，看到【111111】发来的消息，她知道他是喊她游戏里见的意思，她没再回他，而是直接进了游戏。

由于林嘉歌和时瑶在同一个房间。林嘉歌怕被她知道【111111】就是他的账号，所以他在进入游戏后，先将游戏的话筒声音关掉后，才邀请【瑶兮爱吃冰激凌】加入队伍。

时瑶进来后，林嘉歌本能地想点开始游戏。

结果他的指尖还没碰到屏幕，他隐约地听见时瑶在讲话。

因为他戴了耳机，听得不是特别清楚，不过很快，耳机里就传来了她的话语：“稍等一下……”

林嘉歌以为时瑶有事要忙，抬头看了她一眼，见她窝在落地窗前的沙发上，没任何动静。

他蹙了蹙眉心，刚想收回视线，打字问她怎么了，结果随着视线看到她的唇瓣在动，耳机里也跟着传来了她的声音：“……我拉个朋友。”

随着她话音的落下，林嘉歌低头，看见游戏房间里多了一个人。

那人玩的是女角，名字却叫【豆芽 TV 荒年】。

豆芽 TV、荒年、36 万野男人？

他没找上门去，他反而自己先送上门来了？

呵，冤家路窄……

不过话又说回来，一个大男人玩女号，这就是传说中的“大雕萌妹”？

林嘉歌正转动脑筋之时，时瑶又开口了：“大神，我给你隆重地介绍一下，这个是我的新朋友，是一个主播！”

介绍就介绍，还隆重地介绍……林嘉歌感觉自己心底的醋坛子，翻了一排。

【瑶兮爱吃冰激凌】：“豆芽 TV 你知道吗？荒年就是那个平台的，他可是一个大主播哦，有好几十万的粉丝呢！”

豆芽 TV，他知道，毕竟豆芽 TV 的老板见到他还是很客气的，但是荒年就不知道了……至于大主播，就更扯淡了吧？软包子怕不是对“大”字有什么误解吧？

听着时瑶略带几分崇拜的介绍，林嘉歌感觉自己心底的醋坛子，又翻了一排。

【荒年】开口了：“爸爸，他是？”

爸爸？林嘉歌蹙起了眉心，这是在喊他爸爸？

呵呵……嘴巴还挺甜的，不过，挖他墙脚，喊他爷爷也没用……

林嘉歌想着，就在屏幕上敲了个问号发了出去：“？”

【瑶兮爱吃冰激凌】开口解释：“他是在喊我爸爸。”

林嘉歌：“？”

【瑶兮爱吃冰激凌】：“就是前两天玩游戏的时候，他被人打倒了，喊我去救他，只要救活了，就叫我爸爸。然后我成功地把他救起来了，于是就这样了……”

【荒年】：“是的，就是爸爸说的这样。”

软包子前段时间，说是他夫君，如今又说是别人爸爸……她这是软萌的外表下，藏着一颗想当大哥的内心？

正在林嘉歌胡思乱想之际，【荒年】又开口了：“爸爸，你还没说这个人是谁呢……”

【瑶兮爱吃冰激凌】：“哦，他……”

林嘉歌没等时瑶把后面的话说出来，就飞速地敲了两下屏幕：“我是你妈妈。”

（未完待续）

《时光和你都很美》完结篇，9月全国上市！